밤나무정의 기판이

푸른도서관 34

밤나무정의 기판이

초판 1쇄/ 2009년 11월 30일
초판 4쇄/ 2012년 12월 30일

지은이/ 강정님
펴낸이/ 신형건
펴낸곳/ (주)푸른책들
등록/ 제321-2008-00155호
주소/ 서울특별시 서초구 양재천로7길 16 푸르니빌딩(양재동 115-6) (우)137-891
전화/ 02-581-0334~5 팩스/ 02-582-0648
이메일/ prooni@prooni.com 홈페이지/ www.prooni.com

글 ⓒ강정님, 2009

ISBN 978-89-5798-191-7 03810

밤나무정의 기판이

강정님 지음

푸른책들

차례

1. 밤나무정의 밤

밤나무정 마을은 읍에서 북쪽으로 오 킬로미터쯤 떨어진 한 길가에 자리 잡고 있었다. 정작 읍에서 마을까지 직선으로 연결한다면 이 킬로미터 정도밖에 되지 않는 거리였으나 이 근방이 높은 산에 둘러싸여 있어 길이 골짜기를 따라 안으로 깊숙이 들어갔다가 산자락을 빙 돌아 나오곤 하며 구불구불 이어져 있었기 때문이다. 그런 까닭에, 바람이 불지 않는 잔잔한 날이면 읍의 종대에서 울리는 정오의 사이렌 소리가 귓가에서 울리듯 가깝게 들려왔다. 떼쟁이 아이의 울음 같은 시작부터 점점 높아지며 파동 치듯 울리다가 고비를 넘어 낮아져서 긴 여운을 남기고 땅속으로 꺼지듯 사그라질 때까지 또렷하게 들려왔던 것이다.

두루마리 그림같이 연이어져 있는 산자락 밑에는 작은 마을들이 조롱조롱 달려 있었고 하얀 띠 같은 길이 마을과 마을들을 이어 주고 있었다. 밤나무정 마을은 산의 가장 높은 봉우리인 상봉 아래 자리 잡고 있어서 마치 산이 마을을 내려다보고 있는 것 같았다. 이 마을은 본 마을인 길가의 열서너 집과 진구렁 언덕 위의 열두어 집, 그리고 턱굴의 칠팔 채, 모두 합해서 서른 집가량 되는 작은 마을이었다.

　여름이면 길게 뻗어 내려온 능선을 미끄러지며 땅과 거의 맞닿은 평평한 골짜기 사이로 능장을 부리며 천천히 넘어가던 해가 겨울에는 상봉 너머로 급히 얼굴을 감추기 때문에 낮이 짧았다. 며칠 동안 계속 내린 눈이 쌓여 길과 밭을 구별할 수 없게 되었고 냇물도 꽁꽁 얼어붙었다. 오후에 잠깐 나왔던 해가 세 시도 되기 전에 흐릿한 빛과 함께 산봉우리 뒤로 쫓기듯이 숨어 버리자, 곧 어둠이 찾아왔다. 굴뚝에서 저녁 짓는 연기가 피어 오르고 한 집 두 집 등불이 켜지기 시작했다. 그러나 사람이 살지 않는 집처럼 캄캄한 집들도 있었다. 등잔 기름을 아끼기 위해 불을 켜지 않는 집들이었다. 밤이 일찍 오는 데다 힘든 일도 안 하고 하루 세끼를 다 찾아 먹을 이유가 없다고 생각하는 사람들이었던 것이다. 그들은 벌써 잠자리에 들어 굴속에 들어간 곰처럼 웅크리고 있었다.

그때 어디선가 들려오는 찢어질 듯한 여자의 비명 소리가 밤의 정적을 깨뜨렸다. 잠자리에 들던 사람들이 놀라 일어났고 저녁을 먹던 사람들도 숟가락을 집어던지고 밖으로 뛰어나왔다. 그 끔찍한 소리는 회관 옆의 금순이네 집에서 들려오고 있었다. 사람들은 모두 그쪽으로 달려갔다. 금순이는 지난해에 시집을 가고 하나뿐인 아들 기판이마저 그해 봄에 집을 떠난 터라 지금 그 집에는 늙은 부모만 남아 있었다. 두 사람만 외롭게 사는 집에 대체 무슨 일이 일어난 것일까?

기판이네 집은 산을 등지고 있었으며 길보다 낮은 움푹 파인 마당에 오래된 감나무 가지가 지붕을 푹 덮고 있어 집은 항상 춥고 어두웠으며 마당은 질척거렸다. 아직 초저녁이고 새하얀 눈이 반짝이고 있어서 주위는 그리 어둡지 않았다. 마을 사람들이 눈을 헤치며 기판이네 집 앞에 이르렀을 즈음, 여자의 울음소리가 갑자기 뚝 그쳤다. 날카롭게 울려 퍼지던 비명이 그치자 사람들은 겁을 냈고 의아심은 더욱 커졌다.

기판이네 사립문은 언제나처럼 열려 있었으나 집 안은 불빛 없이 깜깜했다. 먼저 도착한 여자들이 두려워 망설이고 있을 때, 뒤따라온 질용이 아버지와 수복이 삼촌이 마루 위로 선뜻 올라서서 방문을 확 열어젖혔다. 문을 열자 방 안에서는 바깥보다 더 짙은 어둠이 쏟아져 나왔다. 질용이 아버지가 성냥을

켜서 등잔 심지에 불을 붙이자 방 안의 광경이 희뿌옇게 드러나기 시작했다. 방의 윗목에는 고구마 저장용 짚동이 서 있고 아랫목의 횃대에는 메주들이 대롱대롱 매달렸으며 벽에는 옷가지들이 제멋대로 걸리고 방구석에 무명 이불 하나가 돌돌 말려 있었다. 방 안에서는 메주 뜨는 냄새, 고구마 썩는 냄새, 곰팡내가 섞인 퀴퀴한 냄새가 물씬 풍기고 있었지만 그들에게는 너무나 익숙한 것들이라 조금도 문제 되지 않았다. 그들의 눈에 방바닥에 펼쳐진 섬뜩한 광경이 들어왔다. 아랫목에 지금껏 끔찍스럽게 외쳐 대던 기판이 어머니 안골댁이 큰 대 자로 뻗어 있었고 기판이 아버지는 이마가 바닥에 닿을 듯이 몸을 구부린 채 방문을 반쯤 막고 앉아 있었다. 그리고 방 가운데 기판이로 보이는 사람이 길게 가로놓여 있었다. 살아 있는 사람이라기보다 나무토막이나 자루처럼 보이는 그를 사람들이 기판이라고 생각한 것은 그를 싸고 있는 검은 외투 때문이었다. 기판이가 발목까지 내려오는 기이한 외투를 입고 마을에 한 번 나타났던 것은 한 스무 날쯤 전이었다.

　방 안 사람들이 놀라운 광경 앞에 어쩔 줄 몰라 넋을 놓고 있을 때 밖에서 부산스런 발소리가 들리더니 산 밑에 사는 덕재가 밤나무정 삼거리 정 의원을 데리고 들어왔다. 정 의원은 읍내 병원에서 십오 년의 세월 동안 조수로 보조 일을 하면서 어깨 너머로 배운 양의 지식과 독학으로 익힌 한의학 실력을 바탕으로 인근 지역의 환자들을 돌보고 있는 사람이었다. 얼마나 급하게 덕재에게 떠밀려 왔는지 의원은 왕진 가방은 챙겨 왔으나 헌 담요 자락 같은 외투의 단추도 제대로 채우지 못했고 외출 때면 언제나 머리 위에서 떼지 않던 국방색 방한모도 쓰지 않고 있었다. 의원과 덕재가 신발의 눈을 털고 방으로 들어간 뒤 문이 닫히자 밖에 있는 사람들은 방 안의 동정에 귀를 기울였다. 방 안에는 덕재와 의원 외에도 질용이 아버지와 수복이 삼촌이 들어가 있었다. 방 안에서는 부스럭거리는 소리와 웅얼웅얼하는 소리만 들릴 뿐, 말은 하나도 알아들을 수 없었다. 잠시 후 덕재가 방에서 나오더니 부엌으로 들어가 솥에 물을 붓고 불을 지폈다. 추위에 덜덜 떨며 서 있던 사람들이 부엌으로 따라 들어가 그를 둘러싸자, 덕재는 누가 묻기도 전에 먼저 입을 열었다.

　그날 석양이 질 무렵 읍에서 돌아오던 그는 대안 앞 비석거리 외진 길목에서 눈 위에 쓰러져 있는 사람을 발견했다고 한다. 으스름한 저녁인 데다 눈이 수북이 쌓여 있어 우연히 발에 걸렸기 망정이지 그렇지 않았으면 그냥 지나칠 뻔했었다. 눈을 헤치고 보니 그 사람은 놀랍게도 기관이였는데 누구에게 심히 두들겨 맞고, 칼에 찔린 듯 온몸에 피가 묻어 있고, 근방의 눈이 온통 피로 물들어 있었다. 기판이는 피를 많이 쏟고 동태처럼 꽁꽁 얼어붙어 아무래도 살아 있는 사람 같지 않았다. 그러나 그가 죽었든지 살았든지 좌우간 그의 집까지 빨리 옮겨야겠다는 생각으로 그를 둘러업었다. 그러나 어찌나 무거운지 내려서 눈 위에 짐짝처럼 끌고 오다가 다시 업었다 하기를 되풀이하며 집까지 데려왔는데, 대안 앞에서 마을까지의 거리가 그렇게 먼 줄은 몰랐다는 것이었다.

산 밑에 사는 건달인 덕재가 평소에 볼일도 없이 읍내를 들락거리고 이곳저곳 기웃거리며 싸대는 것을 좋지 않게 여기던 사람들까지 이번 일로 그를 나무랄 수 없게 되었다. 만일 덕재가 기판이를 발견하지 못했으면 기판이는 시체가 되어 내년 봄, 눈이 녹을 무렵에야 겨우 발견되었을 것이기 때문이다.

사람들은 덕재에게 치하의 말을 하고 다급하게 물었다. 지금 기판이는 살았느냐, 죽었느냐, 의원은 뭐라느냐? 덕재가 말했다. 의원도 아직은 모른다. 방을 덥게 하고, 불등걸을 담아 오고, 물을 끓여다가 온몸을 문질러서 피가 돌아야 진찰이 가능하다는 것이며, 날이 밝는 즉시 읍내 병원으로 옮겨야 한다고 했다는 것이다. 그리고 안골댁은 큰 충격으로 기절했을 뿐이어서 안정제 주사를 놓았다고 했다.

덕재가 질화로에 이글거리는 불잉걸을 담고 끓는 물을 가지고 방으로 들어간 뒤에 기판이 아버지가 문을 열고 밖으로 나왔다. 그는 허둥거리며 나뭇광으로 가더니 장작을 한 아름 안고 부엌으로 들어왔다. 누군가 그의 손에서 나뭇단을 받아 들자 그는 두 손을 축 늘어뜨린 채 퀭한 눈으로 사람들을 둘러보았다. 그러나 아무도 알아보지 못하는 눈치였는데, 그 정신에도 방에 불을 많이 지펴야 한다는 말이 귀에 들어온 모양이었다. 그는 사람들이 옆에서 부축해 줘야 할 만큼 비틀거리고 있었다. 구부정한 어깨와 얼굴에 깊게 패인 주름살, 하얗게 센 머리. 오십도 채 안 된 나이였지만 그는 환갑을 훨씬 지난 노인처럼 늙어 보였다.

그가 이렇게 늙어 보이는 것은 결코 세월 탓만은 아닌 것이다. 그는 큰 키에 호리호리한 몸집의 사람이었으나 강인하고 부지런한 농사꾼이었다. 온순한 성품을 타고났으며 남에게 싫은 소리 한마디 못하는 착한 사람이었다. 그와 그의 가족은 본래 이 마을 사람들이 아니었다. 이곳에서 북쪽으로 십이 킬로미터쯤 떨어져 있는 이웃 면의 영안촌 태생으로 십여 년 전에 이 마을로 이사를 왔다.

2. 영안촌의 날들

영안촌은 밤나무정에서 큰길을 따라 북쪽으로 십이 킬로미터쯤 떨어진 곳에 자리 잡고 있었다. 밤나무정에 비하면 이곳은 평야였고 넓고 평평한 들판이 끝없이 이어지고 있었다. 밤나무정 마을을 내려다보고 있는 산의 우뚝 솟은 상봉이 여기서는 정면으로 보이지 않았다. 상봉에서 흘러내린 능선은 마을 가까이 닿기 전에 봉긋하게 솟은 등성이와 합류해 버리고 앞으로 튀어나와 있는 정상 부분이 마치 얼굴을 쑥 내밀고 있는 듯, 기이한 용의 머리처럼 보일 뿐이었다. 그리고 등성이 너머에서 새로운 산자락이 꿈틀거리며 올라오고 있었는데, 산자락은 꼭대기에 방한모의 귀 모양으로 뾰족한 바위 하나를 올려놓았을 뿐 기세가 푹 꺾여 용의 긴 등허리처럼 몇 십 리에 걸쳐 흘러내리고 있었다.

　멀리 광산 매봉과 함평 월악산을 향해 서북쪽으로 둥근 원을 그리며 이어지는 산줄기는 마치 요새를 둘러싸고 있는 성벽 같았다. 그리고 한 줄기 길이 멀리 군 경계 너머까지 일직선을 그리며 곧게 뻗어 가고 산자락이 뒤로 쑥 물러가 있어 길의 서쪽에는 장광들, 계량들, 황논들 같은 큰 들이 펼쳐졌다. 또 큰 길의 동쪽 역시 수논들, 느리갯들, 도깨비들, 마재들, 동부들 같은 큰 들이 있었고 들 끝에는 영산강의 물줄기가 번뜩이며 흘러가고 있었다. 영안촌 마을은 길에서 오백 미터가량 들어간 동쪽 들 가운데 자리잡고 있었다. 육십 호가량 되는 마을로 싸리나무 울이 있거나, 아예 울타리도 대문도 없는 집들이 서로 이마를 맞대고 옹기종기 모여 있었다. 멀리 동쪽 끝에 영산강이 길게 흐르고 있었고 강 건너 푸르스름한 산맥 위로 아침 해가 둥실 떠오르는 광경이 바라다보였다. 마을 앞에는 공동 샘이 하나 있고, 그 옆에는 도랑이 흐르고, 마을을 둘러싸고 있는 논과 보리밭에서는 사철 꽃내음보다 짙은 상큼하고 신선한 초원의 향기가 풍겨 왔다.

　기판이 아버지는 삼 형제였다. 형 장섭이는 여덟 살, 동생 평섭이는 세 살, 그리고 가운데 기판이 아버지 남섭이는 여섯 살이었다. 이들 삼 형제와 홀어머니는 들 가운데 있는, 전에 자신들의 농기구 보관창고로 쓰던 헛간에서 살고 있었다. 좁디좁은 헛간에 돌담을 치고 지붕을 덮고 한쪽은 방으로 다른 쪽은 부엌으로 사용했는데, 비가 새고 바람이 불면 지붕이 날아가고 벽 틈으로 눈이 들어와 수북이 쌓이곤 하였다.

아버지가 살아 있었을 때, 그들은 마을 안에 우물이 있는 집에서 살았다. 우물은 두레박 샘으로, 이런 우물을 가진 집은 마을에 세 집뿐이었다. 울타리와 대문이 있고, 대문 옆에는 살구나무가 있어, 봄이면 꽃이 활짝 피고 새콤한 열매가 가득 열렸다. 큰 집은 아니었지만 아담하고 깨끗하고 남새밭도 있고 방이 셋이나 되었다. 아버지는 착실한 사람이었다. 어릴 적에 뱀에 물린 상처가 덧나 발뒤꿈치가 썩어 가는 병을 얻기 전까지는……

어머니는 돈을 아끼지 않고 좋다는 약을 다 써 보았다. 탕약 찌꺼기가 마당에 산을 이루고 발뒤꿈치는 더 이상 침을 놓을 자리조차 없었다. 뼈가 썩는 것을 막기 위해 까무러치도록 독한 수은 연기를 여러 차례 쐬기도 했으나 아버지의 병세는 조금도 나아지지 않았다.

어느 날 아침 아버지는 미친 사람처럼 약사발과 약탕관을 깨뜨려 버리고 살림을 닥치는 대로 때려부쉈다. 긴 투병 생활에 지친 아버지에게 희망도 미래도 용기도 사라지고 만 것이다. 그 뒤로 아버지는 전혀 다른 사람으로 변했다. 평소에 별로 좋아하지 않던 술을 마시고 말씨도 거칠어지고 집에 붙어 있으려 하지 않았다. 심하게 다리를 절며 큰길가의 원동 마을 삼거리 술집에서 살다시피 했다. 그곳에서 아버지는 만나서는 안 될 사람을 만난 것이다.

그는 쌀장사를 하는 읍내 사람 염 씨였다. 그는 쌀장사로 큰돈을 번 사람으로 그해 봄 그가 벼를 싣고 서울로 가는 편에 몇몇 사람들도 자신들의 벼를 함께 실어 보내기로 했다. 원동 마을 김 씨와 와룡 마을 나 씨도 많은 벼를 내놓았지만, 남섭이 아버지처럼 전 재산을 걸지는 않았다. 아버지는 제정신이 아니었고 무언가에 쫓기는 사람 같았다. 점점 다가오는 죽음 뒤에 남을 가족을 위해 자신의 마지막 불꽃을 송두리째 태워 버리려 했던 것이다. 그러나 통운 트럭 다섯 대에 벼를 가득 싣고 서울로 간 염 씨에게서는 연락이 끊겼다. 출자했던 사람들이 읍에 있는 그의 집으로 몰려가 보니 그의 가족들은 서울로 떠나 버리고 집은 텅텅 비어 있었다. 남섭이 아버지는 여기저기에서 여비를 마련하여 병든 몸을 끌고 염 씨를 찾아 서울로 떠났다. 염 씨의 행방을 찾아 서울과 부산, 대전 등지를 돌기를 두 달여, 아버지는 허탕만 치고 병만 깊어진 채 집으로 발길을 돌렸다. 그러나 고향으로 돌아오는 기차가 역에 서기 전에 휘청거리며 계단에 서 있던 아버지는 중심을 잃고 바퀴 밑으로 떨어지고 말았다.

아버지의 장례를 치르고 보니 어머니와 세 아들 앞에 남겨진 것은 그들의 몸뿐이었다. 논 삼천 평, 밭 천삼백 평은 이미 남의 손에 넘어가 버리고 그 외에 약값, 술값, 서울 여비 등 여기저기 걸린 빚은 집과 세간으로도 다 갚을 수 없었다. 세 아이의 어머니는 별이 보이는 헛간 맨바닥에 자식들을 누이고 앉아 회오리바람처럼 불어닥친 자신의 불운이 꿈이 아닌가 싶어 살을 꼬집어 보고 또 꼬집어 보았다. 한두 번씩 이웃들이 보태 주는 양식으로 연명하기도 했으나 어머니는 더 이상 손을 벌릴 곳도, 염치도 없었다.

며칠씩 곡식 한 알 안 들어간 멀건 나물죽만을 먹이자, 아이들의 얼굴은 누렇게 뜨고 퉁퉁 부어올랐다. 피똥을 싸며 축 늘어져 있는 자식들을 보다 못한 어머니는 자식들을 뉘어둔 채 동쪽 들길을 따라 종종 걸음으로 어딘가로 달려갔다. 들판의 곡식은 어느덧 누릇누릇해지고 밭가의 수숫대는 산들바람에 고갯짓을 하고 있었다. 그녀는 영안촌에서 동쪽으로 삼 킬로미터쯤 떨어진 덕음 마을 신산이댁을 찾아간 것이다. 마을 어귀에서 신산이댁 집을 물으니, 사람들이 마을 가운데 새하얀 빨래가 줄에서 펄럭이고 있는 집을 가리켜 주었다. 신산이댁은 남편을 일찍 잃은 뒤로 머리에 물건을 이고 다니며 파는 보따리 장사로 이미 상당한 성공을 이룬 사람이었다. 그녀가 장사로 처음 나섰을 때부터 어머니는 그녀의 변함없는 단골손님이었고 서로 마음이 맞아 지금껏 친밀하게 지내 오던 사이였다.

"신산이덕 기신가요?"

어머니가 마당으로 들어서며 내는 인기척에 방문이 열리고 신산이댁이 얼굴을 내밀었다.

"아니 영안촌에 장자동덕이 우리 집꺼정 오시고, 워쩐 일이시단가요?"

"마침 집에 기셨구만요. 워쩐 일로 오늘은 집에 기신다요?"

"엊저녁이 우리 영감 지사날이 아닌개라우. 마침 맞게 잘 오셌소. 어서 방으로 잔 들어 오시씨요."

장자동댁이 방에 들어가 앉자 신산이댁이 얼굴에 측은한 빛을 띄우고 물었다.

"그간 얼굴이 많이 상허겠소. 행편이 에럽게 되았단 말을 듣기는 했는디, 그 말이 참말인개라우?"

장자동댁이 고개를 끄덕이며 힘없이 중얼거렸다.

"그 일로 지가 염치없이 찾어온 것이구만요. 우리 시 자식 놈덜 영락없이 굶개 죽이것서라우. 살 방도가 없을꺼요?"

"그래라우, 잉. 죽는 질 옆에 사는 질이 있다는 말도 안 있습디여. 나 겉은 잉꼬리 장사로 한번 나서 보실라요?"

"주변머리도 잔생이 없고 거그다 밑천이라고는 땡전 한 푼 없는디, 지가 어쩌코롬 그런 일을 허것소? 신산이덕이나 따라 댕김시로 심바람이나 혀 드리고 배우면 또 몰를까."

"이런 일은 배와 갖고 허는 일이 아니여라우. 부닥쳐서 점차 익히는 일이제라우. 인자 짐장철이 되아 가니께, 멸치젓이나 잡젓 같은 젓갈 장사가 좋을 것 같은디, 한번 혀 보실라요? 외상으로 대 주는 좋은 집을 내가 알래 드릴 팅께요. 여러 말 말고 우리 내일 새북에 기차역에서 만나 영산포로 가십시다."

신산이댁이 시원하게 말을 하고 나서 거친 손으로 장자동댁의 마른 손을 힘껏 움켜잡았다. 신산이댁 딸이 제사 음식인 떡과 나물, 감주 등을 상에 차려 내왔다. 그러나 장자동댁은 집에 뉘어 놓고 온 자식들이 눈에 어른거려 음식이 목으로 넘어가지 않았다. 눈치를 챈 신산이댁이 음식을 모두 보자기에 싸서 그녀의 손에 들려 주었다.

이튿날 아침 영산포역에서 기차를 내린 신산이댁은 장자동댁을 부둣가에 있는 홍복상회라는 큰 젓갈 집으로 안내하여 외상 장사를 터 주었다. 장자동댁은 잡젓 한 동이를 샀다. 여러 종류의 생선들을 섞어 담은 잡젓은 다른 젓갈보다 값이 훨씬

싸고 김치가 익어 갈수록 깊은 맛이 난다 하여 일반 가정에서 환영을 받고 있었다. 신산이댁과는 영산포에서 헤어졌다. 신산이댁은 싱싱한 생선 한 광주리를 받아 가지고 장성 내륙 지방으로 올라갈 계획이었던 것이다.

영산포에서 나주를 거쳐 노안까지 이십 킬로가 넘는 거리를 그녀는 보채는 평섭이를 등에 업고, 머리에는 무거운 젓 동이를 이고, 이 마을 저 마을을 들렀다가 집으로 돌아왔다. 그러나 첫날 장사는 영 신통치 못해 겨우 젓갈 세 그릇을 팔았을 뿐이었다. 아직 김장철이 이르기도 했지만 어쩐지 태도가 어색하고 장사 수완이 없다는 것을 눈치 챈 사람들이 그녀를 미더워하지 않았기 때문이기도 했다.

다음날 그녀는 평섭이를 둘러업고, 전날 팔지 못한 젓 동이를 이고, 마음을 단단히 다 잡으며 아침 일찍 집을 나섰다. 큰길을 건너 마을들이 옹기종기 모여 있는 큰 산자락 밑으로 걸음을 옮겼다. 월정, 둔점, 수침골, 석정, 고로실, 반송 등의 마을들을 돌고 돌았지만 동이 안에는 젓갈이 삼분의 이나 남아 있었다. 게다가 얼마 팔지도 못한 젓갈마저 거의 외상이었다. 그러나 그녀에게는 영산포행 기차표를 한 장 살 수 있는 돈이 쥐어져 있었고 젓 동이 위에는 두어 되의 보리쌀이 얹어져 있었다. 집으로 돌아온 그녀는 남은 젓갈을 저장용 항아리에 부어 놓고 보리쌀로 밥을 지어 아이들을 먹였다.

　이튿날도 영산포에 가서 젓갈을 받아 걸어 돌아오는 길에 팔다 남은 젓갈은 저장용 항아리에 채우고 또 다음날도 이러기를 계속했다. 항아리가 가득 차면 영산포에 받으러 가지 않고도 인근 지역 장사에 전념할 수 있기 때문이었다.

　추수 때가 가까워지자 마을에서 사람들 만나기가 어려워졌다. 모두 들로 나가 집에는 거동 못하는 노인이나 아이들만 남아 있었다. 그러나 그녀는 하루도 장사를 쉬지 않았다.

　어느 날 오후, 갑자기 하늘이 어두워지고 소나기가 쏟아졌다. 그녀는 마을 가운데 있는 큰 대문 집 처마 밑으로 비를 피해 들어갔다. 들에 나갔던 사람들이 비에 쫓겨 집으로 도망치듯 되돌아 오고 있었다. 이 마을은, 수탁이란 마을로, 그녀가 처음 와 본 곳이었다. 지금 마을로 들어가면 사람들을 만나 젓갈을 얼마만큼이라도 팔 수 있겠다 싶었으나 등에 업혀 잠들어 있는 평섭이를 비 맞힐 수 없어서 소낙비 속으로 선뜻 나서지 못하고 있었다.

　그녀는 큰 대문 집 안을 기웃거렸다. 그녀의 얼마 안 되는 장사 경력으로도 큰 집은 작은 장사꾼들을 사람 취급 하지 않는다는 것쯤은 알고 있었다. 그러나 이제 그녀는 웬만한 거절쯤은 너끈히 견뎌 낼 수 있는 배짱이 자라 있었다. 그녀가 마당으로 들어서자 아니다 다를까 부엌일을 보는 여자가 나와 구정물을 뿌리며 밖으로 내몰았다. 대문 밖까지 쫓겨 나와 젓 동이를 내려놓고 비가 그치기를 기다리며 멍하니 서 있을 때, 발 밑의 흙탕물 속에서 뭔가 노랗게 빛나는 것이 보였다. 예사 유리 같지 않아 집어 흙물을 씻어 보니 맑고 황금처럼 노란 호두알 크기 만한 호박 단추였다. 이런 귀한 물건이 버려질 리가 없었다. 아마 잘못하여 떨어뜨렸거나 잃어버린 것이 분명했다. 그녀는 호박 단추를 들고 집 안으로 다시 들어갔다. 여우같은 부엌 여자가 또 나타나 소리쳤다.

"안 산다는디 이 여편네가 뭣땜시 뿌득뿌득 안으로만 들어온단가, 잉."

그녀는 손을 펴서 호박 단추를 여자에게 보여 주며 말했다.

"문 바깥에서 줏었는디, 혹시 이것이 이 댁 물건이 아닌가 몰르것소?"

부엌 여자가 단추를 낚아채더니, 고무신짝을 미처 벗지도 않고 안방으로 달려 들어가며 외쳤다.

"마님, 마님, 물건을 찾었어라우. 젓 장시 여자가 갖고 왔어라우."

잠시 후 방문이 열리고 안 노인의 얼굴이 나타나더니 마당에 비를 맞으며 서 있는 그녀에게 가까이 오라고 손짓을 했다. 그녀가 댓돌 위로 올라서자 안 노인은 방으로 좀 들어오라고 말했다. 몸이 젖어 들어갈 수 없다는 대답을 듣고 노인이 다시 친절하게 권했다.

"괜찮소. 애기까지 업고 비를 맞어서 쓰겠소? 내 방에서 잔 쉬었다 가시씨요."

노인의 얼굴은 엄해 보였으나 말씨는 부드러웠다. 그녀는 마지못해 방으로 들어가서 아이를 구석에 조심히 내려놓았다. 방 안에는 들기름을 바른 장판이 번들거렸고 쇠 장식 무늬가 달린 농과 비단 이불들이 눈길을 끌었다.

호박 단추를 잃어버린 것은 그날 오전의 일이라 했다. 그것은 새사돈댁에서 보내온 영감님 회갑 선물로, 바느질을 끝내고 마고자에 달려는데 방금 있던 물건이 눈 깜짝할 사이에 사라지고 말았던 것이다. 범인은 외가에 와 있던 여섯 살짜리 외손녀의 소행으로 밝혀졌다. 아이가 보석을 쌌던 종이를 가지고 돌아 다니는 것이 발견된 것이다. 그러나 아이에게서 보석을 어디에 두었는지, 어디서 잃었는지를 알아낼 길은 없었다.

노인은 그녀를 융숭하게 대접하고 하루 종일 한 그릇도 팔지 못한 젓갈을 다 사 주었으며 그 위에 쌀을 한 말이나 얹어 주었다. 그리고 마을에 오게 되면 언제든지 또 들러 달라고 신신 당부를 하였다.

그 다음날부터 그녀는 아이를 집에 놔두고 장사를 나가게 되었다. 아이도 이제 젖을 뗄 만큼 자랐고 날씨도 점점 추워지는 데다, 장섭이와 남섭이가 자기들이 집에서 막내를 돌보겠다고 우겨 댔기 때문이다. 저녁 무렵이면 세 아이는 큰길까지 엄마 마중을 나갔다. 저 멀리서 어머니의 모습이 보이면 평섭이는 둘째 형의 등에서 내려와 뒤뚱뒤뚱 달려가서 어머니의 품에 안기고 두 아들은 어머니의 짐을 나눠 들며 함께 집으로 돌아왔다.

김장철이 지난 뒤에 그녀는 젓갈 장사를 그만두고 미역, 김, 멸치 등의 건어물 장사와 그릇 장사를 시작했다. 밑이 좁고 위로 갈수록 넓어져서 밥그릇과 국그릇을 겸할 수 있는 막사발은 색이 칙칙하고 모양새도 틀어지고 바닥에는 검은 점들이 박혀 있어, 눈백이 그릇이라 불렸다. 그 시절에는 그릇들을 모두 공출당해 버리고, 함지박이나 바가지 같은 데에 밥을 담아 먹던 때라, 눈백이 그릇은 아주 인기가 좋았다.

장섭이가 열 살이 된 이른 봄날, 삼 형제는 누가 시키지도 않았는데 큰 산으로 나무를 하러 갔다. 장섭이가 지고 나선 것은 빚쟁이들 손에 들어가지 않은 아버지의 헌 지게로, 다른 아이들보다 키가 큰 장섭이에게도 지게는 너무 커서, 두 다리가 땅에 질질 끌렸다. 큰 지게를 등에 진 장섭이와 평섭이를 업고 형을 따라나선 남섭이는 큰길을 지나 구불구불 들길을 건너 큰산 마루턱에 닿았다. 큰 산에는 어찌나 나무꾼들이 많이 지나다녔는지 큰 나무 한 그루 없고 덤불조차 구경할 수 없는 사방이 훤히 트인 민둥산이었다. 어쩌다 억새나 비사리대를 만나지게를 내려놓고 낫을 휘두르랴 치면 어김없이 누군가 나타나소리소리 지르며 그들을 내쫓았다. 나무꾼들 사이에는 이미 자기 구역들이 정해져 있어 다른 사람들이 얼씬도 할 수 없게 되어 있었던 것이다.

그들은 쫓기고 쫓기다 등성이 두어 개를 넘어서야 겨우 한숨을 돌렸다. 그곳에는 드문드문 잔 소나무들이 서 있었고 으슥한 소나무들 아래에는 약간의 갈퀴나무도 할 수 있을 것 같았다. 그들이 땔감을 모으려고 나무들 사이로 들어서기 무섭게천둥 같은 남자의 고함이 들려왔다.

"웬 놈덜이냐?"

겁에 질려 그들 앞에 불쑥 나타난 사람은 쇠갈퀴를 든 노인이었다.

"요 쥐 같은 놈덜, 내 나뭇갓에서 썩 나가지 못허겠냐?"

도망갈 기력조차 잃고 멍청히 서 있던 장섭이가 겨우 입을 열고 물었다.

"이 산이 할아부지네 나뭇갓인가요?"

그 말에 노인이 우물쭈물 하며 대답했다.

"뭣이냐, 내 산은 아니다마는, 내가 이 자리를 잡은 지가 이십 년도 넘어간다."

"여그까장도 다 임자가 있다고라우?"

"그렇단께. 어린것덜이 안 되았다마는, 나무럴 헐라먼 재를 두서넛 넘어 짚은 산중으로 들어가야 헐 것이다."

말을 마치고 노인은 돌아가 버렸다.

골짜기 건너편은 큰 산봉우리가 앞을 막아서고 그 너머에는 더 큰 봉우리들이 겹쳐 있었으며 능선을 따라 나무꾼들의 길인 오솔길이 가리마처럼 이어지고 있었다. 장섭이가 햇살이 드는 곳에 자리를 잡아 주며 동생들에게 말했다.

"성이, 재 너머 가서 나무를 혀 올 틴께로, 여그서 끔쩍 말고 지둘르고 있어야 헌다, 잉."

동생들을 뒤에 남겨 놓은 장섭이가 지게를 메고 비탈길로 쏜살같이 달아나자, 깜짝 놀란 남섭이가 동생을 서둘러 업고 형을 따라 달려갔다.

"성, 우덜도 가, 우덜도 데꼬 가."

그러나 동생을 업은 남섭이가 빠른 형을 따라잡을 수 없었다. 순식간에 형을 잃어버린 남섭이가 그 자리에 엎어져 소리치며 울자 바닥에 뚝 떨어진 평섭이도 형을 따라 울기 시작했다. 평소에도 평섭이의 울음소리는 한 번 내놓으면 우렁차고 질기기가 동아줄보다 더하다는 말을 듣고 있는 터였다. 아이들은 형을 영영 잃어버린 것처럼 목을 놓고 뒹굴어 대며 울었다. 이들의 울음소리는 메아리치며 온 골짜기로 퍼져 갔다.

"누가 죽기라도 했냐? 이 야단덜이게."

옆에서 형의 목소리가 들려왔다. 형이 돌아온 것이다. 동생들은 기뻐서 형에게 기어오르며 더 크게 울었다. 형도 함께 울었다. 그때 쇠갈퀴를 든 노인이 이들 앞에 나타났다. 한참 동안 아이들을 내려다보고 서 있던 노인이 부드러운 목소리로 물었다.

"느그덜, 어느 동네에서 왔냐?"

장섭이가 옷소매로 눈물을 닦으며 대답했다.

"영안촌에서 왔어라우."

"큰질 건너, 들 가운데 영안촌 말이냐?"

"예."

"멀리서 왔구나. 나는 산 밑에 석정이란 동네에서 산단다. 부모님은 다 기시냐?"

"아부이는 돌아가시고, 엄니는 장사 나갔어라우."

"어린것덜이 멀리서 큰 맘 묵고 왔는디, 빈 지게로 가서야 되것냐? 오늘은 내 남갓에서 잔 혀 갖고 가그라."

노인은 아이들을 소나무 숲 쪽으로 데려갔다.

"덤불 나무나 싸리대 같은 것들만 비어라. 쌩 솔가지를 쳐서 안에 숨겠다 산감헌티 들키면, 감옥살이 가게 된다."

"알았어라우."

장섭이는 동생들이 쉴 자리를 잡아 주고 나뭇감을 찾아 등성이를 이리저리 돌아다니다, 덤불이 무성한 골짜기를 내려다보게 되었다. 골짜기로 가려면 십여 미터는 됨직한 절벽을 내려가야만 했다. 절벽 밑에는 빽빽하게 자란 억새풀과 덩쿨이 멋대로 엉켜 있어서 나무꾼들의 눈길을 돌릴 수 없게 하였다.

장섭이가 물었다.

"할아부지, 절벽 아래도 할아부지 남갓인가요?"

"쩌그 밑에도 내 남갓이지야. 젊어서는 절벽을 하래 두 번썩은 오르내랬다마는, 인자는 늙어서 맻 년차 못 내래가 봤다."

"그러면, 지가 한 번 내래가 봐도 될 꺼니요?"

"니가? 헐 수 있겄냐?"

"짱짱한 줄만 하나 있으먼, 잡고 내래가것구만이라우."

"그리어? 그렇코롬 혀 보자."

노인은 나뭇단을 묶어 놓은 새끼줄들을 모두 풀어서 길게 묶은 다음, 그 한 끝을 장섭이의 몸에 감아 절벽 아래로 내려 보냈다. 절벽 위에서는 노인과 남섭이가 줄을 붙잡았고 어린 평섭이조차 옆에서 응원을 했다. 골짜기 아래는 위에서 내려다보던 것보다 훨씬 넓었고 가슴이 벅찰 만큼 나무감이 풍성했다. 장섭이는 자기 키보다 더 큰 풀 속에서 어디서부터 베어야 할지 몰라 우두커니 서 있었다. 그곳의 무성한 풀을 다 베려면 몇 달이 걸려야 할지 모를 큰 골짜기였던 것이다. 노인이 위에서 소리쳤다.

"한짝에서버터 차근차근 비어 가그라. 너머 욕심 부리들 말고 빌만큼 비어서 그 자리에 널어 놓고 올라오두룩 혀라."

자신의 구역을 갖고 있는 나무꾼들은 벤 풀을 그 자리에 널어 바짝 말린 다음 집으로 가져갔던 것이다. 장섭이가 위로 올라오자 노인이 말했다.

"애썼다. 오늘은 내가 잘 몰른 나무를 한 짐 주께, 갖고 가그라."

장섭이가 말했다.

"고맙구만요, 할아부지. 근디 할아부지께 청이 한나 있는디요, 지가 내일 또 와서 저 밑에 나무럴 비어도 될꺼니요?"

노인이 대답했다.

"그러고 잡다먼 그러코롬 혀라. 헌디, 나무럴 나허고 절반썩 나눠야 헌다."

"고맙습니다, 할아부지. 참말로 고맙습니다."

장섭이는 좋아서 펄펄뛰며 노인에게 몇 번이고 절을 하였다. 삼 형제는 어머니가 마련해 준 차게 식은 주먹밥을 노인과 나눠 먹었다. 오후가 되어, 먼 산으로 나무하러 갔던 젊은이들이 재를 넘어오고 있었다. 이 골짝 저 골짝에서 나무꾼들이 나타나 한 줄로 서서 오솔길을 따라 내려왔다. 그들이 서로 부르는 소리, 노랫소리, 웃음소리들이 온 산을 쩌렁쩌렁 울렸다. 노인과 장섭이도 나무 짐을 지고 남섭이는 동생을 업고 산을 내려왔다. 산 밑에 내려와서 아이들과 헤어지며 노인이 말했다.

"지게가 너머 크구나. 내가 니게 맞는 지게 한 개럴 맹글아 주마."

세월이 흘러 장섭이가 열다섯 살이 되었을 때, 쇠갈퀴 할아버지가 장섭이에게 만들어 준 지게는 장섭이와 남섭이를 거쳐 평섭이의 차지가 되었다. 장섭이는 아버지가 쓰던 헌 지게를 다시 어깨에 메었고 남섭이도 새 지게를 마련했다. 남섭이의 나이 열세 살이었으나, 어른들이 쓰는 지게를 쓸 수 있었던 것은 이들 형제들이 나이에 비해 키가 훌쩍 크고 몸이 실직한 때문이었다. 삼 형제는 일찍 높은 산의 나무꾼들 사이에 섞이게 되었는데, 어린 나이에도 다른 나무꾼들보다 재를 한둘 더 넘어가는 용기 있는 젊은이들이었기에, 이들을 모르는 나무꾼들이 없을 정도였다.

삼 형제 나무꾼들이 산을 내려올 때면 지름길이 있는데도 일부러 길을 멀리 돌아 쇠갈퀴 할아버지의 나무갓을 들리곤 했다. 그곳에서 쇠갈퀴 할아버지가 친 할아버지처럼 이들을 기다려 주고 있었기 때문이었다. 삼 형제가 점차 힘센 젊은이로 자라고 있는 동안 나이가 많은 노인은 해마다 몸이 약해져 갔다. 겨울이 되어 어쩌다 한 번씩 얼굴을 보이던 노인이 이월에 들어서는 한 달 보름이 넘도록 산에 발길을 끊었다.

어느 날 이들이 언제나 노인과 헤어지던 산 밑 갈림길에 이르렀을 때, 맨 뒤에 오던 남섭이가 갑자기 걸음을 멈추었다. 이들 형제들이 나무하러 갈 때나 돌아올 때면 언제나 맨 앞에 장섭이가 서고 가운데에 평섭이를 세우고 맨 뒤에 남섭이가 따랐다. 앞에 가던 장섭이가 뒤를 돌아보았다. 남섭이가 갈림길에서 고집을 부리며 서 있는 것을 보고 장섭이가 마침내 고개를 끄덕였다. 노인의 안부를 걱정하고 있는 남섭이의 마음을 알기 때문이었다.

"알것다. 나는 평섭이를 데꼬 먼첨 집으로 갈 틴게, 너는 할아부지헌티 댕개 오니라."

"성."

남섭이가 불만스러운 듯 형을 불렀다. 그러나 그날은 다른 날보다 더욱 험한 재를 넘었기에, 어린 평섭이를 더 걷게 할 수 없다는 것을 남섭이도 알고 있었다.

"석정 동네를 찾아가서 할아부지 집을 물어 보면 금방 알 수 있을 것이다. 혼자 댕개 오니라."

남섭이는 형과 동생이 저만큼 멀어져 가는 것을 지켜보다, 하는 수 없다는 듯 걸음을 옮겼다. 석정은 갈림길에서 얼마 멀지 않은 산자락 밑에 엿가락처럼 길게 자리 잡은 마을이었다. 노인의 집은 마을 한 귀퉁이에 돌아 앉은 우중충하고 마당만 휑하니 넓은 집이었다. 그동안 대나무처럼 바싹 말라 버린 노인은 온기도 없는 냉돌방에서 날씨도 찬데 방문을 활짝 열어 놓고 산만 우두커니 바라보고 앉아 있었다. 노인은 남섭이를 알아보았는지 입술 근육을 일그러뜨려 웃는 모습을 보이고자 했으나 곧 웃음기가 사라지고 그의 멍한 시선은 다시 산 쪽을 향하고 말았다. 집을 알려 주러 따라온 여자가 말했다. 십 년도 넘게 반신을 전혀 못 쓰던 노인의 아내가 한 달 전에 세상을 뜨자, 자신도 따라 죽겠다며 식음을 전폐하고 저 모양을 하고 있다는 것이었다. 노인은 딸만 다섯을 낳았는데, 셋은 죽고 둘은 시집을 보냈으나 어디서 사는지도 모르고 왕래도 없다고 했다. 남섭이는 자신의 나뭇짐을 부엌에 부리고, 불땀이 좋은 장작으로 불을 지핀 다음, 여자에게서 얻어 온 좁쌀로 묽게 밥을 지어, 노인의 입에 떠 넣었다. 마을 사람들의 말은 듣지 않던 노인이 남섭이의 말에는 고분고분 따랐다. 남섭이는 온기가 도는 방에 이불을 펴서 노인을 잠들게 한 뒤 집으로 돌아왔다.

노인은 그해 여름을 넘기지 못하고 아내의 뒤를 따라 세상을 떠났다. 그동안 이들 형제들은 불쌍한 노인을 보살펴 왔다. 셋이 함께 찾아가지 못하는 날에는 남섭이 혼자서라도 매일 들려 노인의 수발을 들었다.

노인이 세상을 떠나기 전 어느 날, 남섭이는 석정 마을에서 밤늦게 혼자 집으로 돌아오고 있었다. 큰길로 나온 남섭이는 그날따라 넓은 길을 버리고 마을로 가는 지름길인 들길로 접어들었다. 밤이 깊어 집으로 빨리 돌아가고 싶었기 때문이었다. 불빛 하나 없는 깜깜한 어둠 속에 희끄무레한 농로를 어림잡으며 발길을 부지런히 옮기고 있을 때였다. 어디서인지 웅웅거리는 소리와 함께 사람의 울음소리가 희미하게 들려왔다. 근처에 인가가 없는 들판인 데다 아직 농번기가 들기 전이라 늦은 시간까지 들에 사람이 있을 리가 없었다. 그는 몸이 오싹 조여들며 머리털이 곤두섰다.

'귀신인가?'

귀를 세워 들어보려 했으나 방금 들었던 그 소리는 다시 들려오지 않았다.

'바람 소리였나?'

그러나 어쩐지 마음이 찜찜했다. 마을 뒤등이 그곳에서 그리 멀지 않은 곳에 있었다. 눈을 질끈 감고 달려가 버릴까, 큰길로 되돌아갈까, 망설이고 있는데, 그 소리가 다시 들려왔다. 바람 소리가 아니었다. 가냘프고 애절한 소리는 마력처럼 그를 꼼짝 못하게 휘감는 것이었다. 순간 그는 귀신에게서 벗어나려고 정신없이 뛰었다. 어느 방향으로 가는지도 몰랐다. 그러다 그는 어디엔가 부딪혀 공중제비를 돌아 바닥에 내동댕이쳐졌다. 한참 만에 정신이 돌아온 그는 자신이 보리밭 속에 거꾸로 쳐 박혀 있는 것을 알아차렸다. 비탈진 밭고랑에 세게 부딪혔던 것이다. 지게도 신발도 없었고 윗도리도 벗겨지고 없었다. 수확기가 다 된 보리 까시락이 맨살을 마구 찔렀으나 아무 느낌도 들지 않았다.

몇 걸음 앞에 돌샘의 모습이 눈에 들어왔다. 돌샘은 들에서 일하는 사람들이 물을 마시기 위해 들 가운데 파 놓은 작은 샘이었다. 깊이는 이 미터쯤 되었고 땅 위로 어린아이 키보다 조금 높은 시멘트 노관이 묻혀 있었다.

그때 문득 귀신의 소리가 아주 가까이서 들려왔다. 그 소리
는 샘이 울리는 소리와 함께 겁에 질린 어린아이의 울음소리
같았다. 그는 이상하게도 마음이 차분해지고 겁이 나지 않았
다. 샘 속에 아이가 빠져 있을지도 모른다는 생각이 들었던 것
이다.

남섭이 자신도 어렸을 적에, 돌샘에 유난히 관심이 많아, 어
른들이 말릴수록 가까이 가고 싶어 했으며 몰래 노관을 기어
올랐다가 샘에 빠질 뻔한 적이 있었다. 그리고 조금 자라서는
샘 속에서 우왕우왕 울리는 소리가 재미있어서 그 속에 머리를
넣고 계속 소리를 질러 보았던 기억도 있었다. 그는 용기를 내
어 샘 옆으로 가서 안을 들여다보았다. 샘 속에는 정말로 아이
가 있었다. 바깥의 인기척 소리를 들은 아이는 반가움과 두려
움에 떨며 울부짖었다. 울음소리를 듣고 그가 물었다.

"너 앵두 아니냐?"

그 말에 아이는 더 크게 소리 내어 울었다. 앵두는 같은 마을
오동나무 집의 네 살 된 외동딸이었다. 이름이 따로 있었지만
볼이 앵두처럼 빨갛다고 모두들 앵두라고 불렀다. 남섭이는 샘
에 들어가서 앵두를 데리고 나왔다. 몸이 젖기는 했지만 물이
많지 않았기에 크게 다치지는 않은 것 같았다. 다만 많이 놀라

겁을 먹어 쉽게 진정이 되지 않았다. 그는 앵두를 달래서 등에 업고 뒤등을 넘어 마을로 들어왔다.

마을과 마을 앞들에는 온통 횃불을 든 사람들이 왔다 갔다 하고 있었다. 그는 골목길에 나와 서 있는 노인들에게 물었다.

"동네에 뭔 일이 있다요?"

입이 빠른 평택이 할머니가 얼른 대답했다.

"앵두가 없어졌단다. 해질 녘에 당산 낭구 밑에서 노는 것을 봤다는디, 그 뒤로 온디간디없다는 구나. 지금 앵두를 찾니라고덜, 난리덜이다."

"앵두는 내가 업고 있는디, 뭣 헐라고 헛반디덜만 찾고 있다요?"

그가 등 뒤에서 잠이든 앵두를 노인들 앞에 보이자, 불빛으로 앵두를 확인한 노인들이 기뻐 외쳤다.

"오메, 오메, 앵두를 찾았네. 앵두가 여그 있네."

앵두를 찾았다는 말이 삽시간에 온 마을에 퍼졌다.

그날 석양이 질 무렵, 앵두 어머니는 뒤등 너머 들 건너 용산 마을에 일을 보러 갔다가, 어슬녘에 큰길로 해서 집으로 돌아왔다고 한다. 앵두는 어머니가 뒤등을 넘어가는 것을 보았던 모양이고, 어머니가 얼른 돌아오지 않자 등을 넘어 마중을 갔다가 그 일을 당한 것 같았다. 그러나 누구도 앵두가 아장거리며 뒤등 너머 돌샘까지 갔으리라는 생각은 하지 못했던 것이다.

3. 남섭이의 혼인날에

장섭이 형제들은 부지런하고 형제간의 우애가 두텁고 홀어머니에 대한 효성이 지극하여 남편복 없는 여자는 자식복도 없다는 옛말이 결코 맞는 말이 아니라는 말들이 사람들의 입에 오르내렸다. 이들 형제들이 나뭇짐을 지고 산을 내려오면 동네 아이들이 기다렸다는 듯이 그들 주위에 우루루 몰려들었다. 그들의 지게 위에는 굵은 밤칙뿌리나 호박딸기, 엄지손가락만 한 파리똥가지 등이 얹혀 있었고 이것들은 모두 자신들 차지라는 것을 알고 있었기 때문이었다. 가을이면 개암열매, 개불, 으름, 정금, 다래, 산머루, 산포도, 산밤 열매, 산감, 야생배 등 지게 위에 따라오는 선물들이 더욱 푸짐했다. 그래서인지 마을 아이들과 온 동네 사람들은 모두 이 형제들을 사랑했다.

형제들 가운데 둘째 남섭이는 유난히 여린 성품이었다. 거미줄에 걸려 파닥이는 것들을 보면 그냥 지나치지 못했고, 길에 나온 두꺼비를 풀숲으로 옮겨 주다 시간을 지체했으며 개미나 지렁이까지도 함부로 하지 않았다. 개구리 우는 사월이 되면 마을 앞에 까맣게 나돌아 다니는 개구리 새끼들을 밟지 않으려고 이리 뛰고 저리 뛰어 사람들의 웃음거리가 되었고 아이들 사이에서는 팔짝팔짝 뛰는 남섭이춤이 유행이 될 정도였다.

장섭이는 나이에 비해 체격이 좋고 힘도 세어 열여덟 살에 마을에서 이 킬로미터쯤 떨어져 있는 이룡 마을 허생원 댁에 쌀 다섯 가마니를 새경으로 받는 상머슴으로 들어가고, 형제들 중에 몸이 가늘고 호리호리한 편인 남섭이 역시 다른 형제들 못지않게 키도 크고 힘도 좋아, 열아홉 되던 해에 앵두네 집인 오동나무 집에 일꾼으로 불려 갔다.

장섭이는 스물한 살 되던 해에 고정 마을 처녀에게 장가를 들었는데, 집은 가난해도 총각 하나 쓸 만하다 하여 딸을 주겠다는 사람이 나섰기 때문이었다. 불쌍한 어머니가 지붕도 없는 헛간에 새며느리를 맞이할 수 없어 크게 근심을 하던 중에, 마침 감나무길 중간쯤에 집이 한 채 나와 이사를 하게 되었다. 이들이 얼마나 근면 성실하게 살아왔던지, 그동안 허리띠를 졸라매고 부지런히 모아 온 돈으로 방 두 칸에 텃밭이 딸린 집을 사고도, 장섭이를 간소하게나마 장가 들일 수 있었다. 감나무길에 있는 집은 매우 헐값으로 나온 집이었다. 부모들이 돌아가시자, 양자로 들어왔던 아들이 도회지로 나가기 위해 집과 전답을 급히 처분하고 싶어했기 때문이었다. 장섭이의 아내 고정촌댁은 키 크고 속없다는 말이 있듯 큰 키에 맺힌 구석이 없어 편한 사람이었다.

장남을 성가시킨 뒤, 장자동댁은 둘째의 혼사 역시 쉽게 이뤄지리라 생각하고 염려하지 않았다. 한 삼 년 열심히 살다 보면 남섭이쯤 조촐하게 못 여우랴 싶었던 것이다. 그러나 삼 년이 지나 사 년이 넘도록 남섭이의 혼사는 이뤄지지 않았다. 마땅한 혼처가 나오지 않은 탓이었다. 그동안 비축, 계동, 덕림, 복룡, 광곡 등 노안 일대와 삼도, 나주, 멀리 왕곡, 산포, 남평까지 간선을 다닌 곳만 해도 열일곱, 여덟 곳은 실히 되었다. 그런데 무슨 조화인지 간선 자리마다 장자동댁의 마음에 드는 곳이 한 군데도 없었다. 다리 하나를 저는 처녀가 있는가 하면 어릴 적 작두에 잘렸다고 오른쪽 가운데 손가락 두 마디가 없는 처녀도 있었다. 이마에 큰 흉터가 있는 처녀, 병을 앓고 난 뒤 머리 빠지는 증세가 있다고 머리에 수건을 두르고 있는 처녀, 사팔뜨기 처녀, 얼굴이 얽은 처녀, 얼굴이 붉은 처녀, 말더듬이 처녀, 얼굴이 희고 눈썹까지 흰 백쇠 처녀 등 모두 마음에 걸리는 큰 흠을 하나씩 갖고 있었다.

초가을 어느 날 장자동댁은 영산포 건어물상 앞에서 신산이
댁과 마주쳤다. 두 사람은 장사 나갈 물건을 치러 나온 길이었
다. 신산이댁은 처음 장삿길을 터 주고, 지금까지 이 길을 계속
하도록 인도해 온 은인이기에, 장자동댁에게는 친언니처럼 의
지가 되는 사람이었다. 그간 장자동댁은 노안, 나주, 삼도, 왕곡
으로 가까운 동네 장사를 다니는 반면 신산이댁은 다시, 문평,
함평, 무안, 목포, 장성, 순창, 고창 등지의 넓은 장사 터를 갖고
있어서 두 사람이 만날 기회는 많지 않았다.

오랜만에 만난 두 사람은 반가워서 서로 부둥켜안았다.

신산이댁이 물었다.

"자네 두째 혼사일은 어쩌쿠롬 되었는가?"

"안즉 정혼을 못했어라우."

장자동댁이 힘없이 대답하고 남섭이의 혼인일이 더듬거리
고 있는 사유를 설명했다.

"오복 중에 처복이 질이라는디, 우리 남섭이 사주에는 처복
이 빠져 뿌렀다네요. 성님, 우쩌먼 좋겠소? 인자 워디 간선가기
도 겁이 나뿌요."

"사람이 사주 도망은 못 헌다는 말이 있긴 있제마는, 점쟁이
도 지 죽을 날 모르드라고 사주가 꼭 맞는 것은 아니여. 너머

꺽정허덜 말고 찾어 보면 좋은 혼처가 나오것제, 뭐. 카만 있자, 햄펑 안골이란 동네를 한번 가 볼라는가? 다시에서 들어가기도 허고, 햄펑에서 가기도 허는디, 그렇코 멀리 돌아갈 것 없이 양철리 뒷산 재를 넘어서 가참게 가는 질이 있으니께."

"그 동네에 좋은 처자가 있습디여?"

"홀 아부이를 모시고 산다는 처자가 한 사람 있등만. 남자가 일찍 혼자 되아 시 딸을 키워 갖고 우게로 두 딸은 시집을 보내고 막내 하나 남었다는디, 그 처자가 아부이 혼자 놔두고는 죽어도 시집을 안 갈란다고 고집을 부린다느만. 한동네 사는 고모가 나보고 좋은 디 중신을 서 보라고 신신 당부를 혔쌌드란 마시."

남자가 혼자 살며 딸 셋을 키워 시집을 보낸 사연이랑 또 막내딸이 아버지를 홀로 두고 시집을 죽어도 못 가겠다고 한다는 안타까운 사정에 감동을 받은 장자동댁이 바짝 관심을 보이며 물었다.

"성님, 그 처자가 어쩌코롬 생겼습디여? 뭔 큰 흠은 없든가요?"

"내가 이런 일이 있을 중 알었드먼 잔 찬찬히 뜯어보고 오는 것을, 게양 건성으로 듣고 말었는디, 처자 고모 말이, 자기 질녀는 키가 잔 작은 것 허고, 아부이 땜에 늦어져서 나이가 잔 많은 것이 흠일까, 다른 흠은 잡을 디가 없다고 허드라고."

"키가 잔 작은 것은 흠이 아니제라우. 나이는 몇 살이라요?"

"스물넷이라네. 처자 나이로 과년헌 나이 아닌가?"

"우리 남섭이도 스물넷인디, 동갑이구만요."

"동갑내기덜이 잘 산다는 말도 있등마는, 맘 내키먼 간선이라도 한번 댕개 올라는가?"

며칠 뒤, 장자동댁은 양천리재를 넘어 안골처녀의 선을 보러 갔다. 양천리는 큰 산 밑에 있는 마을로 마을 뒤에 있는 산을 사람들이 양천리재라 부르고 있었다.

그리고 두 달 뒤인 섣달 보름날, 남섭이는 상객 한 명과 함잡이 겸 중방쟁이를 대동하고 안골처녀에게 장가를 들기 위해 양천리재를 넘었다. 세 사람이 재를 넘어가자, 신랑 접대를 맡은 인접들이 고개 마루까지 마중을 나와 있었다. 신랑 일행은 그들을 위해 마련해 놓은 마을 초입에 있는 주점으로 인도되었다. 신랑이 혼례복으로 갈아입고 준비를 하는 동안 중방쟁이는 부엌으로 들어가서 얼굴에 부엌 재를 꺼멓게 묻히고 너덜거리는 중방쟁이 옷을 걸치고 함을 지고 손에는 깨진 양철통을 들고 먼저 신부 집으로 향했다. 신부 집에서는 마당에 차일을 치고 멍석을 깔고 대례청을 만드느라 시끌벅적했으며 안에서는 여자들이 음식 준비에 분주했고 또 한편에서는 이미 술판이 벌어져 있었다.

중방쟁이는 양철통을 두드리며 문 밖에서 큰 소리로 외쳐댔다.

"이 집이 왜 이리 소란시럽다냐? 함 살 집이 이 집인가 아닌가 몰르겄구나."

기다리고 있던 신부의 고모가 술상을 얼른 차려 가지고 문밖까지 달려 나왔다.

"아이고 중방쟁이 양반, 먼 질얼 오시느라 을매나 고상이 많으셨소? 무거운 함짐은 이리 내래놓고 내 술 한 잔 받으시쑈."

신부 고모는 술상을 땅에 내려놓고 붙임성 있게 접근하여 중방쟁이의 손을 잡아 은근히 끌어당겼다. 사립문 안에 짚단을 둥그렇게 쌓아 노적봉이라 부르는 그 안쪽으로만 끌어 들이면 되는 것이다. 중방쟁이가 가소롭다는 듯이 잡힌 손을 획 뿌리치고 도망치자, 신부 고모는 그럴 줄 알았다는 듯이 상을 들고 일단 물러났다. 중방쟁이는 양철통을 두드려 대며 익살을 떨었다.

"술은 숨 맥해 못 묵고, 떡은 이빨 없어 못 묵고,

밥은 바뻐서 못 묵고, 너물은 물컹혀서 못 묵고,

이 함은 이런 싸구려로 폴 물건이 아니라 이 말이다. 알겄냐?"

멀찍이서 구경하던 아이들이 하나 둘 다가와 중방쟁이의 얼굴을 만져 보고 옷을 잡아당겨 보고 양철통을 두드려 보기도 했다.

"액기놈덜, 아그덜은 저리 가그라, 저리덜 가."

말로는 쫓았지만 중방쟁이는 아이들이 싫지 않은 모양이었다. 눈치 빠른 아이들이 자꾸만 중방쟁이 주위로 몰려들었다.

어얼 씨구씨구 들어간다, 저얼 씨구씨구 들어간다,
작년에 왔던 각설이, 아니나 죽고 또 왔네,
여그가 워디라고 또 왔냐, 질 좋고 산 좋아 또 왔다,
산 좋고 물 좋아 또 왔냐, 사람 좋고 인심 좋아 또 왔다,
하늘 천에 따따지요, 가매솥에 누룽밥 득득 긁어서,
너는 한 뎅이 나는 두 뎅이, 너는 두 뎅이 나는 다섯 뎅이,
너는 시 뎅이 나는 열 뎅이, 너는 열 뎅이 나는 백 뎅이,
집 욱에는 집이 없고, 집 안에는 주인 있고,
어얼 씨구씨구 들어간다, 저얼 씨구씨구 들어간다,
한 발 가진 깍구요, 두 발 가진 까마구,
시 발 가진 각다구, 니 발 가진 당나구,
안근 고리는 동구리, 거는 고리는 문고리,
뛰는 고리는 개고리, 나는 고리는 피고리,

입는 고리는 저구리, 이는 고리는 잉꼬리,

어얼 씨구씨구 잘헌다, 품바품바가 잘헌다,

일 자 한나를 들고 봐, 일월이 송송 한밤중,

일월 성신이 변허여도 일편단심 변헐소냐,

이 자 한나를 들고 봐, 이판사판 죽을판,

두 푼 칠 푼 살랭이에 맘만 살살 풀린다,

삼 자 한나를 들고 봐, 삼월에 신령이 동신령,

외나무 다루에 만나도 본 낭군이 자작이라,

사 자 한나를 들고 봐, 사지 멀쩡 거렁뱅이,

점심참에 워디 갈까 낫다 낫다 낫단다,

오 자 한나를 들고 봐, 오절 행차 바쁜 절에,

적토마를 빌래 타고 제갈공명이 들어간다,

육 자 한나를 들고 봐, 어 육자를 잡고 보니,

유월 염천 더운날 개 콧등에 땀이 송송,

칠 자 한나를 들고 봐, 이 칠이 저 칠이 달머리,

칠월 칠석에 오작교 견우 직녀가 정 좋고,

팔 자 한나를 들고 봐, 팔도강산에 팔 형제,

일과 공부를 힘써서 파거 허기가 정 좋고,

구 자 한나를 들고 봐, 구역 산중 노자중,

백팔 염주 목에 걸고 꺼덜거리고 내려온다,

장 자 한나를 들고 봐, 장안 광대 박 광대,

장에 갔다 오시는가 시골덤벙 소란허다,

어허이 품바가 잘 헌다, 품바품바가 잘 헌다,

요놈의 소리가 요래도, 천 냥을 버주고 배운 소리,

이 화상이 누군지, 념덜 보다도 잘 헌다,

논어 맹자 읽었는지, 더문더문 잘 헌다,

냉수 동우나 묵었는지, 시원시원히 잘 헌다,

뜨물 동우나 묵었는지, 걸척 지게 잘 헌다,

지름 통이나 묵었는지, 미끈미끈 잘도 헌다,

품바품바가 잘도 논다, 저리씨구 이리씨구 잘도 논다.

"이 집에 함 살 사람 다 죽었다냐? 함 사고 말고는 당신덜 소관이요, 폴고 안 폴고는 내 소관이로다. 이 집에 함 살 사람 없는 모양인께, 딴디로나 가 볼끄나."

중방쟁이가 숭을 쓰며 돌아서는 체 하자, 신부 고모가 다시 나타났다.

"중방쟁이 양반, 나 잔 봅시다."

"중방쟁이는 왜 찾느냐? 내게 볼일이라도 있느냐?"

그때 서너 명의 젊은 힘 꾼들이 중방쟁이 뒤로 슬며시 돌아갔다.

"함을 풀러 왔으면 흥정이라도 혀 봐야제, 흥정도 안 허고 돌아서면 되겠소? 함 값이 얼매요?"

"거 말 한 번 씨언혀서 좋구나, 이 함 값으로 칠 것 같으면, 내 한 걸음마다 은금이 한 돈썩이다. 은금이 없으면 지전 동전이라도 봐 주겠으니, 내 발밑에 쫙 깔그라."

중방쟁이가 너스레를 떨고 있는 사이 신부 고모의 신호로 뒤에 섰던 남자들이 한꺼번에 덤벼들어 중방쟁이의 팔과 다리를 하나씩 붙잡고 불끈 들어 노적봉 안으로 끌어 들이고 말았다.

"놔라, 놔. 시상에 이런 무례헌 법도가 다 있느냐? 이 날강도 같은 놈덜아."

중방쟁이는 사람들을 발로 차고 물어 뜯고 뒹굴고 몸부림을 쳤으나 그들을 못 당해 결국 함을 빼앗기고 말았다. 함을 뺏긴 중방쟁이는 쥐구멍이라도 찾듯 그 자리를 도망쳐 나왔다.

"은금이 어쩌고, 지전 동전이 어쩌고 저째? 중방쟁이 냥반, 이거이 우리 동네 흥정법이오. 그 흥정 한 번 씨언혀서 좋제라우, 잉?"

신부 고모가 으스대며 함을 안으로 옮겨갔다. 함은 신부가 대기하고 있는 안방에서 열렸는데, 싸리나무 가지로 만든 누름대 밑에 혼서지와 청홍의 소박한 옷감 한 벌씩이 들어 있었다.

신랑이 기다리는 장소로 돌아온 중방쟁이는 중방쟁이 옷을 벗고 얼굴을 씻고 나무 기러기 한 쌍을 두 손으로 받든 봉안자가 되어 신랑의 앞장을 섰다. 차면보로 얼굴을 가린 신랑이 봉안자의 뒤를 따라 신부 집으로 천천히 걸어갔다. 신부 집 마당에는 초례청이 준비되고 초례청 가운데 초례상이 놓였다. 초례상에는 솔잎과 대 이파리, 종이를 물들여 만든 꽃, 무명씨를 담은 그릇, 붉은 팥을 담은 접시가 놓여 있고 상 아래에는 술병과 발이 묶인 닭 두 마리가 움츠리고 있었다. 초례상 양 옆에 낮은 교배상이 있었고 초례상의 좌측 몇 걸음 떨어진 곳에 붉은 보를 씌운 전안상이 놓여 있었다. 초례청 주위에는 일가 친척들과 마을 사람들이 겹겹으로 둘러서 있었다. 신랑이 문 밖에 도착하자 주인이 문 밖으로 맞으러 나가고 주인 옆에 선 시자가 대신 읍으로 신랑을 맞았다. 차면보를 내린 신랑이 답읍을 하고 문안으로 들어오자, 봉안자가 나무 기러기를 신랑에게 건네준 뒤 물러났다. 집례대에는 예복을 갖춘 집례자가 예식 절차가 적힌 홀기를 들고 예식 진행 순서를 알릴 차비를 하고 서 있었다.

신랑의 귀에 사람들 사이에서 수군거리는 소리가 들려왔다.

"웜매, 신랑 키 큰 것 잔 보소. 쪼깐네는 솔나무에 매미 붙은 것 같겄구만."

"얼굴이 꺼머서 그렇제 눈망울도 크고 이목구비가 뚜렸허니 잘 생겼다니께로."

"중방쟁이도 옷을 벗어 분께 딴사람이 되아 뿌졌네, 잉. 그래서 입성이 날개라는 말이 있는 개벼."

새 안내자에 의하여 전안상 앞으로 인도된 신랑이 북쪽을 향해 꿇어앉아 들고 있던 나무 기러기를 바닥에 내려놓자, 주인의 시자가 와서 기러기를 전안상 위에 올려놓았다. 신랑이 전안상에 두 번 절하고 한 걸음 뒤로 물러서 있을 때, 안내자가 그를 초례상 앞으로 인도했다.

"신랑동향입(新郎東向立)"

집례자가 식순을 목청높이 외치자 안내자는 신랑을 동쪽을 향해 세웠다.

"신부출(新婦出)"

안방 문이 열리며 원삼을 입고 족두리를 쓰고 큰 비녀를 꽂고 한삼으로 얼굴을 가린 신부가 양쪽에 인접의 부축을 받으며 밖으로 나왔다. 신부는 마루에서 댓돌로 댓돌에서 마당으로 내려와 초례상 앞에 도착했다.

"신랑정면(新郎正面)"

안내자가 신랑과 신부를 마주 보게 세웠다.

"신랑신부관세(新郎新婦帨)"

사람들이 물 대야를 가지고 와서 신랑과 신부의 손을 씻게

했다.

"신랑읍부취석(新郞揖婦就席)"

신랑이 신부에게 읍하고 마주 보는 자리에 나가 섰다.

"신부재배(新婦再拜)"

인접의 부축을 받으며 신부가 천천히 절을 하는 사이에 발이 풀린 닭 한 마리가 초례상 위로 푸드득 날아올랐다.

"암탉 잡어라."

사람들의 쫓는 소리에 놀란 닭은 퍼드덕거리며 초례상을 엉망으로 만들고 사람들 머리를 넘어 날쌔게 도망쳐 버렸다. 솔잎과 대 이파리, 종이꽃들이 부러지고, 술병이 넘어지고, 그릇들도 엎어졌다. 온 동네가 벌컥 뒤집히는 소동 끝에 암탉을 잡아 가지고 와 보니 수탉은 그 자리에 조용히 앉아 졸고 있었다.

"암탉이 저리 날치는 것을 본께, 쪼깐녜가 내주장허고 살겠구만."

사람들이 웅성거리고 두런거리고 우왕좌왕하는 가운데 초례상이 정리되어 예식이 다시 진행되었다.

"신랑정면(新郞正面)"

집례자가 예식 순서를 알리는 소리에 사람들이 와아 하고 웃으며 그 순서는 이미 지났다고 소리쳤다. 어수선한 분위기에 나이 많은 집례자가 진행 순서를 잊은 모양이었다.

"신랑신부관세(新郎新婦帨)"

집례자의 목소리에 사람들이 더 크게 웃으며 그 순서도 지나갔다고 떠들어 댔다. 당황한 집례자가 한참 뒤적거리더니 나지막한 소리로 중얼거렸다.

"신부재배(新婦再拜)"

이번에는 장내가 조용했다. 신부가 두 번 절하고

"신랑답일배(新郎答一杯)"

신랑이 한 번 절하고 읍으로 답을 했다.

"신부우재배(新婦又再拜)"

신부가 다시 두 번 절하고

"신랑우답일배(新郎又答一杯)"

신랑이 다시 한 번 절하고 읍으로 답을 했다.

"신랑신부궤(新郎新婦跪)"

신랑과 신부를 자리에 꿇어앉게 한 다음

"행은배례(行銀盃禮)"

은잔을 대신한 놋쇠 잔에 술을 따라 신랑 신부가 차례로 입을 대고 교배상 위에 올려놓았다.

"행사배례(行砂盃禮)"

이번에는 사기잔에 술을 따라 신랑 신부가 차례로 입을 대고 교배상에 올려놓았다.

"행근배례(行卺盃禮)"

금은을 상징하는 뜻으로 청실과 홍실을 길게 묶은 조롱박 잔에 술을 부어 신랑 신부가 차례로 세 번에 걸쳐 잔을 비우도록 했다.

"신랑신부흥(新郎新婦興)"

신랑 신부를 일어서게 하고,

"예필고이성(禮畢告利成)"

집례자가 두 사람이 부부로 맺어졌음을 천지신명께 고하는 것으로 예식이 끝났다.

신랑과 신부는 신랑상이 차려져 있는 안방으로 인도되었다. 신랑 신부를 상좌에 나란히 앉히고 상주위에는 일가친척들과 마을 사람들이 발 디딜 틈도 없이 빼곡하게 들어앉았다.

친척 중 한 명이 신랑에게 말했다.

"이 상은 신랑상인께 체면 채리지 말고 많이 드시씨오. 신랑상은 시상에 나와 한 번배끼 못 받는 상인께라우, 못 드시먼 두고두고 후회허게 될 것이오, 잉."

신랑이 대답했다.

"모다들 지 입만 그렇코롬 뚫어지게 쳐다보고 기시먼, 지가 부끄러서 어쩌코롬 혼자 묵고 있것십니껴? 지만 쳐다보시덜 말고 같이 드십시다."

"하이고, 신랑이 생기기만 좋게 생긴 중 알었드니 말은 더 곱네, 그려. 신랑 말이 맞는 말이요. 우덜도 같이들 드입시다."

그 말이 떨어지기 바쁘게 모두 젓가락을 들고 음식을 집어 나르기 시작했다. 처음에는 조심스러웠던 손길들이 차츰 체면도 없이 부지런해지더니 음식 접시들이 금방 바닥을 드러냈다.

그럴 즈음, 방문이 왈칵 열리고 몽둥이를 든 대여섯 명의 동네 청년들이 들이닥쳤다. 맨 앞에 들어온 청년이 좌중을 둘러보며 말했다.

"우덜은 동네에 도둑이 들었다는 신고를 받고 도둑을 잡으러 온 포졸들이다. 이 집에 도둑이 있다는 말을 들었는디, 암만해도 저 아랫목에 안겼는 낯선 놈이 수상허구나. 네 이놈, 너 도둑놈이 분명허지? 이실직고허렸다."

신랑은 이런 일이 일어날 줄 미리 알고 있었던 듯 태연하게 말을 받았다.

"나는 도둑이 아니다."

"네 놈이 도둑질해 갈라고 동네에 온 놈이 아니란 말이냐?"

"나는 도둑이 아니니께, 도둑놈으로 몰덜 말어라."

"니놈이 도둑이 아니면, 우리 동네에 뭔 볼일로 왔는가 말혀봐라."

"나는 오라는 청을 받고 온 사람이다."

"누가 너를 오라고 청을 혔단 말이냐?"

"이 집 주인이 오라고 혀서 왔다."

"집 쥔이 오라고 혀서 왔어? 그러면, 집 쥔헌티 한번 물어보자."

포졸들이 방문을 열어젖히고 밖을 향해 소리쳤다.

"쥔양반, 이놈을 오라고 청을 혔소, 안 혔소?"

그때 집주인은 옆집에 차린 상객방에 상객을 접대하러 가고 집에 없었다. 대신 마당을 정리하고 있던 사람들이 청년들 편을 들며 청한 일이 없다고 외쳤다.

"집 쥔은 이놈얼 청헌 일이 없단다."

포졸들의 전갈을 받은 포졸 대장이 신랑에게 말했다.

"너도 들었제? 집 쥔은 너를 청헌 일이 없다는 구나."

신랑은 궁리하다 불쑥 신부를 가리키며 말했다.

"이 사람이 오라고 혀서 왔다."

"그리어? 그러면, 신부헌티 한번 물어보자. 자네가 이 사람을 불렀는가?"

포졸 대장이 신부에게 물었다. 신부가 고개를 돌리고 아무 말도 못하자 대장은 기세등등하게 소리쳤다.

"봐라. 신부도 너를 불렀다는 말이 없다. 아무도 청헌 일이 없는디, 대처 뭔 일로 이 동네에 와서 아랫목에 좌정허고 안겄느냐?"

"아무도 나럴 안 불렀다면, 내가 잘못 찾어왔는 갑다. 나는 게양 가야겄다."

신랑이 벌떡 일어나자 신부가 용감하게도 신랑의 바지 자락 한 끝을 꽉 잡고 놓지 않았다. 걸음을 떼어 놓지 못하던 신랑은 엉거주춤 자리에 다시 주저앉았다.

"오라, 인자 본께 이놈이 우리 동네 처녀를 돌라 갈라고 온 사람 도둑이 분명허구나. 이놈아, 사람을 돌라 갈라고 왔으면, 그만헌 대가가 있어야 헐 것 아니냐? 소를 한 마리 낼래? 아니면 도야지로 멫 마리 낼티냐?"

"나는 소도 도야지도 못 내겄다."

"뭣이라고? 소도 도야지도 못 내겄다고? 이놈아, 사람이 소, 도야지 값도 안된단 말이냐? 이놈이 몽둥이 맛을 봐야 정신을 채릴 모양이다. 이놈얼 꺼꾸로 매달고, 매우 쳐라."

신랑에게 덤벼들려던 서너 명의 포졸들이 신랑의 강한 발길질에 뒤로 나가 떨어졌다.

"이놈이 보통 신 놈이 아니다. 모다 한 뻔에 덤버 들어서 꽁꽁 묶어 부러라."

포졸들은 방 안 사람들의 도움까지 받어 간신히 신랑의 두

발을 묶어 거꾸로 매달고 발바닥에 몽둥이질을 시작했다.

"한 대"

"두 대"

"다섯 대"

"이래도 항복 안 헐 터냐? 이놈이 동네를 몰상허게 보는구나. 더 시게 쳐라."

"야닯 대"

"아홉 대"

"열 대"

열 대째에 몽둥이가 부러져 두 동강이 났다. 이 지경이 되어도 거꾸로 매달린 신랑은 끙끙 앓으며 입을 앙다물고 참을성 있게 버텨 내고 있었다. 난처해지고 체면이 아닌 쪽은 포졸들이었다.

분기가 오를 대로 오른 대장이 소리쳤다.

"이 징헌놈 잔 봐라. 이놈이 갑자기 주댕이가 붙어 부렀다냐? 이놈 주댕이럴 떡 벌어지게 맹글 새 몽둥이럴 대령혀라."

부러진 몽둥이를 대신할 새 몽둥이가 들어왔다. 새 몽둥이는 앞 몽둥이처럼 삭은 것이 아닌 괭이가 박히고 울퉁불퉁 불거진 두텁고 단단한 소나무 몽둥이였다. 한마디로 사람 잡을 몽둥이에 틀림없었다. 힘 센 포졸 하나가 손에 침을 튀기고 나서 몽둥이를 꼬나들고 대장의 명이 떨어지기를 기다렸다. 방 안 사람들은 입을 다물었다. 대장은 입을 열기 전에 방을 한 바퀴 둘러보았다. 거기에는 끝장을 보고 싶어하는 냉정한 눈들이 자기를 지켜보고 있었지만 그 가운데에 물러서고 싶어 하는 겁먹은 눈길이 없는 것도 아니었다.

대장이 입을 열려는 순간 그는 신부의 간절한 눈길에 붙잡혔다. 그는 애처롭고 위협적인 호소를 과감히 떨쳐 버릴 만큼 배짱 있는 인물이 못 되었다. 그리고 그는 신부와 가까운 사촌간이었던 것이다. 그가 이러지도 저러지도 못하고 있는 사이에 문득 머리에 어떤 생각이 하나 떠올랐다.

"잠깐"

그는 몽둥이를 든 포졸을 저지하고 나서 부스럭부스럭 허리춤을 뒤지더니 낡고 구겨진 종이 쪽지 하나를 꺼냈다. 그가 종이를 펴 들고 우쭐대며 외쳤다.

"너 이놈, 이 종우때기에 써 있넌 글자를 읽을 줄 알겠느냐? 니놈이 이 글자럴 읽고 해석을 내리면 벌을 면해 주겄다. 허나 못 읽으먼 더 큰 중벌이 있을 줄 각오혀라."

신랑은 발이 묶인 채 바로 앉혀지고 그 앞에 구김을 편 종이 쪽지가 내밀어졌다. 숨을 가다듬고 정신을 차린 신랑이 종이를 들여다보았다. 방 안이 소란스러워졌다. 모두들 종이에 써 있는 글의 내용이 궁금했던 것이다. 종이에는 이렇게 쓰여 있었다.

月白 雪白 天地白
山深 夜深 客愁深

신랑이 아무리 눈을 비비고 들여다보아도 글을 배운 적이 없는 까막눈인 그로서는 흰 것은 종이요, 검은 것은 글자일 따름이었다.

신랑은 솔직하게 털어놨다.

"나넌 무식혀서 이것이 뭔 말인지 통 몰르 것으니, 유식헌 너그덜이 잔 갈쳐 주먼 고맙겄다."

사람들의 시선이 모두 대장을 향했다. 포졸이나 방 안에 있는 사람들 중에 이 글을 읽을 수 있는 사람이 한 사람도 없었던 것이다. 포졸 대장의 얼굴이 화끈 달아올랐다. 상황이 이렇게 돌아갈 줄 예상치 못했기 때문이다. 이 글은 그가 머슴을 살고 있는 산 아랫마을 김 생원네 사랑방에 늘 놓여 있는 병풍에서 따온 것이었다. 그가 어느 날 무슨 기가 동했는지 낡은 종잇조각에 병풍 글자들을 옮겨 적어 허리춤에 간직해 왔을 뿐인 것이다. 그는 재빨리 이 글귀가 적힌 병풍 그림에 둥근 달이 그려져 있던 것을 상기해 냈다. 그리고 얼른 둘러대었다.

"보름날은 둥근달이 떠야 맛인디, 오늘 밤에는 구름이 쪄서 달을 볼 수 없다. 허나 구름 우게는 보름달이 훤허게 떠 있을 것이다, 그런 말이여. 오날이 섣달 보름날 아님감은?"

그를 잘 알고 있는 마을 사람들이 그의 궁색한 답변을 듣고 코웃음을 치고 있을 때, 신랑만은 아무 의심 없이 감동한 얼굴로 연신 고개를 끄덕이고 있었다.

그때 상객 방으로부터 돼지 한 마리와 술 다섯 말을 내겠다는 전갈이 왔다. 때맞춰 신부의 고모가 떡 벌어진 새 술상을 차려 왔다. 이리하여 신랑 다루기 일 막이 끝나고 즐겁게 먹고 마시는 가운데 흥겨운 신랑 다루기 이 막이 시작되었다.

신랑과 신부의 노래를 들어보고 신랑에게 신부를 업고 방을 돌게 하고 신부의 입에 물린 밤과 대추를 신랑의 입으로 받아먹게 하고 말을 안 들으면 벌주를 먹이는 등 흥분된 여흥은 밤이 이슥하도록 계속되었다.

자정이 넘어 사람들이 다 자려 가고 신방에는 신랑과 신부 두 사람만 남았다. 서로를 가깝게 해 주려고 모두들 그렇게 힘써 주었음에도 두 사람은 더욱 부끄럽고 어색할 뿐이었다. 신부는 구석에 쪼그리고 앉아 얼굴도 들지 못하고 있었고 신랑은 또 저만큼 떨어져서 벽만 쳐다보고 우두커니 앉아 있었다. 밤새 그렇게 앉아 있을 수만은 없었든지 신랑이 벽을 쳐다본 채 떨리는 목소리로 물었다.

"나이가 몇 살이요?"

다 알고 있는 질문이었다. 신부가 고개를 들지 못한 채 모기만 한 소리로 대답했다.

"스물니 살이여라우."

"나허고 동갑이구만요. 이름이 무엇이요?"

"짐 쪼깐네라고 허는구만요."

이번에는 신부가 고개를 들고 성까지 들먹이며 제법 야무진 목소리로 대답했다. 방문 밖에서 쿡쿡거리는 웃음소리가 들려왔다. 문구멍을 뚫고 많은 눈들이 방 안을 엿보고 있었던 것이다. 신랑이 문을 활짝 열어젖히고 말했다.

"날씨도 찬디 이리덜 들오셔서 잔 더 놀다 가시씨오."

"아이코매야."

문구멍으로 엿보던 사람들이 무안하여 신발들을 제대로 신지도 못하고 모두 내빼 버렸다.

깊은 산골 마을에 아침이 느릿느릿 찾아왔다. 전날 혼례를 치른 신랑이 머물고 있는 신부의 집은 아침부터 부산스럽기 그지없었다. 아침 식사 후 상객으로 왔던 오동나무 집 최생원 일행이 먼저 떠나고 무명 이불 두 채와 옷 몇 벌을 담은 고리 하나가 전부인 신부의 간단한 짐이 지게에 실려 떠나가고 마지막으로 신부를 태운 가마가 출발했다. 노랑 저고리에 붉은 치마를 입은 신부가 친정아버지께 큰절을 올리고는 울면서 가마에 올랐다. 두 명의 가마꾼 옆에 마을 청년 너댓 명이 바짝 따르고 있었는데, 이들은 가파른 재를 넘을 때 신부를 가마에서 내려 걷게 하지 않으려는 가마 교대꾼들이었다. 가마 뒤에 조금 떨어져서 줄줄이 따라가던 두 언니와 친구, 친척들은 재에 다 올라서야 가마에서 내린 신부와 눈물의 작별을 하였다. 사람들은 양천리 재를 이별 재라고도 불렀다. 이 재를 넘어 시집을 가는 경우나 오는 경우에 신부들이 가족들 친지들과 이 고개에서 슬픈 이별을 했기 때문이었다. 뿐만 아니라 이 재는 다시 문평, 함평 등지로 장을 보러가는 사람들과 그쪽에서 이쪽으로 넘어오는 장꾼들의 통행로가 되기도 하였다. 이별 재에서 언니들, 친지들, 가마 교대꾼들과 헤어진 신부는 다시 가마에 올라 꼬불거리는 산길을 내려왔다. 신랑은 가마를 인도하기 위해 앞서서 휘적휘적 걸어갔다.

산을 절반쯤 내려왔을 때 바람이 일고 하늘이 먹구름으로 덮여 갔다.

"눈이 오기 전에 질을 서둘러야겠네."

두 가마꾼들이 걸음을 재촉했다. 산을 거의 내려왔을 때부터 나풀거리던 눈발이 양천리를 지나 큰길에 나오자 싸락눈으로 변하여 쏟아지기 시작했다. 바람이 눈을 몰고 세차게 불어왔다. 눈보라가 앞에서 몰아쳐서 얼굴을 마구 때리는 바람에 가마꾼들은 눈을 뜨거나 입을 벌릴 수조차 없었다. 몸을 앞으로 구부리고 고개를 옆으로 돌린 채 어렵게 한 발 한 발 옮겨 놓았다. 그렇게 얼마쯤 가다가 문득 정신을 차려보니 앞서가던 신랑이 보이지 않았다. 가마꾼들은 자신들이 늑장을 부리는 바람에 신랑을 놓쳤다고 생각하고 정신없이 쫓아갔다. 그렇게 눈보라와 싸우며 한참을 달렸건만 신랑을 찾을 수는 없었다. 그들은 신랑이 사는 영안촌 마을 입구를 지나쳐 버린 사실을 알지 못한 채 길을 계속 따라가고 있었던 것이다.

눈은 그칠 줄 모르고 내렸으며 길가에는 눈보라를 피할 나무 한 그루, 집 한 채 보이지 않았다. 그렇게 얼마를 걸었든지 두 팔이 늘어지고 다리가 뻐근해져 왔을 때 길갓집 하나를 발견했다. 그들은 의논이나 한 듯 길갓집의 처마 밑으로 기어들어가 가마를 내려놓았다. 그리고 집주인을 찾아 영아촌인가, 영암촌인가 하는 동네가 어디냐고 물었다. 가마꾼들은 신랑이 사는 동네 이름을 확실하게 알지 못했던 것이다. 집 주인은 길을 오 리쯤 더 가면 길가에 용암촌이란 동네가 있다고 알려 주었다. 그들은 눈이 잠시 뜸해지자 가마를 메고 출발했다. 용암 마을은 아홉 개의 작은 마을들로 이루어진 큰 마을이었다. 그리고 그 마을들은 눈 속에 고립되어 서로 소식이 두절된 터라 그들은 이름도 성도 잘 모르는 신랑의 집을 찾아 아홉 개의 마을들을 다 돌지 않을 수 없었다. 그러나 그들이 겨우 알아낸 것은 길을 따라 십 리쯤 더 가면 연화촌이란 이름의 마을이 있다는 것뿐이었다. 그들은 힘을 내어 다시 출발했다. 연화촌 마을은 면 경계를 넘어 읍의 변두리에 자리한 마을이었다. 그들은 연화촌을 들렀다가 다시 면내의 동쪽 기차역 부근에 있는 영흥마을을 찾아갔다.

그들이 가는 곳마다 허방을 집고 나왔을 때는 날이 이미 어둑어둑해졌다. 눈과 바람은 어느덧 잦아들었으나 추위는 더욱 심해지고 무릎까지 쌓인 눈에 발이 푹푹 빠졌다. 날이 저물어가자 지칠 대로 지친 가마꾼들의 발걸음은 쓰러질듯 휘청거렸다. 손도 발도 몸도 꽁꽁 얼어붙어 감각이 없어진 지 오래였다. 그들은 기차역 앞에 있는 작은 주막집의 닫힌 출입문을 부술듯이 밀치고 안으로 들어갔다. 그리고 가마 속에서 추위로 덜덜 떨며 밖으로 나오기를 거절하는 신부를 놔둔 채 다짜고짜 주인네 방으로 뛰어들었다. 좁디좁은 단칸방에 주인들과 아이들이 오글거리고 있었지만 그들은 개의치 않고 아랫목을 파고들었다. 막걸리를 청해 빈속에 몇 사발씩 들이키고 취기가 오른 그들은 그대로 자리에 쓰러지고 말았다. 시간이 얼마나 흘렀는지 한 가마꾼이 정신을 차리고 밖으로 나와 가마 문을 열어보았다. 가마 안에는 신부가 없었다. 가마꾼이 놀라서 방으로 뛰어 들어가 동료를 깨웠다.

"큰일 났다, 큰일 나. 신부가 없어졌다."

반쯤 몸을 일으켰던 가마꾼이 몸을 다시 털썩 눕히며 귀찮다는 듯이 소리쳤다.

"소피라도 보러 갔겠제, 쪼끔 지둘러 봐."

그러나 아무리 기다려도 신부는 돌아오지 않았다.

한편 눈보라를 피해 달리던 신랑은 문득 신부의 가마가 따라오지 않는 것을 알아차렸다. 그는 놀라서 즉시 오던 길을 되짚어 양천리로 들어가는 갈림길까지 가 보았다. 양천리 샛길에서 큰길로 나올 때까지는 분명히 가마가 뒤를 따라 오고 있었기 때문이었다. 그러나 그는 신부를 태운 가마를 발견하지 못하고 다시 마을 입구로 돌아왔다. 그는 험한 눈보라 속에서 서로 알아보지 못하고 길이 엇갈렸거나 가마꾼들이 어느 한 구석에 오도 가도 못하고 웅크리고 있는 것이 아닌가 싶어 주위를 잘 살펴보며 그 길을 갔다가 오기를 몇 차례 되풀이 했다. 그러다가 한 곳에 머물러 기다리는 것이 낫겠다 싶어 마을 입구에 서서 가마가 나타나기를 눈이 빠지게 기다렸다. 그는 가마가 마을 입구를 지나쳤으리라고는 생각조차 못했던 것이다.

드디어 신랑은 집으로 돌아와 형제들과 마을 젊은이들을 이끌고 가마의 행방을 찾으러 나섰다. 젊은이들 십여 명은 두 패로 나뉘어 길 양쪽의 언덕배기와 눈구덩이, 눈이 수북이 쌓인 곳 등 들판의 이 구석 저 구석을 수색하기 시작했다. 그들은 가마가 언덕을 미끄러져 떨어졌거나 눈구덩이에 빠졌거나 길을 잘못 들어 눈 덮인 들을 헤매고 있을지 모른다고 여겼기 때문이다.

날은 저물고 눈이 다시 내리고 있는데 가마를 찾으러 간 젊은이들은 돌아오지 않고 있었다. 신랑의 어머니 장자동댁은 집 안과 밖에 등불을 환히 켜고 마당의 감나무에도 등불을 매달았다. 그러나 쏟아지는 눈발 속에 불빛이 힘을 잃어가자 어머니는 마당 가운데 장작불을 피우기 시작했다. 집에 있는 땔감들을 다 모아 불을 피웠다. 불이 힘차게 타올랐다. 하늘에서 내리는 눈발들을 거침없이 삼키며 널름거리는 혀로 하늘을 핥았다. 어머니가 울타리를 받치고 있는 썩은 기둥들까지 모두 빼내 불속에 던져 넣고 돌아섰을 때, 사립문 앞에 웬 사람이 하나 꼼짝도 하지 않고 서 있는 것을 보았다. 그는 어린애처럼 키가 작았고 눈덩이인지 사람인지 분간할 수 없을 만큼 눈을 푹 뒤집어쓰고 있었다. 그 사람에게 가까이 가서 얼굴을 들여다보던 어머니는 기절할 만큼 놀랐다. 그 사람은 신부였던 것이다. 신부는 시어머니의 발밑에 푹석 쓰러졌다. 시어머니는 신부를 방으로 옮겨 꽁꽁 얼어붙은 몸을 밤새워 간호했다.

신부는 사흘만에야 겨우 몸을 일으켰다. 신부가 눈 내리는 험한 밤에 한 번도 와 본 적이 없는 신랑의 집을 어떻게 찾아왔는지 알 길이 없었다. 신부 자신조차도 이 일에 대해서 입을 열지 못했다. 아마도 세상을 이끌어 가는 선한 힘이 이루어낸 기적이 아니었을까 싶다.

4. 재 너머에서 온 손님

이월 하순의 어느 날 오후, 한 노인이 송아지 한 마리를 끌고 영안촌으로 들어가는 좁은 길을 걸어가고 있었다. 응달에는 눈이 아직 쌓여 있었으나 양지쪽의 눈은 녹아 길이 질척거렸으며 바람결도 기세가 한풀 꺾여 있었다. 눈 녹은 보리밭에서 첫 종달새가 우짖으며 하늘 높이 솟아올랐다.

송아지는 장난꾸러기처럼 껑충거리며 앞서 달리다가 한눈을 팔기도 하고 금새 뒤처져서 음매 하고 엄마를 찾으며 서 있기도 했다. 그러나 노인은 송아지의 목줄을 당겨 재촉하는 일도 없이 느긋하게 기다렸다가 다시 천천히 걸음을 옮겼다. 마을 앞에 이르자 마침 골목길에서 한 여자가 나왔다. 부스스한 머리에 목을 잔뜩 움츠린 채 두 손으로 가슴을 여미고 떨어진

남자 고무신을 질질 끌며 나온 사람은 동네 수다쟁이 풍산댁이
었다.

노인은 풍산댁에게 물었다.

"말 잔 묻겄는디라우. 이 동네가 영안촌 맞소?"

풍산댁은 염치없는 눈길로 노인의 머리에서 발끝까지 주욱
한 번 훑어보았다. 그리고 옆에 있는 송아지를 호기심 어린 눈
으로 바라보았다. 풍산댁은 사람을 대할 때 늘 위아래를 훑어
보는 버릇이 있었는데, 그 버릇이 상대방에게 실례가 되는 행
동이라고는 생각하지 못하는 사람이었다. 때 묻은 무명 솜바
지 저고리에 낡아 빠진 목도리를 목에 두르고 있는 노인은 잔
주름이 많은 얼굴이었지만 눈은 맑았고 몸은 노인답지 않게 꼿
꼿했다.

풍산댁이 관심을 보이며 물었다.

"이 동네가 영안촌 맞구만이라우, 이 동네에 첨 오신 모양인
디 뉘 집을 찾어 오셨는개라우?"

"나는 재 너머 안골에서 사둔댁을 찾어오는 질입네다요."

풍산댁이 호들갑스럽게 말했다.

"오메, 그러면 손님께서 장자동덕네 두째 매누리 친정아부
님이신개라우?"

"예예, 그렇구만이라우."

"오 그러시구만, 지가 집을 갈쳐 드릴 틴께 지만 따라 오시씨요."

풍산댁은 신바람이 나서 앞장을 섰다. 지금껏 어둑어둑한 방에서 구들을 지고 뒹굴다가 심심해서 밖으로 나와 본 참이었던 것이다.

"장자동덕 요새 장사 안 나가고 집에 있구만요. 마침 날을 잘 잡어 오셨단께요."

풍산댁과 장자동댁은 골목은 달라도 싸리 울타리 하나를 사이에 둔 이웃이라 마루에 서면 서로의 집 안이 훤히 들여다보여 한집과도 같이 지내고 있었다.

"그런디 그 소앙치는 딸네 줄라고 낑고 오시는감요?"

관심이 줄곧 송아지에게 가 있는 풍산댁이 돌아보며 넌지시 물었다.

"예예, 딸이 시집간 날 저녁 참에 태어났는디, 젖을 막 띠어 데꼬 오는 질이구만요. 시집 갈 때 암것도 못해 준 것이 늘 맘에 걸래서라우."

"오 그래라우, 잉? 딸이 좋아허겄구만이라우."

풍산댁이 송아지에게서 눈을 떼지 못하며 문 옆에 감나무가 서 있는 장자동댁의 집으로 들어섰다.

"장자동 성님, 손님 오시오. 재 넘어 사둔 양반 오시오."

풍산댁의 목소리에 방문이 벌컥 열리고 장자동댁이 버선 발로 뛰어나왔다.

"안사둔어른 그간 안녕 허셨습니까요?"

노인이 고개를 숙여 인사했다.

"아이코메, 이 찬 날씨에 사둔어른이 어쩌코롬 먼 질을 찾어 오셨단가요?"

장자동댁이 안골로 며느릿감을 보러 갔을 때 두 사람은 이미 대면이 있었던 것이다.

"성님, 이 소앙치럴 잔 보씨오, 잉. 사둔 양반이 딸네 줄라고 낑고 오셨다는디라우."

풍산댁은 사돈 간의 예의를 갖춘 인사가 끝나기를 기다리지 못하고 급하게 끼어들었다. 장자동댁은 송아지를 보고 놀라 소리쳤다.

"사둔어른, 웬 소앙치라요?"

사돈어른이 입을 열기 전에 풍산댁이 얼른 나섰다.

"딸이 시집 간 날 난 소앙친디라우, 딸에게 암것도 못 해 줘서 늘 맘에 걸래 갖고 젖을 띠자마자 데꼬 오셨다는 구만이라우."

"시상에 시상에 어쩌코롬 이런 일이……."

장자동댁은 너무도 뜻밖의 일에 말문이 막혀 어쩔 줄 모르고 서 있다가 겨우 송아지의 목줄을 받아 헛간에 묶고 나서 말했다.

"애써 데꼬 오신 것을 도로 낏고 가시랄 수도 없고, 둘째 보고 아부이를 뵙디끼 중허게 잘 키우라고 허겠습니다요……. 날씨도 찬디 어서 안으로 들어가시지라우."

그러나 사돈어른이 바깥사돈도 없는 안방으로 들어가기가 민망하리라는 것을 깨닫고 곧 말을 정정했다.

"사둔, 이리 오시지라우. 두째 방으로 가입시다."

이 집의 둘째 며느리이자 자신의 막내딸의 방은 헛간 옆에 임시로 들여 만든, 창도 없고 드나드는 문 하나뿐인 캄캄하고 답답한 방이었다. 아랫목에는 이불 하나가 깔려 있고 이불 밑은 온기가 조금 있었다. 두 사람은 방문을 살짝 열어 놓고 얘기를 나누었다.

"그간 집안에 아무 연고 없으시지라우?"

"덕분에 저이덜은 잘 지내고 있습니다마는 막내를 여워 불고 얼매나 적적허게 지내시는가요?"

"적적허다니요? 짐댕이럴 치워 불고 난께 이렇고 맘 편헐 수가 없습네다."

"말씀은 그렇코롬 허세도 지가 왜 사둔어른 심정을 모르것습니껴……. 참, 두째가 큰동서허고 또랑에 빨래허러 갔구만요. 지가 가서 데리꼬 오겠습니다요."

장자동댁이 밖으로 나오니 방문 밖에 서서 안으로부터 흘러 나오는 얘기에 귀를 기울이고 있던 풍산댁이 냉큼 나섰다.

"성님은 집에 기시써요. 내가 펑하니 가서 데불고 올 틴께로."

그녀는 큰 신발을 질질 끌며 횡하니 밖으로 달려 나갔다. 곧 둘째 며느리가 숨이 턱에 차서 뛰어들자 송아지에게 밥을 주고 있던 장자동댁이 말했다.

"아부님이 니 방에 기신다. 어서 들어가 뵈어라."

한참만에 방에서 나온 며느리는 눈가가 붉게 물들어 있었다.

시어머니가 물었다.

"두째야, 니 아부님을 어떻고 대접혔으면 좋으끄나?"

며느리가 대답했다.

"지 친정 아부님은 퐅죽얼 아조아조 좋아허시는구만요."

"퐅죽을 아조아조 좋아 허세야? 그러면 퐅죽을 쒀서 대접혀 드리끄나? 막둥이 생일 때 쓸라고 놔둔 퐅이 잔 있으니께."

장자동댁은 뒷마루로 가서 마른 바가지에 퐅을 소복하게 담아가지고 나왔다.

"어서 싯쳐 갖고 삶어라."

마침 빨래를 끝내고 돌아온 큰며느리와 둘째 며느리는 땀을 흘리며 팥죽을 쑤기 시작했다. 팥을 무르게 삶아 거르고 밀가루를 반죽하여 밀대로 밀어서 칼로 썰고.

풍산댁이 동네방네 소문을 내어 징자동댁의 집은 그날 오후 내내 동네 손님이 끊이지 않았다. 그들은 찾아온 명분을 내세우느라 뜬금없이 재 소쿠리나 쇠스랑을 빌리러 오고, 사람을 찾으러 오는가 하면, 찐 고구마 몇 개를 갖고 오고, 물김치 한 사발을 들고 오기도 했다. 사람들은 찾아온 용무는 뒷전이고 헛간 방을 기웃거리거나 기둥에 매어 음매음매 울어 쌌는 송아지를 구경하는 데만 정신을 팔았다.

죽이 다 쑤어지자 동네 큰 사랑에서 새끼를 꼬다 돌아온 평섭이와 겸상으로 헛간 방에 상을 들였다. 평섭이가 느릿느릿 죽 한 그릇을 먹는 사이에 노인은 두 그릇이나 뚝딱 비웠다. 평소에 죽을 별로 좋아하지 않는 데다, 큰 사랑에서 새참을 얻어먹고 온 평섭이가 건성으로 인사말을 건넸다.

"죽 한 그럭 더 드실란가요?"

"배불리 묵었네."

사돈어른의 말을 그대로 곧이들은 평섭이는 상을 내어 버리고 말았다. 한 번 더 권해 주리라 생각했던 노인은 아쉬운 눈으로 나가는 상을 바라보았다.

주인집인 오동나무 집에서 저녁을 먹고 날이 어두워진 뒤에 돌아온 사위는 장인과 반가운 상봉을 했다. 노인의 딸은 혼자 사는 풍산댁네로 자러 가고 장인과 사위는 한 방에서 잠을 잤다. 며칠 동안 멀리 있는 주인네 산에서 나무를 내려 달구지로 실어 나르고 그날부터 장작 패기를 시작했던 사위는 곧 잠에 곯아떨어지고, 무언가 서운하고 미진하여 잠들지 못해 뒤척이던 노인은 측간을 다녀오려고 밖으로 나왔다. 측간에서 나오는데 어디선가 팥죽 냄새가 솔솔 풍겨 왔다. 장독대쪽이었다. 안사돈의 방에 불도 꺼져 있고 집 안은 쥐 죽은 듯 고요했다. 노인은 발소리를 죽이고 살며시 장독대 옆으로 다가갔다. 장독 그릇 위에 소쿠리로 덮어 놓은 팥죽 솥이 있었다. 노인은 팥죽 솥에 코를 넣고 그 향기로운 냄새를 들이마셨다. 노인은 도저히 참을 수 없었다. 죽을 떠먹을 만한 것이 없을까 하고 이리저리 기웃거렸다.

큰며느리 고정촌댁은 남편이 올까 기다리며 잠들지 않고 있었다. 이룡 마을 허생원댁에 머슴으로 가 있는 남편이 며칠 만에 한 번씩 집에 다니러 오곤 했기 때문이다. 남편은 오지 않고 송아지만 어미를 찾으며 매애 매애 울어댔다. 고정촌댁은 송아지에게 밥을 주어 달래려고 밖으로 나왔다. 장독 옆에 웬 사람이 어른거리고 있었다. 시어머니는 아닌 것 같았고 풍산댁네로

잠을 자러간 동서일리도 없었고 대체 누굴까 싶어 가까이 다가
가는데, 그쪽에서 몹시 반기는 목소리가 들려왔다.

"오, 너냐? 마침 잘 나왔다."

사돈어른의 목소리였다. 사돈어른은 고정촌댁을 딸인 줄 아
는 모양이었다.

"여그 폿죽이 남아 있구나. 몇 숟갈 떠묵게 수저 하나 갖다
줄래?"

고정촌댁이 딸인 양 말했다.

"방에 들어가 기시면, 지가 상을 채려다 드릴께라우."

"아니다, 잠든 사람 깨워서 쓰것냐? 기양 여그 안거서 한 숟
갈 뜰란다."

고정촌댁이 부엌으로 가서 숟가락 한 개를 가져오자 노인은
장독 바닥에 쭈그리고 앉아 폿죽 솥을 깨끗이 비우고서야 만족
해하며 방으로 들어갔다.

아침에 풍산댁에서 잠을 자고 돌아온 노인의 딸은 부엌에서
아침상을 준비하고 있는 고정촌댁에게 물었다.

"장광에 둔 폿죽 솥은 워디 갔다요, 성님?"

고정촌댁은 얼른 대답을 못했다. 사실을 알면 동서가 얼마
나 민망해 할까 생각했기 때문이다.

손아래 동서가 말했다.

"성님이 몰르먼 엄니가 아실 틴게 엄니헌티 여쭤봐야겄구만요."

고정촌댁이 급히 동서를 말렸다.

"엄니는 몰르시는 일이네. 사실은 밤늦게 시숙님이 댕개 가셨는디 시장해 허시기에 내가 폴죽을 잔 갖다 디랬네."

고정촌댁은 어쩔 수 없이 집에 오지도 않은 남편 핑계를 댔다. 그 말을 들은 아래 동서는 얼굴이 붉으락푸르락하더니 날카롭게 쏘아붙였다.

"어떻고 그러쿠름 허실 수 있다요, 성님? 성님이사 시숙님 대접사가 중허겄지만, 지 아부님은 딸네 집이라고 오시고 또 오실 분이 아니구만요."

동서의 말에 깜짝 놀란 고정촌댁은 말문이 꽉 막혀 버렸다. 그러나 잠시 뒤 손위 동서의 너그러움을 회복하고 부드럽게 동서를 달랬다.

"엄니 장사 보따리에서 미역 한 가닥 내다가 국 끓이고 밥을 대접혀 드리세. 찬 죽보다 따순 밥이 아칙에는 더 나을 것이네."

"지 아부님은 따순 밥보단 찬 폴죽을 더 좋아라허실 거구만요."

화가 풀리지 않은 손아래 동서는 세 치나 나온 입으로 쌀쌀

맞게 내뱉었다. 아침 식사 후 사돈어른은 떠날 채비를 했다. 집을 한 바퀴 둘러보고 안사돈과 인사를 나눈 뒤 송아지에게도 작별을 고했다. 마을 어귀까지 따라 나온 딸에게 시어머님 잘 모시고 동서 간에 우애하고 남편 공대 잘 하고 살림을 이루어 잘 살라는 간곡한 당부를 한 다음 큰길까지 모시겠다는 사위를 따라 나섰다. 풍산댁은 우물가에서 동네 여자들에게 말했다.

"딸은 아부지를 안 타겠네, 잉. 아부지는 작은 키가 아니구만, 딸은 왜 저리 작을꼬? 돌아가셨다는 어무이가 저리 쬐깐 혔든 모양이제."

사돈어른이 다녀간 뒤 스무날쯤 후의 일이었다. 그날은 여러 날 만에 장섭이도 집에 돌아와 식구들과 함께 저녁시간을 보내고 있었다.

"장자동성님 기시지라우?"

밖에서 말소리가 들리더니 방문이 열리고 풍산댁이 바람을 내며 안으로 들어왔다. 그녀의 손에는 달걀 몇 개가 담긴 바구니가 들려 있었다.

"자네 뭣을 갖고 오는가?"

풍산댁은 대답도 없이 바구니를 안고 서서 물었다.

"성님네 시째는 워디 갔다요?"

"저녁밥 묵고 마실갔는 갑네. 시째는 왜 찾는가?"

그녀는 바구니를 내려놓고 점잔을 빼며 말했다.

"내일이 시째 생일 아닌감요?"

"그려서 달갈을 들고 왔는가?"

"성님, 성님네 시째가 아니었으면 지난 가실을 지가 비 안 맞히고 어찌 다 끝냈겠어요? 은공을 몰르먼 사람이 아니제라우."

풍산댁은 혼자서 서럽게 살아가고 있었다. 아이를 못 낳는다고 구박만 하던 남편은 팔 년 전에 머리에 동백기름을 자르르 하게 바르고 다니던 기름장수 여자를 따라가 버리고 말았다. 천삼백 평이나 되는 농사를 마을 사람들의 도움 없이는 지어낼 수 없는 처지였던 것이다.

"댕길네 개가 씨암탉을 물어 죽이지 안 했드라면 달구 새끼 한 마리럴 갖고 올락 혔는디, 성님네 은공만 입고 보답이 약해서 미안시럽구만요."

"한동네 삼시로 은공이 뭣이고 보답은 또 뭔 말이란가. 자네가 그렇고 유식헌 사람인 중 몰라봐서 미안허이."

장자동댁이 웃음을 참으며 말했다.

"그런디 댕길네 개가 동네 달구 새끼덜얼 여러 마리 물어 죽였담서?"

장사를 나가는 장자동댁은 동네 소식에 어두운 편이었다.

"그 개 새끼가 물어 죽인 달구덜이 동네에 일곱 마리나 되아라우. 어저께는 호찬이네 염소 뒷다리를 물어서 뱅신얼 맹글어 놓고 호찬이가 몽둥이를 들고 쫓은께 들 너메로 도망가 부렀다요. 그런 몹쓸 것을 댕길네는 왜 게양 두고 보는지 몰겄소 예. 동네 남정들이 나서야 되는디, 복날꺼정 지두를 것 없이 내일이라도 언능 된장을 볼라부러야 된단께라우."

풍산댁이 숨도 쉬지 않고 입을 놀렸다.

"거참, 개 한 마리 땜에 동네가 여간 시끄럽구만, 잉."

"글씨 말이여라우. 생각혀 보면 댕길네가 괘씸시럽기 짝이 없단께요. 자기네 개가 헌 일인디 미안시럽단 말 한마디 없단께라우."

풍산댁이 다시 입을 열었다.

"참, 여그 오다가 시암 질에서 가재 양반을 봤는디, 오늘도 술에 만취혀서 맨땅에 궁글고 있드란 말이요. 마침 지동 양반이 지내가길래 같이 부축혀서 집꺼정 디래다 주고 왔구마는 지끔쯤 그 집에서는 난리가 났을 꺼구만요. 살림이 남어 날까 몰르겄소. 성님은 뭔 꺽정이시까? 아들덜이 술을 허까, 놀음을 허까, 허기사 성님보다 마누래들 복이제마는……."

풍산댁은 설거지를 끝내고 방으로 들어오는 이 집의 두 며느리를 쳐다보며 비위 맞추는 말을 했다. 하지만 속으로는 키만 멀쑥하니 크고 물러 터진 큰며느리와 대조적으로 키가 형님의 절반밖에 안 된 데다 옆으로만 퍼지고 모과처럼 꽝꽝하기만 한 작은 며느리를 비교해 보며 어쩌면 골라도 저런 명물들만 골라 왔나 하는 생각을 하고 있었다.

"참, 성님, 진개등 논이 나왔단 소식 들었습디여?"

"진개등 논이 나오다니, 뭔 논 말인가?"

동네 소식통인 풍산댁이 전한 말은 진개등에 있는 아홉 마지기 논을 팔려고 한다는 놀랄 만한 소식이었다. 논 주인인 복룡마을 사람이 멀리 있는 논 관리가 힘들다고 내놓았는데, 욕심내는 사람은 있어도 논 값이 워낙 댕댕하여 아무도 홍정을 붙여 보지 못하고 있다는 것이었다. 이 논의 본래 임자는 장자동댁네였으나, 생전에 남편이 진 많은 빚으로 남의 손에 넘어가고 말았다. 진개등 논은 물길이 좋아 심한 가뭄에도 마르지 않는 상답 중의 상답이었다. 장자동댁 가족들은 집이나 세간이나 다른 전답보다 진개등 땅을 잃은 것을 무엇보다 더 가슴 아프게 생각하고 있었다.

"막둥이 생일은 자네 덕에 걸게 쇠게 생겼네. 아칙이나 함께 들게 집으로 오시게."

장자동댁의 초대를 받고 풍산댁이 집으로 돌아가자, 장섭이와 남섭이의 눈길이 잠시 허공에서 마주쳤다. 진개등 땅을 다시 찾을 수 있는 기회는 왔으나 그들의 힘으로는 턱도 없는 일이었다. 그들의 살 집이 있고 큰 빚 없이 두 번의 대사를 치른 것도 그간 열심히 살아온 결과로 자랑할 만한 일인 것이다. 그러나 이제 땅이 마을 사람 누군가에게 넘어간다면 되찾을 수 있는 기회는 좀체로 오지 않을 터이기에 그들의 마음은 땅을 잃었을 때보다 더 쓰렸다.

그런데 그 땅이 장자동댁 가족에게 돌아왔다. 남섭이의 주인이며 그가 장가가던 날 후행으로 동행해 주었던 오동나무 집 최생원의 배려 덕분이었다. 최생원은 남섭이가 자기의 손녀딸 앵두의 목숨을 구해 준 은인이어서만이 아니라 그에게 친아들 같은 연민과 깊은 정을 느끼고 있는 사람이었다. 이제 이 집에는 최생원에게 진 많은 빚을 어떻게 갚느냐 하는 문제만 남아 있었다. 장남 장섭이는 형제들과 의논하여 그 땅을 평섭이에게 맡기기로 결정했다. 평섭이가 농사를 잘 짓고 다른 형제들도 지금처럼 착실하게 살아간다면 어림잡아 육칠 년 후에는 최생원에게 진 빚도 거의 갚게 될 수 있을 것이었다.

장섭이는 동생들을 데리고 아버지 산소에 올라가서 그동안 남은 가족을 돌보아 주신 은덕에 감사드리고 이번에 진개등 논을 찾게 된 연유를 고한 뒤에 내려왔다. 식구들의 얼굴에는 생기가 돌고 웃음소리가 울 밖까지 새어 나갔다. 그러나 한 가지

걱정이 있었다. 마을 사람들이 안골댁이라 부르는 남섭이의 아내가 시름시름 앓게 된 것이다. 곡기 기척만 해도 배가 끓고 토하고 가슴이 틀어 올라 아무것도 못 먹고 축 처진 몸으로 누워만 지냈다. 진맥을 보니 태기도 아니었다. 온갖 약을 써 보아도 별 차도가 없었다.

삼월 어느 날, 장섭이는 주인에게 하루 말미를 얻고 오동나무 집의 소를 빌려 진개등 논의 논갈이를 나갔다. 그가 초벌논갈이를 평섭이에게 시키지 않고 손수 나선 것은 그들에게로 돌아와 준 고마운 땅과 첫인사를 나누고 싶었기 때문이었다. 황소는 쟁기를 힘 있게 끌고 나갔으며 쟁기 날에 깊게 뒤집힌 땅에서는 훈김이 피어올랐다. 한 고랑을 끝마치고 다음 고랑으로 넘어가는데 저 앞에 뭔가 허연 물체가 널부러져 있었다. 그가 일손을 멈추고 살펴보니 그것은 사람이었다. 여자였다. 남섭이의 아내인 제수였다. 헛간 방에서 앓고 누워있을 제수가 웬일로 여기 논바닥에 와 있는지 알 수 없는 일이었다. 그 사람이 제수라는 것을 안 장섭이는 얼마나 놀랐던지 가슴이 쿵 내려앉고 다리가 벌벌 떨렸다. 귀신을 만났다 해도 이보다 더 놀라지는 않았을 것이다. 장섭이는 얼떨결에 쟁기의 방향을 돌렸다. 그러자 제수가 벌떡 일어나더니 휘청휘청 걸어와서 황소 앞을 막으며 바닥에 털썩 쓰러지는 것이었다. 그는 쟁기를 거두어 집으로 돌아왔다.

아내 고정촌댁이 왜 논갈이를 않고 돌아왔느냐 하고 물었지만 그는 아무 말도 없이 방으로 들어가 이불을 쓰고 누웠다. 그리고 그날 저녁 무렵 오동나무 집을 찾아가서 남섭이를 만나 말했다.

"지성덕네 작은 방을 말해 놓았은께, 내일 중에 니 식구를 데꼬 이사를 가그라. 니 살림은 저금짝 한나라도 냉기지 말고 다 갖고 가야 헌다. 글고 진개등 아홉 마지기는 니 앞으로 이전해 줄 틴께 그리 알그라."

청천 하늘에 날벼락 같은 형의 선언에 벼락 맞은 듯 서 있는 동생을 쳐다보지도 않고 그는 휙 돌아서서 주인집인 허생원네로 돌아갔다. 남섭이는 지금껏 그토록 쌀쌀한 형의 태도를 본 적이 없었다. 그는 어찌나 놀랐든지 그 말이 무슨 말이냐고 묻지도 못했다. 형의 굳은 태도는 더 이상의 설명도 물음도 허용치 않았던 것이다. 그가 무슨 잘못을 저질렀기에 형의 노여움을 사고 사랑하는 가족들에게까지 버림을 받게 되었는지 모를 일이었다. 그리고 진개등 논을 왜 자기가 차지해야 하는지 도무지 알 수 없는 노릇이었다. 멍하니 서 있던 그는 마침내 형을 거역할 수 없다는 것을 깨달았다. 남섭이는 형의 말대로 이튿날 저녁 아내를 데리고 마을 끝에 있는 지성댁네 작은방으로 이사를 했다. 그리고 그는 그날부터 가족들과 마을 사람들과 세상에 고개를 들지 못하는 죄인이 되어 버렸다. 그러나 땅을 받아 분가를 나온 안골댁은 그날로 병을 털고 일어났다.

5. 금반지 사건

마을 사람들은 남섭이가 진개둥 논을 차지하여 분가해 나간 일을 두고 말이 많았다. 그들은 장자동댁 식구들이 그 땅을 얼마나 되찾고 싶어 했는지를 잘 알고 있었기 때문이다. 싸리나무 골목 어귀에 여자들 서너 명이 모여 앉아 그날도 그 일을 입방아에 올려놓고 있는 중이었다. 그 땅은 장자동네 가족들에게 돌아온 것이지 남섭이 놈에게 돌아온 것이 아니니 장자인 장섭이 차지가 되어야 마땅하다는 평택이 할머니의 말에 싸리나무 골목에 살고 있는 사리실댁이 고개를 끄덕이며 남섭이의 흉을 보기 시작했다.

"자기 주인 땜에 돌아온 땅인께 자기 껏이다 이맘 아닌감요? 시상에 남섭이놈이 그런 심보를 가진 놈인 중 누가 알었겄소?"

"아무리 생각혀도 남섭이가 그럴 사람은 아니여라우. 분명히 뭔 곡절이 있는 것 같단께요."

지동댁이 남섭이의 역성을 들자, 가재댁이 즉각 열을 올려 반박을 하고 나섰다.

"곡절은 무슨 놈에 곡절? 그 땅이 어뜬 땅인지 아는 놈이 땅을 달랑 띠어 갖고 도둑 지사 지내다끼 소리 소문 없이 한동네로 살림을 나? 참 뻔뻔시럽기도 허제. 그런 자식을 두다니 장자동네도 참 안되았어. 남편 복 없는 년은 자식 복도 없다는 옛말이 틀린 말이 하나도 없다니께."

"그렇고 말고. 열 질 물 속은 알아도, 한 질 사람 속은 몰르드라고, 장개를 가고 남섭이가 그렇고 변헐 줄을 누가 짐작이나 혔어?"

남섭이를 사랑하던 마을 사람들은 그만큼 배신감도 컸던 것이다. 때마침 풍산댁이 골목 밖으로 어정거리며 나오는 것을 보고 여자들이 반색을 하며 불러댔다.

"자네는 앞뒷집서 큰 쌈 구경 했겄네 잉."

가재댁의 질문에 풍산댁이 어리둥절해 하자 평택이 할머니가 알아듣게 설명했다.

"장자동덕네 말이시. 성제들 간에 큰 쌈 않고 어쩌코롬 딴

살림을 났겠는가? 거그다 남섭이가 진개등 논까장 몽땅 들고
나 갔담서?"

풍산댁은 얼른 대답을 못했다. 그녀 역시 다른 사람들과 마
찬가지로 이 일에 대해서 아는 것이 전혀 없었기 때문이다. 누
구보다도 궁금증을 못 참는 그녀는 그동안 아침, 저녁을 가리
지 않고 수시로 장자동네를 기웃거리며 무슨 꼬투리라도 잡으
려고 안간힘을 써 보았지만 장자동댁이나 며느리 고정촌댁이
나 막둥이 평섭이까지도 아는 것이 아무것도 없다는 사실만 알
아냈을 뿐이었다.

장섭이는 어머나나 아내 그리고 누구에게도 말을 하지 않았
다. 진개등 논에서의 일이 생각날 때면 온몸에 소름이 돋았다.
어떨 때는 자기가 본 것이 제수가 아닌 헛것이 아니었나 하는
의구심이 들어 멍멍한 머리를 마구 흔들어 대기도 했다. 그날
그는 집으로 돌아와 이불을 쓰고 몸부림을 치다 진개등 논을
남섭이에게 떼어 주어 불화거리를 끊는 편이 낫겠다는 결론을
내렸다. 그리고 마을 끝에 있는 지성댁네 작은방을 얻어 놓고
남섭이를 만나러 갔었던 것이다.

장섭이는 그 뒤 보름 만에야 집에 돌아왔다. 해가 질 무렵 마
당으로 들어서는데 뒤를 쫓아오기라도 한 듯 남섭이의 마누라
가 따라 들어왔다. 제수를 본 장섭이는 얼굴이 새파랗게 질리

고 다리가 후들거려 허둥지둥 방으로 뛰어들었다. 조금 뒤에 방으로 들어온 아내가 남편에게 물었다.

"당신, 제수를 보고 왜 그렇코 놀래요? 뭔 죄진 일이라도 있단가요?"

"애편네가 아무 말이나 씨부려도 되는겨?"

남편은 소리를 버럭 질렀다. 뜻밖에도 날카로운 남편의 반응에 놀란 아내는 고개를 갸웃거리며 방문을 닫고 물러갔다.

자기가 동네 나팔이라고 불리는 것이 싫지 않는 데다, 훤히 트인 앞뒷집인 장자동네의 일을 모른다 하기가 체면이 아닌 풍산댁의 입에서는 생각지도 않은 말이 튀어나왔다.

"내가 직접 들은 말은 아니제마는, 눈치럴 본께로……."

"눈치를 본께로, 그려서?"

"어서 말혀 보게, 어서."

사람들의 관심이 생각보다 큰 데에 놀란 풍산댁은 허둥대며 다음 말을 생각했다. 그때 문득 장섭이 형제들이 아버지 산소에 올라갔다 온 일이 떠올랐다.

"장섭이네 성제덜이 땅을 찾었다고 아부지 산소에 고허러 갔던 날 있잖은겨?"

"그리여, 그런 일이 있었제. 근께 그날 산소에서 성제덜 간에 쌈이 났었구만 그려?"

"아니, 아니, 그런 거이 아니고라우."

"그러면 멧똥에서 아부지가 그 땅얼 남섭이 줘라 그러드란가?"

"아니란께요. 그 뒤에 장섭이 꿈에 아부지가 몇 번 나트났드란 말이 있는 것 같드란께라우."

"그런께 장섭이 꿈에 아부지가 나와서 그 땅은 남섭이럴 줘야 헌다고 했단 말이제?"

"글씨요, 그런 말 까장은 못 들었구만이라우."

여기까지 교묘히 유도해 온 풍산댁은 이제 사람들이 제멋대로 말하도록 내버려 두었다.

"그 늙은이가 집안 식구를 못 살게 허고 가드니, 그것도 부족혀서 멧똥 속에서꺼정 노망이 든 모냥이구만, 잉."

"좋게 죽들 못헌 이는 좋은 시상으로 못 가고, 원혼이 되아 이승을 떠돌다 집안에 해코지를 허는 뱁이거던."

"이녁 자석덜얼 돌봐 주든 못헐망정 왜 못 살게 심술을 부릴꼬, 잉? 생전에 그 냥반은 그럴 분이 아니였는디."

"원혼을 달래줘야 헐 것이여. 그러덜 못허먼 또 안 좋은 일이 자꼬 닥치고 만단께. 이때 봐. 평섭이 장개갈 찍에는 또 뭔 일이 생길란가."

마을 사람들이 아직 그 일을 머릿속에서 지우지 못하고 있는 가운데 평섭이의 혼인은 뜻밖에도 빨리 이루어졌다. 그는 형들보다 키골이 장대하고 몸이 떡 벌어져서 명절이면 씨름판에 나가 보라고 권하는 사람들이 있을 정도였다. 장섭이는 스물두 살의 젊은 그를 위해 큰 들 가운데 있는 여덟 마지기 소작논을 얻어 주었다. 평섭이만은 남에게 매이는 머슴살이를 시키고 싶지 않은 때문이었다. 장섭이를 존중하는 가족들은 진개등 논에 대해, 또 남섭이의 분가에 대해, 그가 입을 열지 않는 한 모두들 잠잠히 평온을 유지하고 있었다. 장자동댁은 셋째의 혼사를 조급하게 서두르고 싶지 않았다. 그러나 마음속으로 셋째 며느리는 큰며느리처럼 키가 크지 않고, 둘째처럼 작지도 않은 알맞은 키의 참한 색싯감이었으면 하였다.

추석을 지낸 뒤에 평섭이는 깊은 산에 가서 땔나무를 해다 나뭇간에 채우는 한편 좋은 나무는 골라 장에 내 갔다. 그의 나뭇짐은 장에 나온 다른 빈약한 나뭇짐보다 눈에 띄게 크고 훌륭했다. 나무를 알아보는 사람이 곧 나타났다. 손에 미역 한 뭇과 북어 한 쾌를 들고 반백의 머리에 은비녀를 꽂은 노부인이었다. 부인은 나무지게를 한 바퀴 돌며 꼼꼼히 살피더니 이런 나무를 스무 짐쯤 더 해 줄 수 있겠느냐고 물었다. 추수가 시작되면 바빠져서 스무 짐은 어렵겠다고 대답하자, 추수가 끝난 뒤 겨울까지라도 상관없으니 꼭 맡아 달라고 사정을 한 뒤 시세보다 후한 나무 값을 평섭이의 손에 쥐어 주었다. 평섭이는 미역과 북어를 받아 나뭇짐 위에 얹어 새끼줄로 꽁꽁 묶은 다음 부인의 뒤를 따라나섰다. 두 사람은 벼가 누릇누릇 익어가는 들판을 지나 나무다리가 놓여 있는 내를 건너 마을을 몇 개 지나고 등성이를 넘어 부인의 집이 있는 내촌에 도착했다. 부인의 집은 작은 초가였고 식구가 없는 듯 조용했으며 산월이 가까운 젊은 여자가 두 사람을 맞아 주었다.

그 뒤로 며칠 후에 이틀에 걸쳐 큰 비가 내렸다. 비가 갠 뒤 그는 이른 새벽부터 서둘러 산에 올라가 지게에 나뭇짐을 가득 지고 내촌으로 향했다. 나무다리 냇가에 도착해 보니 이번 비가 내를 넘은 흔적이 남아 있었다. 그날은 물이 많이 빠져 있었으나 물살이 아직 거세게 흐르고 있었다. 그때 어디서인지 여자의 새된 비명소리가 들렸다. 다리 아래쪽에 하얀 빨래 같은 것이 떠내려가고, 허우적거리는 두 팔과, 물속으로 들어갔다 나왔다 하는 사람의 머리가 보였다. 냇가에는 아무도 없고 평섭이 혼자 뿐이었다. 순간 사람의 머리와 팔이 누가 잡아당기기라도 한 듯 물속으로 쑥 들어가 버리는 것이었다. 평섭이는 나뭇짐을 팽개치고 물속으로 뛰어들어갔다. 물의 깊이는 그의 허리밖에 차지 않았으나 물살이 거칠고 마음이 급해서 몇 번이나 미끄러지는 위험한 고비를 겪으며 떠내려가는 사람을 붙잡아 모래밭으로 끌어내었다. 그 사람은 뜻밖에도 젊은 여자였으며 긴 머리를 땋아 내린 처녀였다.

죽은 듯이 축 늘어진 처녀를 내려놓고 난 그는 겁이 더럭 났다. 한 생명의 생사가 그에게 달려 있었기 때문이다. 그는 어렸을 적 웅덩이에 빠진 아이를 마을 어른들이 구해 내는 것을 목격한 적이 있었다. 물을 먹어 배가 불룩 나온 아이를 어른들이 어떻게 조치했는지 아이는 살아났다. 그의 앞에 그 일이 놓여 있었다. 누구의 도움도 없이 혼자서 일을 치러 내야 했다. 그는 물을 토하게 하려고 처녀를 자루처럼 거꾸로 들었다가, 옆으로 뉘었다가, 바로 뉘기도 하고, 엎어 놓기도 하며, 등을 두들기고, 배를 누르고, 코로 물을 빨아내기도 했다. 그러기를 반복하는 동안 처녀의 얼굴에 온기가 돌아오고 깊은 숨을 내쉬었다.

처녀는 내 건너편 다섯 그루 버드나무 마을인 오류동에 살고 있는 사람이었다. 열일곱 나이의 처녀는 혼수 이불감인 광목천을 바래기 위해 그날 오후에 냇가로 나왔다. 날씨가 좋아 딸과 함께 천을 빨아 모래밭에 펴 말리던 어머니가 잠깐 집에 볼일을 보러간 사이에 일이 터졌다. 잠시 방심을 했던지 옆에 빨아 놓아둔 천 한 자투리가 물에 떠내려가고 있었다. 천을 붙잡으려고 처녀는 허둥지둥 물속으로 뛰어들었다. 천과의 거리가 점점 멀어져 가자, 처녀는 천을 쫓아가다 미끄러져 허우적 거리다 급류에 휩쓸리고 말았던 것이다.

처녀가 몸을 떨며 딸꾹질을 했다. 평섭이는 처녀를 급히 들쳐 업고 내를 건너 가까운 마을로 뛰어갔다. 처녀가 내 건너편 마을 사람일 것이라고 생각했기 때문이다. 마을로 들어서자 사람들이 놀라서 그를 처녀의 집으로 서둘러 안내했다. 그 집은 큰 대문 안에 중문이 있고 마당이 훤히 트인 데다 뒷마루가 높은 오래된 기와집이었다. 안에서 가족들이 울며 뛰어나와 처녀를 앗아 들고 안으로 들어갔다. 가족들도 마당에 가득한 마을 사람들도 우왕좌왕하며 처녀의 안위에만 관심을 두었지, 평섭이를 염두에 두는 사람은 없었다. 그는 누가 볼세라 도망치듯 그 집을 빠져나와 물이 뚝뚝 흐르는 옷을 짜 입고 내촌으로 향했다.

그 일이 있었던 뒤에 그는 내촌에 나뭇짐을 나를 때면 갈 때나 돌아올 때 길을 돌아 언제나 오류동 앞길을 지나다녔다. 마을 앞을 지나칠 때면 마을 안쪽에 숲에 둘러싸인 고래 등 같은 기와지붕이 보이지 않을 때까지 쳐다보고 또 쳐다보았다. 처녀가 건강을 회복하여 잘 지내고 있는지 궁금했다. 그러나 마을로 들어가서 처녀의 안부를 알아볼 용기는 없었다.

어느 날, 마을 앞 입구에서 예닐곱 살가량 되는 아이를 붙잡고 기와집 처녀가 잘 있는지 물어본 적이 있었다. 그 아이는 처녀가 자기네 큰집 누나가 된다며 누나는 아주 잘 있다고 의심 없이 대답해 주었다.

추수 때가 닥쳐왔다. 평섭이는 품꾼 한 명 사지 않고 여덟 마지기 논을 혼자서 다 베어 벼를 말리고 단을 지어 논둑에 가리해 놓았다가 집으로 져 날랐다. 그해에는 농사가 잘 되어 벼가 모두 팔백 뭇은 실히 되었다. 집 마당에 볏단을 다 쌓아갈 즈음 가을비가 슬슬 내리기 시작했다. 볏단 속에 비가 새어들지 못하도록 그는 밤늦도록 지붕을 지어 덮고 꼭지 마무리까지 마친 다음 방으로 들어가 드러누웠다.

장자동댁은 아들이 과로로 인한 몸살기로 여기고 얼마 동안 푹 쉬면 일어나겠거니 하였다. 그러나 그는 일어나지 못했다. 점점 밥맛을 잃더니 나중에는 밥알 한 톨, 물 한 모금을 목으로 넘기지 못했다. 그 좋던 몸은 어디로 가고 막대처럼 바싹 말라 버린 그는 자리에서 일어나지도 못했다. 그러나 광대뼈만 앙상한 백지장 같은 얼굴에 때때로 뻘겋게 홍조가 떠오르고, 반짝반짝 빛나는 눈으로 허공의 한 점을 응시하며 빙그레 웃음을 띠기도 했다. 아무래도 병이 심상치 않다고 여긴 어머니가 복암리의 영하다는 점집으로 달려갔다. 점쟁이의 말이 이 총각은 가슴에 한 처녀를 품고 있는데, 그 처녀와 혼인시키지 않으면 곧 죽게 될 것이라는 것이었다. 집에 돌아와 아들을 달래서 점쟁이의 말이 사실임을 알아낸 어머니는 절망감으로 몸부림을 치며 밤새 통곡을 했다.

"이 일얼 어이헐꼬. 불쌍헌 내 새끼럴 어이혀야 헌단 말이냐. 어찌 키운 자식인디 성가도 못 시키고 눈 뻔히 뜬 채 죽는 꼴을 본단 말이냐. 자식 죽는 꼴 보기 전에 내 먼첨 죽어야것다. 아이고 불쌍헌 내 새끼. 아이고, 아니고……."

처녀의 집과 자기 집은 지체가 너무 달라 혼삿말도 꺼내 볼 수 없는 처지였기 때문이다.

그때 오동나무 집 최생원의 어머니인 계동 할머니가 아무도 몰래 오류동 처녀네 집을 찾아갔다. 그리고 마침내 기쁜 소식을 받아 가지고 왔다. 처녀의 부모님이 딸의 목숨을 구해 준 은인을 죽게 버려두는 것은 사람의 도리가 아니라고 하며 두 사람의 혼사를 허락했던 것이다.

그로부터 절차가 순조롭게 진행되어 혼인날은 꽃피는 춘삼월 스무사흘 날로 정해졌다. 기운을 차리고 일어난 평섭이는 텃밭 안쪽 큰 참나무 아래 조그만 집을 하나 짓기로 했다. 둘째 형이 살던 컴컴한 헛간 방에 신부를 들이고 싶지 않았던 것이다. 재목은 감정 양반네 사랑채를 짓고 남아 쌓아둔 목재를 거저나 다름없는 값으로 구해 왔다. 목수, 토수 기술을 가진 이들이 무보수 일을 해 주었고 마을 사람들이 모두 나서서 부뚜막을 만들고 구들을 놓고 지붕을 이어 주었다. 큰형수는 일하는 사람들의 참을 해 나르고 작은형수는 흙을 나르고 돌을 나르고 구석구석을 치우고 마치 자기 일이나 되는 듯 먼지를 뒤집어쓰는 가장 험한 일을 마다하지 않았다. 일을 시작한 지 두 달 반만인 삼월 중순께 방 두개에 부엌이 딸린 꼬막 같은 집이 장자동댁네 텃밭 안에 세워졌다. 벽에서는 미처 마르지 않은 흙냄새가 물씬물씬 풍겨 나고 흙바닥에 엉성한 죽석 자리가 깔린 방이었지만, 집을 바라보는 평섭이의 가슴에는 처녀에 대한 사랑이 더욱 벅차올랐고 마을 사람들은 자신들의 힘을 합쳐 만든 공동작품을 흐뭇하고 만족한 마음으로 바라보았다.

삼월 스무사흘 날 신랑과 그 일행이 다섯 그루 버드나무 마을로 혼행길을 떠난 날 오후였다. 잔치 준비로 분주한 장자동네 부엌으로 풍산댁이 숨가쁘게 뛰어들어왔다.

"성님, 성님, 큰일 났어라우. 지가 지끔 보고 오넌 질인디라우, 안골 새댁이 지 살림살이를 몽땅 새집으로 갖다 놓고 있단께요."

"뭐, 뭣이라고? 자네 지끔 뭔 말을 허고 있는가?"

장자동댁이 놀라 외쳤다.

"성님네 둘째 메누리 안골댁이 말이여라우."

풍산댁이 가쁜 숨을 내쉬며 말했다.

"지 살림살이럴 평섭이가 짓어논 새집으로 옮개 놓고 소앙치까장 낏고 가드란 말이요. 그래서 내가 지끔 뭣 허는 짓이냐고 물었드니, 눈썹 한나 까딱 않고 새집으로 이사 간다고 당당허게 말허드란께라우."

풍산댁이 가쁜 숨을 내쉬며 말했다.

"이사럴? 평섭이 집으로?"

장자동댁의 얼굴에서 핏기가 싹 가시고 손에 들고 있던 콩나물시루가 바닥으로 떨어졌다.

"성님, 못 믿겄으먼 나랑 함께 가 보입시더."

서둘러 대는 풍산댁에게 팔목을 잡혀 휘청거리며 몇 걸음 걷던 장자동댁은 부엌 문지방에 걸려 푹 꼬꾸라지며 문설주에 머리를 쾅 찧었다. 그녀는 끝내 일어나지 못하고 사람들에게 들려서 방으로 옮겨졌다. 잔칫집은 순식간에 초상집으로 변했다. 장자동댁은 몇 시간 만에 깨어나긴 했지만 일어나지도 못하고 말도 하지 못했다. 소식을 들은 남섭이가 놀라서 살던 집으로 달려가 보니 방 안은 텅 비어 있었고 평섭이의 새집에 들어서자 낯익은 자기네 물건들이 집안 여기저기에 놓여 있었다. 마당에는 대빗자루가 놓여 있고 부뚜막에는 물동이와 그릇들이 그리고 송아지는 참나무에 매어져 있었다. 불덩이처럼 화가 치민 남섭이는 방문을 벌컥 열어 보고 기절할 듯이 놀랐다. 마누라가 천정 기둥에 줄을 묶어 목을 매고 있었기 때문이다. 남섭이가 한마디만 던지면 딛고 있는 발밑의 베개를 차 버리고 그대로 매달리고 말겠다는 극단적인 위협의 자세였던 것이다. 그 꼴을 지켜보던 남섭이는 말없이 방문을 닫고 돌아섰다.

초례를 치른 후 하루를 쉬고 사흘 만에 돌아오는 신랑을 따라 시집을 온 신부가 일어나지도 못하는 시어머니께 큰절을 올렸다. 신랑 신부를 멍한 눈으로 물끄러미 쳐다보던 어머니가 손을 허공에 내 저었다. 신부가 가까이 가자 시어머니는 그 손을 꽉 붙잡고 뭐라고 말하고 싶은 듯이 입을 달싹거렸다. 시어머니는 큰며느리처럼 키가 크지도 않고 둘째처럼 작지도 않은 새까만 검은 머리의 새 며느리가 마음에 든다고 말하려 했는지 모른다. 그러나 그 손이 약하고 부드러워 어떻게 일을 하고 살아갈는지 모르겠다는 걱정의 말을 하고 싶었는지도 모른다.

두꺼운 비단 솜이불만 해도 일곱 채를 해 온 신부는 시어머니에게 비단요가 딸린 이불 한 채와 비단옷 한 벌을 예물로 드리고 시동서들에게는 비단 저고리 한 감씩을 선물했다. 평섭이는 큰형이 비워 준 작은방에서 말없이 이틀을 지내고 풍산댁네 옆방으로 살림을 났다. 신부의 희고 부드러운 손가락에서 빛나고 있는 눈부신 세 돈짜리 금반지는 신랑이 특별히 큰 맘 먹고 벼 열 섬의 빚을 내어 신부의 손에 끼워 준 것으로 마을 여자들의 선망의 표적이었다. 금반지라면 손에 물이나 튀기고 사는 부잣집 마나님의 손가락에서나 번쩍이는 줄 알았을 뿐 가난한 집 여자들은 시집갈 때 은반지도 구경 못했다. 손에 은반지도 못 끼어 본 마을 여자들이 금반지를 구경하기 위해 날마다 풍산댁네 집으로 몰려들었다. 여자들은 새색시의 반지 낀 손을 만져 보려고 서로 다투었다. 새색시가 웃으며 손에서 반지를 빼어 끼어 보라고 내주었다. 여자들은 마디 굵고 울퉁불퉁한 손가락에 잘 들어가지 않는 반지를 기를 쓰고 밀어 넣었다가 빠지지 않아 비눗물에 손을 담가 눈물을 뚝뚝 흘리며 빼내는 소동을 벌였다. 남섭이 마누라도 그 자리에 있었는데 자기 차례가 오자 웬일인지 반지를 껴 보지 않고 주인에게 얌전히 돌려 주었다. 새 동서가 한번 껴 보라고 권했으나 나중에 그러마고 하며 끝내 사양하는 것이었다.

며칠 후 마을 앞 샘으로 물을 길러 나가던 안골댁은 큰 보퉁이를 머리에 이고 감정양반네 골목에서 나오는 비단 장수를 만났다. 마을에 오는 비단 장수들은 의례 감정양반 집과 오동나무 집밖에 들르지 않았다. 안골댁은 비단 장수를 집으로 데려왔다. 그리고 새 동서에게서 받은 저고릿감을 보였다.

"이 저구릿감은 중국에서 온 진짜 호박단이요. 큰 선물 받으셨소."

비단 장수가 말했다.

"색깔이 맘에 안 들어라우. 노랑이도 아니고 누르팅팅허니 똥색 아닌감요?"

"이 똥 색깔은 나이가 들어서도 입는 얼매나 점잖은 색인디 그러시우? 노랑이는 새색시 때나 입는 색이지요, 이 색깔이 요 새 돈 있는 읍내 부자들 새에서 큰 인기여라우."

"그래라우, 잉? 근디, 저구릿감에는 치맷감이 딸래야 허는 디 달랑 저구릿감 뿐이니 깨 벗고 돈 한 닢 찬 쩍이 아니겄소?"

"그러면 좋은 수가 있네요. 내가 이 수박색 유똥 치맷감에 다 은색 저구릿감을 드릴 틴께, 나허고 바꿉시다."

"그보다 내 저구릿감 허고 같은 진짜 호박단 치맷감이 있으 먼 구경 잠 헙시다."

"내 물건에는 진짜 호닥단은 없구만요. 갖다 주시라면 구해 다 드리제라우. 근디 이 수박색 치맷감허고 은색 저구릿감도 호박단만은 못 혀도 진유똥이여라우. 얼매나 자르르 허고 때깔 이 나는지 한번 보시란께요."

비단 장수는 옷감을 쫙 펴서 몸에 걸쳐 보이며 권유를 마지 않았다. 자기의 저고릿감과 수박색 치맛감을 몇 번이고 몸에 걸쳐보고 만져보며 비교하던 안골댁이 결국 더 생각해 보겠다고 밀어 놓자 비단 장수도 하는 수 없이 호박단에 아쉬운 눈길을 주며 물러났다.

"그렇고 허시씨요. 잘 생각혀 보시고 다음에 또 말씀허십시다."

"그런디 아짐은 이 동네에 자조 안 오시제라우?"

안골댁이 물었다.

"감정양반 댁에서 주문헌 먹세루 두루매깃감을 구해다 디래야 허니께 매칠 새에 또 와야 되것구만요."

비단 장수가 대답했다.

"매칠 새에 또 오신다고라우? 그러믄 지 심바람 하나 혀 주시것어요?"

"지가 헐 수 있는 일이먼 혀 드리제라우. 뭔 심바람인디 그러시우?"

"그러면 여그서 쬐까만 지둘러 주시씨오, 잉?"

안골댁은 짧은 다리로 구르듯이 새 동서에게 달려가서 곧 돌려주겠다는 말을 하고 금반지를 빌려 왔다. 그리고 그 반지를 비단 장수에게 주며 말했다.

"이 서 돈짜리 반지를 금방에 갖고 가서 쌍가락지로 맹글어다 주실라요?"

"보기 좋은 새 반지를 무엇땜시 쌍가락지로 맹글라고 허시요?"

비단 장수가 물었다.

"사정이 있어서 그런께 암말 말고 내 말대로 혀다 주시씨오. 수공비는 그때 드리리다."

며칠 뒤, 세 돈짜리 반지 대신 가느다란 쌍가락지 한 벌을 가지고 비단 장수가 왔다. 비단 장수가 돌아가자마자 안골댁은 반지 한 개를 무명천에 싸서 깊이 감춰 놓고 남은 한 개를 새 동서에게 갖다 주었다. 비단 장수는 감정양반 집에 주문한 두루마기 감을 전하고 오동나무 집을 거쳐 돌아가는 길에 평섭이가 사는 풍산댁을 들렀다. 동네에서 곱다고 소문난 새색씨를 한번 보기 위해서였다. 개나리꽃 빛깔 저고리에 진달래색 치마를 입고 있는 새색씨는 소문대로 곱고 분꽃내음 같은 향기가 나는 여인이었다. 희고 부드러운 새색씨의 손을 만져 보던 비단 장수가 의아하게 생각하며 물었다.

"반지를 쌍가락지로 맹글어 도라고 허드니, 왜 한 짝만 찌고 있소? 쌍가락지란 본시 두 짝을 쪄야 허는 것인디, 내가 안골댁에 부탁을 듣고 영산포에 가서 맹글어 온 사람 아닌감요?"

일의 경위를 짐작한 새색씨의 얼굴이 살짝 붉어졌다. 그러나 그녀는 지혜가 있는 사람이었다.

"아짐께서 지 심바람을 혀 주시니라 수고 많으셨네요. 반지를 처음 쪄 본께 무겁고 거북혀서 쌍가락지로 맹글었는디 두 개보단 한 개가 더 편허고 손이 개벼와서 좋구만요."

비단 장수는 아무것도 모른 채 돌아갔다.

그해 가을을 끝내고 평섭이의 가족은 병고의 어머니와 사랑하는 형제들이 살고 있는 고향 마을을 떠나 처가가 있는 오류동으로 이사를 갔다.

6. 기판이 태어나다

평섭이가 처가 동네인 오류동으로 이사를 간 후 날이 가고 달이 지나갔다. 평섭이가 붙이던 소작답 여덟 마지기는 이룡 마을 허생원댁 머슴을 그만둔 장섭이가 맡았다. 사람들은 소작 답 붙이는 일을 큰 들 농사라 불렀는데 소작답이 큰 들인 동부 들 가운데 있었기 때문이었다. 집에 돌아온 장섭이에게 한 가 지 거북스러운 일이 있다면 그것은 남섭이의 마누라인 제수와 얼굴을 마주치는 일이었다. 한집에서 살지는 않았지만 큰집이 라고 수시로 들락거리는 제수를 피할 길은 없었다.

벼는 하루가 다르게 쑥쑥 자라고 날마다 더욱 푸르러 갔다. 맑은 하늘에는 초여름의 태양이 눈부시게 번쩍거리며 논의 물 을 따뜻하게 데워 주었고 바람은 커다란 무늬를 만들며 들을 휩쓸고 지나갔다. 논풀인 개구리밥 아래에서는 뜸부기가 뜸뜸 하고 울었다. 무더웠던 초복날 마을 남자들이 개 한 마리를 끌고 도랑가로 몰려간 오후, 집에 손님이 찾아왔다. 신산이댁이었다. 신산이댁은 장자동댁에게 보따리 장사 길을 터 준 사람이었고 안골댁을 눌째 며느리가 되도록 다리를 놔준 사람이기도 했다. 그녀는 장자동댁이 병으로 누워 있다는 소문을 듣고 문병을 온 참이었다. 손님은 머리에 이고 온 대광주리를 마루에 내려놓고 방으로 들어왔다. 앙상한 몸으로 방바닥에 달라붙은 듯이 누워 있던 환자가 깜짝 놀란 듯 힘없는 눈을 껌벅이더니 신산이댁이 내민 손을 꽉 붙잡았다.

"사람을 알어 보시는구만, 잉."

신산이댁의 말에 고정촌댁이 대답했다.

"예, 말씀만 못 허시제 생각은 다 있으세라우."

고정촌댁에게서 그 불행했던 날의 일을 소상히 듣고 난 신산이댁이 결론을 내리듯이 말했다.

"그런께 살이 내렸다고 살이. 그래서 칙간에서 넘어지면 정지로 데꼬가는디 정지서 넘어지면 도리가 없다니께. 그나마 뒤로 안 넘어져 다행이제, 앞으로 넘어져도 피만 나왔으먼 괴안찮혔을 턴디. 머리박 속에 어혈이 뭉치고 억장이 무너져 중치를 막어 분 모양이구만 그려. 약은 뭣을 쓰고 있는가?"

"좋단 약은 다 써 보고 있지라우. 탕약도 써 보고 담방약으로 한 갈쿠 뿌렁구나 갓동씨에 달롱게를 넣고 대린 물도 디리고, 두 잠 잔 누에가 좋다고 혀서 그것을 볶아 가리로 맹글어서 송충이로 담은 술에 타서 잡숫게 허고 복암리 점집 여자를 불러다 굿도 크게 혀 봤건만 별 차도가 없으시구만요."

신산이댁이 마루에 놔뒀던 대 광주리를 들고 들어와 덮개를 벗겼다. 광주리 안에는 복숭아씨가 가득 들어 있었다.

"요것 복송씨 아닌게라우?"

광주리 안을 드려다 보며 고정촌댁이 물었다.

"맞네, 복송씨일세."

신산이댁이 설명했다.

"자네 엄니같이 중치가 맥힌 분네가 복송씨를 많이 대래 자시고 병을 떨쿠고 일어난 사람이 있단마시. 봉속나무가 있는 집은 귀신이 범접을 못헌다지 않는가? 복송씨에 악헌 것을 쫓는 심이 있다네. 씨를 한 줌씩 하랫 밤 하래 낮 동안 푹 대래서 한 종재기썩을 하래 시 번 드시게 허소. 한 가지 병에 약은 백 가지라고 어느 구름이 비가 쌔였넌지 누가 알겄는가?"

"복송씨가 한 말도 넘겄는디 이 많은 것을 어쩌코롬 구허셨다요?"

고정촌댁이 눈을 둥그렇게 뜨고 물었다.

"내가 여름내 복송 장사를 잔 했다네."

"복송 장사를 허셨다 혀도 이 많은 씨럴 모으기가 쉽지 않으셨을 틴디 지가 아짐 정성을 생각혀서라도 잘 대래서 드시게 허겄구만이라우."

"그러고 또 한 가지 말헐 것이 있는디 몸 속에 독기를 빼내는 디는 먹때알 나무만 헌 것이 없다네. 먹때알 나무를 뿌렁구채 파다가 여러 날 몰래서 대래 갖고 그 물을 자주 드시게 허소."

"예, 예, 그렇고 허겄구만요."

"자네 효심이 지극혀서 복 많이 받을 것이네."

고정촌댁은 동서 안골댁을 불러오려고 작은집으로 갔다. 신산이댁이 모처럼 집까지 찾아온 참인데 안골댁을 보지 않고 가게 할 수가 없었던 것이다. 안골댁은 마당가 참나무 밑에 가마니를 펴고 팔다리를 쫙 벌리고 누워 낮잠에 빠져 있었다. 아무리 무더운 날씨라지만 울 너머로 지나다니는 사람들이 훤히 보이는 곳에서 젊은 여자가 이래도 되는 건지, 그나마 마을 남자들이 복다림을 한다고 냇가로 몰려가 동네가 텅 비어 망정이지, 고정촌댁은 속으로 중얼거리며 급히 동서를 깨웠다. 그리고 신산이댁이 오셨으니 어서 뵈러 가자고 등을 떠밀었다. 시원한 나무그늘 아래서의 꿀같이 단잠을 방해받은 안골댁은 기분이 나빠 뿌루퉁한 얼굴로 끌려가듯 큰집으로 들어섰다. 두 사람이 들어오는 것을 본 신산이댁이 장자동댁의 귀에 입을 바짝 대고 속삭였다.

"자네 며느리가 둘 다 홀몸이 아니네 그랴. 그런디 큰며느리는 아들얼 낳겠구만."

큰며느리가 아들을 낳겠다는 말에 환자의 바싹 마른 입술에 어렴풋한 미소가 어렸다. 키 작은 둘째의 배가 앞으로 똥똥하게 부른 데 비해 키가 큰 첫째는 티가 나지 않아 한 달 전까지만 해도 아이를 가진 것을 아무도 눈치 채지 못했다. 그러나 사실은 큰며느리의 산월이 한 달이나 앞서였다. 눈치 빠른 안골댁은 신산이댁이 시어머니에게 소근거리는 소리를 어느 틈에 알아듣고 인사도 하는 둥 마는 둥 신산이댁 무릎 아래 푹석 주저앉아 앙탈을 부렸다.

"성님언 아들얼 낳겠서라우? 그러면 지는요? 지는 아들얼 못 낳겠다 이 말쓤 아닌기라요?"

신산이댁이 당혹스러워 하며 말했다.

"자네 저어 울목에 가 서 보소."

그 말에 안골댁이 벌떡 일어나 방 윗목에 가서 섰다. 신산이댁은 그녀를 제자리에서 이쪽저쪽으로 몸을 돌리게 하여 앞모습, 옆모습, 뒷모습을 유심히 살폈다.

"뱃속에 애기가 딸이면 배가 바가지 엎어 논 것 같이 앞으로 똥똥허게 나오고 아들이면 배가 많이 안 부름시로 뒷 허리가 번번헌 법이거던 자네는 키가 작은 사람이라 다른 사람덜허고 달른다, 아직 산달이 멀어서 지끔은 뭣이라고 말허기가 애럽네."

대답을 어렵게 얼버무린 신산이댁은 겨우 한숨을 내쉬었다. 그리고 환자의 손을 잡고 말했다.

"나 요새 복송 장사를 목포로 댕겼네, 잉. 목포 장사가 괜찮등만. 물건을 기차에 실코 목포에 떨쿠어만 노먼 머리에 무겁게 이고 집집마다 돌아댕길 것도 없어. 역전 앞에 자리 잡고 가만히 안거만 있으면, 물건을 살 사람덜이 나오드란 말이시. 목포 사람덜 참 돈이 많은가 보드라고. 한 사람이 복송 한 상자썩을 다 사가는 사람도 있다니께. 그날 다 못 풀아도 꺽정헐 것 하나 없어. 지끔은 복더우라 역전 바닥에 가마니를 깔고 밤을 새는 장사덜이 늘비허단 말이여. 요새는 수박, 참외철이고, 앞으로 배, 포두, 감 철이 돌아오네. 나허고 함께 장사 댕기게 부지런히 약 묵고 일어나게. 알겄제, 잉?"

신산이댁은 헤진 명주처럼 풀기 없는 환자의 손을 꼭 쥐어 주고 돌아갔다.

추석을 지낸 며칠 뒤에 고정촌댁은 신산이댁 말대로 아들을 낳았고 한 달 뒤인 구월 말경에 안골댁은 딸을 낳았다. 큰며느리는 새가 알을 낳듯 이웃도 모르게 혼자 수월하게 아이를 낳고 이튿날 아무 일도 없었던 듯 밖에 나와 평상시와 다름없이 일을 했다. 그러나 둘째 며느리 안골댁은 어찌나 요란하게 아이를 낳았던지 온 마을에서 모르는 사람이 없었다. 온몸이 시퍼래지도록 시달린 아이가 겨우 빠져나온 새벽녘까지 동네 여자들이 남섭이집 앞에 장 서듯 모여들었고 잠을 설친 남자들조차 골목에 나와 서성거렸다. 안골댁은 두 해 뒤에 또 딸을 낳았고 고정촌댁은 그 뒤에 둘째 아들을 낳았다. 큰동서가 첫아들을 낳았을 때도 작은 동서의 시샘이 보통이 아니었으나, 둘째를 본 뒤의 심술은 말로 다 표현할 수 없을 정도였다. 항상 통통 부어 있다가 괜한 일에 트집을 잡아 작은 눈에 불을 켜고 툭 튀어나온 이마를 고집 센 염소 새끼처럼 들이대며 덤볐다. 형님이라고도 않고 고정촌덕 하고 생남처럼 불렀다. 두 조카 아이를 이뻐하는 체 하며 주먹으로 머리통을 쥐어박고, 코나 귀를 멍이 들도록 비틀거나 물어뜯어 자지러지게 울리기 일쑤였다. 또 형님네 논밭에다도 심통을 부렸다. 배추나 무 싹을 호미로 쿡쿡 찍어 버리는가 하면 콩, 고추, 가지, 호박의 꽃 꼬투리를 보이는 대로 따 버렸다. 논둑을 지나가며 낫을 휘둘러 벼 모가지를 배어 버리고 형님이 작물에 비료를 주려고 하면 자기가 대신 해 준다며 비료 그릇을 빼앗아 모두 자기 밭에다 휘휘 뿌려 버렸다. 고정촌댁이 아이를 자기 방에 재워 놓고 일하러 나갈 때면 환자는 입술을 달싹거리고 손을 저으며 무언가 강한 의사 표시를 했다. 오랜 병간호로 고정촌댁은 시어머니의 말 없는 손짓을 거의 알아들을 수 있었다. 그것은 아무도 없는 방에 아이를 혼자 놔두지 말고 자기 옆에 데려다 놓으라는 뜻이었다. 작은며느리가 와서 아이에게 해코지라도 할지 모른다는 우려였던 것이다. 마음 편한 고정촌댁은 욕심 많은 동서가 아들을 못 낳아 샘을 내고 심술을 부리지만 아이를 해할 사람은 아니라고 믿었다. 하지만 누워만 지내는 가엾은 시어머니의 말을 순순히 따랐다.

마을에서 몇몇 집은 아침 일찌기 샘에 가서 정화수를 떠다 놓고 소원을 빌고 있었다. 시어머니 병환의 쾌차를 비는 고정촌댁이 있었고 술과 노름에 빠진 남편이 정신 차리기를 바라는 가재댁과 병신 딸을 둔 광호댁 들이었다. 광호댁네 딸은 갓난아이 적에 동네 여자 애들이 업어 주다가 허리가 뒤로 꺾이는 사고를 당했던 것이다. 광호댁 내외는 자기들이 죽은 뒤에도 꼽추인 딸을 돌보아 줄 마음씨 좋은 신랑감이 나타나기를 간절하게 빌고 있었다. 그리고 또 한 사람은 기름 장수 여자와 도망간 남편이 얼마 전에 돌아와 '웬수야, 악수야' 하며 어쩔 수 없이 살고 있는 풍산댁이었다.

　그날 어스름 무렵 마을 사람들은 마을 어귀에 헌 이불때기를 몸에 감은 채 버려져 있는 풍산양반을 발견했다. 논에서 늦게까지 일하던 지동양반이 멀리서 보았다는데 한 남자가 손수레에 싣고 와서 쓰레기 버리듯 내팽개치고 내빼더라는 것이었다. 사람들은 뼈와 가죽만 남았을지언정 여전히 뻥 뚫린 눈으로 사방을 두리번거리는 풍산양반을 집으로 옮겨다 놓고 집에 붙어 있는 새가 없는 풍산댁을 찾으러 나갔다. 풍산댁은 쉽게 찾을 수 있었다. 여자들 소리가 시끌벅적 들려오는 곳이면 틀림없었다. 풍산댁은 댕길네 집에서 밀죽을 얻어먹으며 댕길네와 사이가 나쁜 가재댁의 말들을 하고 있었다. 욕심스런 가재댁이 정화수를 떠다놓고 열심히 비는 것은 남편의 도박을 막으려는 뜻이 아니라, 속마음은 그와 달리 판돈을 몽창 쓸어 모아 가지고 오라는 뜻일 거라는, 가재댁이 들으면 대판 붙을 말들을 천연스레 하고 있었다.

　그날 밤 풍산댁네 집에서 계속 들려오는 마른 하늘에 날벼락 치는 소리에 마을 사람들은 밤새 한숨도 못 잤다. 다음 날 아침 풍산양반은 신기하게도 내쫓기지 않고 집에 있었다. 그러나 그날 이후 그 집에서는 날이면 날마다 천둥 치고 벼락 떨어지는 소리가 끊이지 않았다. 기동이 어렵고 정신이 혼미한 풍산양반이 이불에 똥오줌을 싸서 벽에 문질러 놓거나 이불을 말아 구석에 감추어 두는 등 말썽을 부리는 데다 똥 눈다고 밥을 안 주자 먹을 것을 찾아 부엌으로 내려가 흙바닥을 기어다니며 그릇을 깨뜨리고 집 안을 엉망으로 만들어 속 터지는 일만 골라하기 때문이었다. 아침마다 부지런히 정화수를 떠 나르는 풍산댁을 보고 사람들이 아내의 정성이 지극하여 풍산양반 건강이 머잖아 좋아질 것이라고 하면 풍산댁은 고개를 홱 돌리고 콧방귀만 팽 뀌었다.

맨 나중에 물 뜨러 가는 대열에 끼어든 사람은 아들 낳기를 소원하는 안골댁이었다. 이 사람들은 집 안에 우물이 없어 마을 앞 공동샘으로 갔다. 이들은 다른 사람보다 먼저 물을 떠오려고 서로 경쟁을 벌였다. 모두들 아무도 일어나지 않는 첫 새벽에 물동이를 가지고 샘으로 가서 맑게 가라앉은 물을 뜨고 싶어 했고 처음 뜨는 샘물에는 신비스럽고 영험한 큰 능력이 있다고 믿었다.

물을 뜨러 샘에 다닌 지 스무 날이 넘도록 안골댁은 한 번도 다른 사람들을 앞지르지 못했다. 아무리 서둘러 일어나도 누군가 먼저 다녀간 듯 샘 바닥에는 물기가 있었고 두레박과 두레박줄은 촉촉이 젖어 있었다. 안골댁은 꾀를 내어 마을이 모두 잠든 고요한 자정 무렵 하얀 치마 하나를 들고 도둑처럼 살금

살금 샘가로 갔다. 샘가 언덕에는 배롱나무 한 그루가 서 있었다. 연분홍색 꽃이 네 차례 피면 쌀밥을 먹게 된다는 나무였다. 안골댁은 나뭇가지에 치마끈을 묶어 놓고 집으로 돌아왔다. 이튿날 첫닭이 울기 전에 일어나 샘가로 간 가재댁은 깜깜한 어둠 속에 흔들거리는 희끄무레한 것을 발견하고 놀라서 걸음을 멈추었다. 가재댁은 눈을 크게 뜨고 그 이상한 물체를 뚫어지게 바라보았다. 새벽바람에 살랑거리는 물체는 흰 옷을 입은 여자 귀신이 춤을 추는 것 같았다.

"으악! 귀신이닷."

기절할 듯 놀란 가재댁은 정신없이 집으로 도망갔다. 이튿날은 풍산댁과 광호댁이 귀신을 만났다. 가재댁은 소복을 한 귀신이 너울너울 춤을 추고 있더라고 했고 광호댁은 귀신이 자기를 잡으려고 집까지 쫓아왔다고 했으며 풍산댁은 샘 귀신이 머리를 풀고 슬피 울다가 하늘로 펄렁펄렁 올라가더라고 했다. 세 사람은 벌벌 떨며 물을 뜨러가는 일을 그만두었고 귀신 소문을 들은 마을 여자들은 대낮에도 샘에 가는 일을 두려워했다. 한 번도 귀신을 만난 적이 없는 고정촌댁만은 샘에 가는 일을 그만두지 않고 온 동네 닭이 울고 동이 희뿌연히 터 올 무렵 귀신도 맥을 못 추고 도망가는 시간쯤에 마음 편히 샘가로 나갔다.

안골댁은 자기가 꾸민 일의 결과에 만족하고 있었다. 그러나 일을 더욱 확실히 해 두기 위해서는 한 사흘쯤 더 이 일을 계속할 생각이었다. 안골댁은 매일 아침 누구의 방해도 받지 않고 깊게 가라앉은 영험스럽기 그지없는 첫 물을 떠왔다. 그리고 방의 윗목 구석에 차려 놓은 정화수 그릇의 물을 갈아 놓고 큰절을 하며 엎드려 빌고 빌었다.

"지왕님네 지왕님네 삼신 도지왕님네 빌고 비옵나니 이 소명 들으시사 불쌍허게 여기시고 이 가문 이정중에 좌정 받어 오실적의 윤기도 아부윤기 성도 아부성 오름도 아부오름 어무 살에 어무피에 어무오장 터를 닦어 먼날 먼시 제차 놓고 좋은 날 기차운시 더우 잡어 사당지기 원당지기 선영 지탁헐 자손 거부 벌추헐 남자 손으로 탄생시키시되 명욱에 명을 주고 복욱에 복을 주서 무량 대복얼 점지시켜 주십소사."

이튿날 새벽에 잠이 깬 광호양반이 옆에서 자고 있는 마누라를 흔들어 깨왔다.

"어째서 요새는 시암에 안 가는가?"

광호댁도 잠이 깨어 있었는지 저쪽으로 돌아누우며 심란스러운 목소리로 대답했다.

"몰라서 묻소? 귀신이 나오는 시암에 어쩌코롬 가란 말이요?"

"자네가 뭔 헛것을 봤겄제, 귀신은 무신 놈에 귀신? 귀신 씨나락 까는 소리 허들 말고 언능 시암에나 댕개 오소."

"나만 본 것이 아니라 가재덕도 보고 풍산덕도 봤단께라우. 귀신이 집 앞꺼정 나를 따라 왔단께 그러네."

"귀신이 자네를 따라 왔으면 집으로 잔 모시고 들어오제 그렸든가?"

광호댁이 발끈하여 몸을 일으키며 소리쳤다.

"지끔이 실실 농남이나 허고 있을 때요? 나넌 귀신을 집으로 모시고 올 생각이 없은께 당신이 직접 시암에 가서 귀신을 대면해 보시씨요."

"나보고 시암에 가서 귀신을 만나 보라고? 허어 그것도 나쁜 생각은 아닌 것 같네."

"그렇제라우? 그러면 지끔 당장에 나랑 함께 시암으로 가 봅시다."

"그렇기는 헌디, 내가 지끔 뒷간이 급허니께 갔다 와서 생각혀 봄세."

광호댁은 슬며시 꽁무니를 빼는 남편의 허리춤을 꿰어 잡았다.

"옷에 똥을 싸드라도 내뱉은 말을 도로 집어 담을 수넌 없어라우. 어서 앞장 서씨요."

마누라에게 붙잡혀 끌려 나온 남편은 오줌통으로 가서 오줌을 눈 다음 헛간에서 긴 작대기 하나를 느릿느릿 찾아들었다.

"예, 말이요, 우리만 갈 것이 아니라 가재양반도 데리꼬 갑시다. 가재양반 어저께 집에 일찍 들어옵디다."

두 사람은 가재댁네 집으로 갔다. 두 집은 한 골목에 살고 있었다.

안골댁은 그날 아침 닭이 우는 소리를 듣고 놀라 팅기듯이 벌떡 일어났다. 첫닭이 울었으니 이집저집의 닭들이 따라 울기 시작하고 곧 사방이 희뿌옇게 밝아 올 것이다. 방문을 열고 보니 어느 집에선가 불빛이 보이고 사람들의 두런거리는 소리가 들려왔다. 어쩐지 불길한 예감이 들며 몸이 부르르 떨렸다. 사람들이 샘으로 몰려가면 치마가 발견되어 치마 주인이 밝혀질 것이고, 귀신 소동의 주역이 드러나고 말 것이다. 어떤 일이 있더라도 사람들이 샘터에 닿기 전에 치마를 걷어 와야만 했다. 안골댁은 신발도 신지 못하고 샘으로 달려갔다. 나뭇가지에 묶어 놓은 치마끈을 잡아채어 들고 미친 듯이 뛰었다. 그때 손에 작대기를 든 광호양반 일행이 긴 골목에서 나타났다. 그들은 희뿌연한 물체가 샘 쪽에서 나와 마을 앞길을 비호처럼 달려가는 것을 보았다.

"으아악, 귀신 나왔다."

사람들이 외마디 소리를 지르며 그 자리에 넋 나간 채 얼어붙었다. 동쪽 하늘이 열리기 직전이라 나무와 숲과 마을의 윤곽은 더욱 어른어른하여 바로 코앞을 스치며 쏜살같이 지나가 버린 것의 정체를 도무지 종잡을 수 없었다. 그런데 펄렁거리던 그 물체가 갑자기 어디론가 사라져 버린 것이다. 그제서야 정신이 든 광호양반 일행은 작대기를 휘두르며 쫓아갔다.

"귀신이다. 귀신 잡어라."

감나무 골목으로 도망쳐 들어간 안골댁은 골목길을 내려오는 사람과 딱 마주쳤다. 그 사람은 물동이를 이고 샘으로 가는 고정촌댁이었다.

"성님, 나잔 살래 주씨오."

안골댁이 다급하게 부르짖으며 고정촌댁의 발 밑에 쓰러졌다. 깜짝 놀란 고정촌댁은 발 밑에 넘어져 있는 안골댁과 그 손에 쥐고 있는 흰 치맛자락을 어리둥절한 얼굴로 내려다보았다.

"귀신이 이 골목으로 내뺐제 잉?"

"아니여, 요 댐 골목으로 간 것 같은디."

"나는 이 골목으로 들어가 볼란께, 가재양반은 댐 골목으로 싸게 가 보씨요 잉."

골목 밖에서 말소리가 들리더니 쿵쿵거리는 발소리가 가까위 오고 있었고 골목 위쪽에서도 귀신 소동을 알아차린 사람들이 쫓아 내려오는 소리가 들렸다. 피할 곳은 없었고 상황은 몹시 급했다. 그제서야 어렴풋이 사태를 짐작한 고정촌댁이 급하게 속삭였다.

"그 치매를 물동우 속에 감추고 언능 내 등에 업히소."

그 말이 끝나기도 전에 안골댁은 치마를 뭉쳐 물동이 속에 넣고 고정촌댁의 등에 올라가 납작 엎드렸다. 고정촌댁이 동서를 업고 허리를 펴자마자 광호양반 내외가 앞에 나타났다.

광호양반이 물었다.

"고정촌덕, 내래오는 질에 혹시 귀신 못 봤습디여?"

"귀신이라우? 나는 암것도 못 봤는디요."

고정촌댁이 천연스럽게 대답했다. 곧 골목안 사람들이 모여들었고, 그들도 귀신을 보지 못했다고 했다. 이 골목은 막힌 골목이었다.

"거 보씨오. 내가 이 골목이 아니라고 말 안 헙디여."

광호댁이 남편을 몰아세웠다.

"이 골목으로 들어가는 것을 내 눈으로 분명히 봤는디, 거 이상시럽구만."

"귀신이 그리 쉽게 잽힐 것 같으면 귀신이 아니제, 잉."

골목 위쪽에서 내려온 평택이 할머니가 참견을 하고는 고정촌댁에게 물었다.

"자네 웬일로 다 큰 놈얼 업고 새복바람에 시암에를 가는가?"

평택이 할머니는 고정촌댁의 등에 업힌 사람을 그녀의 아이로 생각한 모양이었다. 그 말을 들은 안골댁은 가슴이 서늘하여 작은 몸을 더 움츠리고 얼굴을 더욱 깊이 파묻었다.

"예, 이 저석이 밤새 열이 올라 워쩌나 보채 쌓든지 바람 잔쐐 줄라고 업고 나왔구만이라우."

눈치 빠른 사람이 못 되는 고정촌댁에게 이런 위기 대처능력과 재치가 다 있었더란 말인가? 등에 업힌 안골댁은 놀라서 혀를 내둘렀다. 사람들은 고정촌댁의 등에 업혀 있는 아이를 조금도 의심하지 않고 골목 밖으로 우르르 몰려 나가 버렸다.

날이 밝자 마을은 온통 귀신 얘기로 술렁거렸고 샘에 나오는 귀신을 의심하는 사람은 아무도 없었다. 이번에는 여자들뿐만 아니라 남자들까지 목격한 일이었기 때문이다. 마을에는 이런 얘기가 떠돌았다. 오랜 옛날 이 마을에 시어머니가 일만 시키고 밥을 주지 않아 굶어 죽은 가엾은 새댁이 있었다. 이 새댁의 원혼이 새벽 일찍 샘가에 나와 바가지에 쌀을 씻고 조리에 건져서 밥을 짓기 위해 집으로 돌아온다는 것이었다. 그 새댁이 살던 집은 허물어진 지 오래되어 그 집터가 지금의 어느 집인지는 아무도 모른다고 했다. 며칠 뒤 마을에서는 새댁의 원혼을 위로하기 위해 세 가지 나물 반찬에 쌀밥을 지어 샘가에서 제사를 지내 주었다. 그 뒤로도 여자들은 새벽에 샘가에 얼씬거리지 못했고 낮에도 두세 명씩 무리를 지어 물을 기르러 갔다.

귀신 소동이 일어났던 해가 가고, 이듬해 봄 마을에 홍역이 돌아 안골댁은 둘째딸을 잃었다. 큰딸 금순이도 홍역을 했고 고정촌댁의 두 아들 기주와 기태, 그리고 남살매 할머니의 손자, 두봉리댁의 막내딸, 마을에서 한두 살부터 대여섯 살까지의 아이들이 거의 홍역을 치렀다. 사람이면 무덤에 가서도 피할 수 없다는 홍역은 그 오만한 열꽃 잔치로 마을을 휩쓸다 결국 한 명의 희생자를 보고서야 서서히 꼬리를 감추었다.

밤늦은 시간에 죽은 아이를 헌 옷에 둘둘 싸 안고 나가는 남편을 보고 안골댁은 방바닥을 치며 통곡을 했다. 이렇게 일찍 떠나려고 그랬는지 그동안 안골댁은 둘째에게 도무지 정이 가지 않았다. 기대했던 아들이 아닌 때문이기도 했을 것이다. 무엇을 저질렀는지 젖이 부족했고 유별나게 식탐이 많은 아이는 밤새 빈 젖을 물고 보챘다. 견디다 못한 어머니는 아이를 불기 없는 찬방에 가두고 죽거나 말거나 사흘이나 내버려둔 적도 있었다. 두 돌이 다 되어가지만 허약하여 잘 서지도 못하는 아이,

아직 이름도 없이 작은년이라고만 불리던 아이, 이 아이를 잃고 나서야 어머니는 뒤늦게 바싹 말랐던 모성이 솟구쳐 올랐다. 안골댁은 가슴을 쥐어뜯으며 울었다. 울고 울어도 가슴속에 뭉친 덩어리는 풀리지 않았다. 그러다가 안골댁은 무슨 생각이 들었는지 방 윗목에 차려둔 정화수 그릇을 밖으로 내동댕이쳤다. 그릇은 마당에 떨어져 쨍그렁 소리를 내며 깨졌다. 그 소리를 들은 그녀는 무엇에 씌인 사람처럼 우르르 쫓아 나와 돌덩이를 들고 정화수 그릇을 가루가 되도록 박살을 내며 쇠악을 썼다.

"삼신님네 지왕님네 그렇고 무정허고 야속헌지 내 몰랐소. 남자손 주십사고 빌었드니 불쌍헌 내 딸자석을 데꼬 가다니 이것이 웬말이요. 내 딸년 데꼬 가라고 그 정성을 다 디랬소? 인자는 남자손도 다 싫소. 내 딸년을 돌래 주소. 불쌍헌 내 딸년을 살래 내소."

이 일로 삼신님, 지왕님께서 크게 놀라신 게 틀림없었다. 그 증거로 안골댁은 그 뒤에 곧 태기가 있었고, 열 달 뒤에 아이를 낳았다. 키 작은 사람에게 흔히 있는 일로 아이가 가슴께에 올라붙어 얼른 나오지 않는 바람에 마을 사람들을 사흘 밤이나 잠을 못 자게하고 태어난 아이는 우는 소리도 요란한 남자아이였다.

7. 밤나무정으로 이사 가다

꽃철인 사월을 지나 오월에 접어들자, 나뭇잎은 나날이 푸르러 갔다. 소나무 가지 끝에서는 새순이 올라오고 참나무 잎은 누룽지 같은 연갈색을 띠웠으며 부드럽게 하늘거리는 연녹색 잎의 버드나무는 물에 비친 제 그림자에 꿈꾸듯 취해 있었고 감나무에는 노오란 개나리꽃이 활짝 핀 것 같았다.

연일 좋은 날씨가 계속 되었고, 그날도 동네 한 바퀴를 돌기에는 더할 수 없이 좋은 날씨였다. 아들을 낳은 안골댁은 세상을 다 얻은 것처럼 좋아서 어쩔 줄을 몰랐다. 동네 사람들이 말하듯 주전자 세 개는 넉넉히 걸 만큼 항상 부루퉁 튀어나왔던 입이 어느새 쑥 들어갔다. 큰집 조카들인 기주와 기태 형제를 볼 때마다 눈꼬리에 파랗게 일던 불꽃이 사그러들고 탱탱하게 굳어 있던 볼이 부드러워졌으며 입술에는 미소마저 어렸다. 아침에 밥을 먹고 집안일을 재빨리 해치운 다음 아들을 업고 마을을 한 바퀴 도는 것이 안골댁의 일과였다. 그렇다고 그녀가 살림을 소홀히 하는 사람은 아니었다. 안골댁은 솜씨 있는 살림꾼이었다. 부엌이며 방이며 마당이며 심지어 변소까지도 잘 정돈되고 먼지 하나 없이 깨끗해서 밥알이 떨어져도 주워 먹을 수 있을 정도라는 평을 듣고 있었다. 마을에서 이만큼 깔끔한 집은 찾아보기 어려웠다. 특히 음식 솜씨가 뛰어나고 바느질도 남의 손에 맡기지 않았다.

안골댁은 따라오려는 딸 금순이를 매정하게 떼어 놓은 다음 아들을 업고 집을 나섰다. 안골댁의 입에서는 저절로 흥겨운 노래가 흘러나왔다.

> 떵기떵기 떵산인가, 오금에 빗장에 내 딸인가.
> 천지 부황에 내 아들, 네모 반듯 장판 방에
> 운무중에 탄생허니, 딸이라도 반가울새
> 깨목 봉알에 다롱이 꼬치가, 몽실몽실 열렸구나.

그녀는 노래에 맞추어 왼발, 오른발을 교대로 껑충거리고 들썩들썩 어깨춤을 추었다. 춤 장단에 따라 등에 업힌 아기도

좋아서 펄쩍펄쩍 뛰었다

아부 죽으먼 눈물 낼 놈, 뎌 주렁을 짚을 놈아.
생애 뒤로 따름시로, 아이고 뎌고 곡헐 놈아.
선영 산중에 벌초헐 놈, 선영 공뎌 헐놈아.
너 재산을 지킬놈아, 이 시상에 재미라먼
아들 키우는 재미보다, 더 큰 재미가 있을소냐.

마침 골목 어귀의 집에서 두봉리댁이 밖으로 나오는 참이었
다. 이 골목은 장자동댁네 집에 있는 큰 감나무 덕에 감나무 골
목이란 이름으로 불리고 있었는데 모두 아홉 집이 살고 있었고
장자동댁과 안골댁의 집은 골목 중간쯤에 위치하고 있었다. 안
골댁은 반가워서 두봉리댁을 부르며 쫓아갔다. 그러나 두봉리
댁은 뒤를 힐끗 돌아보더니 벌에 쏘인 듯 재빨리 골목을 빠져
나가 버렸다. 안골댁이 마을 앞까지 따라 나가 보았지만 두봉
리댁은커녕 그날따라 마을 앞 길에는 개미새끼 하나 얼씬거리
지 않았다. 농사일이 시작되었기 때문이었다. 두봉리댁이 어느
골목으로 들어갔나 하고 이 골목 저 골목을 기웃거리던 안골댁
은 사람들 소리가 들려오는 싸리나무 골목으로 들어갔다. 안골
댁이 싸리나무 골목으로 들어가는 것을 확인한 두봉리댁이 숨

어 있던 느티나무 뒤에서 나와 도망치듯 뒷밭으로 달려갔다. 사람들 소리는 싸리나무 골목 댕길네 집에서 들려왔다. 머리에 수건을 쓰고 치마 자락을 양쪽 허벅지에 반바지처럼 끈으로 묶어 논일 나갈 채비를 한 마을 여자들이 마루 끝에 둘러앉아 쑥 버무리를 나누어 먹고 있었다.

"여그 두봉리덕 안 와겠소?"

인기척을 하며 마당으로 들어서는 안골댁을 보자 그들은 하던 말을 뚝 끊고 서로 눈치를 살폈다. 집주인인 댕길네만이 "두봉리덕 안 왔는디라우?" 하며 안골댁을 마루 끝에 세워 놓은 채 쑥 버무리 한 덩이를 말없이 건넸을 뿐이었다. 사람들이 모여 있는 곳이면 약방의 감초처럼 빠지지 않는 풍산댁이 벌떡 일어나며 말했다.

"나넌 집에 가 봐야 겄어, 남팬인가 서팬인가 웬수댕이 땜에 집도 오래 못 비운단 말이시."

"우덜도 인자 일어스세. 해전에 못자리 판을 끝낼라면 서둘러야제."

나이 많은 합동댁의 말에 모두 따라 일어났다. 그들의 뒷꽁무니에서는 찬바람이 일었다. 집 주인인 댕길네 마저 물주전자를 들고 부리나케 따라 나가 버리자 집은 텅 비어 버렸다.

"잠깐 나잔 보고 가시드라고라우."

안골댁이 소리치며 따라 나갔지만, 그들은 이미 골목 밖으로 사라진 뒤였다. 마을 앞길에 나와서 우두커니 서 있을 때 마침 논에서 돌아오는 지동양반이 마을 끝에 나타났다. 안골댁은 너무도 반가워서 그쪽으로 뒤뚱거리며 뛰어갔다. 지동양반은 환한 얼굴로 자기를 향해 달려오는 사람이 누군가를 알아본 순간 걸음을 멈추더니, 방향을 돌려 길 아래 논둑으로 내려가 버렸다. 전날까지만 해도 아이를 업고 나오면 아이를 보기 위해 주위에 몰려들던 마을 사람들이 그날따라 왜 모두 자기를 피하는지 안골댁은 알 수가 없었다. 그러나 마을 사람들의 사정은 이랬다. 벌써 몇 달째, 아이의 훤칠한 이마와 부드러운 마늘코, 또릿거리는 까만 눈망울, 탐스러운 귓불, 달처럼 훤한 얼굴, 나무랄 데 없이 잘생긴 이런 아이는 내 생전 처음 본다, 큰집의 기주와 기태 형제를 합쳐 놓아도 이 아이 하나 당하지 못할 것이다, 대장감이다, 장차 큰 인물이 되고도 남을 상이다, 이런 좋은 말들을 매일 처음 대하듯 아이 앞에 바쳐야 했고, 날이면 날마다 아이 어머니를 만족시킬 새로운 찬사의 말들을 찾아내야 하는 일에 이제 모두 지치고 말았던 것이다. 그날따라 마을 사람들이 보인 차가운 반응은 설명할 수 없는 우연의 일치였을 뿐 안골댁을 따돌리기로 미리 짜놓았던 것은 아니었다. 마을 사람들의 속내를 알지 못한 안골댁은 그들의 생뚱한 태도가 바쁜 절기가 돌아온 탓이겠거니 하고 편할 대로 해석을 했다.

"해를 따 줘도 안 바꾸고 달허고도 안 바꿀 내 귀동아들 기판아."

아이의 이름은 기판이였다. 큰집 형들인 기주, 기태와 같은 돌림자에서 따온 이름인 것이다.

"동네 사람들은 오늘 바쁜 모양이다. 사람덜이 내 아들을 안 봐 줘도 우덜은 손해 볼 것 없어야. 해보다 더 붉고, 달보다 더 흰헌 내 아들을 못 본 자기네덜이 더 손해제. 인자 우리 동네에 얼굴 그만 비치고 다른 동네로 가 볼끄나? 딴동네 사람들헌테도 잘난 내 아들 얼굴 한번 비쳐줘야 허지 않겠냐? 그 사람들이 내 아들을 보고 놀래 자빠질까 걱정이구나. 어느 동네로 갈끄나, 게양 발 가는 디로 가 보자."

안골댁은 걸음을 떼며 다시 노래를 시작했다.

떵기떵기 떵산인가, 오금에 빗장에 버 딸인가.
천지 부황에 버 아들······.

노래에 맞추어 발이 껑충거리고 몸이 뒤뚱거리며 어깨춤이 절로 나왔다. 샛길을 나와 어느 방향으로 갈까 하다가 왼쪽으로 걸음을 옮겼다. 왼쪽은 남쪽이었고 읍내로 가는 방향이었다. 얼마 안 가 길옆에 마을이 나타났다. 이 마을은 입구의 샛길 옆에 서너 채의 집이 있었고 오십 호에 가까운 본 마을은 대숲에 가려 큰길에서는 눈에 잘 띄지 않았다. 안골댁은 마을 길로 들어갔다. 지역 지리에 어두운 안골댁은 이 마을 이름도 알지 못했다. 사람들이 모두 일하러 나갔는지 마을은 조용하고 개들만 낯선 사람을 보고 컹컹 짖어댔다. 안골댁은 길 옆에 있는 조그만 집 하나를 발견하고 열려 있는 사립문 안을 기웃거렸다. 낮은 툇마루에 조그만 할머니 한 분이 앉아 졸고 있는 것을 본 안골댁은 왠지 안도감이 들어 마당으로 들어갔다. 할머니는 마치 아는 사람을 맞이하듯 환한 웃음을 띄우고, 고개를 끄덕이며 안골댁을 반기는 것이었다. 그녀는 아이를 툇마루에 내려놓고 자신도 걸터 앉으며 물었다.

"할무이 혼자 집을 보고 기시는구만요."

할머니는 역시 보기 좋은 웃음을 띄우고 고개를 몇 번이나 끄덕였다. 이 마을 사람들은 친절하고 좋은 사람들인 것 같았다. 안골댁은 마을을 나서기를 잘했다고 생각했다. 그녀는 할머니에게 궁금한 것들을 물어보았다. 이 동네 이름이 무엇이냐, 식구는 몇 명이냐, 할머니 연세는 얼마나 되느냐. 그러나 할머니의 대답은 한결같이 주억이는 머리와 공허한 웃음뿐이었다. 할머니의 머리는 백발이었고, 얼굴은 쪼글쪼글 빈틈없는 주름투성이였다. 이가 하나도 없어 입을 다물면 턱의 일부와 입술이 말려들어 한 일 자의 긴 골을 이루었다. 할머니는 아흔이 넘었으며 귀가 꽉 막힌 분이었다. 맥이 풀린 안골댁은 아이를 다시 업고 그 집을 나왔다.

마을을 지나다 보니 어느 집 울타리 너머로 마당에 널어놓은 벼를 닭들이 헤집고 있었다. 춘궁기에 벼를 마당 가득 널어 말리는 걸 보니 생활에 여유가 있는 집임에 틀림없었다. 그런데 귀한 벼를 쪼아 대는 닭들을 말릴 사람이 집 안에 아무도 없는 모양이었다. 살림꾼인 그녀는 그 광경을 보고 그냥 지나칠 수 없어 문을 밀치고 들어가서 닭들을 쫓았다. 기막힌 성찬을 두고 쫓겨 갈 수 없다는 듯이 주변을 맴돌며 기회를 엿보는 닭들을 멀리 쫓아 보내기 위해 안골댁은 마당을 몇 바퀴나 빙빙 돌았다. 곧 되돌아올 닭들을 그대로 놔두고 갈 수도 없고 언제 돌아올지도 모를 주인을 마냥 기다리고 있을 수도 없어 망설이고 서 있을 때 한 남자가 마당으로 불쑥 들어왔다. 그 남자는 대번에 인상이 흐려지더니 안골댁을 보고 벽력같이 고함을 쳤다.

"당신, 뭣 허는 사람이요?"

안골댁은 남자의 기세에 눌려 기어들어가는 소리로 어물거렸다.

"저 달구 새끼덜을 쫓고 있었어라우."

그리고 손을 들어 닭들이 서성거리던 울 아래쪽을 가리켰지
만 안골댁의 말을 증명해 줄 닭들은 이미 그 자리를 떠나고 없
었다.

"당신 나락 도둑질 허러 들어왔제? 다 알고 허는 말인께 순
순히 불어."

남자가 다짜고짜 몰아세웠다.

"아니여라우, 아니라고라우."

"아니라고? 그러면 당신 장사도 아니고 넘의 빈집에 들어와
서 뭣허고 있냐 이말이여. 작년 가실에도 나락얼 싹 썰어 가드
니 재미가 나던가 또 왔구만, 잉? 애기를 업고 댕기면 누가 속
을 줄 알었남?"

"우째 그리 가당찮은 말씸얼, 지는 이 동네가 첨이란께라
우."

안골댁은 가슴이 떨려 말이 잘 나오지 않았다.

"당신 오늘 운 좋은 줄이나 알어. 나 같은 순한 사람을 만났
기 망정이제 고약헌 사람 만났으면 폴새 경찰서로 끌래갔을거
여. 한 번만 더 우리 집을 넘봤다가는 다리 몽댕이가 성치 못헐
줄 알라고."

남자가 휘두르는 작대기를 피해 안골댁은 변명도 못하고 밖

으로 쫓겨났다. 생사람을 증거도 없이 마구 도둑으로 몰아세우는 이런 동네가 세상에 또 있을까? 길가 마을이라 해도 인심이 너무 고약하다 싶었다. 안골댁은 가슴이 벌렁거려 다른 닫혀 있는 집 문들을 더 밀어 볼 용기를 잃고 말았다.

힘없이 마을을 나오다가 큰길가 언덕배기 밭에서 김을 매는 한 떼의 여자들을 보고 걸음을 멈추었다. 밭에는 문이 없으니 허락도 없이 들어왔다는 말을 듣지 않아도 될 터이고, 그리고 무엇보다 그대로 돌아가기에는 발이 떨어지지 않았다. 이 여자들에게 자기의 잘난 아들 기판이를 보여 주면 어떤 일이 일어날까? 그들은 당장 호미를 집어던지고 자기를 에워싸며 아이를 칭찬하고 아이 어머니가 부러워 어쩔 줄 모르겠지. 안골댁은 기운차게 밭으로 성큼 들어갔다.

"밭들 매고 기시는구만요?"

김매던 여자들이 안골댁을 쳐다보았다. 그들의 얼굴에는 금세 못마땅한 표정이 떠올랐다. 장사도 아니고 하릴없이 애기만 달랑 업고 나타난 여자의 속내를 짐작하고도 남았던 것이다. 입바른 여자 한 명이 혀를 끌끌 차며 종알댔다.

"젊은 여자덜이 일허기 싫어서 애기나 업고 돌아댕길라고 허니 참 시상은 말세로구만. 당신같이 게을르고 뻔뻔시런 여자 헌티는 암것도 돌아갈 것 없은께 다른디로나 가 보시드라고."

집에서 일하던 후줄그레한 옷차림 그대로인 것이 오해를 부른 것이다. 그러자 주인인 듯한 여자가 일어서더니 선심을 쓰듯 말했다.

"애기를 저 낭구 밑에 내래놓고 이리 와서 한 두럭을 잡고 밭이나 매 보씨오. 허다보면 새참이 나올 틴께로."

"울 애기럴 낭구 밑에다 내래놓라고라우?"

안골댁이 화를 내며 소리쳤다.

"이 애기가 워떤 애긴 줄이나 알고 그런 말을 함불러 허시오? 이 애기로 말 헐 것 같으면 천지지왕, 일월지왕, 삼신 도지왕님네 살피시고 천금 싸고 만금 싸서 동방삭이 긴긴 명에 석순이 가진 복을 점지시켜 탄생시캐주신 중허디 중헌 자석이여라우. 금방석에 내래놓까 은방석에 내래놓까 옥방석 칠보보석 방석이 아까울까 귀허고 귀헌 내 자석을 맨땅에다 내래놓라니, 그 말이 될말이요?"

여자들이 놀란듯 서로 눈짓을 했다. 젊은 여자가 보기에는 멀쩡해 보여도 정상이 아니라고 여겨졌기 때문이다.

"우덜을 얻어 매기로 몰아시운 당신덜헌티는 해 겉고 달 겉은 내 자석을 비어줄 수 없은께 나는 게양 가 볼라요."

"흥, 퍽으나 잘난 자석 됬는 갑다."

"자기 자석만 잘난 줄 아는 모양이네."

여자들의 비웃는 소리를 뒤에 두고 안골댁은 보란 듯이 으스대며 '떵기떵기 떵산인가' 노래에 맞춰 어깨춤을 추며 밭을 나왔다. 그리고 헛물만 켜고 맥 빠진 일만 당한 그날의 외출에서 터덜거리며 집으로 돌아왔다.

기판이는 순한 아이였다. 몇 시간 동안이나 어머니의 등에 업혀 돌아다녔건만 배가 고프다고 보채지도 않고, 오줌을 누어 뜨뜻하고 묵직한 기저귀를 차고도 칭얼거리지 않았다. 그리고 언제부턴가 어머니의 등에 머리를 묻고 잠들어 있었다.

기판이가 네 살 되는 해 가을, 할머니 장자동댁이 세상을 떠났다. 큰며느리 고정촌댁의 지성스런 정화수 떠 놓기와 지칠 줄 모르는 구완에도 병세의 호전이 없이 오십일 세의 아까운 나이로 세상을 뜨고 말았다. 아마도 며느리의 정성이 아니었으면 몸을 달싹도 못하는 사람이 팔 년이란 긴 세월을 병석에 누운 채 지탱해 오지 못했을지도 모른다.

고정촌댁은 시어머니가 돌아가신 시간을 알지 못했다. 평시대로 아침상을 들고 가서야 시어머니의 죽음을 발견한 것이다. 장자동댁은 밤사이에 잠을 자듯이 조용히 눈을 감았다. 죽은 이의 얼굴은 평화로웠다. 소식을 듣고 지동양반과 춘정양반이 달려와서 돌아가신 이의 눈을 감기고 입과 코와 귀를 솜으로 막고 수시를 하여 칠성판 위에 누이고 홑이불을 덮었다. 다음으로 돌아가신 이의 흰 저고리를 북쪽을 향해 휘두르며 망자의 주소와 성명을 말하고 복을 세 번 외치고 나서 옷을 지붕 위로 던졌다. 이것은 북쪽 하늘로 떠나는 망자의 혼을 돌아오도록 부르는 초혼제이다. 그동안 부엌에서는 밥을 지어 밥 세 그릇과 짚신 세 켤레를 문 밖에 차려 놓았다. 저승사자를 대접하여 망자를 편안히 모셔가게 하려는 뜻이었다. 마을은 가을걷이가 시작되어 몹시 바쁜 때였지만 사람들은 상여가 나갈 때까지 일손을 놓고 상가의 일을 도왔다.

그동안 상가에는 이해할 수 없는 일이 일어났다. 문 밖에 차려 놓은 사자밥이 옆 골목인 긴 골목 입구에 가 있곤 하는 일이었다. 이를 발견한 사람들이 놀라 제자리에 갖다 놓으면 사자밥은 발이라도 달린 듯이 어느 틈에 긴 골목 입구로 돌아가 있었다. 조객들이 몰려들어 일보는 사람들이 이 일에 관심을 두지 못할 때까지 사자밥은 아홉 번이나 두 장소를 왔다 갔다 하였다.

가족들은 어머니의 임종 시간을 정확히 알지 못했으므로 그날 새벽녘이었으리라 추정하고 사흘 만에 출상을 했다. 상여는 장지로 떠나기 전에 마을을 한 바퀴 돌았다. 슬픈 상여 소리가 온 마을에 울렸다.

어허이 어허이이 어허이야 어허이야
동네 방네 하직허고 살던 집도 다 버리고
새왕산 가신다고 하직을 허네.
일가 친척 하직이요 자식덜아 잘 있그라
새왕산 가신다고 하직을 허네.
삼천갑자 동방삭은 삼천갑자 살었는디
우리네 인생은 백 년도 못 살어
어이가리 어이가리 북망산천 어이가리
황천이 워디라고 그리 쉽게 가셨는가.
못 가겄네 못 가겄네 한 번 가먼 못 오는 질
어이를 갈꼬나 어이를 갈꼬나.

눈물을 흘리며 상여를 지켜보는 사람들 틈에 풍산댁은 부화
가 나서 씩씩거리며 서 있었다.

"사자밥까장 갖다 놓고 집을 갈쳐 줘도, 정 디래갈 사람은
놔두고 애먼 사람만 디래가 뿌네. 망헐 놈의 저승사자덜 같으
니. 가다가 엎어져 콱 되져나 뿌러라."

그해 겨울은 몹시 추웠고 눈이 많이 내렸다. 눈 위에 눈이 자

꾸만 내려 쌓여 길이 끊기고 사람들은 겨우내 집에만 갇혀 지냈다. 그러다가 봄이 일찍 찾아왔다. 먼 산은 수줍게 비단 너울을 쓰고 길들이 트이고 길옆에는 작은 풀잎들이 아직 녹지 않은 눈 속에서 약하고 강한 얼굴을 내밀었다.

장섭이는 어느 날 겨우내 방 안에 틀어박혀 삼은 짚신을 한 짐 잔뜩 지고 읍내 장으로 갔다. 짚신을 팔아 농기구도 손보고, 새 삽도 두어 자루 사 가지고 오기 위해서였다. 장에서 돌아온 장섭이는 그날 저녁 무렵 동생 남섭이를 만나러 오동나무 집으로 갔다. 한마을에 살고 있어도 장섭이는 동생의 얼굴을 못 본지 꽤 오래되었다. 지난해 가을 어머니의 장례를 치른 뒤로 형제는 한 번도 만나보지 못하고 있었다. 어머니의 죽음 뒤로 남섭이는 형제들이나 마을 사람들 만나기를 더욱 회피했다. 오동나무 집에 틀어박혀 죽을 둥 살 둥 일만 하고 지냈으며 어쩌다 자신의 집에 들를 때면 한밤중에 도둑처럼 왔다가 날이 새기 전에 돌아가 버렸다.

어머니의 장례 때 많은 사람의 눈길을 끈 사람은 평섭이였다. 그동안 병석의 어머니를 두고 집을 떠난 불효를 뉘우치며 울다 쓰러지고 관을 보듬고 뒹구는 바람에 하관이 늦어지기도 했다. 반면에 남섭이는 눈물을 보이지 않았다. 그런 그를 독하다고 흉을 보는 사람도 있었다. 그러나 형 장섭이는 알고 있었다. 평섭이의 슬픔은 그에게 큰 고통이었고, 눈물조차 과분한 호사라는 것을. 그의 얼굴은 납덩이같았고 외꽃처럼 샛노랬다. 장례 기간 내내 물 한모금도 입에 대지 않고 허깨비처럼 휘청 거렸다. 장섭이는 남섭이가 속 빈 나무 부러지듯 쓰러지지 않을까 두려워하며 그에게서 눈을 떼지 못했다.

남섭이는 사랑채 부엌에서 다섯 마리의 소에게 줄 쇠죽을 쑤고 있었다. 그는 부엌문 앞에 서 있는 형을 발견하자 놀라 목을 움츠리더니 쭈뼛쭈뼛 다가와서 죄지은 사람처럼 고개를 푹 숙였다. 그는 온순하고 수줍음을 잘 타는 성품이었지만 형을 잘 따르는 동생이었다. 그리고 장섭이에게 있어 동생들은 자신의 몸의 일부와도 같은 그런 존재들이었다. 그런데 무엇이 동생을 이토록 그에게서 멀어지게 했으며 집안을 산산조각 내버렸는가. 불쌍한 동생을 도울 방법이 없을까. 그랬다. 장섭이는 동생을 돕기 위해 여기 온 것이다. 장섭이가 부드럽게 입을 떼었다.

"남섭아, 너 밤남정이 별생원 댁으로 갈 생각 없냐? 오늘 내가 읍내 갔다 오는 질에 아자씨 댁에 들어갔드니 상일꾼을 아직 못 구했다고 허시더라."

집안 아저씨뻘 되는 별생원 집은 읍내 가는 길 중간쯤에 있었다. 오가는 길에 가끔 문안을 드리곤 했는데, 그날은 어머니의 장례 때 문상 와 주신 것을 감사하기 위해 들어갔던 것이다. 별생원이 상일꾼 말을 꺼내자 장섭이의 귀가 번쩍 띄었다. 남섭이를 생각했기 때문이다. 남섭이가 마을을 떠나 낯선 곳에서 낯선 사람들과 어울려 새 생활을 찾는 것이 좋지 않겠는가 싶어졌던 것이다. 그 말을 들은 남섭이의 머리는 더 숙여지고 입은 더욱 얼어붙었다.

형이 다시 말했다.

"오동나무 집에 남은 빚은 염려 말어라. 인자 한 이태 갚으면 될 것 아니냐. 니 논을 내가 맡아서 빚을 갚어 주마. 기판이도 곧 핵교 갈 나이가 되는디 이런 촌구석 핵교보단 읍내 핵교가 더 낫지 않겄냐? 아자씨가 지둘르고 기신께 곧 대답을 혀 디래야 헌다. 제수허고 타합혀서 이삼 일 내에 가부를 알래도라."

말을 마치고 돌아오는 장섭이의 마음은 왠지 무거웠다. 그리고 사흘을 기다렸으나 남섭이에게서는 아무 소식이 없었다. 장섭이는 남섭이를 찾아가 볼까 하다가 그만두었다. 일이 잘못되었다는 것을 알았기 때문이다. 집안의 대소사를 주장하는 권리를 남섭이는 갖고 있지 못했던 것이다.

며칠 후 정오 무렵이었다. 샘가에 몇몇 여자들이 물을 긷고 있었다. 풍산댁은 대소변을 못 가리는 남편의 옷과 이불을 가지고 와서 방망이로 콩콩 두들겨 대고 있었다. 그때 안골댁이 아들을 업고 보퉁이 하나를 들고 돼지 새끼 한 마리를 작대기로 몰며 집으로 돌아오는 것이 보였다.

"안골덕이 장에서 돼야지 새끼를 사 오는구만."

가재댁이 두레박질을 하다 말고 말했다.

"안골덕은 뭔 돈이 많어서 장날마다 장에 가는지 몰르겄서 잉?"

"아들자랑 하고 잡아서 어떻코롬 집에 엉댕이를 붙이고 있겄어. 시상에서 자기 혼자배끼 없는 아들인디."

"손에 들고 가는 보따리는 괴기 반찬거리 겄제? 아들헌티 괴기 없는 밥은 안 맥인닥 허든디 그래?"

오가시댁과 사리실댁이 주고받는 말에 풍산댁이 방망이질을 멈추고 대꾸했다.

"서방 생일날에도 서방헌티는 갈치 꼬랑지만 띵게 주고, 가운데 토막은 아들 상에 채래 준다니게. 그나마 금순이년은 국물 맹물도 없어. 괭이 밥같이 부수막에다 밥 한술 놔주면 그만이여."

풍산댁이 말을 이었다.

"그리고 자네덜 텃밭을 조심허게, 잉. 안골덕이 와서 모종만 혀 갈란다고 씨를 뿌리기 전에 뭔 씨든 얼렁 뿌래 뿐지라고.

나는 작년에 텃밭 한 자락을 빌래 줬다가 가실에 꽤를 다 걷어 갈 때까장 멀거니 쳐다보고만 있었어."

"또랑가 땅에 두봉리덕이 땅콩을 숨거 놨을 때도 안골덕이 그 땅콩을 죄다 파내 불고 자기네 밤콩을 숨겠지라우, 고정촌 덕이 텃밭을 웬만큼 노나 준 모양인디 한동네서 뭔 겉욕심을 그리 부리는지 몰라라우."

오사기댁이 말했다.

"춘정덕네 개가 자기 상추밭에다 똥을 쌌다고 춘정덕네 밭 에 달구 새끼덜을 풀어서 밭을 몽땅 망쳐 논 일은 또 어쩌고? 그 뒤에 돼야지 한 마리가 자기 밭에서 돌아 댕기는 것을 보고 춘정덕네 돼야진중 알고 작대기로 몰아서 뒷다리 한 짝을 질끈 뿐질러 놨는디 알고 본께 그 놈이 바로 자기네 돼야지였다 이 말이여."

풍산댁이 말했다.

"지 꾀에 지가 넘어가고 봉사 지닭 잡어 묵은 꼴이 아니고 뭣이겠는가?"

"그래서 돼야지 새끼럴 또 사 오는 구만이라우."

여자들이 배를 잡고 웃었다. 그때 고정촌댁이 물을 기르러 왔다.

"뭔 이약들이 그리 재미있다요? 나도 쫌 들어 봅시다."

"말허자면 쥐 잡을라다 장독 깨고 빈대 죽일라고 초가삼간 태운다는 그런 말이네."

오가시댁의 말에 고정촌댁이 어리둥절해하며 물었다.

"쥐 잡을라다 장독 깨고 빈대 죽일라고 초가삼간 태우다니 대처 누구 말씀인개라우?"

"아따 이사람 둔허기는, 자네 동서가 자기 돼야지를 때래 잡은 이약을 허고 있었네."

풍산댁이 속 시원히 말해 주었다. 여자들이 다시 크게 웃었다. 그러다가 그들은 고정촌댁 뒤에 서 있는 사람을 발견하고 웃음을 싹 거두었다. 그 사람은 이야기의 주인공 안골댁이었던 것이다. 여자들은 안골댁을 보고 얼굴이 새파래져서 미처 채우지 못한 물동이를 이고 허둥지둥 도망쳤다. 풍산댁마저 아직 덜 행군 빨래를 주섬주섬 걷어들고 얼른 자리를 피했다.

"왜 그렇고 급히덜 가신다요?"

눈치 없는 고정촌댁은 샘으로 내려와서 동이에 물을 길러 담았다. 고정촌댁이 하는 양을 불꽃이 튈듯한 눈으로 노려보던 안골댁이 샘가에 와서 새초롬히 물동이를 내려놓고 고정촌댁 앞에 떡 버티고 섰다. 그제서야 안골댁을 알아본 고정촌댁이 말했다.

"동서도 물 지르러 왔는가?"

그러자 안골댁이 오싹할 정도로 싸늘한 목소리로 말했다.

"성님, 내가 때를 못 마차서 시암에 왔는갑소. 저 여편네들허고 찧고 불고 내 숭을 더 못 보게 혀서 미안시럽게 되얐구만요."

"자네 뭔 말얼 그렇고 함불로 허는가? 내가 뭔 숭을 봤다고 그리어?"

고정촌댁은 자리를 얼른 피하는 것이 수라 생각하고 재빨리 물동이를 이고 돌아섰다. 그때 안골댁이 고정촌댁의 앞을 가로막고 두 손으로 가슴팍을 확 밀쳤다. 고정촌댁은 물동이를 인 채 뒤로 벌렁 넘어졌다. 물동이는 깨지고 고정촌댁은 물을 흠뻑 뒤집어쓴 채 빨랫돌 위에 떨어져 등과 엉덩이를 크게 다쳤다. 얼얼한 정신에 몸을 버르적이며 겨우 일어난 고정촌댁이 시뻘겋게 성이 나서 안골댁에게 덤벼들었다. 둘은 서로 맞붙어 치고 받고 머리끄덩이를 잡아채서 머리카락을 수북이 뽑아 놓고도 모자라 샘바닥을 안방처럼 냅다 뒹굴었다. 벙어리가 성나면 더 무섭다드니 사람 좋은 고정촌댁도 한번 화통을 터뜨리자 걷잡을 수 없었다.

두 동서끼리의 싸움은 여자들이 장섭이를 데려올 때까지 계속되었다. 조금 떨어진 곳에서 사태를 지켜보던 여자들이 논에서 돌아오는 장섭이를 끌고 온 것이다. 안골댁은 시숙을 보자 달려들며 하소연을 늘어놓았다.

"아이고 시숙님, 이런 억울헐 디가 시상에 어딨단 말이요. 큰동서가 되아 갖고 한 식구찌리 편삭은 못 들어줄망정 동네 여자덜허고 한통이 되아 인간 회패럴 허다니요? 시상에 이런 법도도 있답대까?"

장섭이는 제수가 울며불며 가랑이를 잡고 늘어지는 바지를 추어 올리느라 정신이 없었다.

"인자 누구럴 믿고 살께라우. 암만 살아볼락 혀도 이 동네는 사람 살 디가 못 되는 구만이라우. 지이덜은 밤남정이로 이사 갈랍네다."

이렇게 되어 남섭이는 별생원 댁 상머슴으로 들어가게 되고 그의 가족들은 소달구지에 세간을 싣고 마을을 떠났다. 달구지를 끌고 간 소는 안골댁의 친정아버지가 재를 넘어 데려온 송아지로, 이미 열 살 된 힘 좋은 황소로 자라 있었다.

8. 마재촌과의 축구 시합

봄이 되면 산으로 둘러싸인 밤나무정 마을에 수많은 새들이 날아들었다. 밤새 울던 부엉이와 올빼미들과 임무 교대를 한 쏙독새는 동이 트기 전부터 쏙쏙쏙쏙 소리치고 개개비는 개개 개, 개개개하고 요란을 떨었다. 박새, 할미새, 휘파람새가 고운 목소리를 자랑하고 방울새가 방울을 울리는가 하면 딱따구리의 나무 쪼는 소리가 온 산을 흔들었다. 꿩이 울며 날아가고 뻐꾸기가 지지 않으려는 듯이 목청을 높였다. 그중에서도 일등가는 음악가인 꾀꼬리를 따라올 새는 없었다. 꾀꼬리는 마을까지 내려와서 마을에서 제일 큰 나무인 별생원네 두 그루 팽나무에 앉아 오전 내내 화답을 하다 돌아가곤 했다.

뽀빠유 삐

리루 라르라르라

꼬리꼬 삘리 꼬리 꼬리오

라르랑나 라르라악

찌우짜우 찌우 짜쭈짜

릴리루리 루리으 루나 까르 까르릉.

마을 여자들은 꾀꼬리들의 노래에 이렇게 주석을 달았다.

'너 거그 있지?

곱게 곱게 머리 빗고 건너 가게.'

그러자 늙은 본처가 화가 나서,

'고얀 간나 가랑구를 쫘악

내 저구리 곱지야?

곱기는 헌디 옆구리가 터졌구나.'

아침 해는 안개가 피어오르는 숲 사이로 번쩍거리며 떠올랐다. 빼곡하게 우거진 그물망을 뚫고 비쳐 드는 햇살 속에 화살나무 잎새들은 둥글게 손을 잡고 원무를 추고, 가늘고 어린잎들과 흰 줄기가 드러나는 부드러운 큰 잎새들은 빛과 생명의 축제를 열고 있었다.

정오 무렵이 되자 한길가 집에서 여자가 나와 누구를 찾는지 길 위쪽과 아래쪽을 두리번거렸다. 그러나 길에는 개 한 마리 얼씬거리지 않았다. 여자는 손나팔을 만들어 온 동네에 다 들리도록 소리쳤다.

"기판아, 기판아."

이 어지는 기판이 어머니 안골댁이었다. 아들에게 점심을 먹이려고 찾고 있는 중이었다. 안골댁은 여전히 굵은 통허리에 짧은 다리를 가진 오동통한 작은 사람이었지만, 얼굴에는 나이든 티가 났다. 툭 튀어나온 이마 밑에 쑥 들어간 작은 눈에서는 여전히 번뜩거리는 광채가 나고 있었는데, 그 광채는 예전보다 더 푸르스름해진 것 같았다.

기판이 아버지 안골양반이 별생원네 상머슴 일을 하고 있던 까닭에 안골댁도 명절이나 농번기나 일이 바쁠 때면 늘 그 집에 가서 살았다. 그래서 식량을 많이 축내지 않고도 새경으로 받은 벼는 해마다 차곡차곡 쌓여 갔다.

그들이 마을로 이사를 와서는 별생원네 사랑채 한쪽에서 살다가 감나무집 영금이네가 이사를 하게 되자 그 집을 사서 나왔다. 감나무집은 큰방, 부엌방, 골방으로 방이 셋이나 되었고, 외양간과 돼지우리가 맞붙어 있는 헛간도 있었고, 집 뒤에 그늘은 지지만 장독대와 작은 채소밭도 딸려 있었다. 밤나무정에서 몇 년간 안골댁이 큰 문제를 일으키지 않아 조용히 지내 오긴 했지만 안골양반은 항상 마음이 놓이지 않았다. 그는 별생 원네 머슴방에 기거하며 일이 있을 때만 잠깐씩 집에 들렀다가 곧 돌아가곤 했는데, 마누라와 얼굴 대하는 일을 가능하면 피했다. 그는 집에서나 밖에서나 말이 없는 사람이었고 사람들과도 잘 어울리지 못했으나 마을 사람들은 그의 성실성과 선량함을 높이 알아 주고 다른 점은 그리 문제 삼지 않았다.

아들 이름을 몇 번 불러도 대답이 없자 안골댁은 아들을 찾아 나섰다. 윗뜸으로 가 볼까 아랫뜸으로 가 볼까 망설이고 있을 때, 아랫뜸에 사는 질용이 동생 질금이와 그의 친구 소단이가 진구렁고개를 돌아 오고 있었다. 두 여자 애들은 어디를 쏘다니다 오는지 잡은 손을 앞뒤로 흔들고 노래를 흥얼거리며 길을 내려왔다. 아이들이 인사도 없이 앞을 지나갈 때 안골댁이 불러 물었다.

"아그덜아, 우리 기판이 못 봤냐?"

여자 애들은 안골댁을 힐끗 쳐다보더니,

"아까 턱굴로 넘어가든디라우."

한마디를 툭 내뱉고는 갑자기 자신을 놀리기라도 하듯 길 아래쪽으로 내닫기 시작했다. 한 아이가 키득거리며 앞서 달리자 또 한 아이가 소리를 지르며 그 뒤를 쫓았다.

"저런 버르장머리라고는 씨알도 없는 것덜 같으니, 다 큰 지집아덜이 저 꼴이 뭣이냔 말이여, 쯧쯧."

안골댁이 다 큰 계집애들이라고 했지만, 질금이와 소단이는 이제 열 살도 안 된 여자 아이들이었다. 안골댁은 자기들이 자랄 적에는 얼마나 조신했던가를 떠올리고 계속 혀를 차며 길 위쪽으로 걸음을 옮겼다. 고개를 넘어가자 길 옆 빈터에 남자애들 몇 명이 공놀이를 하고 있었다. 진구렁 구멍가게 집 아들인 두복이와 두구 형제, 질금이의 오빠인 질용이, 산 밑에 마을로 올라가는 길목에 사는 봉환이, 그리고 기판이 모두 사 학년이었다. 공이라고 하지만 진짜 공은 아니었다. 짚을 뭉쳐 새끼줄을 칭칭 감아 공처럼 만든 것으로, 아이들은 공차기라기보다 공뺏기라고 불러야 좋을 놀이에 빠져 있었다. 안골댁은 다른 어머니들처럼 아들을 불러 데려가거나 하지 않고, 아카시아가 우거진 언덕 위에 눈에 띄지 않게 자리 잡고 앉아 차분히 아이들을 관찰했다.

공놀이는 남자애들 싸움처럼 과격했다. 공을 뺏으려고 여럿이 덤비다 보니 서로 밀치고 부딪혀 넘어지고 발 밑에 깔려 부르짖는 소리로 주위가 떠들썩했다. 아이들의 노는 모습을 지켜보던 안골댁은 점점 기분이 나빠지고 속이 상해 견딜 수 없었다. 친구들 가운데 가장 두드러져 보이는 아이는 두복이였다. 두복이는 다른 애들보다 한 살밖에 더 많지 않았으나 키가 훨씬 크고 힘이 좋아 동생들을 데리고 노는 형 같았다. 두복이의 동생 두구는 키는 작았지만 몸이 다람쥐처럼 날쌔어 형들의 발 밑에서 잽싸게 공을 빼내는 데 선수였다. 피부가 검고 머리통 이 수박덩이처럼 둥글고 배가 뚱뚱한 질용이는 한 번 공을 잡 았다 하면 어찌나 악착인지 아무도 쉽게 덤벼들지 못했다. 물 썽한 봉완이조차 몇 번 공을 차지하고 그때마다 안 뺏기려고 공을 멀리 차 버려 아이들의 주먹질과 빗발치는 항의를 받곤 했다. 그러나 기판이는 뒤에서 이쪽저쪽으로 열심히 공을 쫓아 다니기만 했을 뿐 한 번도 공을 잡지 못하고 다른 아이들의 발 에 걸려 넘어지는 데 일등이었다. 그러니 안골댁의 속이 편할 리가 있겠는가.

아들은 다른 아이들과 너무 달랐다. 활기가 부족하고, 이기 려는 의지가 조금도 없어 보였다. 안골댁 자신의 아들은 다른 아이들처럼, 아니 그보다 더 강해야 했다. 무엇을 하거나 이겨 야 했으며, 어디서나 우월하고 좌중을 압도하는 독판치는 인물 이어야 했다. 그렇지 못하면 그렇게 만들어야 하는 것이다. 안 골댁은 아들이 비실거리는 원인이 몸이 허약하기 때문이라는 결론을 내렸다. 아들의 기운이 솟구치게 하려면 무슨 약을 먹 여야 할까? 검은 장닭이 좋을까, 돼지 애저가 좋을까, 그보다 봄이면 별생원이 기력을 보한다고 해마다 달여 먹곤 하는 보약이 좋지 않을까? 읍내 한약방에 가면 죽어 가는 사람도 살린다는 용한 약이 있다는데…….

이런저런 궁리를 하고 있을 때 진구렁 과수원 집 아들 동명이가 낯선 녀석을 데리고 그곳에 나타났다. 턱굴로 오는 길은 길갓마을에서 넘어오는 고갯길과 진구렁에서 질러오는 지름길이 있는데, 동명이는 처음 보는 녀석을 뒤에 달고 지름길로 온 것이다. 동명이는 녀석을 소나무 밑에 세워 둔 채 친구들이 노는 데 끼어들어 이리 뛰고 저리 뛰었다. 한참 동안 마을 아이들의 공놀이를 지켜보던 낯선 녀석이 갑자기 앞으로 나서며 놀이를 중단시켰다.

"아그덜아, 잠깐 끄치고 내 말 잔 들어 봐라."

놀이를 잠깐 멈춘 아이들이 의아한 얼굴로 낯선 녀석을 쳐다보자 동명이가 나서서 말했다.

"이 새끼는 내 이종 사촌인디, 마재촌에 사는 이무근이다."

무근이를 소개받은 마을 아이들은 동명이와 무근이를 번갈아 쳐다보며 눈이 둥그래졌다. 무근이는 친형 동석이보다 더 동명이와 닮았기 때문이었다. 갑자기 무근이가 소리를 꽥 지르며 동명이에게 대들었다.

"뭐, 새끼? 성보고 새끼라니, 너 기합이 들어가도 한참 들어가야 되것다, 잉."

"생일 매칠 빨른 것 같고 꼭 성 행세를 헐 참이냐? 남자 벗은 십 년 새도 헌다는디."

동명이도 지려 하지 않았다.

"뭔 소리냐? 한날한시에 태어난 쌍둥이도 우아래가 분명허다, 너."

"그려서 우리가 쌍둥이라도 된단 말이냐?"

"쌍둥이나 다름없제, 자 느그덜 말 잔 혀 봐라. 우덜이 쌍둥이 같냐, 안 같냐?"

아이들이 실실거리며 대답을 피하자, 자신의 입지가 불리함을 깨달은 무근이가 곧 말을 바꿨다.

"알었다. 개림거리는 내중에 우덜찌리 허두룩 허겄다. 그런디 말이여, 아그덜아, 니덜 공 차는 것을 보고 생각났는디 말이다, 우리 마재촌허고 언제 축구 시합 한번 안 붙어 볼래?"

"뭐, 축구 시합?"

"마재촌허고?"

마을 아이들은 얼떨떨하여 서로 얼굴을 쳐다보았다.

"그리어, 축구 시합. 축구 시합을 자꼬 혀 봐야 실력이 늘고, 가을에 이 대항 축구 시합에도 나가 상도 타오고 그러제, 언제까장이나 동내 애덜 발장난이나 허고 있을 티냐?"

축구 시합을 해 봐야 실력이 늘고, 이 대항 축구 시합에도 나가서 상도 타오게 된다?

"으아, 축구 시합이다."

"그러자, 그러자."

녀석들은 신이 나서 앞뒤 생각 없이 무턱대고 소리쳤다. 두복이가 무근이를 향해 말했다.

"축구 시합, 좋다. 언제쯤 했으먼 좋겠냐?"

"니덜이 좋다먼 가서 대장헌티 의논허고 알래 주게."

마재촌은 밤나무정에서 북쪽으로 이 킬로미터쯤 떨어져 있는 큰 마을이었다.

무근이가 떠난 뒤에 동명이가 말했다.

"니덜 축구 시합을 우습게 생각들 말그라, 잉. 마재촌은 동네 앞에 축구장을 맹글어 놓고 날마다 연습을 헌단다. 청년부허고 소년부가 있는디, 지난 대부름에 소년부가 여재촌 청년들을 이개 부렀단께로."

여재촌은 마재촌과 등성이 하나를 사이에 둔 마재촌 다음가는 큰 마을이었다.

"그런께 우리도 인자부터 죽어라고 연습을 혀야 된단께로."

두구가 천진하게 부르짖자 봉완이가 불쑥 말했다.

"마재촌에는 대장이 있다는디 우리도 먼첨 대장을 뽑아야 허덜 않겠냐?"

봉완이의 말에 정신이 번쩍 든 안골댁은 벌떡 일어서며, '대장은 우리 기판이다.'라고 외치려 했다. 그런데 두구가 재빨리 나서며,

"대장? 우리 성 말고 대장 헐 사람 있어? 있으면 나와 봐."

하는 것이었다. 그 말에 질용이가 얼른,

"두구 말이 맞어. 우리 대장깜은 두복이배끼 없어."

하였다.

"봉완이의 말은 다른 대장을 뽑자는 것이 아니라, 두복이를 대장으로 확실허게 혀 놓자는 그런 말이란 말이여. 안 그러냐, 봉완아?"

봉완이는 동명이가 두둔하는 말에,

"그리어, 내 말이 바로 그 말이여."

하며 고개를 크게 끄덕이고, 기판이도 머리를 끄덕여 찬성의 뜻을 나타냈다. 만장일치의 가결이었다.

'두구, 질용이, 이눔의 자석덜얼……'

엉거주춤 일으켰던 엉덩이를 주저앉히며 안골댁은 이를 부드득 갈았다.

"니덜이 나를 대장으로 뽑아 준께로 책임감이 꽉 생긴다야. 하여튼 우리 동네의 명예를 걸고 잘 혀 보자."

두복이가 아이들을 둘러보며 대장 취임 일성을 내놓고 다음

말을 이었다.

"마재촌 놈덜이 우리헌티 축구 시합 말을 끄집어낸 것은 우덜을 엿밥으로 알고 허는 수작이란 말이다. 느그덜도 알다시피 그놈들은 자기들 잘난 맛에 사는 놈들이란께로. 뭔 꼬타리만 있으면 잡어서 다른 동네허고 시합을 걸고 욱에 올라안글라는 심뽀를 가진 놈덜이란 말이여. 우덜이 그런 촌놈들헌테 당허고 있어야만 쓰겄냐? 놈들이 우리를 몰상히 보고 방심허고 있는 새에 실력을 키워서 밤남정이의 깡다구를 비여 뿌러야제."

"밤남정이의 깡다구를 비여 뿔자."

"그리어, 그리어. 밤남정이의 깡다구를 비여 주자."

녀석들이 좋아서 날뛰었다.

그날부터 일 주일쯤 후, 밤나무정 마을에 소년 축구부라 할 수 있는 모임이 탄생했다. 이 마을에는 오 학년 이상의 학생들이 한 사람도 없었다. 그래서 학교에 다니지 않는 녀석들 중 또래와 나이 많은 축에서 왕기, 성호, 태식이, 찰바우를 뽑아 부원으로 가입시키고 이삼 학년 가운데 똘똘한 애들을 골라 예비 선수로 두었다. 그리고 잘된 것은 삼 학년 쌍둥이 대운이와, 지온이의 삼촌 상태 청년이 자진해서 축구부 감독을 맡아 준 일이었다. 이들은 터에 나무기둥을 박아 두 개의 골대를 세우고 전 인원을 두 조로 나누어 실전과 비슷한 맹연습으로 들어갔다. 학생들이 학교에서 먼 길을 달려 돌아온 시간부터 날이 어두워질 때까지 축구장에서 들려오는 아이들의 외침으로 온 마을이 떠들썩했다.

안골댁은 다음 날 바로 읍내에서 유명하다는 조약방을 찾아갔다. 그리고 예약자가 정해져 있다는 백육십 년근 산삼 두 뿌리를 어렵사리 벼 스무 섬에 계약해 놓고 집으로 돌아왔다. 그날 밤 오지 않는 남편을 기다리다 지친 안골댁은 이튿날 아침 일찍 딸 금순이를 별생원네로 보냈다. 남편이 방으로 들어오자마자 안골댁은 빚 받으러 온 사람처럼 떽떽거리며 남편을 다그쳤다.

"기판이헌티 산삼을 사 믹애야 헌께, 나락 스무 섬만 사 주시씨오."

무슨 말인지 알아듣지 못한 남편은 어리벙벙한 얼굴로 윗목에 무춤히 서 있었다. 안골양반은 전답을 장만할 계획으로 그동안 열심히 모아 온 서른 섬이 넘는 벼를 삼거리 방앗간에 보관하고 있는 중이었다. 안골댁이 다시 말했다.

"기판이가 몸이 허약혀서 산삼을 믹애야 헌다니께라우. 아들이 중허요, 나락이 더 소중허요?"

말이 끝나기도 전에 남편이 고개를 홱 돌리고 방을 나가려하자, 안골댁이 번개같이 덤벼들며 남편의 바짓가랑이를 붙잡고 늘어졌다.

"나락 스무 섬만 혀 주시란께라우, 예?"

남편은 뒷발질로 마누라를 떼어 버리고 밖으로 횡하니 나가 버렸다. 얼마 동안 남편에게 채인 얼굴을 감싸고 뒹굴던 안골댁이 갑자기 가슴을 쥐어뜯으며 온 방을 데굴데굴 구르기 시작했다. 얼굴이 샛노래지고 눈이 뒤집히며 입에서는 거품이 부글부글 끓어올랐다. 고질병인 가슴이 틀어 오르는 증세가 시작된 것이다. 보다 못한 금순이가 밖으로 뛰어나가 회관 뒤에 사는 종덕이 할머니를 모셔 왔다. 종덕이 할머니는 마을에서 가장 나이가 많고 아는 것도 많은 분이었다. 할머니는 아픈 사람을 살펴보더니 집에 가서 기왓장을 가지고 왔다. 따뜻하게 데워서 환부에 얹어 놓으면 웬만한 배앓이쯤은 쉽게 다스리는 담방 요법이었지만, 투망에 걸려 올라온 피라미처럼 팔딱거리는 안골댁을 당해 낼 수 없었다. 할머니가 움푹 꺼진 눈을 껌뻑이며,

"어서 가서 아부지를 찾아오니라."

하고 말했다.

금순이가 별생원네로 들어서니 그 집에는 방금 큰 소동이 일어나 있었다. 별생원의 손녀딸 다섯 살쟁이 명이가 외양간에 와서 여물 써는 일을 돕는다고 작두에 짚을 넣다가 손가락이 잘리는 사고를 당한 것이다. 수건으로 둘둘 감은 손을 축 늘어

뜨린 명이를 업고 읍내 병원으로 달려가는 아버지에게 아무 말도 못하고 돌아온 금순이는 종덕이 할머니를 보고 고개를 저었다.

"니 엄니를 이대로 놔둬서는 안 되겄다. 종디기 애비헌테 뜸막 체정집이라도 데꼬 가 보라고 혀야겄구나."

종덕이 할머니가 집으로 돌아간 뒤 곧 종덕이 아버지가 마차를 끌고 와서 실신해 있는 안골댁과 금순이를 태우고 뜸막골로 출발했다. 종덕이 아버지는 사람들의 짐을 날라다 주는 일을 하는 마차꾼으로, 그날은 일거리가 없어 집에서 쉬고 있던 참이었다.

체내는 사람은 하얗게 샌 머리에 수염을 기른 나이 지긋한 남자였다. 그 사람은 안골댁을 앞에 앉히고 입을 벌리게 한 다음 담뱃진 냄새가 물씬 풍기는 더러운 손가락을 입속에 집어넣었다. 손가락이 목구멍 깊숙이 들어가서 목을 훑는가 싶더니, 얍 하는 기합 소리와 함께 무언가를 낚아채 밖으로 빼냈다. 남자는 손바닥을 펴서 한줌이나 되는 생선 가시를 금순이에게 보여 주었다. 생선 가시들은 정말로 목에서 나왔을까 의심스러울 정도로 생생하고 날카로웠다.

"우리 엄니는 비린 것을 안 좋아혀서 까시 있는 것을 안 잡수는디!"

금순이가 혼자서 중얼거리는 소리를 들은 남자가 말했다.

"그려도 언젠가 묵은 것이 있은께 나왔것제. 급체라 허는 것은 삼 년 묵은 까시가 걸래서 생길 수도 있는 법이니께."

남자는 금순이의 눈치를 살피며 연신 헛트림을 하는 안골댁의 등을 몇 번 쓸어내려 주었나.

체낸 일이 효과가 있었는지, 노새가 끄는 덜컹거리는 마차를 타고 이십 리길을 오가며 바람을 쐰 덕분에 기분 전환이 되었는지, 안골댁은 집으로 돌아와 혼곤히 잠이 들더니 다음 날부터는 미음을 한 숟갈씩 들고 점차 기운을 차렸다.

마재촌과 축구 시합은 두 달 뒤인 칠 월 마지막 주 일요일, 여름 방학이 시작된 다음 날로 정해졌다는 말이 마을에 돌았다. 그날은 안골댁의 아들 기판이가 지금처럼 비실거려서는 안 된다. 누구보다 잘 뛰고 깜짝 놀랄 만큼 공을 잘 차야만 한다. 안골댁의 마음이 급해졌다. 그녀는 소를 팔기로 결심했다. 그 소로 말하면 그녀가 시집온 뒤 친정아버지가 딸네 집에 오면서 끌고 왔던 그 송아지였다. 그동안 커다란 황소로 자란 송아지는 안골댁의 가족으로 소임을 다하고 이제 기판이를 위해 이 집을 떠나게 될 운명이었다. 황소는 남편의 권한 밖에 있는 하나뿐인 그녀의 재산이었던 것이다.

그녀는 소장수를 불러왔다. 소를 살펴본 소장수는 소의 어금니가 어떻고, 뒷다리의 흉터가 어떻고, 발바닥이 다 닳은 늙은 소라고 트집을 잔뜩 잡으며 백삼십 원밖에 쳐주지 않았다. 그 무렵에 소 값이 올라 그 정도의 황소면 백오십 원도 넉넉히 받을 수 있었으나, 소장수는 안골댁을 세상 물정에 어두운 여자라고 얕잡아 보고 값을 제대로 쳐주지 않았던 것이다. 소 값을 받은 안골댁은 조약방으로 달려가서 미리 말해 놓았던 산삼과 함께 달일 탕약을 구해 가지고 돌아왔다. 벼 스무 섬의 삼 값으로 백사십 원을 지불해야 했으나 악착스런 살림꾼인 안골댁은 백삼십 원 중에서도 삼 원이나 덜 주고 약을 받아 온 것이다. 마르지 않도록 검은 이끼에 담겨 천하의 보물처럼 깨끗한 종이에 몇 겹이나 둘러싸인 산삼 두 뿌리는 백육십 년근이 거짓이 아니라는 듯이 볼수록 기이하고 신비로운 모양을 하고 있었다. 한 뿌리는 삿갓을 쓴 고승이 지팡이를 휘두르며 산을 오르는 모습을 하고 있었고, 또 한 뿌리는 등에 아이를 업고 큰 바구니를 머리에 인 여인이 절에 치성을 드리러 가는 모습을 연상시켰다. 셀 수도 없이 많은 잔뿌리의 보호를 받으며 연백색의 광채를 발하고 있는 몸체에서는 맑은 산기운이 뿜어져 나오는 듯했다. 안골댁은 산삼과 탕약을 상에 놓고 정성껏 치성을 드린 다음, 재탕, 삼탕, 오탕까지 데려서 공복 시에 반 사발씩 아들에게 먹였다. 그리고 장날이면 빠지지 않고 장에 나가 아들에게 줄 기름기 있는 반찬거리를 사 왔다. 식보 없이는 약보를 기대할 수 없다고 여겼기 때문이다.

어느 장날 그녀는 사매기의 한 골목에서 읍내 아이들이 공을 가지고 노는 것을 보았다. 그 공은 새끼줄 공도 아니고 안에 짚이나 헝겊을 넣고 꿰맨 찢어진 공도 아닌 고무에 가죽을 댄 진짜 축구공이었다. 아이들에게 물어 공을 파는 상점을 알아낸 그녀는 거금 오십 전을 아낌없이 주고 축구공을 사 가지고 돌아왔다.

칠월 마지막 주 일요일 오전 열 시쯤 마재촌 선수단이 북과 깨진 꽹과리를 두드리며 마을에 도착했다. 인솔자인 청년단원이 열세 명의 선수와 여러 명의 응원단을 데리고 나타난 것이다. 마을에서도 선수들과 감독이 축구장에 모여 있었고, 후보 선수들과 응원 나온 마을 청년들, 어른, 아이들이 언덕배기로 몰려들었다. 그 가운데 이들의 경기에 가장 관심이 많은 안골댁이 빠질 리가 없었다. 그녀는 전에 앉았던 아카시아 우거진 언덕에서 우묵한 눈을 부릅뜨고 축구장을 내려다보고 있었다. 마재촌 선수들은 밤나무정에서 갖고 있는 진짜 축구공을 보고 눈이 휘둥그래졌다. 그들은 경기를 하기 위해 물을 가득 담은 돼지 오줌보를 갖고 왔다가 꺼내 놓지도 못하고 말았다. 두 마을 선수단들은 자기 감독을 내세워 게임 규칙을 논의했다. 새

축구공을 가지고 게임을 진행하는 데 반대하는 의견은 없었다. 경기 인원은 경기장이 경사진 데다 장소가 비좁아 한 팀에 여덟 명 씩 뛰기로 했다. 그리고 시간제한 없이 삼 점을 먼저 얻는 팀이 이기는 것으로 합의를 보았다. 밤나무정 선수 여덟 명의 이름이 발표되었다. 두복이, 두구, 질용이, 동명이, 봉완이, 기판이, 태식이, 찰바우. 대장인 두복이의 마음은 기판이보다 왕기를 내세우고 싶었으나, 공의 주인인 기판이를 뺄 수 없는 처지였다. 문지기는 몸집이 뚱뚱한 질용이가 맡았고, 마재촌 골문에는 날쌘 무근이가 이쪽을 얕보는 얼굴로 버티고 섰다.

경기가 시작되었다. 경기는 지난 보름 동안 축구공을 가지고 연습을 한 밤나무정 선수들이 단연 우세하여 쉽게 한 골을 넣었다. 응원단에서는 난리가 났다. 언제 들고 나왔는지 세숫대야, 찌그러진 냄비 뚜껑, 깨진 솥단지, 산 밑의 마을에서 급히 빌려 온 징을 마구 두드리며,

"밤남정이 잘헌다."

"이개라, 이개라, 밤남정이 이개라."

하고 외쳐 댔다. 그 소리 속에는 질금이, 소단이 또래 여자 애들의 새된 고함이 고막을 찢어 놓을 것 같았다.

축구공에 적응이 안 된 마재촌 선수들은 공을 찬다는 것이 공중에 띄우거나 엉뚱한 데로 빗나가거나 공이 지나간 다음에

야 발길질을 하고 공이 어디로 갔는지를 몰라 두리번거리는 등 구경꾼들의 웃음을 사고 야유를 받았다. 그러나 마재촌은 저력이 있는 선수들이었다. 금방 공에 익숙해지고 협동이 살아나서 이쪽이 방심하고 있는 틈에 연거푸 두 골이나 넣었다. 잠잠하던 마재촌 응원석에서는 북이 둥둥 울리고 깨진 꽹과리 소리가 하늘을 찌를 듯했다. 마재촌 선수들은 골문 앞에 진을 치고 계속 위협을 주었다. 두복이와 이쪽 선수들은 자기 마을 구경꾼들 앞에서 창피를 당하지 않으려고 죽을 둥 살 둥 덤벼들어 어렵사리 한 점을 만회했다. 이제 두 선수단은 이 대 이 동점이 되었다. 어느 선수단이 먼저 한 점을 넣느냐에 따라 승패가 결정되는 것이다.

기판이는 산삼 덕인지 아주 딴사람 같았으며, 새끼 염소처럼 기운이 팔팔했다. 서로 부딪히거나 밀치는 싸움에서도 쉽게 밀리지 않았다. 다른 아이들은 안중에도 없고 오직 아들뿐인 안골댁은 벌떡 일어나서 소리소리를 질렀다.

"우리 기판이 잘헌다. 판쳐라 기판아, 판쳐라 기판아."

또다시 어렵게 뺏은 공이 기판이의 발밑으로 굴러왔다. 공을 차지하려 무섭게 덤벼들던 두 명의 마재촌 선수들이 서로 부딪혀 뒹굴었다. 공을 잡으려고 달려 나온 문지기 무근이가 굴러 내린 돌에 걸려 넘어졌다. 골문은 열려 있었고, 공은 기판이의 발밑에 있었다. 지체하지 않고 공을 차 넣기만 하면 점수를 올릴 수 있기 때문에 승리가 눈앞에 있었다. 응원단은 양철 냄비를 깨져라 두드리며 기판이의 이름을 외쳤다.

"판쳐라 기판아, 판쳐라 기판아."

기판이가 공을 찼다. 공은 골대 앞에서 하늘로 치솟아 올랐다. 공은 하늘 높이 솟아올라 건너편 소나무 숲 위에 떨어졌다. 물을 끼얹듯 조용해진 응원단은 맥없이 하늘만 쳐다보았고, 여자 아이들은 울음을 터뜨렸다. 대신 마재촌 응원석에서는 북소리가 요란하게 울렸다. 두구가 쫓아가서 소나무 위에 내려앉은 공을 떨어뜨려 주워 가지고 왔다. 두복이는 선수 교체를 선언하고 기판이를 밀어낸 자리에 구경꾼 틈에 서 있는 왕기를 불러들였다. 대열을 가다듬고 경기가 다시 시작되려 할 즈음 아카시아 덤불 뒤에서 안골댁이 벌떡 일어서더니 발소리를 쿵쿵 울리며 축구장으로 내려왔다. 그녀의 얼굴은 벌겋게 달아올랐고, 우묵한 그녀의 눈에서는 푸른 불똥이 뚝뚝 떨어질 듯했다. 두복이의 손에서 공을 낚아챈 그녀는 따라가지 않으려는 아들을 질질 끌고 언덕을 내려갔다. 경기는 흐지부지되고 의욕을 잃은 선수들은 바닥에 주저앉았다. 돌아가는 상황을 말없이 지켜보던 마재촌의 인솔자는 선수들과 응원단을 이끌고 조용히 마을을 떠났다.

9. 진구렁 방죽에서 스케이트 타기

달이 가고 해가 바뀌었지만 마을 아이들은 마재촌과 축구 시합을 완전히 잊지 못했다. 그러나 그날의 일을 누구보다도 마음속에서 떨쳐 내지 못한 사람은 기판이였다. 기판이는 내성적이고 예민한 아이였으므로 그날의 치욕스런 기억 때문에 항상 친구들 앞에 기가 죽어 지냈다. 아마도 기판이의 이런 태도가 친구들의 기억을 더욱 되살아나게 하는지도 모를 일이었다. 녀석들은 이런저런 일을 만들어 은근히 기판이를 괴롭혔다. 기판이는 다른 녀석들과 달리 지나치게 보호받고 자란 연약한 아이의 모습 그대로였다. 다른 아이들 가운데 있는 기판이는 억센 들풀 속에 핀 가느다란 한 송이 패랭이꽃 같았다. 녀석들은 기판이의 공책이나 연필, 고무, 칼 등 무엇이든 제멋대로 가져다 썼다. 두복이는 매일 기판이의 도시락을 뺏어다 먹으며 기판이를 굶기고도 태연하기만 했다.

이 학기가 시작된 며칠 뒤 담임 선생님이 굳은 얼굴로 교실에 들어와 두 장이 넘는 산수 숙제를 내주었다. 그날 아침 직원 조회가 끝난 뒤 오륙 학년 담임 선생님들은 새로 부임한 교장 선생님 앞에 불려 가 엄중한 훈시를 들었던 것이다. 기판이네 학교는 매년 도내의 명문 S중학교에 칠팔 명의 합격자를 배출하는 군내 유일한 전통 있는 초등학교였다. 그 시절은 S중학교에 몇 명을 합격시키느냐에 따라 군내에서 뿐만 아니라 전 도내에서도 학교의 명예가 좌우되던 때였다. 교장 선생님은 육 학년 담임 선생님들에게 금년에는 예년보다 더 많은 S중학교 합격생을 내도록 힘써 줄 것을 당부한 다음 오 학년 담임들을 향해 곧 육 학년으로 올라갈 오 학년들이 전에 없이 공부를 안하고 말썽만 부리는 문제아들로써 이제 학교의 명예는 오 학년 담임들의 어깨에 달려 있는 줄 알아야 할 것이라고 심한 질책을 가했다. 담임 선생님은 앞으로는 매일 숙제가 나갈 것이며 숙제를 안 해 오는 녀석은 매 스무 대씩 맞을 각오를 하라고 무서운 얼굴로 말했다.

밤나무정 아이들은 집에 돌아와 공부라는 것을 거의 해 본적이 없었다. 집안일을 도와야 했기에 시간적 여유도 없었고,

공부를 할 만한 마땅한 장소도, 책상도 갖고 있지 않았다. 그러나 아이들은 담임 선생님의 엄한 얼굴을 떠올리고 가물거리는 등잔불 아래 엎드려 감기는 눈을 비벼 가며 숙제와 밤새 씨름을 했다. 이튿날 산수 시간 전에 두복이가 기판이의 책상 앞에 와서 말했다.

"판철아, 너 남폿불 밑에서 혀 온 숙제 이리 잔 내놔 봐라."

기판이는 공부를 위해 다른 아이들이 갖지 못한 램프등을 갖고 있었다. 램프불은 읍내 사람들의 전등만은 못해도 등잔불보다 몇 배나 밝았다. 아들을 위해서라면 못할 일이 없는 안골댁이 기판이를 공부시키기 위해 장에 나가 사 온 것이다. 두복이는 기판이의 숙제장을 빼앗아 제 이름을 써서 검사를 받았다. 기판이는 숙제를 못해 온 질용이와 다른 네 녀석들과 함께 심한 벌을 받았다. 처음에 기강을 잘 잡아 놔야 나중이 힘들지 않을 것이라고 다짐한 선생님은 한 명씩 교탁 앞에 세워 놓고 매가 부러질 정도로 스무 대씩 힘껏 내려쳤다. 매 맞은 자리는 시퍼렇게 부풀어 오르고 피가 터져 줄줄 흘러내렸다.

수업이 끝난 뒤 기판이가 녀석들이 내던진 책보들을 모두 거둬들고 쓰리고 배배 꼬인 다리를 어기적거리며 용개울 들에 이르자 앞서 간 무리들은 길가 논에 들어가서 메뚜기를 잡고 미꾸라지를 몰며 놀고 있었다. 기판이가 길옆에 주저앉아 아픈 다리를 쉬고 있을 때, 두복이가 물이 가득 담긴 도시락통을 들고 기판이에게 왔다.

"기판아, 이 물 잔 마셔 볼래? 우렁 구멍에서 받은 약물인께."

두복이는 기판이의 눈치를 슬쩍 살피더니 친절한 체하며 다시 말을 건넸다.

"쭈욱 한번 마셔 봐라. 다리 아픈 기가 싹 가실 턴께."

기판이는 좀 두려운 마음으로 물이 담긴 도시락통을 받아들었다. 물빛은 진짜 약물인가 싶을 정도로 누르스름했다. 이 물이 과연 매 맞은 다리의 아픔을 싹 가시게 할까?

"언능 마셔 봐. 질용이도 마셨단께. 안 마시면 너만 손해여, 손해."

녀석들이 모두 나서서 부추겼다. 남을 의심할 줄 모르는 기판이였다. 그가 도시락통의 물을 꿀꺽 들이켜자 녀석들은 와아 하고 떠나갈 듯 웃어 댔다. 배를 잡고 논둑에서 뒹구는 놈도 있었다. 옆에 있던 두구가 설명했다.

"그 물은 우렁물이 아니고 오짐이여. 두복이성 오짐이란께로."

집 마당에서 콩대를 두드리고 있던 금순이는 동생 기판이가 샛노란 얼굴로 가슴을 쥐어뜯으며 북북 기어들어 오는 것을 보고 깜짝 놀랐다.

"기판아, 너 왜 그러냐?"

그녀는 도리깨를 내던지고 뛰어가 동생을 부축하여 마루로 데려갔다.

"기판아, 너 워디가 아프냐, 배가 아프냐?"

기판이가 손가락을 입에 집어넣고 자꾸만 구역질을 하는 것을 보고 금순이가 물었다.

"너 체했냐? 바늘을 가꼬 와서 손톱 밑에를 따 주끄나?"

기판이가 급히 손을 저었다.

"아녀, 아녀. 나 오짐을 묵었어. 두복이 자식이 지 오짐을 나헌티 믹였단 말이여."

"그렸다냐? 그러면 잔 있그라, 잉."

금순이는 별일도 아니라는 듯이 부엌으로 달려가서 물을 한 바가지 떠 왔다.

"아까 낮에 질러 온 물이다. 이 물을 다 마시고 오짐을 눠 뿔면 속이 개안헐 것이다."

누나의 말에 기운을 차린 기판이는 물을 받아 꿀꺽꿀꺽 마셨다. 달고도 시원한 물이 속을 후련히 씻어 주는 것 같았다.

"인자 괜찮냐?"

금순이가 얼굴을 들여다보며 물었다.

"응, 괜찮혀."

기판이는 누나를 쳐다보며 만면에 웃음을 지었다. 금순이는 작고 통통한 몸매에 둥근 얼굴, 부드러운 눈을 가진 열일곱 살의 처녀였다. 벌어진 어깨에 투박한 몸집은 어머니 안골댁을 빼닮았으나 마음씨는 어머니와 전혀 달랐다. 그녀는 사람을 편안하게 해 주는 사람이었다. 화를 낼 줄 몰랐으며 어머니의 욕설과 매도 그녀의 얼굴에서 웃음기를 지워 버릴 수 없었다. 마음이 풀린 기판이는 바지를 올려 선생님에게 맞은 매 자국을 누나에게 보여 주었다. 누나는 눈물을 글썽이며 매 맞은 자국을 만져 주었다.

"누님, 엄니헌테는 절대로 비밀이여, 잉?"

"그리어, 엄니헌테는 비밀이여, 비밀."

두 사람은 언제나 마음이 잘 맞았다. 그러자 수그러졌던 화가 다시 치미는지 기판이가 부르짖었다.

"누님, 누님이 두복이 자식덜얼 혼내 주소."

"그리어, 내가 그 자식덜얼 혼내 주께."

"누님이 어쩌코롬?"

"쩌어그."

누나는 손을 들어 하늘을 가리켰다.

"하늘나라 높은 사람헌티 말해 주께."

"누님이 하늘나라 높은 사람을 알어?"

"그리어, 하늘나라 높은 사람을 잘 알제."

"그 사람이 들어주까?"

"들어주제. 그 사람은 시상 사람들 일을 다 알고 있으니께."

"시상 사람들 일얼 다 알고 있어?"

"그렇단께. 하늘에서 보면 훤히 다 보이거던."

"그런디, 하늘나라에 사람이 살어?"

"그러먼, 살고 말고."

기판이는 눈을 들어 하늘을 쳐다보았다. 휘장 같은 파아란 하늘 멀리 한 채의 누각이 희미하게 나타나더니 놀랍게도 그 안에서 사람이 나왔다. 눈부신 빛으로 둘러싸인 그 사람은 바람 날개를 단 구름수레를 타고 빛보다도 빨리 하늘을 가로질러 갔다. 하늘에는 그 사람이 지나간 길이 하얗게 남아 있었다. 기판이는 하늘 멀리 뻗어 있는 길을 바라보며 하늘나라 높은 사람 얘기가 누님이 마음대로 지어낸 말이 아니라는 생각을 했다.

기판이가 말했다.

"누님, 나랑 콩 타작허까? 내가 도리깨질혀 주께."

"그럴끄나?"

누나가 웃으며 도리깨를 건네주었다. 기판이는 도리깨를 잡았고, 금순이는 방망이로 콩 줄기를 두드렸다. 둘의 마음이 맞아 일이 조금도 고되지 않았다. 멍석에 떨어진 콩 위에 수북이 쌓인 콩 줄기를 갈퀴로 거둬 단으로 묶어 한쪽으로 차곡차곡 치우는 중이었다. 안골댁이 콩대를 베어 묶은 큰 콩동을 머리에 이고 집으로 돌아왔다. 욕심 많은 안골댁은 종덕이네 집 뒤의 돌투성이 비탈 언덕배기를 개간해서 밭을 일구어 금년에 처음으로 깨와 콩을 심었던 것이다. 문을 들어서던 안골댁이 마당에서 갈퀴질을 하고 있는 아들을 발견하고 벼락같이 고함을 쳤다.

"금순이 네 이년, 너 뭣허고 자빠졌냐?"

안골댁은 콩동을 내던지고 작대기 하나를 주워 들더니 우루루 쫓아왔다.

"어린 동상을 그코롬 시캐 묵고 잡드냐, 이 썩을년아?"

아무 말 없이 매를 두들겨 맞고 있는 누님을 감싸며 기판이가 말했다.

"누님이 시킨 일이 아니란께, 내가 헌 일이제."

"그렇다먼 이년이 더 나쁜 년이다. 동생이 헐라 혀도 들어가서 공부나 허라고 말개야제, 얼씨구나 허고 일을 시캐 묵어? 아이고 이 속아지 빠진 년."

어머니가 다시 작대기를 치켜드는 것을 보고 기판이는 재빨리 방으로 들어갔다. 자기가 자리를 피하는 것이 누님을 위하는 일임을 알았기 때문이다.

기판이는 매일 밤이 늦도록 숙제장 두 벌씩을 마련했다. 한 벌은 말할 것도 없이 두복이의 몫이었다. 안골댁은 처음에는 또래들이 기판이를 놀리느라 판철이라고 부르는 것을 못마땅히 생각했으나 차츰 그 이름이 마음에 들어 자기도 아들을 판철이라 부르기 시작했다. 해질 무렵이면 판철이를 찾는 안골댁의 목소리가 온 동네로 울려 나갔다.

어느 날 영안촌의 시숙 장섭 씨가 읍내 장에 나왔다가 기판이네 집을 찾았다. 장섭 씨는 평소에 읍내 장에 잘 나오지 않는 데다, 어쩌다 장에 왔다 돌아가는 때에도 길가에 있는 동생네를 지나쳐서 별생원 집에 있는 동생 얼굴만 잠깐 보고 돌아갔다. 그러나 그날은 지난해에 겨우 빚을 다 갚은 진개등 아홉 마지기 논을 밤나무정으로 옮겨 오는 문제에 대해 동생과 의논할 일이 있었고, 동생 집에 전달할 선물도 하나 있었던 것이다. 그 선물이란 다름 아닌 흰 점박이 돼지 새끼였다. 그날 옹기전 옆에 선 돼지 장에는 희안하게 생긴 돼지 새끼들을 구경하려고 사람들이 구름같이 몰려들었다. 돼지 장수는 구경꾼들을 둘러보며 입에 침이 마르도록 돼지 새끼 선전에 열을 올렸다. 서양에는 요크샤라는 흰 돼지와 빠크샤라는 검은 돼지가 있는데,

이들은 우리 돼지보다 성장이 빠르고 두세 배나 더 크게 자란 다고 했다. 여기 나온 새끼들은 우리 돼지와 요크샤와의 교배에 성공한 교잡종으로, 몸에 흰 점이 여섯 개 있어 육백이라 부른다는 것이며, 만일 흰 점이 이보다 많거나 적은 오백이나 칠백 돼지는 실패작으로 잘 자라지를 않아 도태되거나, 시장에 나와도 값을 쳐주지 않는다는 것이었다. 그리고 돼지의 네 다리와 꼬리와 이마에 있는 흰 점들을 보여 주었다. 사람들은 어느 놈이나 똑같이 몸에 여섯 개의 흰 점을 갖고 꿀꿀거리는 놈들을 바라보며 신기해하다가 한 사람, 두 사람 돼지를 사 들고 일어났다. 장섭 씨도 그날 볼일을 뒤로 미루고 한 마리를 골랐다. 동생네가 밤나무정으로 이사 가던 날 집에 놔두고 간 다리 부러진 돼지를 보상할 기회가 왔다고 생각한 것이다. 돼지 새끼를 받아든 안골댁은 입이 귀 뒤까지 찢어졌다.

"시숙님, 시장허시제라우?"

모처럼 들어 보는 제수의 친절한 말이었건만 시숙은 고개를 저었다.

"어뜬이요. 장에서 아는 사람을 만나 막걸리를 한잔혔드니 생각이 없구만요. 그런디 기판이는 핵교서 아즉 안 왔다요?"

"안즉 안 왔구만이라우. 그런디 시숙님, 우리 기판이를 인 자부터 판철이라고 불러 주시씨오, 예."

"기판이를 판철이라고 불러 주라고라우?"

"예, 우리 기판이로 말헐 것 같으먼 시상을 판을 치고 살 사람인게 판철이라고 불러야 허들 않겄어요? 시숙님 생각은 어쩌신가요? 그렇금 생각 안 허신다요?"

"그, 글씨요. 그렇코 허시고 잡다면 그러코롬 허시두룩 허세야제라우."

장섭 씨는 제수가 다그치는 바람에 당황하여 마음에 없는 말을 뱉어 버리고 말았다.

두복이네는 진구렁에서 조그만 구멍가게를 하고 있었다. 남편도 없이 혼자서 두 아들을 기르고 있는 어머니는 바쁠 때면 큰아들을 시켜 가게 일을 돕게 했다. 그즈음 가게 물건들 중에 두복이의 관심을 끄는 물건이 하나 있었는데, 그것은 봉초담배였다. 잘게 썬 담배 잎을 종이 봉지에 담은 담배로 조금씩 덜어서 담뱃대에 눌러 담거나 종이에 말아 피우는 담배인 것이다. 두복이는 봉초담배 한 봉씩을 숨겼다가 어머니에게 발각되어 죽지 않을 만큼 두들겨 맞았고, 봉지 밑바닥에 구멍을 뚫고 조금씩 빼돌리는 수법을 썼다가 그것마저도 들통이 나고 말았다. 담배 맛을 알게 된 두복이는 기판이를 들볶았다. 두복이에게 있어 기판이는 두들기면 얻고자 하는 것이 나오는 요술방망이와 같은 존재였다. 기판이 아버지 안골양반은 담배를 즐기는 편은 아니었으나 집에 들를 때면 가끔 하릴없이 담배를 피워 방 한구석에 봉초담배가 한 봉씩 뒹굴고 있었다. 기판이는 아버지의 봉초에서 조금씩 담배를 덜어 내어 두복이에게 갖다 주곤 했다. 담배가 손에 들어오면 두복이는 녀석들을 끌고 산속의 비밀 집으로 올라갔다. 마을에서는 마음 놓고 담배를 즐길 만한 장소가 없었기 때문이다. 두복이가 담배 맛을 들이기 시작한 뒤로 이들이 갖게 된 비밀 집은 마을 앞의 민둥산을 지나 나무꾼들이 지나다니는 길목에서도 멀리 벗어난 깊숙한 골짜기의 오래된 참나무 옆에 있었다. 뒤쪽에는 지붕처럼 불거진 바위가 있었고, 그 아래는 굴처럼 패이고 주위에는 넝쿨들이 우거져 있었으며, 발처럼 늘어진 잎사귀들에 가려 햇빛 한 줄기 들어오지 않은 컴컴한 굴 안은 마치 이들의 나쁜 짓을 위해 마련된 빈틈없는 요새 같았다. 녀석들은 그 안에 무릎을 포개듯이 둘러앉아 두복이가 불을 붙여 물고 있는 담배의 차례가 오기를 기다렸다. 담배는 두복이를 선두로 질용이, 동명이, 봉환이를 거쳐 기판이 차례가 오기 전에 다 타고 말았다.

그날도 기판이는 담배를 가지고 비밀 집으로 오라는 두복이의 명령을 받았다. 그러나 그날따라 늘 놓여 있던 곳에 담배가 없었다. 구석구석을 다 찾아보고 벽에 걸린 아버지의 헌옷 주머니를 뒤져 보아도 담배는 나오지 않았다. 담배가 조금씩 줄어드는 것을 눈치채고 아버지가 어디다 감춰 버렸거나, 호주머니에 담고 나갔는지 모를 일이었다. 실망한 기판이는 기운이 쑥 빠졌다. 솥을 열어 보니 뜨끈뜨끈한 고구마가 들어 있었다. 어머니가 아들에게 주려고 시간 맞춰 고구마를 익혀 놓고 일을 나간 모양이었다. 기판이는 담배 대신 고구마라도 갖고 가려고 모두 보자기에 담아 쌌다. 감나무에 올라가서 홍시도 몇 개 따가지고 비밀 집으로 달려갔다. 패거리들은 출출하던 참에 웬 떡이냐며 눈 깜짝 사이에 먹어 치웠다. 먹을 것이 떨어지자 두복이가 손을 내밀었다.

"담배 갖고 왔으먼 이리 내놔라."

"아부지가 감춰 부렀는가 담배가 없어."

기판이가 풀이 죽어 말했다.

"담배를 못 갖고 왔다고? 허허 이 일을 어쩐다. 너그덜 이럴 때는 어쨌으먼 쓰겄냐?"

두복이의 질문에 질용이가 쏙 나섰다.

"남자가 한번 갖꼬 오기로 혔으면 죽어도 약속을 지캐야제 히지부지 말먼 그것도 남자냐?"

"그런께 묵을 것을 대신 갖고 왔잖냐?"

기판이가 우물거리며 항의했다.

"고구마허고 담배허고 같냐? 고구마는 고구마고 담배는 담배란 말이여, 안 그렇냐?"

질용이의 말에 동명이와 봉환이도 그렇다고 맞장구를 쳤다. 녀석들도 음침한 산속 비밀 집에서 갖는 은밀한 재미에 빠져들기 시작했기 때문이었다.

"나도 담배를 갖고 올락 혔어. 그런디, 없는 것을 어쩌코 갖고 온단 말이냐?"

"시상 담배가 다 없어졌단 말이냐? 없는 것도 맹글어서 갖고 와야 판철이제, 니가 판철이니께 말이여."

기판이가 판철이란 이름을 끔찍하게 싫어하는 줄 알고 있는 녀석들은 툭하면 그 이름을 불러 그를 괴롭히는 것을 재미로 알았다.

두복이가 말했다.

"그만들 둬라. 암만 노래를 불러 봐야 없는 물건이 나오겄냐? 그 대신 문제를 하나 내겄다. 판철이 자식이 이 문제를 풀먼 오늘 일은 기양 넘어가기로 헌다. 느그덜 모다 가서 칡넝쿨들을 혀 오니라."

"칡넝쿨을? 뭣에 쓸라고 그런다냐?"

"내게 생각이 있으니께 어서 가서 혀 갖고 오기나 해."

녀석들이 근처를 돌아다니며 칡넝쿨을 뜯어 가지고 돌아오자, 두복이의 명령이 떨어졌다.

"판철이 이놈을 참나무에 묶어라. 줄을 끊고 나오먼 지가 지은 죄도 없어질 것이다."

녀석들은 신이 나서 기판이를 잡아 나무에 붙들어 매었다.

"이 새끼덜아, 이따구로 묶어 놓먼 시 살 묵은 아그도 끊고 나오겄다. 이놈은 백년 넘은 산삼을 묵고 기운이 펄펄헌 놈이여. 넝쿨을 더 혀다가 꼼짝 못허게 묶으란 말이다."

두복이의 호통에 콩 튀듯 사방으로 흩어졌던 녀석들이 칡넝쿨, 으름덩굴, 댕댕이덩굴, 노박덩굴 등 닥치는 대로 걷어다 기판이의 몸을 나무에 칭칭 동여매었다. 그리고 좋은 구경거리가 난 듯 둘러서서 외쳐 댔다.

"판철아, 어서 심을 써 봐라."

"어서 줄을 끊고 나와 봐라."

기판이는 어찌나 단단히 동여매어 있었는지, 줄을 끊기는 고사하고 숨도 제대로 쉴 수 없을 정도였다.

"카만 있들 말고 삼삼 묵은 심을 써 보란 말이여, 이 새끼야."

"이 새끼가 우리럴 속일라고 순 숭을 쓰고 있구만, 잉. 대갈통을 까불기 전에 얼렁 줄을 안 끊을 티냐?"

체념한 듯 서 있는 기판이를 바라보며 녀석들은 화가 나서 어쩔 줄을 몰랐다. 그때 빗방울이 후두둑 떨어지기 시작하더니 갑자기 소나기가 쏟아졌다. 재미있는 놀이가 중단된 녀석들은 아쉬워하며 서둘러 산을 내려갔다.

"기판이를 놔두고 가도 될끄나?"

누군가 뒤를 돌아보며 말했으나 두복이가 이를 묵살해 버렸다.

"시끄러. 저 새끼는 우리가 가불면 금방 줄을 끊고 쫓아올 놈이여. 나무뿌렁구 까장 뽑아 갖고 올란지도 모른다고."

다행히 소나기는 한 시간쯤 내리다 그쳤다. 날이 저물어가자 안골댁이 문 밖에 나와 아들을 기다리다 아들이 돌아오지 않자 가까운 봉완이네 집을 찾아갔다. 기판이 어머니를 본 봉완이가 저녁을 먹다 놀라 뛰어나왔다.

"기판이 아즉 안 왔는가요?"

"그리어, 아즉 안 왔다. 느그덜허고 같이 안 놀았냐?"

"아즉 안 왔다고라우? 지가 가 볼 디가 있은께 엄니는 집에 가 지둘코 기시씨오, 잉."

봉완이는 신발을 거꾸로 끌고 밖으로 달려 나갔다. 봉완이의 태도를 수상쩍게 여긴 안골댁이 급히 봉완이의 뒤를 쫓았다. 봉완이는 뒤도 안 돌아보고 산등을 토끼처럼 뛰어올라갔다. 안골댁은 봉완이의 희끗거리는 모습을 쫓아 눈을 부릅뜨고 달렸으나 눈 깜짝할 사이에 그를 놓치고 말았다. 컴컴한 산중에서 길을 잃고 어쩔 줄을 모르고 있을 때, 안골댁의 귀에 사람 소리도 같고 짐승 소리도 같은 구슬픈 울부짖음이 들려왔다. 안골댁은 그 소리에 끌려 마침내 참나무 아래까지 왔다. 사방은 깜깜했으나 안골댁의 눈에는 아들의 비참한 꼴이 훤히 보였다. 봉완이가 이로 열심히 끊어 줄을 풀자 기판이가 빈 자루처럼 바닥에 쓰러졌다. 가까이에서 여우 울음소리가 들려왔다. 안골댁이 덤벼들며 봉완이의 멱살을 틀어쥐었다.

"네 이놈, 우리 판철이럴 이 산중에 묶어 놓고 짐생 밥을 맨들 작정이었구나."

봉완이가 숨이 막혀 캑캑거리며 말했다.

"아, 아니여라우. 우덜은 자, 장난으로 그렸어라우. 산삼 묵은 기판이가 곧 줄을 끊고 내래올 줄 알았제라우."

"장난으로 그렸어? 인자 니놈 심이 얼마나 좋은가 알아보자. 줄로 꽉꽉 묶고 내래갈 틴께, 심이 좋으면 줄 끊고 내래오고 그리 못허먼 호랭이 밥이나 되어 보드라고."

"아이고 기판이 엄니, 사, 살래 주시씨오. 내가 그러자고 헌 것이 아니구만이라우."

봉완이는 손이 발이 되게 싹싹 빌었다.

"니덜이 그러자고 안 혔으면 두복이놈 짓이겠제? 내 그럴 줄 알았다. 내래가자. 우리 판철이 업고 앞장 서그라."

기판이를 업은 봉완이는 몇 번이나 넘어져 뒹굴며 간신히 마을까지 내려왔다. 아들을 방에 내려놓은 안골댁은 그 길로 두복이네 집으로 쫓아갔다. 가게에 앉아 있던 두복이는 불덩이처럼 화가 난 안골댁이 들이닥치는 것을 보고 벌떡 일어났다.

"너 잘 만났다. 이눔아, 너는 뭔 웬수 척을 졌길래 내 아들을 그리도 못살게 허느냐? 내 아들은 하나배끼 없는 독자 자석이다. 이런 귀헌 내 자석을 산중에 묶어서 호랭이 밥을 맨들어 놓고 너는 편헌 밥을 묵을 줄 알았드냐? 오늘 저녁 너 죽고 나 죽자."

안골댁이 먹이를 본 표범처럼 으르렁대며 두복이에게 덤벼들었다. 그러나 두복이는 안골댁에게 잡힌 팔을 홱 뿌리치고 잽싸게 밖으로 내뺐다. 짙은 장막 같은 어둠 속으로 두복이의 모습은 순식간에 사라지고 말았다.

"이 쥐새끼 같은 놈, 워디로 꺼졌냐? 어서 썩 나트나지 못헐 티냐, 이눔, 이눔아."

분을 못이긴 안골댁이 천정이 낮다고 펄쩍펄쩍 뛰었다.

"우리 두복이놈이 기판이헌티 못헐 짓을 저질렀는갑구만요."

두복이 어머니가 나와 안골댁을 달랬다.

"당장 아들을 잡어다 내 앞에 무릎을 꿇치지 못허겄소?"

"이 밤중에 워디 가서 아들을 잡어 오겄소? 이놈이 들어오기만 허먼 내가 안 죽을 맨치나 뚜드러 패 갖고 다시는 그런 짓을 못허게끔 잡두리를 단단히 헐 틴게 지발 고정허시씨오, 잉."

"시방 나헌티 고정허라고라우? 내가 지끔 고정허게 생겠소?"

안골댁은 눈에 불을 켜고 덤벼들어 가게 물건들을 내동댕이치고 마구 짓밟기 시작했다. 그러고도 모자라 흔들거리는 탁자와 의자들을 때려 부수고 헐렁한 문들을 발로 차서 박살을 냈다. 가게 안은 발 디딜 틈조차 없는 난장판이 되었다.

이튿날 아침 기판이 아버지 안골양반이 두복이 어머니에게 와서 마누라가 한 일을 사과하고 새경을 받는 대로 손해 배상을 서운치 않게 하겠다고 말했다. 어깨가 축 처져 돌아가는 안골양반의 뒷모습을 내다보던 두복이 어머니가 혀를 끌끌 차며 중얼거렸다.

"불쌍헌 양반, 전상에 뭔 공로가 부족허서 애팬네 복을 지지리도 못 탔을꼬?"

추수가 끝나갈 무렵 들판은 휑하니 비어가고 집집마다 마당에 수확한 곡식을 널어 말리느라 부산스러웠다.

어느 날 별생원 영감의 며느리 답동댁이 머리에 자루를 이고 안골댁네를 찾아왔다. 자루에는 댓 되나 되는 찹쌀과 붉은 팥 두어 되가 들어 있었다.

안골댁이 놀라서 물었다.

"동숭, 이것이 웬 것이란가?"

"기판이 생일에 쓰시라고 어무님이 보내셨어라우."

답동댁이 대답했다.

며칠 전 안골댁이 별생원 집에 물을 기르러 갔을 때였다. 마을 사람들은 논 가운데 있는 바깥 샘으로 물을 뜨러 다녔으나, 안골댁네 가족들은 허물없이 별생원네 펌프 물을 길러다 먹었다. 별생원네 마당에는 벼가 널려 있었고 안방 앞에는 붉은 팥이 멍석 가득 햇볕에 마르고 있었다. 안골댁은 남편의 생일은 지나쳐도 아들의 생일은 그냥 넘어가는 법이 없었다. 찰시루떡을 해서 방 윗목에 차리고 정성을 다해 빌었다. 생일 떡에는 액막이 뜻으로 붉은 팥고물을 써야 하는데, 그해에는 팥이 흉년이 들어 붉은 점이 박힌 흰 동부라도 아쉬운 대로 쓸 작정을 했었다. 땡글땡글하고 반짝반짝 윤기 나는 붉은 팥은 자꾸만 안골댁의 눈길을 끌었다. 때마침 방문은 꼭꼭 닫혀 있었고 집 안에 인기척이라곤 없었다. 주위를 살핀 안골댁은 자기도 모르게 팥 멍석 옆으로 가서 물동이를 내려놓고 팥을 한 됫박 정도 치마 귀에 싸서 허리춤에 묶었다. 대문께를 나오다 힐끗 보니 장독대 뒤에 별생원의 모습이 보였다. 노인은 잊어버린 물건이라도 찾는 듯이 장독 뒤에 찰싹 엎드려 흙을 뒤집고 있었다. 측간을 갔다 나오던 노인은 안골댁이 팥 멍석 옆에 앉아 있는 것을 보고 너무 당황한 나머지 재빠르게 장독 뒤로 몸을 숨겼던 것이다.

안골댁은 뜻밖의 선물을 앞에 놓고 얼굴이 붉어졌다. 별생원이 그날 자기의 행동을 다 보고 있었다는 것을 알았기 때문이다. 노인이 장독 뒤에 숨지 말고 인기척이라도 해 주었으면 좀 좋았을까? 그러나 이제 그녀에게 중요한 것은 찹쌀과 팥이었다. 그녀는 찹쌀과 팥이 든 자루를 가슴에 꼭 끌어안으며 답동댁에게 말했다.

"어무니께 너머도 고맙다고 말씀 디래 주소."

겨울에 접어들자 강추위가 몰아닥치고, 눈이 엄청나게 많이 내렸다. 마을에서 나이가 가장 많은 종덕이 할머니는 머리에 수건을 둘러쓰고, 이불로 온몸을 감고, 화로를 끼고서도 벌벌 떨고 앉아, 내 생전 이런 독 강치는 처음이라며 밖으로 한 걸음도 나오려 하지 않았다. 하지만 아이들은 이런 추운 날을 좋아했다. 아이들은 얼음이 두껍게 언 진구렁 방죽으로 몰려들었다. 진구렁 방죽은 주위가 산으로 둘러싸여 아늑하고 물이 잔잔하여 근방에서 얼음이 가장 두껍게 얼었다. 그러나 삼 년 전한 아이가 얼음을 타다 불행한 일을 당한 뒤로 마을 사람들은그동안 아이들을 방죽가에 내보내지 않았다. 그러나 그해에는마을 청년들이 얼음을 점검하고, 위험한 곳에는 새끼줄을 치고, 그곳에 상주하여 교대로 지키는 가운데 마을 아이들이 안심하고 방죽가로 얼음을 지치러 나오게 된 것이었다.

그날 오전 기판이와 아버지 안골양반은 헛간에서 얼음 타기틀을 만들고 있었다. 좁은 판자 두 개를 잇고 바닥에는 도마 다리처럼 각목 두 개를 댄 다음 각목 밑에 철사 선을 넣었다. 철사 선은 기찻길처럼 평행선을 이루도록 했다. 구부러지거나 못자국이 있으면 저항을 받아 잘 나가지 않기 때문이었다. 철사선 끝을 위쪽으로 구부려 앞뒤에 못을 박아 고정시켜 놓아 판이 완성되면 적당한 나무 막대로 손잡이 두 개를 만들었다. 머리를 떼어 버린 못을 거꾸로 박아 날카로운 부분으로 얼음을찍을 수 있게 한 다음 윗부분은 나무를 T자 모양으로 대어 양손을 힘껏 뒤로 밀어낼 수 있게 하였다. 틀이 완성되면 판자 위에 앉아 손잡이를 뒤로 젖히며 얼음을 신나게 탈 수 있게 되었다. 틀이 완성되어 가는 것을 지켜보며 기판이는 좋아서 어쩔줄을 몰랐다.

그때 안골댁이 방에서 나왔다. 오전 내내 아랫목에서 허리를 구우며 뒹굴던 그녀는 남편과 아들이 헛간에서 무엇을 하는지 들여다보러 왔다. 헛간 바닥에 널려 있는 것들을 훑어보던 그녀는 느닷없이 돼지 멱따는 소리를 지르며 남편에게 덤벼들었다.

"아직 나잘 부자가 뭣을 허니라 뚝딱거리는고 혔드니, 요따구 것을 맹글고 있었구만, 잉."

그녀는 틀을 빼앗아 발로 밟고 망치로 두들겨 부숴 버렸다.

"내 귀헌 독자 자석이 물에 빠져 죽기라도 허먼 엇따가 나 몰래 숨캐 논 자석이라도 있는감?"

두 사람은 악독한 여왕에게 붙잡힌, 반항할 길도 도망갈 구석도 없는 불쌍한 포로들이었다. 아들 포로는 엉엉 울며 밖으로 뛰쳐나가고, 남편 포로는 아들 하나도 지키지 못하는 자신의 무력에 절망하여 허탈감으로 괴로워하다 별생원네 머슴방으로 물러났다.

그날 오후 안골댁은 진구렁 방죽 너머에 있는 점순이네 집으로 떡시루를 빌리러 가게 되었다. 다음 날이 기판이의 생일이었기 때문이다. 집에 있는 시루는 떡을 겨우 한두 되 찔 수 있는 작은 것이었고, 별생원네 시루는 너무 컸다. 찹쌀이 너 되가량 되고 팥도 넉넉해서 중간 크기의 시루가 필요했던 것이다. 이번에는 떡을 많이 해서 동네에 돌릴 참이었다.

진구렁 방죽 옆에 도착한 안골댁은 깜짝 놀라 걸음을 멈추었다. 방죽에는 아이들이 가득 차 있었다. 마을 아이들이 다 나온 모양으로, 그녀는 마을에 아이들이 이렇게 많은 줄은 몰랐었다. 아무 장비도 없이 그냥 이쪽저쪽으로 달려 다니는 아이, 앞을 구부린 대를 타는 아이, 나중 일이야 어찌 되었건 마룻장을 뜯어 가지고 나온 아이, 가마니때기에 새끼줄을 매단 끄시렁쿠리를 끄는 아이, 안골양반이 만든 틀처럼 멋진 얼음 틀을 가진 아이는 그중에 한두 명 밖에 없었다. 어린아이들을 형이나 삼촌이 뒤에서 밀어 주거나 줄을 달아 끌어 주는 모습도 보였다. 넘어지고 뒤집어지고 웃고 떠들고 아이들에게 다시없는 즐거운 축제의 마당이었다.

그때 안골댁은 방죽 언덕에 혼자서 우두커니 앉아 있는 아들 기판이를 보았다. 아들은 내려가서 아이들과 어울릴 생각도 않고 아이들이 노는 모습을 멍하니 내려다보고 있었다. 아들은 수북이 쌓인 눈 속에 홀로 앉아 있었다. 그녀는 길에 잠깐 서 있었는데, 추위가 뼈 속까지 스며들고, 이가 딱딱 부딪혔다. 아이들이 떠드는 소리조차 얼어붙어 허공에서 쩡쩡 울렸다. 아마도 아들은 몸을 움직이지 못할 정도로 꽁꽁 얼어붙어 버린 성싶었다. 안골댁이 아들을 집으로 데려가려고 급히 그쪽으로 달려가려는데 갑자기 얼음판에서 함성이 울렸다. 얼음 위에 스케이트를 신은 진짜 선수가 나타났기 때문이었다. 그 사람은 별생원네 막내아들 홍섭이였다. 서울에서 대학을 다니는 홍섭이는 방학이라 집에 내려와 있었던 것이다. 홍섭이는 손을 뒤로 하고 몸을 앞으로 구부린 자세로 사람들 사이를 누비며 천천히 스케이트를 탔다. 사람들은 얼음 타기를 멈추고 그를 위해 길을 내주었다. 그는 점점 속력을 내서 큰 원을 그리며 방죽을 돌았다. 그 모습은 마치 바람과도 같고 훨훨 나는 새와도 같았다. 그의 발밑에서는 스케이트 날이 번쩍거렸고, 모자에 달린 술은 목 뒤에서 보기 좋게 달랑거렸다. 안골댁은 추위도 잊은 채 넋을 놓고 이 광경을 바라보았다. 눈 깜짝할 사이에 방죽을 몇 바퀴째나 돌고 난 홍섭이가 몸을 빙 돌려서 얼음 부스러기를 눈발처럼 날리며 멈춰 섰을 때 구경꾼들 사이에서 우레와 같은 박수가 터져 나왔다.

다음 날인 기판이의 생일날 아침 별생원네로 떡을 돌리러 갔던 안골댁은 별생원 부인인 계리 아주머니가 며느리에게 하는 말을 들었다.

"오늘 막둥이가 광주 작은애 집을 간다는디 뭣을 잔 싸 보내먼 쓰겄냐?"

"양념쩨 쪼깐허고, 참지름 한 병허고, 또 아그덜 쩌 먹이라고 밤을 두어 되 싸 보낼까 허는디라우."

"너머 무거우먼 마다고 헐 틴께 니가 알아서 싸 봐라."

"예, 엄니."

별생원 집을 나오던 안골댁은 무슨 생각이 들었는지 다시 들어가서 홍섭이가 거처하는 뒷방으로 살금살금 돌아갔다. 방문 밖에 신발이 놓여 있는 것을 보고 홍섭이를 불렀다.

"막둥이 아제 안에 기시오?"

안골양반과 동항열인 홍섭이는 안골댁의 시동생뻘이 되었다. 방문이 열리고 홍섭이가 내다보았다.

"안골 아짐이 어쩐 일이세요? 날씨가 찬디 안으로 들어오세요."

서울 생활이 이 년째나 되는 터라 홍섭이의 말씨에는 사투리가 심하지 않았다. 홍섭이는 키가 크고 날씬한 편으로 아버지 쪽보다 어머니를 닮아 얼굴이 희고, 콧대가 서고, 턱이 뾰쪽하여 조금 날카로운 느낌을 주는 젊은이였다. 방으로 들어간 안골댁은 미지근한 이불 속으로 발을 집어넣으며 말했다.

"쪼깨 디릴 말씀이 있는디요. 막둥이 아제 오늘 광주에 가신다면서라우?"

"예, 광주에 볼일이 좀 있어서 며칠 있다 올려구요."

"그러먼 그 뭣이냐, 얼음 타는 신발 말이여라우, 그 신발 쪼깐 빌래 주실 수 있남요?"

"얼음 타는 신발이라니, 스케이트 말씀인가요?"

"바로 그것 말씀이여라우. 스케인가 무엇인가 하는 그것 말씀이여요."

"그 신발을 빌려다 아짐이 한번 신어 보실라고요?"

홍섭이가 웃으며 물었다.

"우리 판철이헌티 한번 신개 보고 자파서라우."

안골댁이 아무리 우겨도 마을 사람들 입에서는 판철이란 말이 잘 나오지 않았다. 기판이란 이름에 워낙 익숙해 있기도 하려니와, 판철이란 이름이 마치 그를 짓밟는 것처럼 본인에게 고통을 준다는 것을 잘 알고 있었기 때문이다.

"기판이한테는 신발이 클 텐데요."

홍섭이는 기판이란 이름에 힘을 주어 말했다.

"우리 판철이는 발이 어른 발 맨치 크단께라우."

안골댁도 판철이란 이름을 고집하였다.

"그래요? 빌려 드리지요. 양말을 두툼하게 신고 풀리지 않게 구두끈을 단단히 매야 해요. 그리고 처음에는 얼음 위에 서는 연습부터 해야 돼요. 선불리 걸으려고 하다가 다칠 수도 있으니 조심하라고 하세요."

홍섭이는 스케이트를 헌 신문지에 싸서 내주었다.

"고맙구만이라우. 그런디, 이왕이면 모자도 잔 빌래 주실 수 없을꺼니요?"

스케이트 신발과 술 달린 모자까지 치마에 감춰 든 안골댁은 신바람이 나서 경중경중 어깨춤을 추며 집으로 돌아왔다.

그날 오후 안골댁은 아들에게 두툼한 솜바지를 입혀 진구렁 방죽으로 데려갔다. 방죽에는 그날도 서로 부딪힐 만큼 아이들이 가득 차 있었다. 얼음이 녹기 전에 마음껏 즐겨 보려는 것이었다. 낡은 목도리로 목과 얼굴을 감싼 채 언덕 위에 서서 구경할 준비를 갖추고 나온 안골댁은 속으로 회심의 미소를 지었다. 아들에게 스케이트를 신기고 술 달린 모자를 씌워서 얼음 위로 내려보내며 말했다.

"홍섭이 아제처럼 얼음을 타 봐라."

안골댁은 스케이트 신발만 신으면 단번에 홍섭이처럼 얼음 위를 훨훨 날아다닐 것이라고 믿었다. 조심하라는 홍섭이의 말은 스케이트를 좀 할 줄 안다고 잘난 체하는 말이거니 하고 귓등으로 흘려버렸던 것이다. 기판이는 스케이트 신발을 신고 처음으로 얼음 위에 섰다. 그러나 한자리에 서 있기도 어렵게 몸이 앞뒤로 휘청거렸다. 언덕 위에서 안골댁이 힘내라고 소리쳤다.

"판철아, 심 내서 앞으로 나가 봐라, 어서."

기판이의 한 발이 앞으로 나가려 하자 두 발이 앞으로 쭈르르 미끄러졌다. 당황하여 몸을 앞으로 숙이는 순간 두 발이 뒤로 쭉 미끄러졌다. 기판이는 있는 힘을 다해 춤을 추듯 두 팔을 흔들며 몸을 뒤로 젖혔다. 기판이가 입은 두꺼운 솜바지는 걸리적거리기만 했다. 언덕 위에서 목이 터져라 '판철아, 판철아' 하고 외치던 안골댁이 붙잡아 주려고 쫓아 내려왔으나 아들의 두 발 사이에 낀 채 두 사람은 함께 나뒹굴었다. 사람들이 모두 얼음 타기를 멈추고 모자의 묘기를 구경하려는 듯 재미있어 하며 바라보고 있었다. 얼음 위에서 어머니는 아들에게 아무 도움도 되지 못했다. 그가 겨우 몸을 일으켰으나 스케이트는 가만히 있지를 않았고, 똑바로 일어섰다고 생각하는 순간, 뒤로 보기 좋게 쿵 하고 나가떨어졌다. 머리를 부딪쳐 한동안 정신을 잃은 채 쓰러져 있던 기판이는 가까스로 정신을 차리고 얼음 위를 어린아이처럼 북북 기어서 기슭의 눈 속에 얼굴을 파묻었다. 머리가 얼얼하고 발목이 팔짝팔짝 뛰고 싶을 정도로 아팠으나, 그것보다 많은 사람들 앞에서 당한 창피가 그를 더욱 괴롭혔다. 그는 아프고 분하고 서러워서 눈을 쥐어뜯으며 흐느꼈다.

겨울이 가고 봄이 왔다. 어느 날 안골댁은 질금이와 소단이와 몇몇 여자 아이들이 길가에서 줄넘기를 하고 있는 옆을 지나가다 귀에 거슬리는 소리에 걸음을 멈추었다.

어랑촌 토깽이촌, 냉산 고막실
기판이가 판철이냐, 판철이가 기판이냐
약장사헌티 둘래서, 물삼 묵고 심 났네.
나무에 묶애서, 꼼짝도 못허고
얼음 욱에서는, 벌벌벌 기네.
판철아 판철아, 판을 치고 살아라.
판철아 판철아, 판을 치고 살아라.

안골댁은 얼굴이 벌개져서 여자아이들의 고무줄을 빼앗아
버렸다.

"네 요년들, 한 번만 더 요따구 방정맞은 노래를 불렀다가는
카만 안 둘 중 알어라."

그러나 그럴수록 여자아이들의 고무줄 노래는 더욱 극성스
럽게 퍼져 나갔다.

10. 닭 두 마리

　교장 선생님의 기대를 모았던 육 학년들은 S중학교에 다섯 명밖에 합격하지 못했다. 그러나 말썽꾸러기들로 이름났던 기판이네 학년은 개교 이래 처음으로 열한 명의 S중학교 합격생을 내어 학교의 명예를 크게 떨치는 졸업생이 되었다. 밤나무 정패들도 모두 읍내 중학교에 진학했다. 다른 아이들은 몰라도 질용이만은 중학교에 가지 못할 것이라고 알고 있던 마을 사람들은 질용이까지 중학교에 들어가자 모두 놀랐다. 그러나 그 내막을 알고 보니 서울의 큰 양복점에서 일을 하고 있는 형 질선이 때문이었다. 형은 중학교에 들어가서 영어를 배우고 와야 출세길이 열린다며 동생에게 꼭 중학교 과정을 마치고 오라고 학자금을 보내 주었던 것이다. 한 해에 중학교에 다섯 명이나 들어간 일도 마을 역사상 처음 있는 일이었다. 중학생이 된 밤나무정패들은 교복 왼쪽 가슴에 이름표를 달고 교모를 쓰고 가방을 들고 학교에 갔다. 그러나 이들은 학교에서 돌아오기 바쁘게 옷을 갈아입어야 했다. 검정 물을 들인 무명 베 교복은 금방 색이 바래고, 주름이 가고, 풀이 죽어 조심스럽게 다뤄야 했던 것이다.

늦더위가 한창인 어느 일요일 해질 무렵 패거리들이 떠들며 진구렁 모퉁이를 돌아 나오다 문득 턱굴 고개 입구에 낯선 남자아이 한 명이 서 있는 것을 보았다. 그는 긴 막대 하나를 옆으로 뉘어 길을 막고 서 있었다. 조그만 키에 가느다란 몸매, 햇볕을 본 적이 없는 것 같은 흰 얼굴, 남자아이는 분명히 시골 아이는 아니었다. 그들은 걸음을 멈추고 처음 보는 아이를 어리둥절한 얼굴로 바라보았다.

"저 새끼가 누구다냐?"

두복이의 질문에 모두 모르겠다고 고개를 저었다. 남자아이가 입을 열었다.

"내게 새끼라고 했니? 소 새끼, 말 새끼, 개 새끼, 쥐 새끼, 대체 어느 새끼 말이니?"

남자아이는 귀에 익지 않은 서울말로 재잘거렸다. 남자아이가 갑자기 자세를 잡더니 막대의 끝으로 두복이의 배를 쿡쿡 찌르며 외쳤다.

"관운장의 청룡언월도 나간다. 장비의 장팔사모 받아라."

뜻밖에도 두복이가 화를 내기는커녕 어이없어 하며 물었다.

"이 새끼가 뭐이라고 씨부렁거리냐?"

그러자 질용이가 아는 체하고 나섰다.

"이 새끼가 니 배를 찌름시로 관운이 나가고 어쩌고 사모관
대를 받으라고 그러는 것 같다야."

그 말을 들은 남자아이의 입술이 비웃음으로 일그러졌다.

"너희들은 나관중의 삼국지도 모르니? 시시한 놈들이군."

남자아이의 경멸에 찬 말투에 패거리들은 발끈하여 소리쳤
다.

"뭐이여? 우덜보고 시시헌 놈들이라고? 야, 이 새끼야. 너는
워디서 궁글러 온 개 빽다구 새끼냐?"

"이 새끼, 지집애같이 이랬니, 저랬니, 참말로 귀 갠지로와
서 못 들어 주겄구마, 잉."

"두복아, 나 이 새끼가 다시는 방정맞은 입방애를 못 찧게
주댕이를 문대 줘 뿔어야 쓰겄다, 잉."

질용이가 팔을 걷어붙이며 앞으로 나섰다. 남자아이가 약
올리듯 물었다.

"니가 나를 이길 것 같니?"

"이 새끼가 나보고 '니가 나를 이길 것 같니'란다, 야."

질용이가 어처구니없다는 듯 한패들을 돌아보았다.

"니까짓 것은 내 손구락 한 개째비도 못 된다, 이 새끼야. 한 번 덤벼 봐라."

남자아이가 정색을 하고 물었다.

"정말이니?"

"참말이다, 이 새끼야."

"그래? 그럼 니가 이겼다. 자, 가거라."

남자아이는 막대를 걷어들고 길 옆으로 비켜서서 빈정거리는 말투로 중얼댔다.

"참새가 봉황의 마음을 알 리 없지."

"웜매, 이 새끼 부애 돋친 거."

질용이가 팔을 치켜든 채 펄펄 뛰었다.

"계양 가자."

말없이 서 있던 두복이가 패거리들을 재촉하여 자리를 떴다.

"이 새끼럴 콱 쟝……."

질용이는 주먹을 몇 번 을러메고 씩씩거리며 패들을 쫓아갔다. 그들은 어두워지기 전에 해야 할 일이 있었다.

앞장 선 봉완이를 따라 녀석들은 논둑길로 들어섰다. 손에 삽과 찌그러진 쇠 냄비를 들고 가는 봉완이는 며칠 전 풀을 베다가 야생 벌집을 발견했던 것이다.

맨 뒤에선 동명이가 말했다.

"그 새끼가 우리를 따라오고 있다."

돌아보니 과연 막대를 든 남자아이가 몇 미터쯤 뒤에서 그들을 쫓아오고 있었다. 녀석들은 돌아서서 눈을 부라렸다.

"이 새끼야, 너 뭣 땜시 우리를 쫄쫄 따라오냐?"

그러자 남자아이가 얄미울 만큼 태연하게 말했다.

"내가 왜 너희들을 따라가니? 나도 볼일이 있어 가는 거야. 너희가 앞서 가는 것뿐이라고."

녀석들은 할 말을 잃고 돌아섰다. 그들은 논둑길 끝에서 산자락으로 들어섰다. 그런데 남자아이가 작은 소나무를 뛰어넘으며 계속 쫓아오고 있었다. 남자아이가 가까이 오자 두복이가 돌아서서 물었다.

"너는 대체 워디 사는 놈인디 우덜을 쫄쫄 따라오고 있냐?"

"나더러 어디 사느냐고 물었니? 나 밤나무정이에 산다."

남자아이가 대답했다.

"뭐여? 니가 밤남정이에 산다고?"

녀석들이 어리둥절하여 서로 얼굴을 쳐다보는데, 남자아이가 손을 내밀며 다가왔다.

"한 마을 사는 처지에 우리 정식으로 인사를 나누면 어떻겠니? 내 이름은 나현수다."

'나현수?'

녀석들의 머릿속에 문득 턱굴 나생원네가 떠올랐다. 이 년 전부터 턱굴 등성이에 나생원 부부가 와서 과수원을 일구고 있었다. 그 사람들은 해방과 함께 만주에서 나와 그동안 서울에 머물다가 고향으로 돌아온 것이다. 나생원은 집안일이 정리되는 대로 서울에 두고 온 자녀들을 데려오겠다는 말을 했다. 나생원네는 자녀가 다섯이었는데, 만주에서 나오는 길에 한 명을 잃고 두 딸과 두 아들을 두고 있다고 하였다. 아버지가 나생원네 지정 인부로 일하고 있는 질용이는 그 집안 사정을 다른 아이들보다 잘 알고 있었다. 위로 딸 둘에, 밑으로 아들 둘이 있다는 것과 그중 막둥이 이름이 현수라는 말을 들은 것 같았다.

'서울말을 쓰는 이 남자아이가 나생원네 아들이라는 것을 왜 진작 깨닫지 못했나?'

질용이는 머리를 긁적이며 얼른 화해를 하기 위해 나섰다.

"니가 바로 나생원댁 막둥이 현수로구나?"

"맞당께, 그렇당께라고라우 라우."

현수의 얼토당토않은 사투리에 모두 한바탕 웃었다. 녀석들은 마음이 풀려 한 사람씩 현수에게 다가가서 인사를 나누었다.

"내 이름은 기판이다."

마지막으로 기판이가 자기 소개를 하자 기판이의 기분 따윈 안중에 없는 질용이가 톡 튀어나왔다.

"이 자슥 이름은 기판이가 아니여. 판철이라고 알면 된단께."

그러자 현수가 반가운 듯이 말했다.

"너도 이름이 둘인 모양이구나. 내 이름도 하나 더 있는데, 그 이름은 너희들이 차츰 알게 될 거다."

벌집은 남쪽으로 향한 산비탈 경사진 곳에 있었다. 해가 금방 넘어간 뒤의 어스름 녘이라 벌들은 모두 집에 돌아와 쉬고 있을 시간이었다. 벌집을 확인한 다음 동명이가 준비해 온 황을 꺼냈다. 황은 노란색의 냄새가 없는 가루인데 과수원에서 살균제로 쓰고 있는 농약의 하나였다. 언제나 이런 일이 있을 때면 과수원 집 아들 동명이가 집에서 황을 가져오는 일을 담당하고 있었다. 녀석들이 황을 종이에 싸서 담배보다 통통하게 말아 불을 붙이자 황이 천천히 타들어 가며 청색 연기가 피어올랐다. 녀석들은 연기를 입으로 후후 불어서 흙 속의 동그란 벌집 구멍으로 들여보냈다. 벌집 속에서 벌들이 붕붕거리는 소리가 점점 크게 들려왔다. 벌들이 독한 연기에 어쩔 줄 몰라 하는 소리였다. 벌집에는 들어가는 구멍만 있을 뿐 도망가는 구멍이 없었다. 벌들의 웅성거리는 소리가 잦아들자, 잔인한 약탈자들은 삽으로 불룩 솟은 흙덩이를 파헤쳤다. 셀 수 없이 많은 벌들이 질식하여 죽어 있었고, 아직 생명이 남아 꼼지락거리는 놈들도 있었다. 이 벌을 사람들은 오빠시벌이라고 불렀는데, 몸집은 작았으나 많은 수로 승부를 거는 사나운 종족들이었다. 벌집을 헤치자 마치 떡시루 모양의 오 층 왕국이 나타나고, 각 층의 수많은 방에는 애벌레가 가득 차 있었다. 녀석들은 벌집을 한 층씩 떼어서 거꾸로 들고 애벌레를 냄비에 털어넣었다. 애벌레 가운데는 날개가 생긴 놈도 있었다. 오 층까지 모두 털어넣으니 애벌레가 냄비에 가득했다. 녀석들이 돌멩이를 주어다 즉석 화덕을 만들어 냄비를 얹고 나뭇가지를 모아다가 불을 지폈다. 애벌레가 익어 가는 냄새가 코를 찌르자 녀석들은 군침을 흘렸다. 애벌레가 다 볶아지는 것을 보고 거기에 소금을 뿌린 다음 나무로 젓가락을 만들어 들고 모두 냄비 주위로 모여들었다. 얼마나 고소하고 쫄깃쫄깃한지 세상에 이보다 더 맛있는 음식이 있을 것 같지 않았다. 옆에서 구경만 하고 있는 현수를 보고 녀석들이 서로 눈짓을 했다. 녀석들은 눈치를 채고 도망가는 현수를 붙잡아다 억지로 입을 벌리게 해서 애벌레를 밀어 넣고 뱉어내지 못하게 턱을 눌렀다. 입속에 든 것을 억지로 삼키고 난 현수는 나뭇가지를 꺾어들고 냄비 옆으로 덤벼들었다.

"맛이 어쩌냐? 둘이 묵다가 하나가 죽어도 몰르겄지야, 잉?"

질용이의 물음에 현수가 말했다.

"삼국지에 나오는 제갈공명의 만두보다 맛있다. 만두란 것은 말이다, 그때 전쟁으로 죽은 영혼들의 제를 지내기 위해 만든 음식인데 고기를 다져서 밀반죽으로 싸 가지고……."

현수가 떠드는 소리는 먹는 데 정신이 팔린 녀석들의 귀에 한마디도 들어오지 않았다.

파헤쳐진 처참한 벌집 쪽으로 눈이 간 기판이는 갑자기 입맛이 뚝 떨어졌다. 속이 메슥거리고 가슴이 울렁거려 먹은 것이 목으로 치밀어 올랐다. 그는 자리를 빠져나와 배 속의 것을 모두 토해 버리고 말았다.

다음 주 읍내 중학교 일 학년으로 전학 수속을 마친 현수는 학교에서도 마을에서도 확실한 밤나무정패의 일원이 되었다.

그날은 정월 대보름이었다. 해가 넘어가기 전부터 아이들은 깡통에 불을 담아 가지고 밖으로 뛰어나왔다. 읍내에 큰 통조림 공장이 있어 마을에서 빈 깡통을 구하기는 쉬웠다. 깡통 밑바닥에 구멍을 뚫고 불을 댕긴 숯을 담아 통에 맨 줄을 잡빙 돌리면 불꽃이 활활 피어올랐다. 아이들은 뛰어다니며 논두렁 여기저기에 불을 놓았다. 조그만 여자아이들도 깡통 돌리기에 끼어 얼굴이 숯 검댕이 되는 것도 머리와 옷이 타는 것도 아랑곳하지 않았다. 밤나무정의 논들은 들쭉날쭉한 좁은 골짜기를 지나서 멀리 여재촌, 연화촌의 넓은 들녘과 이어져 있었다. 그곳에서도 들불이 번지는 자욱한 연기가 하늘 높이 피어오르고 등성이 너머 청동리 쪽에서도 논둑 태우기를 시작하는지 소나무 언덕이 훤히 밝아 왔다. 해가 넘어가자 함박산 위에 짚방석만한 둥근 달이 둥실 떠올랐다.

"달이 떴다. 보름달이 떴다."

아이들이 환호성을 질렀다. 보름달 중에서 정월 대보름과 추석에 뜨는 달이 가장 크고 둥글었다. 아이들은 그중에서 대보름달을 더 좋아했으며 어느 명절보다도 대보름을 기다렸다. 조금 큰 여자 애들은 다리밟기를 한답시고 두세 명씩 짝을 지어 방죽의 수문 위를 왔다 갔다 하고 있었다.

마을 아이들 중에 가장 유난스런 무리들인 두복이패들은 여재촌, 연화촌의 불길과 연결시키겠다며 계속 골짜기를 따라 불을 피워나갔다. 그때 함박산 모퉁이에서 청동리 녀석들이 불쑥 나타났다. 그 편에서 돌을 먼저 던져 도전해 오자 두 패들 사이에 돌싸움이 시작되었다. 그쪽 패는 수가 많았고, 청년들도 끼어 있어, 기세가 달린 두복이네들은 마을 가까이로 밀려났다. 두복이네들이 도망쳐 오는 것을 본 마을에서는 형과 동생들, 삼촌들까지 달려 나와 양쪽은 치열한 돌싸움이 벌어졌고, 결국 청동리패들은 산등성이 너머로 쫓겨 갔다. 돌싸움은 정월 대보름날 어스름 녘이면 이웃 마을 사이에 의례히 벌어지곤 했는데 사실은 위험한 놀이였다. 돌에 몸이나 머리를 맞거나 도망가다 넘어지고 다치는 사람들이 많았다. 현수의 형 경수도 구경을 나왔다가 이마 한가운데를 맞아 퍼렇게 부풀어 올랐는데, 작은 돌이었기 망정이지 큰 돌이었으면 큰일 날 뻔했다. 그러나 젊은이들 사이에서 돌싸움이나 우물 지키기 등은 보름날 밤에 빠져서는 안 될 즐거운 놀이 중의 하나였다.

논두렁의 불도 꺼져 가고 달은 어느새 하늘 가운데 두둥실 떠올라 있었다. 보름달이 얼마나 크고 밝고 가까웠는지 가만히 귀 기울이면 달 속에 사는 토끼들의 떡방아 소리를 들을 수 있을 정도였다. 달은 마을과 숲과 들판을 어루만지듯 비추고 길은 황금 물을 뿌려 놓은 듯 노랗게 빛났다. 달의 다정함은 마치 연인처럼 부드럽고 황홀하여 젊은 가슴을 기쁨으로 뛰놀게 했다. 집으로 돌아가 잠들기에는 아까운 밤, 떼를 지어 큰길을 차지해 버린 무리들은 두복이패들이었다. 날씨도 한겨울처럼 춥지 않았다. 또래들보다 형들과 어울리기를 좋아하는 두구 녀석도 그들 사이에 끼어 있었다.

전우의 시체를 넘고 넘어, 앞으로 앞으로.

한 녀석이 노래를 시작하자 모두 큰 소리로 따라 불렀다. 이 노래는 한국전쟁 시의 군가로 그때 그들 기분에 딱 들어맞는 노래였다. 그들은 초등학교 삼 학년 때 한국전쟁을 겪었다.

붉은 군복의 인민군이 들이닥치자 세상은 뒤바뀌었다. 대안 앞 초입에 파출소와 비슷한 분주소가 세워지고, 지붕 위에 인 공기가 나부꼈다. 공습경보 사이렌이 끝나기도 전에 고막을 찢 을 듯이 쌔앵쌩 울리며 낮게 떠가는 폭격기의 굉음이 끊이지 않았고, 비행기 소리가 뜸한 순간에는 인민군들이 마을 사람들 을 이끌고 세금을 거두기 위해 논밭과 과수원을 돌아다니며 낱 알을 한 알 한 알 세는 생소한 풍경을 목격할 수 있었다. 밤에 는 사람들을 회관에 모이게 하여 군가와 김일성 찬가, 빨치산 노래 등을 가르치고, 조금 큰 아이들에게 연극 연습을 시켜 사 람들을 모아 놓고 공연을 하게 했는데, 붉은 깃발을 흔들고 인 민 공화국 만세를 소리 높여 외치며 끝나는 연극을 확성기를 통해 온 마을에 울리게 하는 등 낮이면 쥐 죽은 듯 조용하다가,

밤만 되면 소란하고 시끌벅적하던 세상이었다.

청년들은 군대에 지원하거나 피난을 떠나고 집에 남은 청년들 가운데 두 명이 의용군으로 끌려갔다. 그중 한 사람인 종덕이 삼촌은 살아 돌아왔으나 질용이의 큰형 질만이는 영영 돌아오지 못했다. 종덕이 삼촌은 배탈이 난 체하며 행렬에서 빠져나와 죽을 고비를 몇 번이나 넘기고 간신히 도망쳐 왔다고 했는데, 질용이는 종덕이 삼촌이 자기 형을 죽이고 혼자 돌아오기라도 한 듯 종덕이만 보면 못 잡아먹어 으르렁거렸다.

국군이 들어오기 전 마을회관에 세금으로 급히 걷어 놓았던 양곡이 읍내로 실려 갔다. 소달구지에 벼와 보리를 싣고 읍으로 갔던 사람들이 돌아와서 말하기를 읍에서는 그간 사람 죽이는 인민재판이 열 번도 넘게 열렸다고 했다. 그런 일이 아니고도 머슴이 주인을 죽이고, 남의 재물을 뺏기 위해 사람을 죽이고, 내가 살기 위해 죽이는 일이 많아 날이 새면 냇가에 버려진 시체, 골목에 뒹굴고 있는 시체, 나무에 매달린 채 죽어 있는 시체들이 늘비하다는 것이었다. 국군이 들어오고 양측은 교전이 붙어 앞산과 뒷산 등성이에서 여러 날 동안 밤낮으로 콩 볶는 듯한 총소리가 끊이질 않았다. 도망가지 않고 산속으로 숨어든 무리들은 밤손님이 되어 마을 사람들을 괴롭혔다. 남자들은 쉽게 잠들지 못하고 뒤척이다 개 짖는 소리에 놀라 일어나 숨을 곳을 찾아 이리 뛰고 저리 뛰었다. 그러나 그들은 항상 소리도 없이 숨어들어 미처 숨을 틈조차 주지 않았다. 목화 바구니를 뒤집어쓰기도 하고 측간의 재속을 파고들고 짚가리 속으로 뛰어들었다. 그들은 짖는다고 개를 쏴 죽이고 돼지나 소를 보면 끌어가고 양식이 될 것이면 조 한 줌이라도 쓸어 갔다. 그리고 아이나 노인이 아니면 누구에게나 등짐을 지워 산으로 끌고 갔다. 반항하는 사람은 총을 쏴 버리고 집에 불을 질렀다. 그때 마을 사람들이 교훈으로 삼은 말은 '짚 덤불 속에 숨지 마라, 아궁이나 똥통 속에도 숨지 마라.' 였다. 짚 덤불은 칼로 찌르고 불을 질렀고, 아궁이나 똥통 속까지 총을 쏘아 댔으니 말이다.

치안 공백 시 그들이 나타나 일곱 명이나 잡아다 올챙이 골짝에서 죽인 사건이 있었다. 국군의 수복을 믿고 성급하게 집에 돌아온 인근 마을 경찰 가족이나 협조자들, 인심 잃은 지주들이었다. 그중 토굴 속에 숨어 있다 잡혀 온 판옥 씨라고 전에 멸공대에서 일했던 사람이 있었다. 멸공대에서 일은 했지만 그에 대한 그들의 태도는 호의적이었다. 그들 중에는 그 사람에 의해 아버지나 형, 사촌들이 무사했던 일을 겪은 사람들이 섞여 있었던 것이다. 인민군이 그 사람을 풀어 주고 돌아서려 할 즈음 악질분자 한 명이 그의 마누라의 손을 묶어 데리고 왔다. 그가 전에 경찰들과 합세하여 공산당을 학살한 적이 있었다는 자백을 받아낸 것이다. 판옥 씨는 그 자리에서 사살당하고, 그 일로 마을 사람들이 얻은 교훈은 '집안일 밖으로 내가지 말고, 바깥일 집으로 물고 들어오지 말라.'였다.

　마을 사람들을 가장 놀라게 한 끔찍했던 일은 박경사 사건이었다. 그는 진구렁 마을 위에 새집을 짓고 살았다. 그가 경찰들과 피난을 떠나며 아내와 아들을 함평 내산 골짜기 친척 집에 맡겼으나, 그가 돌아와 보니 그의 아내는 죽고 없었다. 인민군에 의해 죽임을 당한 것이다. 아내가 묻힌 장소를 찾아 시체를 파낸 그는 눈이 확 뒤집혀 버렸다. 두 눈이 뽑히고, 굵은 철사 줄이 손목을 뚫고 꿰어져 있었으며, 옷을 벗긴 채 맨발로 사흘을 끌려다녔다는 목격자의 증언 대로 발가락이 다 떨어져 나가고 없었던 것이다. 그는 미치광이가 되어 온 마을을 총을 쏘며 뒤흔들고 다녔다. 아내가 숨어 있던 장소를 밀고한 자가 마을에 있다며 밀고자는 나오라는 것이었다. 밀고자를 알고도 숨기고 있는 자는 더 나쁜 자로 온 가족을 몰살시키겠다고 위협했다. 사람들은 죄 없이 벌벌 떨었다. 평소에 앙심을 먹고 있다 밀고자라고 한마디만 하면 그것으로 그만이기 때문이었다. 모두들 밖으로 나오기를 꺼리고 방 안에서 머리를 싸매고 끙끙 앓았다. 언제 누구와 다툰 일은 없었는가, 누구를 서운하게 한 일은 없는가.

그러던 어느 날 한밤중에 길가에 있는 상태네 집에 수복이 어머니가 참기름 한 병을 가지고 찾아왔다. 논 이웃 간인 수복이네는 지난해 가뭄 때 몰래 물고를 터서 논물을 빼돌린 적이 있었던 것이다. 턱굴 석환 씨는 한숨을 자고 일어나 담배를 피워 무는데 진구렁 낙군 씨 내외가 찾아와 군인 우의와 장화 한 켤레를 놓고 갔다. 이 선물은 낙군 씨 부인이 제대를 한 친정 동생에게 사정을 해서 얻어온 것들인데 석환 씨는 아무리 생각해도 낙군 씨에게 이런 큰 선물을 받을 만한 일이 무엇이었는지 기억해 낼 수가 없었다.

스무 날이 넘어가도 아무 제보가 없자, 박 경사는 사흘의 말미를 주며 사흘 안에 밀고자가 나오지 않으면 마을을 도륙 내버리겠다고 선포를 했다. 무슨 일이 일어나도 일어나고야 말 판이었다. 사흘째 되는 날 새벽녘, 등에 칼을 맞은 채 바깥샘 독에 허리를 걸치고 죽어 있는 그가 발견되기까지 어른들은 물론 갓난아이들까지도 잠을 자다 놀라 경기를 일으킬 만큼 공포에 떨던 날들이었다. 그때 마을이 갖게 된 교훈은 '울타리나 논둑 하나를 사이에 두고 서로 다투지 마라, 소 한 마리를 가지고도 싸우지 마라, 한 마을에 살면서 눈도 크게 뜨지 말고 웃고 살아라.'는 말이었다.

군인과 경찰이 자리를 잡고 치안은 점점 회복되어 갔으나,

마을은 전쟁이 휩쓸어 가 버린 옛날의 평화를 다시 찾을 길이 없었다.

전우의 시체를 넘고 넘어, 앞으로 앞으로.

녀석들은 어깨동무를 하고 옆으로 늘어서서 진군 나팔 소리를 들은 군인처럼 발소리도 기운차게 앞으로 나아갔다.

낙동강아 잘 있거라, 우리는 전진한다.
원한이야 피에 맺힌, 적군을 무찌르고서
꽃잎처럼 떨어져 간, 전우야 잘 자라.

어느 녀석 하나가 가사를 바꿔 부르기 시작하자 모두들 신이 나서 따라 불렀다.

전우의 시체가 높디 높아, 줄행랑이 제일이다
낙동강의 오리알로, 우리는 전을 지진다.
원한맺힌 총대 놓고, 고향으로 와 보느이
금순이도 복순이도, 시집 가고 없다네.

그때 기관이가 전에 없이 화를 벌컥 내며 대들었다.

"이 자식들아, 우리 누님 이름은 왜 불러?"

그러자 질용이가 면박을 주었다.

"너그 누님만 금순이냐? 다른 금순이란 말이여, 다른 금순이."

그 말에 현수가 높은 소리로 노래했다.

"다른 금순이도, 다른 복순이도 시집가 뿔고 없단께롱."

현수의 입에서 나온 사투리는 항상 모두를 웃겼다. 그들은 자신들의 투박한 사투리가 현수 입을 통해서 전혀 새로운 느낌의 말로 태어나는 것에 늘 놀라워했다. 그들은 기분이 좋아서 현수를 따라 외쳤다.

원한맺힌 총대럴 띵개 뿔고, 고향 땅에 와 본께롱
영순이야 옥순이야, 워디 가 뿔고 없느냐.
말순이도 평심이도, 다 가 뿔고 없단께롱.

한 녀석이 다른 노래를 시작했다.

서울 가는 십이 십삼 십사 십오 열차에
이별 실은 부산 마산 대구 대전 광주 목포 나주 영산포 정거장.

그들은 진구렁 방죽 너머 대안 앞 모퉁이에서 밤나무정 삼거리까지, 밤나무정 삼거리에서 대안 앞 모퉁이까지의 큰길을 몇 번이고 왔다 갔다 하며 목청이 터지도록 소리 질렀다. 동네가 시끄러워 견딜 수 없었으나 보름날 밤만은 누가 뭐라 하지 않았다.

그러다 그들은 길에서 밥을 얻으러 다니는 초등학생 무리들과 마주쳤다. 조무래기들의 소쿠리에는 이 집 저 집에서 얻었다지만 찰밥, 오곡밥 덩이들이 바닥에 납작 깔려 있었다. 그것을 보고 누군가 말했다.

"배 속이 출출헌디 우리도 밥이나 얻으러 가자."

그 말을 들은 두복이가 소리를 버럭 질렀다.

"우리가 거러지 새끼냐, 밥을 얻으러 댕기게? 내게 생각이 있은께 따라와 봐라."

두복이는 패거리를 별생원네 담 모퉁이로 데려갔다. 그리고 질용이를 담 위로 올려 보냈다. 질용이는 담 위로 뻗은 감나무 가지로 올라가서 높은 가지에 몸을 붙이고 집 안의 동정을 살폈다.

"잠꼬방에 뭣이 보이냐?"

두복이가 작은 소리로 물었다. 찰밥을 찌면 어느 집에서나 대개 시루째 떼어다 시원한 장독대 위에 갖다 놓거나 소쿠리에 밥을 퍼 담아 내놓기도 하였다. 그러나 장독 그릇들만 달빛을 받아 반짝거리고 있었고, 집 안은 고요하기만 할 뿐 장독대 위에 아무것도 없었다.

"없어, 암것도."

질용이가 친구들을 내려다보며 소곤거리는데, 부엌문이 삐그덕 소리가 나게 열리고 답동댁과 어머니 대신 일을 도우러 온 금순이가 무거운 밥 소쿠리를 맞들고 나오는 것이었다.

"잘 봐봐. 참말로 암것도 없어?"

담 아래서 초조한 목소리가 들려왔다.

"쉬잇."

질용이의 신호를 듣고 녀석들은 담 그늘에 몸을 붙이며 숨을 죽였다. 답동댁과 금순이가 낑낑대며 들고 온 밥 소쿠리를 장독 위에 내려놓고 김이 나가도록 조처를 한 다음 돌아가자 질용이는 '되얏다' 하고 신호를 보냈다.

"기판아, 니가 들어가 봐야겠다."

두복이가 말했다. 두복이는 때와 장소에 따라 기판이와 판철이 두 이름을 적절히 써서 기판이를 마음대로 부렸다. 별생원네 개들이 기판이를 보고 짖지 않는다는 것을 알고 있었기 때문이다. 담을 넘어간 기판이는 질용이와 장독대 앞으로 갔다. 기판이가 머뭇거리며 말했다.

"우덜이 먹을 만침만 덜어 가면 안 될끄나?"

"시끄러, 너는 꼭 너 같은 말만 헌다, 잉. 그런께 판철이란 말을 듣제."

질용이의 윽박지르는 소리에 풀이 죽은 기판이는 자기를 보고 꼬리를 흔드는 개들에게 찰밥 한 덩이씩을 던져 주었다. 개 보름 쇠듯 한다는 말이 있듯 어쩐 일인지 보름날이면 개에게 밥을 주지 않는 풍습이 있어 종일 굶고 있던 개들이 좋아하며 밥덩이에 덤벼들었다. 그 틈에 기판이와 질용이는 밥 소쿠리를 들어다 담 너머로 넘겼다. 소쿠리를 받아든 밥도둑 일당은 그곳에서 가까운 봉완이네 집으로 갔다. 봉완이네 집은 뜰이 넓어 부모님이 거처하는 안채와 봉완이가 쓰고 있는 외양간 방이 멀리 떨어져 있었다. 부모님들은 낮에는 죽도록 일하고 밤이면 일찍 자리에 드는, 아들의 일에 일일이 간섭할 여력이 없는 분들이었다. 소죽을 쑤어 뜨끈뜨끈한 방에서 찰밥을 배부르게 먹고 나니 졸음이 밀려들었다. 보름날 밤에 잠을 자면 눈썹이 하얗게 센다는 말을 그대로 믿고 있던 그들은 잠을 안 자려고 눈을 부릅떠 보았으나 마침내 하나둘씩 곯아 떨어졌다. 잠든 녀석들의 눈썹에 밀가루를 물에 개서 칠해 주던 봉완이마저 잠이 들자 온 밤을 함께하던 달은 서쪽으로 기울어 떠나기가 아쉬운 듯 산머리에 머뭇거리고 있었다.

여름이면 아이들은 밤나무정 저수지에서 헤엄을 치기도 하고, 도랑을 막고 웅덩이를 품어서 물고기를 잡으며 놀았다. 그리고 진구렁 방죽가에서 잠자리 잡기를 좋아했는데, 방죽 주변에는 숲이 우거지고 물가에 갈대가 무성한 천연 늪지라 다른 곳에서 볼 수 없는 큰 잠자리들이 나타나기 때문이었다. 이런 일은 이상한 일이 아니었다. 방죽 아래 신동개 골짜기의 거머리는 길이가 이 센티 정도밖에 안 되었으나 연화촌 거머리는 삼 센티나 삼점 오 센티가 되었다. 보통 잠자리보다 네 배쯤 큰 이 방죽가의 잠자리를 아이들은 방망이잠자리라 불렀다. 방망이잠자리는 유리처럼 맑고 투명하며 앞뒤로 빙글빙글 도는 큰 눈에 초록빛 몸통, 빛에 따라 노랗게도 보이고 하늘빛으로도 변하는 반짝반짝 빛나는 날개, 알록달록 줄무늬 진 날씬한 고리를 가진 화려한 잠자리였다. 방망이잠자리가 날기 시작하면 마을 아이들은 마술에 걸린 듯 진구렁 방죽가로 몰려들었다. 아이들은 잠자리의 눈부신 모습에 홀딱 빠져 잠자리를 잡으려고 혈안이 되었다. 이 잠자리가 나오는 곳에는 평범한 잠자리들은 얼씬거리지 못하는 것 같았으며 빨갛다 못해 자줏빛을 띤 작은 고추잠자리와 그보다 더 작은 실 같은 까만 잠자리들은 어쩌다 눈에 띄었다. 방망이잠자리를 잡으려면 먼저 암놈을 붙잡아야 했다. 암놈은 수놈보다 작고 빛깔도 수수했다. 아이들은 망을 만들어 휘두르거나 갈대밭을 소리 안 나게 기어갔다. 암놈을 잡으면 수놈을 잡기는 쉬웠다. 암놈의 다리를 실로 묶고 실 끝을 막대에 매서 막대를 빙빙 돌리며 '암놈이다 옹옹, 암놈이다 옹옹' 외치며 수놈을 꾀었다. 수놈이 잡히면 날개를 한데 접어서 손가락 사이에 끼웠다. 열 손가락 사이사이에 잠자리를 끼우고 우쭐거리는 녀석들이 흔히 눈에 띄었다.

그러나 무엇보다도 녀석들을 흥분시키는 일은 참외밭이나 수박밭을 습격하는 일이었다. 마을 주변에는 습격 대상이 될 만한 수박밭이 서너 군데 되었다. 종덕이네 집 뒤의 수박밭은 질용이가 매번 부추겨 대며 나서기는 했으나, 마을 안에 있고, 외부에 알려지지 않은 작은 밭이라 그들의 소행은 즉시 들통나고 말 것이 뻔했다. 산 밑에 있는 옻밭골 수박밭은 지난해에 두 차례나 이들에게 당한 적이 있었지만 이제는 사정이 달라졌다. 작년까지만 해도 기운이 팔팔하여 작대기를 쥐고 쫓아오던 밭지기 염소수염 노인이 봄에 할머니를 잃은 뒤로 아주 딴사람이 되어 버린 것이다. 머리가 박꽃처럼 센 노인은 정신마저 흐려져서 매일 문밖에 나와 할머니를 기다리며 지나가는 사람을 보면 '우리 할멈 못 봤소?' 하고 묻는 것이 일과였다. 녀석들에게

도 인정은 있었는지 허리가 구부정하고 걸음걸이조차 휘청거
리는 노인을 속여 먹는 일이 마음에 썩 내키는 일은 아니었다.

밤나무정 저수지 너머 소나무산에 있는 수박밭은 주위에 크
고 작은 묘지들과 상여집이 서 있어 낮에도 으스스한 장소라
밤에는 더욱더 담력이 필요한 곳이었다. 마지막 수박밭은 함박
산 중턱에 있는 천두 씨네 밭이었는데, 그는 한국전쟁 참전 용
사였고 삼 년 전 상사로 제대한 젊은이였다. 그는 동네 서리꾼
들의 마음을 훤히 들여다보듯 매번 그들을 퇴치하여 한 번도
서리를 당하지 않은 것으로 유명했다. 밤잠도 안 자는지 하루
저녁에도 몇 번씩 손전등을 들고 수박밭을 순찰했고 불을 켜
놓은 원두막에 꼿꼿이 앉아 연방 헛기침을 해 대는 모습이 모
기장에 크게 비쳤다. 그가 미제 녹음기를 틀어 기침 소리를 내
고 인형을 만들어 불 앞에 세워 놓은 사실을 아는 사람은 아무
도 없었다.

천두 씨가 얼마 전에 대가사리에 사는 친구 일남 씨를 주막
에서 만나 수박밭 지키기도 전술이라고 말했다는 소문이 마을
에 돌았다. 자기는 양동작전을 펴서 동네 애새끼들이 얼씬도
못하게 한다며 만일 자기 수박밭이 털리는 날에는 일남 씨에게
고급 양복 한 벌을 사 주겠노라고 큰소리를 쳤다는 것이다. 수
박이 익어 가자 천두 씨는 자기 집 영리한 진도견 누렁이를 원

두막 아래에 매어 놓았다. 양동작전이란 사람과 개가 함께 밭을 지키겠다는 뜻인가 보았다. 동네 애새끼들에 불과한 녀석들은 수박밭 지키기를 한국전쟁의 연속쯤으로 생각하는 천두 씨의 상대가 못 되었다.

방학이 가까워지자 녀석들이 첫 번째 거사 장소로 정한 곳은 밤나무정 저수지 너머 소나무 산에 있는 수박밭이었다. 그 밭은 마음만 단단히 먹으면 성공률이 높고 뒷일을 염려할 필요가 없었다. 첫 번째 장소는 언제나 매우 중요했다. 처음이 좋아야 사기가 오르고 다음번이 순조롭게 풀리기 마련인 것이다. 날은 방학 전날로 잡았다. 방학이 되면 밭주인이 긴장하여 일이 어려워지기 때문이었다. 마침 달 없는 밤이었다. 시간은 새벽 한두 시쯤이 좋았다. 그 무렵이면 마을 사람들도 모두 잠이 들고 밭주인도 쏟아지는 잠을 어쩌지 못해 꾸벅꾸벅 조는 시간인 것이다. 그들은 봉완이네 헛간 방 앞 대나무 평상에 모여 앉아 시간을 보내며 모깃불을 놓아 극성스런 모기떼를 쫓고 있었다. 이럴 때는 미리 한숨 자 두거나 이야기를 하며 시간이 되기를 기다려야 한다. 두복이와 질용이는 바닥이 누웠고, 다른 녀석들은 잠잘 생각을 안 하고 있었다.

"현수야, 너 요새 청용언월돈가 장팔사몬가 허는 막대기는 왜 안 갖고 댕기냐?"

봉완이의 질문에 현수가 시무룩하게 대답했다.

"우리 집 황소란 놈이 질끈 밟아 분질러 버렸어."

"그랬냐? 그러면 내가 아무 막대기나 줏어서 다시 한나 맹글어 주까?"

그 말에 현수가 화를 버럭 냈다.

"아무 막대나 내 청룡언월도가 될 수 있다고 생각하니? 그렇게 생각해? 내 청룡언월도는 아주 특별한 것이었다고. 그걸 몰랐니?"

'내 보기에는 그리 특별할 것 없는 보통 막대든디 그러냐?'

이런 생각을 하던 기판이는 말을 꿀꺽 삼켜 버렸다. 남의 마음을 상하게 하는 일을 좋아하지 않았기 때문이다. 봉완이가 모깃불에 생풀을 한 다발 던져 넣고 돌아서며 말했다.

"현수야, 너 삼국지 야그 잔 혀 봐라. 유비가 제갈공명을 시 번이나 찾아가서 지달랐다는 말을 삼 뭐라 혔지?"

현수의 얼굴에 생기가 돌고 입이 벌어졌다.

"삼고초려라고, 유비가 공명의 초막집을 세 번 찾아갔다는 말이야. 공명은 유비에게 가서 병사들의 총 참모격인 군사라는 높은 직책을 맡게 되었어."

현수가 침을 튀겨 가며 말을 시작하자 유비의 촉나라와 손권의 오나라와 조조의 위나라, 삼국이 대치하고 있는 중국 대류의 큰 땅이 녀석들 눈앞에 펼쳐졌다.

　서북쪽 척박한 오지에 위치한 작은 나라인 촉나라는 손권의 오나라와 동맹을 맺고 국토의 사분의 삼을 점거하고 있는 대국 위나라를 상대로 싸우고 있었다. 공명이 건너가서 오나라를 돕고 있었는데 오나라의 책사 주유는 공명을 시기하여 그를 없앨 기회만을 노렸다. 오나라와 위나라가 장강을 사이에 두고 한창 싸우고 있을 때 주유가 공명에게 와서 화살 십만 개를 열흘 안에 만들어 낼 수 있겠느냐고 물었다. 공명이 그런 일을 열흘이나 걸려서야 되겠느냐며 사흘 안에 만들겠다고 대답하자 주유는 속으로 좋아하며 만일 그 일이 어긋날 시에는 엄중한 군율로서 다스리게 될 것이라 못을 박았다. 엄한 군율로 다스린다는 말은 군법재판을 열어 중벌을 내리고 결국 죽이겠다는 뜻인 것이다. 주유와 같은 책사 중에 노숙이란 사람이 있었는데 그는 공명을 아끼는 사람이라 이 일로 크게 근심을 하였다. 공명은 걱정하지 말고 수 척의 쾌속선과 그에 따른 병사들을 마련해 달라고 말했다. 사흘째 되는 날 이른 아침 장강 연안에는 한 치 앞도 내다볼 수 없을 만큼 안개가 짙게 깔렸다. 공명은 안에 짚단을 가득 싣고 주위에 푸른 천을 두른 쾌속선 스무 척을 조조군의 진영 앞에 바싹 대 놓고 병사들로 하여금 북을 치고 함성을 지르게 했다. 적이 쳐들어온 줄 안 조조군에서는 크게 놀라 보이지도 않는 적을 향해 화살을 빗발처럼 날렸다. 안개가 걷히자 북소리와 함성이 멎고 난데없이, '조승상님 화살을 주셔서 고맙습니다.' 하는 외침이 들려왔다. 그제서야 속은 줄을 안 조조군이 쫓아갔으나 나는 듯이 빠른 쾌속선을 따라잡을 수는 없었다. 그때 쾌속선에서 거둔 화살은 십만 개가 넘었다.

손권군에서는 고육지책을 써서 조조진에 밀정을 들여보내 군선들을 서로 묶어 놓게 했다. 수전 경험 부족으로 뱃멀미에 시달리는 병사들에게 안정을 주고 사기를 회복시키기 위해 배의 요동을 멈추게 한다는 명목이었다. 조조진에서는 우려의 소리가 높았다. 배들을 죄다 묶어 놓았으니 동남풍이 불고 화공으로 쳐들어오면 지형상 도망도 못 가고 떼죽음을 당하게 될 거라는 것이었다. 그러나 조조는 때가 겨울인데 동남풍이 가당이나 하냐며 껄껄 웃어넘겼다. 한편 주유가 동남풍만 불어 준다면 이기는 전쟁이나 동남풍이 없으니 무슨 소용이냐 하며 한탄하고 있을 시 공명이 찾아와서 모월 모일 모시에 동남풍이 불 것이라 말한 다음, 제단을 쌓고 하늘에 제사를 드리기 시작했다. 동남풍이 온다는 그날 새벽 갑자기 바람의 방향이 바뀌더니 동남풍이 불어왔다. 만반의 준비를 갖추고 대기하던 손권진에서 일제히 불화살을 쏘아 대자 묶어 놓은 조조군의 배들은 온통 불에 휩싸이고 말았다. 겨우 헤어나온 소수의 병력을 이

끌고 달아나던 조조군은 요소요소에 숨겨 놓은 유비군의 복병에 의해 섬멸되고 변장을 한 조조 혼자 살아남아 단기로 도망쳤다. 주유는 공명의 꾀와 천기 조화마저 마음대로 부리는 재주를 두려워한 나머지 살려 두지 않으려고 많은 부하들을 데리고 쫓아갔다. 그러나 공명은 미리 대기시켜 놓은 조자룡의 배에 올라 사정거리를 멀리 벗어나 있었다.

밤은 깊어 가고 현수의 입에서 그칠 줄 모르고 흘러나오는 귀신도 놀랄 공명의 계략에 하늘의 별들마저 내려와서 귀를 기울였다.

"공명은 조조가 도망쳐 올 줄 알고 화용도로 가는 좁은 길목에 관운장을 배치해 지키게 했어. 군령장까지 쓰고 조조를 놓아주면 대신 자신의 목숨을 내놓겠다고 다짐을 한 관운장은 끝내 조조를 죽이지 않고 놓아 보내고 말았어."

"이 일을 어쩔끄나. 죽였으믄 헐 것인디……."

빨려 들어가듯 현수의 이야기에 취해 있던 기판이가 한탄을 했다. 현수의 이야기가 이어졌다.

"공명은 조조가 아직은 죽을 운이 아니라는 것도, 관운장이 조조를 죽이지 못할 것이라는 것도 미리 다 알고 있었어. 그 일로 뻣뻣하게 굴던 관운장의 코가 납작해지고 말았지."

"결국에 가서 공명이 다 이기고 최후 승리자가 되는 거지야,

잉? 언제쯤이면 삼국이 통일되냐?"

기판이가 큰 기대를 품고 성급하게 물었다.

"아, 아."

그 질문에 현수가 침통한 신음 소리를 냈다.

"공명은 통일을 이루지 못하고 죽었어. 위나라와의 오장원 싸움에서 죽은 거야. 그 싸움만 이겼으면 되는 것을⋯⋯, 아깝게 되었지."

"공명이 죽다니, 싸움에 졌단 말이냐?"

기판이가 놀라 외쳤다.

"아냐, 아냐. 공명이 싸움에 질 리가 있니? 병으로 죽었어. 오랜 전쟁으로 몸이 몹시 쇠약해졌기 때문이야. 그날 하늘에서 큰 별이 떨어지고 태양도 빛을 잃었단다. 위나라 장수 사마중달은 하늘에서 큰 별이 떨어지는 것을 보고 공명이 죽은 줄을 알았어. 그래서 이제 이긴 싸움이다 하고 마음 턱 놓고 쳐들어 갔어. 그런데 난데없이 공명이 탄 수레가 나타나며 '사마중달아 게 섰거라.' 하고 추상같은 공명의 호령 소리가 들려오지 않겠니? 사마중달은 '아이고, 또 속았다, 공명은 하늘의 별마저도 마음대로 조종하는구나.' 하며 백 리나 쫓겨 갔단다. 공명은 자기가 죽을 줄을 알고 자기를 닮은 인형을 미리 마련해 놓았던 거야."

고개를 푹 숙이고 있던 기판이의 눈에서 눈물이 방울방울 떨어졌다.

"현수야, 너 삼국지 몇 번 읽었냐?"

한숨 자고 일어난 질용이가 무뚝뚝한 소리로 물었다.

"두 번 읽고 세 번째 읽는 중이다."

"아서라, 아서. 두 번만 읽고 말아라. 삼국지 시 번 읽은 놈 허고는 상종을 말라는 말이 있드라."

누워서 뒹굴거리던 동명이가 잠이 덜 깬 목소리로 말했다.

"현수야, 니 입에는 공명이란 말이 열려 있다, 잉. 인자부텀 너를 공명이라고 불러야 되겠다."

그 말을 들은 현수가 기뻐서 펄쩍 뛰며 외쳤다.

"이제야 너희들이 내 다른 이름을 알게 되었구나. 내 그럴 줄 알았다."

안채에서 시계가 느릿느릿 열두 번을 쳤다. 시계 소리가 끝나자마자 자는 줄 알았던 두복이가 벌떡 일어나 앉아 이야기만 시켜 놓고 태평스레 자고 있는 봉완이를 두드려 깨웠다. 봉완이가 연방 하품을 해 대며 부시럭부시럭 일어나 앉자, 두복이가 입을 열었다.

"오늘밤 우리가 쳐들어갈 고지는 저수지 너매가 아니라 함박산 천두 씨네 수박밭이다."

두복이의 말은 마치 상관이 부하들에게 작전지시를 하는 말투 같았다. 녀석들은 잠이 확 깨어 서로를 쳐다보고 귓불을 만지작거렸다. 혹시 잘못 들었나 해서였다.

두복이가 말했다.

"생각혀 본게 천두 그자가 주막에서 헌 말은 술김에 나온 말이 아니라 동네 애기 새끼덜헌티 보낸 도전장이드라 이런 말이다. 그자가 일남 씨헌테 양복 한 벌을 사 주겄단 것은 누가 걸래들게 혈라는 수작이고 전술이라 이말이여. 상대가 없으면 전쟁이 되겄냐? 그자가 걸어온 쌈언 쌈인디 무섭다고 도망만 치면 우덜은 언제까장이나 동네 애새끼덜일 뿐이란게로. 생각혀 봐라. 그자도 사람인디 허점이 없겄냐? 그자에게 대항해 볼라면 기회는 오늘 밤뿐이여. 내일부텀은 방학이라 더 어려워져. 지끔버텀 그자의 밭 가상에 가서 망을 보기로 헌다. 오늘 밤까장은 경계가 그리 심허들 않을 틴께로."

"누렁이 그 개새끼만 없으먼 좋을 틴디, 워디 약 묵고 죽은 쥐 한 마리 없을까?"

질용이의 중얼거리는 소리를 듣고 동명이가 말했다.

"누렁이가 낯모르는 사람이 준 것을 묵을 것 같냐? 어림없어. 얼매나 훈련을 잘 받은 갠디 그래? 허나 꺽정허들 말어라. 누렁이는 내가 맡을 틴께."

동명이네 암캐에게 홀린 누렁이가 집 주위를 어슬렁거리는 동안 그는 누렁이를 잘 사귀어 놓고 있었던 것이다.

"누렁이를 니가 맡는다고?"

질용이가 물었다.

"그리어, 나헌티 맽기라고."

두복이가 말했다.

"그러면 동명이 니가 원두막 밑에 가서 망을 보고, 우덜헌티 신호를 보내그라. 신호는 어떻고 보낼래?"

동명이는 이런 일이 일어날 줄 알고 있기라도 한 듯 마당에서 돌 두 개를 주워 가지고 오더니 부딪혀 딱딱 소리를 냈다.

"자, 느그덜, 들어 봐라. 이렇고 딱 허고 한 번 치는 소리가 나면 '전진허라'는 뜻이다. 그리고 딱딱 두 번 치는 소리는 '지둘러라' 그러고 시 번 딱딱딱 치면 '도망쳐라'는 말이다. 알겠냐?"

"그려, 그려, 딱 허고 한 번 치는 소리는 '전진허라', 그런께 수박 밭으로 들어가라는 말이고, 딱딱 두 번 치는 소리는 '지둘러라', 그 자리에 숨죽이고 카만 있어라는 뜻이고, 딱딱딱 시 번 치는 소리는 '도망쳐라, 좆 빠지게 내빼라' 이런 신호란 말이제, 잉."

지금껏 자신 없어 하던 녀석들이 갑자기 신이 나서 떠들어

됐다. 조심스러운 봉완이가 주의를 주었다.

"너머 크게 뚜들어서 주인을 깨우들 않게 조심혀라, 잉?"

동명이가 대답했다.

"그리어. 카만 카만 칠틴께 귀만 잘 쫑글고 있드라고."

두복이가 다시 입을 열었다.

"오늘 밤에 행사가 첨인 현수를 위해서 잘 익은 수박 골르는 법을 갈쳐 주겄다. 이렇게 웃옷을 올리고 배를 손구락으로 툭툭 튕개 봐라. 뭔 소리가 들리냐?"

배에서는 조그만 북을 울리는 것 같이 벅벅 소리가 났다.

"바로 이 소리다. 수박을 튕개 봐서 이 소리가 나는 놈으로 골라야 헌다. 그리고 수박 쭐기에 털이 없이 매꼬롬혀야 허고, 수박 밑바닥에 있는 배꼽이 안으로 쏙 들어가 있는가를 알아 봐야 헌다. 현수야, 알겄냐? 알겄으면 한 번 복창혀 봐라."

현수가 벌떡 일어나더니 목을 가다듬었다.

"잘 익은 수박 골르는 법. 하나, 수박 몸통을 손가락으로 튕겨 봐서 배를 튕길 때와 같은 바로 이 '벅벅' 소리가 나는 수박을 골라야 한다. 둘, 수박 줄기에 털이 없이 매끈해야 하고 셋, 수박 밑에 있는 배꼽 부분이 안쪽으로 쏙 들어가 있는가를 알아봐야 한다. 수박이란 놈을 골를 쩍에는 이 시 가지럴 잊어불들 말고 꼭 명심허두룩 혀야 헌단께로. 어쩌냐? 합격 되았냐?"

현수의 익살에 두복이가 웃으며 말했다.

"잘혔다. 니가 질로 잘 익은 수박을 골라 갖고 올 것 같다야. 그러고 말이다, 느그덜, 오늘 밤은 상대가 상대니 만큼 방심을 혀서는 안 된다. 첫째, 소리를 내지 마라. 워떤 일이 있어도 소리를 내면 안 된다. 죽어도 소리를 내면 안 되아. 모구가 물어도 손으로 탁탁 치지 마. 모구가 앵 허고 덤부면 몸에 심을 팍 줘부러. 심줄이 불거지게 심을 팍 주란 말이여. 그러면 모구가 침을 찌르들 못혀. 침이 꼬부라지고 만단께. 그러고, 질용이 너, 방구 뀌지 말어라. 방구를 뀌기만 혀 봐. 너는 죽는다, 잉? 둘째, 꾸물거리들 마라. 신호가 오면 언능 밭으로 가서 수박 한 통썩만 골라 갖고 번개같이 나오니라. 수박 두통을 갖고 나오는 놈은 죽는 중 알어라. 알것제? 싯째, 수박 고르는 법을 명심 허고 수박을 잘 골라라. 그래야 일을 끝내고 우덜이 맛있는 수박 잔치를 벌릴 것 아니냐. 다시 한 번 말혀 두는디, 첫째, 소리를 내지 마라. 둘째, 꾸물거리들 마라. 싯째, 수박을 잘 골라라. 이 시가지를 어기는 놈은 중벌을 각오허두룩 혀야 헐 것이다, 잉?"

"일을 끝내고 그냥 돌아오면 너무 싱겁지 않을까? 주인한테 인사라도 하고 오는 것이 도리 아니겠어? 주인 아저씨, 우리가 수박 몇 통 갖고 갑니다, 하고 말이야."

현수의 말이었다.

"주인 아자씨, 우리가 수박 맻 통 갖고 갑니다? 그것 참 좋은 생각이다."

녀석들이 찬성하고 나서는 걸 보고 봉완이가 말했다.

"그리고 일남 씨허고 헌 약속을 지캐 도라는 말도 허먼 안 될끄나?"

"그려, 그려. 그것이 좋겠다. 천두 아자씨, 우덜이 수박 맻 통 갖고 갑니다. 일남 씨헌티 양복 한 벌을 사 주겄단 약속을 꼭 지캐 주시씨오. 이야! 멋지다, 멋져. 천두 씨가 부애가 나서 펄펄 뛰겄구나."

"천두 씨가 부애가 나서 펄펄 뛰그나 말그나, 우덜은 맛 좋은 수박이나 팍팍 깨먼 된다고. 천두 씨네 수박은 참말로 꿀 같다드라."

누구보다 먹을 것을 탐하는 질용이가 침을 삼키며 말했다.

"지끔은 기분을 내고 있을 때가 아니다. 어서 출발허자."

두복이의 재촉에 모두 입을 다물고 출발을 서둘렀다.

그들은 마을 개들이 짖는 것을 피해서 뒷산을 넘어 턱굴 모퉁이로 나온 뒤에, 그곳 언덕배기 소나무 밑에 웃옷들을 벗어 감췄다. 흰옷은 밤에도 눈에 띄기 때문이었다. 웃통을 벗은 채 녀석들은 들을 건너 함박산으로 올라가고, 동명이는 그곳에서 가까운 자기 집으로 갔다. 부엌으로 들어가서 장조림 단지를 찾아낸 그는 고기 한 덩이를 건져 내어 호박잎에 싸 가지고 녀석들의 뒤를 쫓아갔다. 장조림은 식구들 중 누구도 손대지 못하는 할아버지의 밥반찬이었다.

칠흑 같은 밤이었으나, 근방의 산길, 들길, 샛길들을 손금 들여다보듯 훤한 그들인지라, 별빛만으로도 길을 잘못 들 염려는 전혀 없었다. 수박밭 오십 미터쯤 못 미쳐서 그들은 풀숲 속에 몸을 숨기고, 동명이는 등성이를 멀리 돌아 원두막 옆으로 갔다. 꼬리를 치며 반가워하는 누렁이에게 고깃덩이를 던져 주고 달랜 뒤에 원두막의 동정을 살폈다. 원두막은 전에 없이 불이 꺼져 있었다. 두복이의 말대로 그날 밤은 특별히 경계가 소홀한 것일까? 또 다른 꿍꿍이수작을 꾸미는 것일까? 동명이는 원두막 밑으로 다가가서 귀를 바짝 세웠다. 원두막에서는 남자의 낮은 코고는 소리가 평화롭게 들려오고 있었다. 일이 예상외로 쉽게 풀리는 것에 동명이는 불안을 느꼈다. 시간이 한참 흐른 뒤 남자의 코고는 소리는 뚝 멎더니 몸을 뒤척이는 소리가 나고, 이어서 고른 숨소리가 들려왔다. 비로소 마음을 놓은 동명이는 원두막을 벗어나서 주머니에 있는 돌 두 개를 꺼냈다. 그리고 조심스럽게 딱 하고 한 번 부딪혔다.

풀숲 속에 숨어서 덤벼드는 모기떼들과 사투를 벌이며 신호가 오기를 기다리던 녀석들의 귀에 돌 부딪히는 소리가 딱 하고 한 번 들려왔다.

"전진이다."

녀석들은 숨어 있던 풀숲에서 뛰어나와 수박밭으로 재빨리 기어들었다. 그리고 잘 익은 수박을 찾아 더듬으며 밭 가운데로 한발 한발 들어가고 있었다. 이제 수박 한 통씩만 들고 뛰면 그만이었다. 그때 난데없이 옆에서 '으악' 하는 비명소리가 들렸다. 기판이의 발이 푹 꺼진 구덩이 속에 빠진 것이다. 그곳은 허벅지까지 차는 함정으로 속에는 물컹한 소똥까지 채워져 있었다. 밭주인은 이런 함정을 밭가에 군데군데 파 놓고 위에 풀을 덮어 위장해 놓은 것이다. 개가 컹컹 짖어 대고, '도둑이야' 하는 주인의 외침 소리와 함께 밝은 손전등 불빛이 수박밭을 비췄다. 원두막에서 뛰어 내려온 천두 씨가 누렁이를 풀어 주며 독려하는 소리가 들려왔다.

"쫓아라, 쫓아. 누렁아, 어서 가서 물어라, 물어."

개에게 쫓긴 녀석들은 산을 한달음에 뛰어 내려와, 논둑길을 넘어지고 자빠지며 도망쳤다.

사방으로 흩어졌던 녀석들이 웃옷을 벗어 놓은 소나무 밑으로 하나둘 모여들었다. 모두 빈손으로 패잔병처럼 어깨가 축 처져 돌아왔다. 현수는,

"주인이 공명의 병법을 아는군. 분명히 삼국지를 읽은 거야. 오랜만에 상대할 만한 자를 만났는걸."

하며 혼자 좋아했다.

기판이는 고개를 들지 못했다. 죽어도 소리를 내지 말라는 첫 번째 작전 명령을 어긴 때문이다. 그가 소리만 내지 않았더라면 지금쯤 그들은 수박을 깨뜨리며 승리의 자축연을 열고 있었을 것이다. 용서를 구하고 싶지는 않았다. 욕설을 퍼붓든지, 모두 달려들어 몰매를 때리든지, 그는 그들의 처분만 기다렸다. 녀석들의 분노가 폭발하기 직전, 난데없이 봉완이 녀석이,

"다 끝난 일인디 인자 워쩔 것이여? 나는 가서 잠이나 잘란다."

하며 일어났다. 그의 졸린 듯 느려 터진 목소리는 녀석들의 험악한 기세를 푹 꺾어 놓았고, 그 기운에 전염된 듯 봉완이를 따라 일어서는 녀석들도 있었다. 당황한 기판이가 녀석들의 앞을 막고 말했다.

"느그덜 봉완이네 집에 가 있그라. 나 잠깐 집에 갔다가 그리 가께."

집에 돌아온 기판이는 누나가 잠들어 있는 부엌방 옆으로 가서 가만가만 문을 두드리고 누나를 불렀다. 안에서 잠이 덜 깬 금순이의 목소리가 들렸다.

"기판이냐?"

"응, 나여. 누님, 잠 나와 봐."

금순이가 문을 열고 나오자, 기판이가 말했다.

"누님, 큰방에 가서 내 바지 잔 갖다 주소. 나 소똥 구댕이에 빠졌단 마시."

"소똥 구댕이에 빠졌어? 다친 디는 없냐?"

"응, 괜찮혀. 언능 옷이나 갖다 줘."

"알었다."

큰방으로 간 금순이는 어머니가 깨지 않게 조심하며, 벽에 걸린 기판이의 바지를 걷어 갖고 나왔다.

"물을 떠다 주께, 몸을 씻고 옷을 갈어입어라."

기판이가 몸을 씻고 있는 동안 금순이가 물었다.

"너 워쩌다 소똥 구댕이에 빠졌냐?"

"함박산 천두 씨네 수박밭에를 갔었는디, 그 사람 참 꾀가 귀신 같드만. 밭 가상으로 주욱 소똥 구댕이를 파 놨드란께로."

"그려서 수박은 달어도 못 보고 소똥에만 푹 빠져 뿌렀구만, 잉?"

"그렇고 되았어."

기판이는 모두 털어 놓았다. 누나에게는 숨길 일이 아무것

236

도 없었기 때문이다.

옷을 갈아입은 기판이가 말했다.

"누님, 나 봉완이네 집에 잔 갔다 올 틴게, 나 갈 때까장 눈을 꼭 감고 있어 줘."

"니가 나 갈 때까장 눈을 꼭 감고 있으라고? 뭔 일인디 그러냐?"

"암것도 묻들 말고 게양 그렇고 해 줘. 부탁이여."

"니가 그렇고 사정을 허는디 안 들어주먼 쓰겄냐? 알었다. 니 허라는 대로 눈을 꼭 감고 있으마."

"고마워, 누님."

기판이는 닭장으로 들어가서 닭 두 마리를 잡아 양손에 들고 나왔다. 큰 장닭과 알 낳는 암탉이었다. 잠이 들어서도 침입자가 들어온 줄 알고 꼭꼭거리며 홰 안쪽으로 피하던 닭들은 날개 밑으로 손을 넣어 옆구리 오목한 곳을 지그시 누르자 아무 소리도 못하고 그대로 주저앉고 말았다.

"나 갔다가 오게."

"그려라."

그가 몇 걸음 가다 돌아보니, 아침에 닭이 없어진 일을 알게 된 어머니에게 호되게 매를 맞게 될 가엾은 누나가 문 밖에 서서 말없이 그를 배웅해 주고 있었다.

11. 방정자 방거자

여름 방학이 끝나고 새 학기가 된 지 이틀쨌가 사흘째 되는 날, 학교에서 돌아오던 밤나무정패들은 대안 앞 모퉁이에서 저만큼 앞서 가고 있는 교복 차림의 여학생 두 명을 발견하고 눈이 휘둥그레졌다. 여학생들을 맨 처음 알아본 사람은 나뭇짐 속에 생솔가지 불거지듯 비어져 나오기를 잘 하는 질용이도, 느리닥한 봉완이도 아닌 기판이었다. 방학 동안 풀려 있던 기분이 가시지 않아 공연히 길에 뒹구는 모난 돌멩이들을 할 일 없이 걷어차고 길 옆에 탐스럽게 올라온 벼 모가지를 잡아 뜯기도 하고 모자와 상의를 벗어 들고 휘휘 돌리며 심란스럽게 걷고 있던 녀석들은 있으나마나 했던 기판이의 '느그덜 쩌그, 쩌그럴 봐야' 하는 느닷없는 소리에 고개를 들었다. 고되고 적

238

막한 산길을 오르던 나무꾼이 고갯 마루 웅덩이에 내려와 목욕하는 선녀들을 만났다고나 할까, 녀석들은 하늘에서 떨어진 것처럼 그들의 백 미터쯤 앞에 나타난 두 여학생을 눈을 부릅뜨고 바라보았다. 여학생들의 새하얀 윗옷, 검정 주름치마, 귀 뒤에서 나풀거리는 단발머리, 앞뒤로 흔들거리는 손잡이 책가방은 녀석들의 넋을 쏙 빼놓고도 남았다.

읍내에는 여자 중학교가 하나 있었다. 그러나 읍내를 벗어나면 교복 입은 여학생은 눈을 씻고도 구경할 수가 없었다. 그때까지 시골 사람들은 딸들을 여학교에 보내지 않았고, 보내면 큰일 나는 줄 알고 있었던 때였다. 그러나 이곳이 어디인가, 읍내를 벗어나서 북문 거리를 나와 두루미와 용개울 들을 지나고서도 대안 앞 소나무 언덕을 휘돌아 저만큼 갓쟁이 영감네 모퉁이가 바라다보이고 금성산 상봉 귀퉁이가 앞 능선 사이로 비죽이 내다보이는 대안 앞 중심부가 아니던가.

"가 보자."

누군가 외치는 소리와 함께 단거리 선수들처럼 뛰기 시작했던 녀석들은 갓쟁이 영감네 집 조금 못 미쳐서 모두 엉거주춤히 멈춰 서 버렸다. 여학생들이 갑자기 사라져 버렸던 것이다. 여학생들이 사라진 곳은 길 옆 왼쪽으로 난 샛길이었다.

이상하게도 녀석들은 초등학교 육 년, 중학교 일 년 반을 오가는 동안 이 샛길을 눈여겨본 적이 없었다. 길이 좁고 인적기도 드물고 풀덤불이 뒤엉켜 입구를 반 이상 가려 주고 있었기 때문일 것이다. 샛길은 입구에서부터 십 미터쯤 들어가서 양편에 두세 채의 집을 놔두고 밭두렁 논두렁 사이로 가늘게 이어져가다 산기슭의 먹굴이란 동네에 닿는다. 이 먹굴 역시 너덧 채의 집이 있을 뿐이었으나 대안 앞 첫들머리에서 소달구지가 서로 비낄 만큼의 어엿한 길이 뻗어 있는 것은, 이 동네를 거쳐 대안사라는 큰 절을 올라갈 수 있었고, 산속을 무지르는 지름길을 통해 밤나무정과 이웃이며, 옻밭골이라 부르는 산 밑의 마을과 그 너머 산속 마을로도 계속 연결되어 있는 까닭이었다. 녀석들이 샛길 안을 기웃거리고 있을 때 어느 집에선가 두런거리는 남자들의 말소리와 함께 밖으로 나오는 큰 발소리들이 울려왔다. 녀석들은 재빨리 몸을 바로 하고 시침을 떼며 가던 길을 재촉하는 시늉을 했다.

그날 이후 녀석들은 학교를 오가며 샛길에 눈이 머물곤 했으나 어떤 특별한 연유로 어쩌다 한 번 나타난 여학생들이거니 여겼을 뿐 샛길에 더 이상의 관심을 두지 않았다. 그러다가 그 여학생들에 관해서 듣게 된 것은 다음 주 월요일 아침 동명이에게서였다. 일요일에 읍내 당숙 집으로 심부름을 갔던 동명이는 마침 그곳에 와 있던 당숙모의 이질녀를 만나 노닥거리다 저녁까지 얻어먹고 밤늦게 돌아왔던 것이다. 여학교 이 학년인 당숙모의 이질녀는 샛길 여학생들과 한 반이었다. 여학생들의 이름은 방정자와 방귀자였고, 그들은 서로 사촌 간이었다. 그간 송월리와 토계리에 떨어져 살았는데, 지난여름 방학 때 친형제인 그들의 아버지들이 나란히 붙은 이웃으로 집을 마련하여 이사를 하였다. 아버지들은 영산포, 나주, 반남, 남평, 노안 등지의 오일장으로 짐 자전거에 양은그릇들을 싣고 다니는 장꾼의 일이 주업이었다.

그날 오후 녀석들은 수업이 끝나기도 전에 책보를 묶어 놓았다가 끝나는 종이 울리기가 무섭게 교문을 빠져나왔다. 급히 묶느라 헐렁한 책보에서 잡기장 틈새에 끼워 놓은 연필 동강들이 빠져 달아나거나 말거나, 찢어진 신발 틈새로 엄지발가락이 비어져 나오거나 말거나, 다리가 뻣뻣할 정도로 내달은 덕에 용개울 앞을 지날 무렵 멀리 여학생들의 모습을 붙잡을 수 있었다. 여학교의 수업은 남학교보다 대체로 조금 일찍 끝나기 때문이었다.

여학생들의 모습이 보이자 녀석들은 기운이 펄펄 나서 소리쳤다.

"방정자 방귀자, 방정자 방귀자."

"방정맞다 방정자, 방구쟁이 방귀자."

녀석들은 여학생들 뒤를 바짝 따라붙으며 노래하듯 외쳐 대었다. 예상대로 한 여학생은 귓불이 빨개지고 걸음걸이가 흐트러지는 등 당황하는 기색이 역력했으나, 다른 여학생은 전혀 그렇지 않았다. 뒤를 한 번 힐끗 돌아보더니 고개를 더욱 뻣뻣이 치켜들고 앞을 보며 또박또박 걷는 품이 결코 예사로운 상대가 아님을 알 수 있었다. 녀석들은 여학생의 예상외의 반응에 잠시 주춤했지만, 강도를 높여 어깨를 확 밀치기도 하고, 뒷머리를 잡아당기고, 귓가에 입김을 불어넣을 듯 가깝게 다가들며 더 위협을 가했다.

"방정맞은 가시나야, 방구통통 뀌지 마라."

"야야, 방구쟁이덜아, 방구 시합 한 번 혀 보자."

소심한 여학생이 '정자야' 외마디 소리를 지르며 다른 여학생을 방패삼아 몸을 피하는 동시에 다른 여학생이 서슬도 퍼렇게 뒤로 휙 돌아섰다.

"오라, 잇짜리배끼 안 된 피리 새끼덜이구만. 이것들이 엇따대고 함불로 깝죽거린다냐, 잉?"

정자라고 불린 여학생이 녀석들의 교복에 붙은 학년 표시를 삼각 눈으로 째려보며 벌게진 얼굴로 씩씩거렸다. 이쯤이면 하던 녀석들은 뜻밖의 사태에 머쓱하여 뒤로 한 걸음 물러서고 말았다.

"우덜버더 잇자배끼 안 된다는 느덜은 삼자라도 되냐? 피리 새끼라니, 느덜은 피라미허고도 왕 피라미 새끼다."

자기 임무라고 생각한 듯 질용이가 나서보긴 했으나 누가 들어도 그 소리에는 맥이 한풀 꺾여 있었다.

"이 피래미 새끼덜 중에 왕 피라미 새끼덜아, 말 한번 잘 혔다. 방구 시합을 허잔다고? 좋다, 이거다. 단체로 붙을래 한 놈씩 기어 나올래?"

정자가 떡 버티고 서서 외치는 소리에 녀석들은 깜짝 놀라 서로 얼굴을 쳐다보았다.

"저짝 숙녀분덜께서 방구 시합이 좋다고 허신 마당에 물러스먼 되겠냐? 싸나이덜 체면이 있고, 밤남정이 명예가 있제."

두복이가 나서더니 점잔을 빼며 말했다.

"두 사람 나갈 것도 없는께, 질용이 니가 맡어서 단방에 날래 뿐져라."

그제야 생기를 얻은 녀석들이 방정자, 방귀자를 외치던 때 만큼이나 열을 올려 '이질용, 이질용'을 불러댔다. 배통이 크고, 먹성이 좋아, 닥치는 대로 먹어 대고, 아무데서나 방귀를 퉁퉁 뀌어 대서 방귀대장이란 이름이 붙은 질용이는 무리들이 부추기며 밀어내는 바람에 앞으로 나서긴 했어도 영 신통찮은 얼굴이었다. 아침에 보리겨죽 반 사발을 훌렁 마시고, 점심을 물

두 바가지로 때운 터라 나올 방귀도 들어가게 생긴 참인 것이
다.

"이질용, 니가 선수냐? 잘난 실력 한번 내봐 봐라."

삼각 눈을 째리며 턱짓으로 재촉하는 정자의 말에 더욱 움
츠러들려는 질용이를 녀석들은 소리 높여 응원을 했다.

"방구대장 이질용, 본때를 비여 뿌러라."

"한 방에 날래 뻗져라."

질용이는 무릎을 어정쩡히 굽히고, 쿨렁거리는 배에 힘을
주기 시작했다. 몸을 비틀고, 빠드득 소리가 나게 이를 갈며
있는 힘을 다한 끝에 겨우 피시식 하는 소리를 내놓았다. 그
소리는 밥솥의 마지막 김이 빠져나가는 소리 같았는데, 과연
질용이는 방귀대장다웠다. 뱃속에 물만 채워가지고도 방귀 비
슷한 소리를 만들어 냈으니 말이다. 그러나 얼굴이 뻘게진 채
덩달아 용을 쓰던 녀석들은 그것을 방귀로 인정하지 못한 듯,
누군가 입으로 대신 뿌웅 소리를 내고 말았다. 정자가 히죽거
렸다.

"그짝 남자분덜께서 자랑허는 싸나이덜 체면허고, 밤남정
인가 뭣인가 허는 명예란 것이 개우 입방구였구만, 잉?"

"쩜만 지둘러라."

두복이가 정자의 말을 저지하고 재빠르게 머리를 굴렸다.

'이제 대장인 자신이 나서야 할 때인데, 그리고 점심을 안 갖고 다니면서도 지금 이 중에서 뱃속이 가장 든든한 사람이 바로 자기인데, 그렇긴 하지만 사내들끼리의 대결도 아닌 계집아이들과의 장난에 우두머리가 나선다는 것도 우습고, 방귀라는 것을 딱히 자신할 수도 없는 일인데, 가만있자, 점심패들인 기판이, 현수, 동명이 중에서 동명이가 그중 믿음직스럽긴 한데……'

두복이의 눈길이 동명이에게 머무는 것을 재빨리 눈치 챈 녀석들이 동명이에게, '동명아, 언능 나서 봐. 니배끼 없다, 잉.' 하면서 잡아끌었다. 부모님 덕에 보리가 많이 섞이지 않은 쌀밥을 하루 새끼 꼬박꼬박 배부르게 먹고 사는 동명이였지만, 방귀대장도 못 뀌는 방귀를 즉시 만들어 낼 재간이 없는 그는 손을 휘저으며 멀쩍이 물러났다. 그것을 보고 정자가 코웃음을 쳤다.

"느그덜 실력, 참말로 알아줘야겠다."

질용이가 얼굴을 붉히며 대들었다.

"느그 실력은 을매나 대단헌가 잔 비여 봐라."

"좋아, 잘들 봐 둬라."

책가방을 귀자에게 맡긴 정자는 두 손을 등 뒤로 돌려 깍지를 끼더니, 몸을 앞으로 굽혀 움츠린 자세로 뒤를 돌아보며 고개를 옆으로 돌렸다. 그러자 삐우웅 하는 놀라운 소리와 함께 치마 뒤가 들썩하며 탁구공만 한 무엇인가가 공중으로 솟아올랐다. 정자가 두 손을 탁탁 털고 녀석들을 돌아보았다.

"요 녀석덜아, 인자 함불로 까불어서 될 디가 있고, 안 될 디가 있단 것을 확실허게 알았지야? 앞으로 조심덜 혀라."

정자는 의젓한 목소리로 녀석들을 타일렀다. 녀석들은 삐우웅 소리가 피시식 소리보다 방귀 소리에 가깝다는 것을 인정하지 않을 수 없었다. 그것은 그들이 자랑하는 체면이나 명예가 코푼 종이처럼 구겨지고 말았다는 사실을 의미했다.

"으뜬 놈이 먼첨 방구 시합 소리럴 끄집어냈냐, 엉?"

두복이가 내지르는 소리에 녀석들도 덩달아 '대체 으뜬 새끼냐, 그 개새끼가?' 하며 소리를 질렀고, 서로 얼굴을 짊어지고 으르렁거리는 동안 가방을 받아든 정자는 귀자를 앞세우고 덤불 샛길로 으스대며 사라졌다.

이튿날 하굣길에,

"이 새끼덜아, 방구 같은 생각덜은 허들 말고, 집에 가기까장 좋은 시합꺼리 한 가지썩 생각혀 내라. 알겄냐?"
두복이의 명이 떨어지자 그들은 여느 날처럼 노닥이지도, 투덕이지도 않고, 고개를 떨군채 생각에 잠겨 말없이 걸었다. 그동안 몇 가지 의견들이 나오기도 했으나 두복이의 퉁만 사고 말왔다.

"뭣이라고? 담닥굴? 노래 시합? 씨름? 좋아허네. 그따구 것을 대그박이라고 달고 댕기냐? 생각덜을 잔 허란 말이여, 생각덜을, 엉?"

여자 애들의 흥미를 끌기에 충분하고 이쪽에서 절대적으로 승산이 있는 경쟁거리, 그것이 무엇일까? 녀석들은 머리가 지끈지끈 아프다 못해 핑핑 돌았다. 차라리 하기 싫은 공부를 하고 말지, 이 노릇은 하다 못할 짓이라는 결론에 도달한 녀석들이 고개를 들고 한숨을 푹푹 내쉬고 있을 즈음, 어디선가 그럴싸한 휘파람 소리가 휘리릭 하고 들려왔다.

'아, 휘파람! 이거다. 여자 애들의 흥미를 끌기에 충분하고, 이쪽에서 절대적으로 승산이 있는 시합거리라면 바로 이거다. 왜 진작 이 생각을 못했지?'

그들이 희색이 만면하여 휘파람 소리가 어디서 들려왔나 두리번거리고 있을 때에, 소나무 언덕 쪽에서 휘파람 소리가 한 번 더 들리더니 나무 사이에서 두 여학생이 나타났다. 그들은 어느 틈에 대안 앞 소나무 언덕 모퉁이에 와 있었던 것이다.

여학생들이 언덕을 미끄러지듯 달려 내려와 길 위로 폴짝 올라섰다. 앞서 온 정자가 녀석들에게 물었다.

"니들 오다가 혹시 질바닥에 떨어진 손수건 한 개 못 봤냐?"

그들은 이 미터도 안 된 거리에 마주 서게 된 정자와 그 뒤에 바짝 붙어선 귀자의 얼굴을 바라보았다. 정자는 검붉은 얼굴에 넓적한 코, 가늘게 찢어진 눈, 노리끼리한 머리를 갖고 있었고, 귀자는 복숭아 빛 얼굴에 가지런한 눈썹, 수줍고 깊은 눈, 도톰한 입술에, 머리는 참숯처럼 검었다. 귀자의 얼굴에 눈길이 머문 순간, 지금껏 벼르던 대결은 어디로 사라져 버리고, 그들은 '여왕님이여, 나의 충성을 받아 주소서' 하며 그녀의 발밑에 무릎을 꿇고 말았다.

"귀자 언니가 오는 질에 워디서 떨쿼 불었단다. 니덜 봤냐, 못 봤냐?"

정자가 묻는 말에 귀자가 손수건에 대한 설명을 덧붙였다.

"흑헌 바탕에다 노란 난초 꽃무누가 있는 손수건인디, 니들 혹시 봤어?"

귀자는 목소리도 예뻤다. 대나무 홈통에서 똑똑 떨어지는 물소리처럼 또렷하고 맑았다. 여왕은 기대에 찬 눈을 반짝이며 녀석들을 바라보았다. 여왕의 간절하고 절실한 눈빛은 녀석들의 마음을 찌르는 것 같았다. '오, 이 시간 여왕이 기대하는 답이 준비되어 있다면, 소망하는 전리품을 여왕 앞에 바칠 수 있다면, 하필이면 오늘 같은 날 쓸데없는 짓만 하며 학교에서 돌

아오는 시간을 헛되게 만들어 버렸단 말인가!'

"그 손수건 잃어뿐 디가 워디쯤이나 되냐?"

질용이의 질문에 정자가 알겠다며 고개를 까딱거렸다.

"니덜도 못 본 모양이구나."

여왕의 얼굴이 실망으로 어두워져 가는 것을 본 동명이가 얼른 나섰다.

"워디쯤인가 말혀 봐. 우덜이 달래갔다 올 틴께로."

"그리어, 그리어. 말만 혀 봐. 우덜이 담박굴로 가서 찾어 갖고 금방 돌아올 틴께."

녀석들은 곧 달려갈 태세를 갖추고 열심히 말했다. 정자가 콧방귀를 뀌었다.

"거그가 워딘 중 알먼 우리가 이러고 있겄냐? 폴새 찾어 갖고 왔제."

"니덜은 여그서 지둘르고 있기만 혀. 우덜이 학교 앞까장이라도 가서 찾어 갖고 올 틴께로."

여왕이 손을 저으며 녀석들을 말렸다.

"아녀, 아녀. 소양없는 짓이여. 공연시리 고생헐 것 없어."

여왕은 고개를 떨어뜨리고 힘없이 걸음을 옮겼다. 충성을 보일 기회를 잃은 녀석들은 몹시 아쉬워서 뒤를 돌아보며 여왕의 행렬 뒤를 시종들처럼 따라나섰다.

난초 꽃무늬 손수건 한 장 값이 얼마면 될까, 두복이에게는 가게에서 물건을 팔 때 어머니 몰래 빼돌려온 돈이 약간 있었다. 그 돈을 조금 헐어 내어 손수건을 살까? 아니야 그 돈을 다 쓴다 해도 아깝지 않아. 다른 녀석들도 두복이처럼 각자 손수건에 대한 이런저런 궁리에 빠져 묵묵히 걷고 있었다. 그런데 어느 틈에 덤불 샛길이 눈앞에 나타났다.

소나무 언덕 모퉁이에서 덤불 샛길까지의 거리가 이렇게도 가까웠나? 녀석들이 몹시 당황해하고 있을 때, '저어그, 너그덜, 저어……' 하며 질용이가 다급하게 여왕의 발길을 멈춰 세웠다.

"저어, 너그덜, 우덜이랑 놀러 가먼 안 될끄나?"

쭈빗거리며 내놓은 질용이의 제안에 시녀가 길게 째진 눈을 치켜세웠다.

"뭣이라고야? 니덜이랑 놀러 가자고? 너그 동네에 뭔 굿판이라도 벌어졌다냐?"

"근께 뭣이냐, 내 말은 그거이 아니고, 저어, 뭣이냐 허먼……."

질용이를 궁지에서 구해 낸 기사는 동명이었다.

"요 모퉁이를 돌먼 비석 거리가 나오는디, 거그 멧동 옆에 난초꽃이 많이 피었다. 니덜 꽃구경 안 갈래?"

동명이의 말에 녀석들은 놀랐다. 묘 옆에 웬 때 아닌 난초꽃? 그러나 이곳에서 가장 가까운 데에 사는 녀석은 동명이였다. 여기 갓쟁이 영감네 집 모퉁이를 돌아 다음 모퉁이인 비석 거리를 지나 길을 따라 구불구불 가다 보면 진구렁 방죽이 나오고 그 반대편 언덕배기에 동명이네 과수원 집이 있었다. 그리고 동명이는 평소에 허튼소리나 하는 그런 녀석이 아니었다. 묘 옆에 많이 피었다는 난초꽃에 대한 궁금증은 오히려 여자 애들보다 더했으나 녀석들은 천연덕스럽게 능청을 떨었다.

"그리어 난초꽃, 멧동 옆에 많이 피었단께."

"맞단께, 허벌지게 피어 부렀단께로."

"뭣이여, 산에 난초꽃이 피었다고야? 이 새끼덜이 시방 사람을 뭣으로 알고 있다냐?"

"아, 가 보면 될 것 아니냐고. 멀도 않고, 요 모퉁이만 돌면 비석 거린께로."

"좋아, 이 새끼덜 그짓말만 혀 봐라. 걍 없을 틴께로."

시녀가 녀석들을 따라나설 기미가 보이자 여왕이 '정자야' 하고 외치며 시녀의 옷자락을 급히 잡아당겼다.

"언니, 요 모퉁이만 돌면 된단께로 잠깐만 가 보고 오세. 그짓말이기만 허면 요 새끼덜을 내가 카만 안 둬뿔랑만."

이미 대세가 기울어버린 것을 깨달은 여왕이 하는 수 없다는 듯 끌려왔다. 여왕이 따라오는 것을 본 녀석들은 천하를 얻은 듯이 기쁨에 들떠, '꽃이 있는지 없는지는 아, 가 보면 알 일 아니겠서?' 어쩌고 외치며 기세 좋게 앞장을 섰다.

갓쟁이 영감네 모퉁이에서 다음 모퉁이까지는 길 양쪽에 인가가 없고 소나무가 빽빽하게 우거진 곳으로, 날이 어두워지면 어른들도 혼자서 지나기를 꺼리는 곳이었다. 그러나 다음 모퉁이 근처에 이르면 산등성이에 번번한 묘역이 있었고, 여러 기의 묘와 돌비석들이 서 있었다. 그래서 이 모퉁이를 비석 거리라고 부르는가 보았다.

묘역 안에는 과연 난초꽃과 모양이 비슷한 산나리꽃이 허벌지게는 아니고 드문드문 피어 있었다. 꽃 이름 같은 것에는 별로 상식이 없는 동명이가 산나리꽃을 난초꽃으로 알고 있었는지 어쨌는지는 알 수 없었다. 다행히도 여왕 일행은 난초꽃을 고집하지 않고 산나리꽃으로도 만족해하는 것 같았다. 녀석들은 다투어 여왕에게 꽃을 따다 바쳤다. 기판이도 꽃을 꺾어 왔으나, 꽃을 하나도 못 받은 시녀가 안 되었던지 시녀 옆으로 멈칫거리며 다가갔다. 기판이가 우물거리고 있을 때 질용이가 달려와서 꽃을 빼앗아 여왕에게 모두 바쳐버렸다. 이것을 본 시녀가 여왕에게 덤벼들어 꽃을 몽땅 낚아채 갔다. 그것은 잘된 일이었다. 여왕은 본래 물건을 드는 법이 아니니까.

"으히 으히 으히히히……."

어디선가 괴상한 소리가 들려왔다. 묘역에서 벗어난 수풀 속에 키가 큰 상수리나무가 서 있었는데 느림보인 봉완이 녀석이 어느 틈에 그 나무에 올라가서 소리치고 있었던 것이다.

"이 새끼덜아, 여그 잔 봐라. 나 잔 봐라."

"아니, 저 새끼가……."

여왕의 눈길이 그쪽으로 쏠리는 것을 본 녀석들이 우루루 달려가서 나무를 오르기 시작했다. 그것을 본 봉완이 녀석은 다른 녀석들이 따라올세라 더 높이 올라갔다. 여왕 일행이 나무 밑에 서서 부러운 눈길로 올려다보는 것을 본 두복이는 낮은 가지로 내려와서 주저해 마지않는 여왕의 손을 잡아 나무 위에 올려놓는 데 성공했다. 그것을 본 녀석들도 모두 따라 내려와서 여왕에게 더 올라오라고 권유해 마지않았다. 여왕은 더 이상 오르기를 거절하는 뜻의 웃음을 띄우고 낮은 가지에 우아한 모습으로 걸터앉았다. 나무 밑에서 시녀가 '나도, 나도' 하면서 손을 뻗어 흔들었지만, 거기에 관심 두는 녀석은 아무도 없었다. 기판이 혼자만 시녀를 위해 낮게 내려왔으나, 그녀에게 손을 내밀 만한 용기를 갖고 있지 못했다.

그때 녀석들 사이에서 낄낄거리는 소리가 터져 나왔다. 나무 밑에 가방과 꽃다발만 놓여 있을 뿐, 정자는 없었다. 정자는 용감하게 나무를 기어오르고 있었다. 그녀는 타고난 나무타기 선수였다. 어느 틈에 누구보다도 높이 올라간 정자는 제일 높이 올라간 봉완이를 따라잡으려고 치마가 나뭇가지에 걸려 속옷이 훤히 드러난 줄도 모르고 낑낑거리고 있었다.

"정자야."

여왕은 두 손으로 얼굴을 가리고 나무에서 뛰어내렸다.

"이 꽃 이름이 뭣인줄 아냐, 느그덜?"

정자가 흰 꽃으로 덮여 있는 사람 키만 한 나무를 가리키자, 질용이가 아무렇게나 둘러대었다.

"그것은 싸래기 꽃이다, 싸래기 꽃."

"그러냐? 꼭 싸래기 같이 생겼다. 그런디 향이 독허다야."

뜻밖에도 정자가 순순히 고개를 끄덕였다.

"이 꽃 잔 봐라."

여왕이 풀숲 속에서 작은 꽃 하나를 땄다.

"이렇고 작은 꽃을 봤냐? 오메, 이 꽃 속에 더 작은 꽃이 들어 있다."

정자가 소나무 밑에서 꽃을 한 개 따 들고 외쳤다.

"언니, 이것 잔 봐. 이것도 꽃이란가? 벨시럽게도 생겼제?"

여왕이 말했다.

"그 꽃은 흰 새가 날개를 피고 날아가는 것 같다야. 이 산은 큰 산이라 그런가, 묘헌 꽃들이 참 많다."

녀석들은 꽃을 따면서 자꾸만 숲으로 들어가는 여왕 일행을 보며 자기들의 성공이 도무지 믿어지지 않았다. 녀석들은 작은 꽃들을 따 오는가 하면 익지도 않은 풋 열매들을 여왕에게 따다 바쳤다. 키가 큰 풀들을 밟아 눕혀 길을 내고 덩굴들을 휘어 터널을 만들었다. 이렇게 길도 없는 길을 따라 얼마쯤 나아가던 녀석들은 한 곳에 이르자 놀라서 걸음을 멈췄다.

그곳은 그들이 얼마 전까지 어른들 눈을 피해 놀던 비밀 집, 기판이를 참나무 밑동에 묶어 놓은 소동 이후 한 번도 와 보지 않았던 흙굴 앞이었다. 그들은 이곳을 마을에서 올라오는 길만 알았지, 다른 쪽으로도 이렇게 쉽게 통하는 줄을 모르고 있었다. 하필이면 이런 때에 이 장소로 그들을 인도하다니, 이 무슨 심술궂은 산신의 장난이란 말인가. 흙굴은 무엇을 고발하고 싶은 듯이 검고 악한 입을 벌리고 있었으며, 그 주변은 어지럽고 스산스러웠다.

녀석들이 몹시 당황해하는 것을 보고 정자가 말했다.

"여그가 느덜 노는 디 였구나?"

"아녀야, 아녀. 우덜은 여그 와 본 적도 없단께로."

질용이가 질겁을 하며 강하게 부정했으나 그 말에 속아 넘어갈 정자가 아니었다.

"아니긴 뭣이 아녀야? 느덜 여그다가 움을 맹글어 놓고 뭔 나쁜 짓을 허고 논 것이 분명허구만. 한 번 들어가 봐야겠다."

허리를 굽히고 시녀를 따라 흙굴로 들어가려는 여왕을 보고 놀란 두복이가 팔을 벌려 앞을 막았다.

"잠깐!"

충성스런 일등 시종 두복이는 여왕을 차마 그런 장소에 모실 수 없었던 것이다. 일등 시종은 시종들의 책보를 풀어 풀밭에 깔고 여왕 일행이 쉴 곳을 마련한 다음 흙굴을 여왕을 모실 만한 장소로 만들기 위해 부하들에게 작업 지시를 했다. 봉완이와 기판이는 삽과 괭이를 가져오기 위해 집으로 뛰어가고, 질용이, 현수, 동명이는 납작한 돌들을 모아 오려고 여기저기 흩어졌다.

그날부터 학교가 끝나면 여왕과 시녀가 책보를 깔아 만든 자리에 앉아 지켜보는 가운데 시종들은 땀을 뻘뻘 흘리며 여왕을 모실 궁 만들기에 여념이 없었다. 나흘째 되는 날 궁은 완성되었다. 내부는 전보다 조금 넓어지고, 바닥은 습기가 올라오지 않도록 납작돌을 깔고, 그 위에 멍석과 돗자리를 깔았다. 문에는 두 개의 기둥이 세워지고 거기에 어울리지도 않는 쪽문이 달렸는데, 쪽문은 동명이가 자기네 헛간에서 가져온 것이었다.

문기둥과 흙벽 네 귀퉁이에 들꽃, 산꽃들을 모아 만든 훌륭한 꽃 장식이 걸림으로써 나흘간의 작업은 끝이 났다. 이 꽃 장식은 손재주가 있는 현수의 솜씨였다.

궁이 완성되자 일등 시종은 여왕을 궁 안으로 모셨다. 여왕은 시종들의 노고에 경의를 표하는 듯 문 밖에 신발을 얌전히 벗어 놓고 안으로 들어갔다. 그간의 공로를 인정받은 시종들도 여왕과 자리를 같이 할 수 있는 영광이 허락되었다. 두 켤레의 얌전한 운동화 옆에 찢어지고, 구멍 나고, 해진 신발들을 어지럽게 벗어 놓고 시종들은 황송해하며 궁 안으로 들어갔다. 내부는 비좁아서 서로 무릎이 맞닿고, 이마가 스칠 정도였지만, 그곳은 세상의 어느 즐거운 자리와도 바꾸지 못할 여왕을 모신 황홀한 궁궐이었다. 녀석들은 때 묻고, 냄새나는 발이 보이거나, 지저분한 옷섶이 여왕의 눈에 드러날까 두려워하며 발을 오므리고, 몸을 비틀었으나 그럴 필요는 없었다. 그곳은 그늘진 데다, 문을 열어 놓았지만 굴 속이라 어둑어둑해서 그런 것들을 감추기에 충분했던 것이다.

"우리가 이러고 있는게 꼭 흥부네 식구들 같다, 잉."

정자가 불쑥 입을 열었다.

"내가 엄니 같고, 니그덜은 모다 자식들 같다야. 헌디 아부지는 누가 되면 좋겄냐? 아부지 헐 사람 나와 봐라."

정자가 둘러보자 녀석들은 고개를 돌리거나 못 들은 듯 딴 청을 부렸다.

"아부지를 헐 사람 없으먼 기관이로 정헐란다. 반대허는 사람 있냐?"

녀석들은 찬성이라고 이구동성으로 외치며 안도하여 가슴을 쓸어내렸다. 정자는 신이 나서 떠벌려댔다.

"찬물도 우아래가 있는 법인디, 자식들도 순서가 있어야 허지 않겄냐? 큰놈은 두복이, 두째는 질용이, 싯째는 동명이, 닛째는 봉완이, 현수는 막둥이다. 잘 알었지야? 인자버터 느그덜은 부모님 말씀을 잘 들어야 헌다."

"그러먼 귀자는 우덜 누님이 되냐, 여동생이 되냐?"

질용이의 질문에 녀석들의 마음을 빤히 들여다보고 있는 정자가 심통 사납게 대답했다.

"아녀야. 귀자 언니는 우리 집 부엌데기여. 밥도 허고 빨래도 허고 집안일을 다 허는 부엌 담사리란 말이여."

그 말을 들은 귀자가 좋은 생각이라도 떠올랐다는 듯이 말했다.

"우리 콩쥐 퐃쥐 놀이를 허먼 참 좋겄다. 그지야, 잉?"

홍부 놀이도 모자라서 콩쥐 퐅쥐 놀이라고? 우리보고 소꿉을 놀잔 말인가, 시방? 녀석들은 기가 막혀 말도 안 나왔다. 그러나 일등 시종은 달랐다. 그는 충성스럽게도 재빨리 여왕의 편을 들고 나섰다.

"콩쥐 퐛쥐 놀이? 그것 참 재밌겠다. 우리 그 놀이 혀 보자."

일등 시종이 나서는 것을 본 시종들도 금방 마음이 바뀌어 우두머리를 따랐다. 그렇다. 여왕을 위해서라면 놋할 일이 무엇인가?

"콩쥔가 퐛쥔가, 좋다고 좋아. 뭣이라도 좋은께 혀 보드라고."

흥부 놀이만을 고집할 수 없게 된 정자도 수긋해지고 말았다. 흥부 마누라인 어머니로부터 콩쥐 퐡쥐 놀이 연출자로 역할이 바뀐 정자에 의해 배역이 지명되었다. 콩쥐 역 해 보기가 소원인 귀자에게 콩쥐 역이, 퐡쥐 어머니 역에는 정자 자신이, 퐡쥐 역은 기관이에게 돌아갔다. 다른 녀석들에게는 이야기 진행에 따라 그에 맞는 역이 주어지게 되었으며, 놀이 도구가 될 구멍 난 항아리, 깨진 동이, 찌그러진 바가지, 크고 작은 돌멩이들, 그리고 멍석과 벼 알을 대신할 껍질 있는 곡물이나 열매 등을 준비해야 하는 준비위원의 임무가 맡겨졌다. 콩쥐는 계모와 퐡쥐의 구박과 방해를 받으며 찌그러진 바가지와 깨진 동이로 물을 길어다 구멍 난 항아리에 가득 채워야 했으며, 돌투성이의 넓은 밭을 맨손으로 일궈 내야 했고, 멍석 가득 널린 벼 방아를 다 찧어 놓아야 했다. 녀석들은 구멍 난 항아리의 밑구멍을 막고 있는 두꺼비가 되어 바닥에 엎드려 콩쥐가 먼 밭도랑에서 길러온 물을 쏟아 부을 때 그 물을 차례로 뒤집어써야 했고, 돌자갈 밭을 일굴 때는 황소가 되었으며, 멍석에 널린 벼 껍질을 벗길 때는 참새들이 되어 쩍쩍거리며 날갯짓을 해야 했다. 콩쥐 역이 마음에 꼭 드는 귀자는 웃다 울고, 울다 웃으며 맡은 역에 열심이었다.

귀자에게는 어머니가 없었다. 귀자가 말도 배우기 전인 세 살 때 동생을 낳다 세상을 떠났다. 집안일을 돌봐 주던 할머니마저 일 년 전에 세상을 뜨자 토계리와 송월리에 떨어져 살던 정자네와 귀자네는 한집처럼 나란히 붙은 이웃으로 이사를 했다. 정자 어머니에게 귀자와 귀자네 집안 살림을 맡기기 위해서였다. 정자보다 두 달 먼저 태어나 언니가 되는 귀자에게는 언니도 동생도 없었으나, 정자는 아래로 남동생이 셋이나 되었다.

녀석들은 두꺼비가 되었다, 황소가 되었다, 참새가 되었다 하는 일이나, 날이 갈수록 충실해 가는 놀이 도구들을 갖추기 위해 죽을상이 되었지만, 모두 여왕을 위한 일이었기에 크게 불평하지 않았다. 기판이는 기판이 대로 맡은 역이 팥쥐인지라 사나운 팥쥐가 되어 계략을 짜내는 데 명수인 정자가 시키는 대로 불쌍해질수록 즐거워하는 콩쥐를 더욱 가련한 여왕으로, 녀석들을 더욱 충성된 종으로 만드는 데 공헌을 했다.

이런 나날이 닷새째 되는 날, 아무리 여왕을 기쁘게 하는 일이라고 하지만 자신들도 두꺼비가 되었다, 황소가 되었다, 참새가 되었다 하는 일이나, 놀이 도구를 준비하는 일이 싫지는 않았지만, 이것은 해도 너무한다 싶어진 녀석들이 팥쥐 어머니이며 이 놀이의 연출자이기도 한 정자에게 아우성을 쳤다.

"뚜꺼비도 좋고, 황소도 좋고, 참새도 좋다 이거여. 헌디 맨날 이 짓거리만 혀야 쓰겄냐 이거란게."

"그리어, 그리어. 내 말이 바로 그 말이다, 이런 말이여."

"두말허먼 입만 아프단게로."

"알았어, 알았다고. 알었은께 내일언……."

정자가 대답했다.

"내일언?"

녀석들이 정자의 입을 쳐다보았다.

"내일언 말이여, 콩쥐를 시집보낼란다."

"뭣이여? 콩쥐를 시집보낸다고? 우히야 우히히히……."

녀석들은 좋아 날뛰었다.

이튿날 홍분의 하굣길, 콩쥐 아니 여왕의 신랑감은 누가 될까? 일등 시종인 두복이가 유리하다 여겨지지만, 정자의 변덕을 누가 알 것인가. 꼽쥐인 기판이를 빼고 누구에게나 희망은 있었다. 소나무 언덕 모퉁이가 가까워질수록 녀석들의 흥분은 더해 갔고, 발걸음이 저절로 빨라졌다. 그동안 정자에게 좀 잘 보여 둘 걸 내심 후회막급이었다. 희망이 전혀 없는 기판이조차 왠지 싱글벙글하고 있었다. 기판이는 처음에 아버지였기에 끝까지 아버지였다. 그동안 보리떡이나 옥수수, 찐 고구마, 찰수수 등 간식거리가 생기면 먹지 않고 챙겼다가 놀이가 끝난 뒤 출출해하는 배우들에게 나눠 먹이곤 했었다. 그날도 그는 절대적인 후원자인 금순이 누나를 꾀어 밀개떡을 부쳐서 집 뒤의 솔폭 밑에 갖다 놓으라고 일러두었다. 혼인식에 잔치 음식이 없어서야 될 말인가.

그들이 소나무 언덕 가까이 왔을 때, 어김없는 휘파람 소리와 함께 여느 날과 달리 좀 들떠 보이는 정자와 귀자가 나타났다. 그들은 그날따라 유난스럽게 정자 옆으로만 다가들었다.

그들이 까불거리며 비석 거리 묘역 안으로 들어가고 있을 때 뒤에서 남자의 고함이 들려왔다.

"거그 섰그라, 이놈덜아."

그 사람은 정자 아버지였다. 그는 노안면 솟다리 방죽 옆의 가겟집에 양은 대야를 배달하러 가다가 자기 딸과 조카딸이 남자아이들과 함께 산으로 올라가는 것을 본 것이다. 그는 길에 짐 자전거를 세워 놓고 소리를 지르며 산으로 뛰어올라왔다.

"요놈덜아, 거그 안 설래?"

아버지를 보고 파랗게 질린 정자가 녀석들에게 소리쳤다.

"아부지다! 도망쳐라."

당황하여 어쩔 줄 모르던 녀석들은 정자의 말에 후다닥 사방으로 뛰었다. 정자 아버지는 토끼를 쫓는 사냥개처럼 날쌔게 쫓아가더니 한 놈을 잡아 멱살을 끌고 묘역으로 돌아왔다. 그놈은 봉완이였다. 그는 봉완이를 넘어뜨리고 근처에서 작대기 하나를 집어 휘두르며,

"요놈덜, 모다 끼대 나오니라. 한 놈이라도 도망치면 요새끼 다리 몽생이가 두 동강 나고 말 틴께로."

봉완이가 잡히는 것을 보고 숨어 엿보고 있던 녀석들이 하는 수 없이 한 놈 두 놈 기어나왔다.

"모다 여섯 놈이냐? 이 호래자식덜, 이 멧동 앞에 꿇어안거."

"죽어라고 도망쳐 불제 잽해 오냐, 이 병신 같은 놈덜아."

정자의 뇌까리는 소리를 들은 그가 호통을 쳤다.

"이 싸가지 없는 가시나, 입주댕이 다치지 못혀? 가시나덜도 멧동 뒤에 가서 꿇어안거."

사시나무처럼 떨고 있던 귀자는 정자 옆에 꿇어앉으려다 언덕 밑으로 데굴데굴 굴러 떨어졌다. 꽁꽁 뭉친 듯 빈틈이 없고 다부져 보이는 정자 아버지가 째진 눈을 부릅뜨고 외쳤다.

"이마빡에 피도 안 모른 쥐알 복통만 헌 새끼덜이 개살구 모로 터지디끼 터져 갖고 말이여, 이 쌍노무 새끼덜아. 느그덜 대체 어느 동네 놈덜이냐?"

대답이 없자 그는 작대기로 녀석들의 머리통을 후려갈기고 몸을 사정없이 쿡쿡 찔러대며 으르렁거렸다.

"아구탱이럴 찢어 놓기 전에 싸게 불지 못 허겠냐, 엉?"

"밤남정이라우."

기어들어가는 목소리의 주인은 봉완이었다.

"밤나무쟁이라고? 이 싹수없는 것덜이 밤나무쟁이 새끼덜이란 말이제, 잉. 그리어, 그리어, 공부허라고 핵교 보낸 자석덜이 공부는 안 허고 헛지랄덜만 허고 댕기는 중 부모덜도 알고 기신다냐?"

"이 느자구 없는 새끼덜아, 뭣얼 잘했다고 고개 빼 들고 뻔히 쳐다보는 거여? 작대기로 허리를 걸쳐부러야 정신 채리겄냐, 이새끼덜아?"

"잘못혔어라우."

겁먹은 녀석들이 목을 움츠리고 빌었다.

"뭣얼 잘못혔어?"

"……."

"새끼덜아, 뭣얼 잘못혔냐니께?"

"……."

"또 가시나덜허고 작당혀 갖고 산으로 싸질러 댕길티어?"

"아, 아니라우."

녀석들이 머리를 저었다.

"또 가시나덜헌테 말을 부치고 수작을 걸고 헐티여?"

"아, 아니라우, 아아니라우."

녀석들은 더욱 세게 머리를 저었다.

"이 보초땡이 없는 새끼덜, 이 꼬라지덜 잔 봐라. 야, 시금창에 빠진 썩은 수박댕이같이 시커먼 새끼야, 너는 책보도 없냐?"

막대기 끝에 옆구리를 찔려 뒤로 자빠졌던 질용이가 몸을 일으키며 호주머니에서 몽당연필 한 개와 걸레 같은 잡기장 하나를 끄집어냈다.

"이것이 니 책보냐?"

"방학 끝나고 책보를 못 찾었어라우."

"방학 끝난 지 열흘이 넘는디 아적도 책보를 못 찾었단 말이냐? 똥개가 웃게 생겼다. 이 넋 빠진 놈덜 눈알이 핑핑 돌두룩 기합이 잔 들어가야 되겠구나. 모다 일어섯. 일렬 횡대로 선다. 일렬 횡대도 몰르냐? 빨랑빨랑 섯. 열중 쉬엇, 차렷, 열중 쉬엇, 차렷."

"다시는 가시나덜얼 쳐다보도 않고 말도 걸덜 않겠습니다. 이 말을 복창 열 번 허고 엎드려뻗쳐 오십 번 간다. 복창 실시."

"다시는 가시나……."

"죽도 못 얻어 묵었냐? 더 크게."

"다시는 가시나덜얼 쳐다보도 않고 말도 걸덜 않겠습니다. 다시는……."

녀석들은 목청을 짜내 소리쳤다. 복창 열 번에 엎드려뻗쳐 쉬흔 번, 토끼뜀으로 묘역 주위 돌기 스무 번의 벌을 받고 녹초가 된 녀석들이 다시 일렬로 세워졌다. 그가 소리쳤다.

"새끼덜아, 인자 정신이 잔 드냐?"

"예, 정신이 듭니다."

녀석들은 숨을 헐떡이며 소리쳤다.

"다시 이런 일이 일어나면 그때는 느그덜 다 죽는 중 알어, 알었어?"

"예, 알었습니다."

"모다 두 손을 머리 위로 올리고 제자리에 안거 일어섯, 안거 일어섯, 이 동작에 하나 둘 구호 붙여 실시헌다. 구호럴 백

까장 신 뒤에는 가도 좋다. 알겠냐?"

"알겠습니다."

녀석들이 큰 소리로 외쳤다.

"구호 붙여 동작 실시."

"하낫, 둘, 싯, 닛……."

그는 녀석들을 벌썩워 둔 채 작대기를 버린 다음 딸들을 끌고 산을 내려갔다. 그들이 산을 내려가는 것을 보고 녀석들은 즉시 벌서기를 멈추고 바닥에 털썩 주저앉았다.

질용이가 침을 찍 뱉으며 씨부렁거렸다.

"칫, 잘 되았다. 지집애덜허고 노니께는 꼭 지집애덜 마냥 놀게 되등만, 차라리 씨언허게 되야 부렀다. 안 그렇냐, 자석덜아?"

"에잇, 썅."

갓쟁이집 모퉁이를 돌아 사라지는 귀자를 지켜보고 서 있던 두복이가 해진 신발로 모난 돌멩이 하나를 죽어라고 걷어찼다. 그러나 발만 아팠다. 두복이는 아픈 발을 두 손으로 붙들고 경중경중 뛰었다. 그렇지 않아도 기분이 상한 판에 돌멩이까지 그의 화를 돋운 것이다. 그런데 하필 돌이 날아간 방향에 기판이가 앉아 있었다. 오만상을 찌푸리고 발을 절뚝거리며 다가간 두복이는 아픈 발을 들어 기판이를 힘껏 걷어찼다. 앞가슴을 호되게 차인 기판이는 비명을 지르며 땅에 쓰러졌다.

"짜아석, 아부지? 뭇쥐? 좋아허네. 다 끝났어. 너는 판철이라고, 이 새끼야."

녀석들도 두복이를 따라 기판이를 발로 차며 분풀이를 했다.

"니 좋은 때는 다 끝나 부렀단 말이여. 너는 판철이란께, 판철이."

"알겄냐, 엉? 너는 판철이라고."

그렇다. 그동안 기판이는 이들에게 있으나 마나 기판이도, 애물단지 구박덩이도 아니었다. 그런데 무엇이 잘못이란 말인가. 그동안 누구 못지않게 맡은 일에 충실했던 것이 잘못인가. 정자 아버지에게 일러바쳐 일을 그르친 고자질쟁이라도 된단 말인가. 기판이는 영문을 알 수 없었다. 영문을 모르기는 이들도 마찬가지였다. 두복이라 해도 이유를 속 시원히 대답할 수 없었을 것이다. 분명한 것은 그동안 순한 양이었던 두복이가 사나운 이리로 되돌아왔다는 것이었다.

남자처럼 억세어 보이는 정자 어머니가 북문 거리가 바라다보이는 두루미 모퉁이까지 와서 눈을 뒤집으며 딸들을 기다리고 있다는 것을 녀석들은 알고 있었다. 소나무 언덕 모퉁이를 지나고 싶지 않은 녀석들이 대안 앞에 못 미쳐 용개울 골짜기로 들어가서 공동묘지를 지나 산 밑 마을에 이르는 산길을 알아내었고, 또 대안 앞 첫 들머리에서 먹굴을 지나 산 밑에 마을을 거쳐 집에 오는 길로 들어서기도 했다.

먹굴을 지나 산을 무지르던 첫날 무슨 생각이 났든지, 갑자기 두복이가 녀석들을 이끌고 골짜기를 따라 내려와 그들이 지어 놓은 요새 앞에 이르렀다. 꽃은 시들어 늘어져 있었으나 든든한 기둥과 쪽문은 건재했으며 돌무더기, 깨진 동이, 깨진 바가지 등 놀이의 흔적들이 여기저기 고스란히 남아 있었다. 새삼스럽게 분노가 치미는 듯 두복이가 달려들어 자신들이 애써 지어 놓은 집을 부수고 놀이 흔적들을 없애기 시작했다. 다른 녀석들도 두복이를 따랐다. 기관이는 차마 그들과 함께 할 수가 없었다. 아버지가 어딘가에 소중히 쓸 작정으로 구해다 놓았다가 놀이 집 기둥이 되어 버린 두 개의 굵은 통나무와 어머니가 자갈밭을 일궈 거두어 온 돔부콩, 깨, 메밀, 녹두 등을 널어 말리던 낡은 초석자루를 분지르고 발기발기 찢어 버릴 수 없었던 것이다. 모든 흔적들을 깨끗이 없애 버린 두복이가 멀뚱히 서 있는 기관이를 보고 그대로 넘어가지 않았다.

"니가 감독관이냐? 참, 아부지젱?"

다른 녀석들도 동을 달고 나섰다.

"아부지제, 잉? 풋쥐제, 잉? 참말로."

"이 새끼가 애가심이란께. 내력 없는 사람 오장을 빡빡 긁어 논단께."

녀석들은 다시 기판이에게 덤벼들어 분풀이를 실컷 해댔다.

그 뒤로 그들은 학교를 나오면 교문 앞에서부터 옛 북문터라 알려진 길모퉁이까지 거의 곧게 뻗은, 집으로 돌아오는 길에서 벗어나기 시작했다. 두복이가 매번 앞장선 것은 아니었다. 누가 먼저랄 것도 없이 시골 사람들이 성안이라 부르는 읍내 거리를 할 일 없이 배회했던 것이다. 기판이로 말하면 읍내 탐색보다도, 빠르면 빠르다고, 늦게 오면 늦게 온다고 트집을 잡고, 발길질을 해대는 녀석들에게 책잡히지 않으려고 가장 늑장 부리는 봉완이의 뒤를 바짝 쫓는 일에 더 정신을 쏟아야 했다.

촌놈들이라고 깔보고 거만을 떨 때 떼거리로 맞서야 하는 읍내 녀석들 중에서도 유난스러운 광기와 주오의 본거지를 알게 된 것은 큰 수확이었다. 한 녀석은 동학군의 입성을 철옹성으로 막아 내었다는 다섯 읍성 중의 하나인 남문 너머에서 살고 있었고, 또 한 녀석은 천변 일본 사람이 살던 집 뒤에 딸린 쓰러져 가는 오두막에 살고 있었다. 옛 관아 모습이 그대로 남아 있는 군청사 뒤뜰의 웅장한 은행 고목 위 늦매미의 울음소리에 귀를 기울이다 나와서는 고을 목사의 등하청을 북을 쳐서 알렸다는 정수루를 목을 빼어 쳐다보았다. 그리고 이제 문지기도 없고 들락거리는 사람도 없는 옛 세도가들의 퇴락해 가는 기와집 담장 밑을 터덜거리며 지나기도 했다. 읍사무소 앞에서부터 나주 치과병원과 천주교회당 앞을 지나 북문 거리의 큰길과 합쳐지는 사매기에 대장간, 떡방앗간, 참기름집, 엿집, 염색집, 지물포들이 들어서 있었고, 버스가 지나다니는 번화한 중앙통에 자리 잡은 포목상, 금은방, 잡화상, 그릇집, 신발집, 식육점, 약방, 과자 도매상에는 사람들이 늘 북적이고 있었다. 하지만 그들의 주머니를 먼지가 나도록 털어 겨우 맛본 담배사탕이나, 난초 꽃무늬 손수건을 사려던 것이었는지 이전에도 없었고 이후에도 결코 없을 일로 두복이의 주머니에서 돈이 나와 눈깔사탕을 사서 한 개씩 나눠 먹었던 곳은 큰길 구석에 있는 이름 없는 구멍가게였다.

군청 앞에서 오른쪽으로 굽어드는 골목에 사진관이 있었고, 그 옆에 화홍루라는 중국요리 집이 있었는데, 그들은 그 골목에 진을 치고 화홍루 여주인이 밖으로 나오기를 기다렸다. 화홍루 여주인은 옛 중국 풍습에 따라 어릴 적에 도망 못 가게 발을 묶어 놓아 발이 어린아이같이 조그맣고, 걸음걸이도 아이처럼 아장아장 걷는다는 소문이 돌았던 것이다. 화홍루 앞에서 곧바로 가면 큰길로 나왔지만, 그들은 거기에서 굽은 골목으로 들어서기를 좋아했다. 그 길은 두 사람이 비켜가기도 어려울 만큼 좁고 긴 골목이었는데, 읍의 중심부를 벗어난 도르레샘 옆까지 이어졌으며, 샘 옆에는 밤낮으로 쿵쾅거리며 돌아가는 도정공장이 있었다.

학교에서 가까운 남산 공원으로 올라가 해 질 무렵까지 시간을 보내다 오는 날도 있었다. 공원에서 중심가로 내려오려면 전에 일본인들이 신사 참배를 위해 만들어 놓은 돌계단 길이 있고, 이 길을 따라 내려오면 상급반인 백창금네 물방 옆을 지나게 된다. 명절이나 마을에 혼대사가 있을 때면 꽃자주색이라든가 연두색, 진분홍, 황금색, 수박색, 남색 등의 물감을 사다 달라는 심부름을 맡아, 그들은 하굣길에 물방으로 달려갔다. 돌아오다 궁금증이 난 녀석들은 맨땅에 주저앉아 창금이네 아버지가 차 수저보다 작은 지정 수저로 떠서 꼭 싸준 종이를 부시럭거리며 펴 보았다. 그리고 눈으로는 색깔을 구별할 수 없는 반짝이는 가루들을 손가락에 침을 묻혀 찍어 보곤 하다가 땅에 쏟거나 바람에 날려 버리기도 했다.

그들이 읍의 남쪽 끝에 위치한 기차역으로 몰려갔던 날이었다. 역 근처에는 전에 여러 개의 통조림 공장들이 들어서 있었고, 주위에 일본인의 집들이 마을을 이루고 있었으나 이제 집들도 거의 비어 있고, 공장도 한 곳만 남아 겨우 명맥을 유지하고 있었다. 역 구내에서는 읍의 동남쪽을 지나는 영산강 둑이 가까웠다. 그들은 철길을 건너 철조망을 뛰어넘고 논둑길을 지나고 여울을 돌아 어렵게 둑으로 올라섰다. 강둑은 위아래로 멀리 뻗어 있었고, 강물은 힘차게 흘렀으며, 구월의 높아진 하늘에는 흰 구름이 바람에 밀려 그림자를 물 위에 드리우고 있었다. 그들은 망에서 풀려나온 게 때같이 둑을 이리 뛰고 저리 달렸다. 그때 저만큼 떨어져 있는 다리 밑에서 두런거리며 둑을 올라오는 사람들이 있었다. 물에서 멱을 감고 나오는 고등학생 서너 명이었다. 학생들이 큰길로 사라지는 것을 보고 그들은 다리 밑으로 내려가 보았다. 둑에서 다리 아래까지는 사람들이 많이 오르내려서 반들반들 길이 나 있었고, 다리 밑에는 물이 한 바퀴 돌다 흘러가는 못과 같은 푸르스름하고 잔잔한 물웅덩이가 있었다.

"알겄다. 읍내 새깽이덜이 늘 여그 와서 물멱을 허는 개비제, 잉?"

그들이 이런 사실을 깨달은 순간 갑자기 몸이 후덥지근해지고 읍내를 돌아다니는 동안 달라붙은 땀과 먼지로 몸뚱이가 끈적거리기 시작했다. 그리고 물에 들어가는 순간 자신들도 텃세를 부리는 읍내 녀석들 축에 들게 될 것 같은 놀라운 생각까지

드는 것이었다. 그러나 때는 구월 중순, 물속에 들어갈 시기는 지나 있었고, 조금 전에 물에서 올라온 고등학생들을 보았다 하더라도 그런 경고문만 아니었으면 그냥 넘어갈 수도 있었을 것이었다. 둑 위에 꽂힌 나주 읍장과 경찰서장 공동 명의로 된 경고판에는 이렇게 씌어 있었다.

경고 : 이곳은 수심이 깊은 위험 지역이오니
물놀이나 수영을 엄금함

그리고 물가에 쳐 있는 새끼줄에 수영금지라고 쓴 붉은 천이 서너 걸음마다에 주욱 매달려 있었다. 수영철도 지난 데다 강둑에는 보는 사람도 지키는 사람도 없었고, 조금 전에 고등학생들이 태연스럽게 놀다간 것을 보더라도 경고판은 이미 그 효력을 잃은 것 같았다. 배짱이 생긴 그들은 옷을 자갈밭에 홀홀 벗어 놓고 물속으로 텀벙텀벙 뛰어들었다. 밤나무정 저수지와 진구렁 방죽에서 닦은 수영 실력은 강이라고 하지만 물이 세차지 않은 웅덩이 같은 곳에서 결코 부족할 것이 없었다. 그러나 그들은 마냥 수영 실력을 뽐낼 수만은 없었다. 해가 기운 데다, 더위도 금세 가셨으며, 입술들이 푸르딩딩하도록 한기가 들었기 때문이다.

그때 둑 쪽에서 들려온 고함 소리는 물 밖으로 막 나오려던 녀석들의 오금을 얼어붙게 했다.

　"이 새끼덜, 핏떡 안 나올 티냐?"

　두 명의 순경이 자전거를 세워 놓고 둑길을 달려 내려오고 있었다.

　"어쩌면 쓰끄나, 잉? 나가서 빌자."

　얼굴이 새파래진 봉완이가 덜덜 떨며 말했다.

　"우덜이 나가머는 걍 학교로 연락을 해불 턴디?"

　겁에 질린 동명이의 말에 현수가 동조했다.

　"맞어. 우리가 나가면 당장 퇴학이다, 퇴학. 절대로 나가지 말자."

　"칫, 오늘 재수 옴 붙어 뿌졌구만. 저 싸가지 없는 순사 새끼덜이 왜 이리 쫌맞게 끼대 와서 지랄이라냐."

　질용이가 성질을 터뜨렸다.

　자기들이 나타난 것을 보고서도 물에서 나올 기미가 없는 한심한 녀석들을 보고 순경들이 부드럽게 어르고 달랬다.

　"이 새끼덜 언능 안 나올래?"

　"좋은 말로 할 띠께 언능 나오는 것이 좋을 것이다, 잉."

　"저것덜이 물에 들와서 우덜을 잡어가든 못헐 것인께 여그서 뻗대 보자."

두복이의 말에 질용이가 한술 더 뜨고 나섰다.

"우덜 저 짚은 디로 들어가서 저 새끼덜을 골탕믹애 놓자."

질용이는 녀석들을 이끌고 깊은 물로 점점 더 들어가며 외쳤다.

"여보쑈, 순사 양반덜, 이리 들와서 우덜을 잡어가 보시란께라우."

"너 순경덜 성질 건들지 말어야."

"지발 그러덜 말란께."

깜짝 놀란 봉완이와 동명이가 말을 막으려 했으나, 질용이는 더 크게 소리쳤다.

"순사 양반들, 꼴 좋소, 잉. 우덜이 나갈 때까장 지달라 보시씨요."

녀석들이 물에서 나오기는커녕 더욱더 깊은 데로 들어가는 것을 본 순경들은 화가 나서 어쩔 줄을 몰랐다. 그때 한 순경이 자갈밭 이곳저곳에 벗어던진 녀석들의 옷을 발견했다. 순경들이 옷을 거두는 것을 보고 질겁을 한 녀석들이 모두 물에서 뛰어나왔다. 한 순경이 자전거에 옷과 모자와 신발들을 싣고 먼저 가 버리자, 녀석들은 발가벗은 몸을 움츠리고 다른 자전거 꽁무니에 달라붙어 강변 파출소로 끌려갔다. 때마침 차를 기다리느니 걷는 편이 빠르다는 여객버스가 두 대나 사람을 가득 신고 올라갔는데, 창문이 열리고 웃는 얼굴들이 나와 손가락질을 하며 그들을 놀려 댔다.

파출소에는 우두머리 순경이 한 사람 더 있었다. 그들은 순경의 말을 거역하고 놀린 죄로 발로 채이고 얻어맞고 실컷 욕설을 먹은 뒤, 벌거벗은 채 두 손을 들고 삼십 분 동안 꿇어앉는 벌을 받은 다음 우두머리 순경 앞에 끌려 나갔다. 그리고 나라 법을 어긴 죄와 공무방해죄를 인정하고 다시는 죄를 짓지 않는 선량한 백성으로 살 것을 서약하는 각서를 쓴 다음 학년, 반, 이름 옆에 지장을 찍은 후에야 옷을 받고 풀려날 수 있었다.

그런데 문제가 생겼다. 기판이의 옷이 거기에 없었던 것이다. 책상에 앉아 담배를 피워 물던 순경이 건너다보며 심드렁하게 말했다.

"짜아식, 딴 디다 벗어 놨능갑구만. 가서 찾어 봐라."

파출소를 나온 녀석들은 기판이를 둘러싸고 주먹을 을러메었다.

"아이고, 이 작것! 오나가나 앰뱅이구만, 잉. 한 번이나 빠져 보먼 안 되겄냐? 이 화상아."

"그런께 판철이제. 워디서나 판을 치니께 판철이란 말이여."

"지 혼자 가서 찾어 입든지 말든지 냅 두고 우덜은 게양 가 드라고."

"이 짜아식덜, 의리가 있어야제. 갈찌게 가드라도 아부지 옷 을 찾어디리고 가야 될 것 아니겄서, 이놈덜아."

두복이가 호통을 치고 앞장을 서는 바람에 다른 녀석들도 하는 수 없이 따라 나섰다. 옷은 자갈밭 위에 없었다. 기판이가 짐작했던 풀밭 근처에도 없었다. 여기저기 흩어져서 찾던 차에 다리 밑 깊숙이 풀이 짙고 길게 자란 데까지 볼일을 보러 간 봉 완이가 '찾았다' 하고 소리쳤다. 그곳에 교복, 모자, 신발, 책 보가 한데 모아져 있었다.

봉완이는 먼저 달려온 기판이의 머리 위로 '이리 떵개라 이 리' 하고 외치는 두복이에게 옷을 던져 주었고, 두복이는 질용 이와 현수에게, 질용이는 기판이를 따돌리고 다시 두복이에게, 현수는 질용이에게 옷을 건네주었다. 두복이와 질용이는 옷을 돌려주지 않고 둑을 넘어 큰길로 달려갔다. 모자 하나를 차지 한 현수와 신발 두 짝을 주워든 봉완이와, 빈손의 동명이도 발 가벗은 몸으로 두 손으로 앞을 가리고 쫓아오는 기판이를 놀리 며 앞서 달렸다. 두복이는 속셈이 있어선지 읍내로 들어가지 않고, 인적이 드문 석현 청동길로 꺾어들었다. 이 길은 석현 마 을에 닿기 전에 함박산 등성이를 넘는, 읍을 거치지 않고도 대안 앞이나 진구렁 턱굴로 통하는 산길과 연결되어 있었다. 다행인지 아닌지 길에서는 아무도 만나지 않고 산길로 접어들었다. 두복이와 질용이는 옷을 나뭇가지에 걸어 놓거나 길섶에 놔두기를 반복하며,

"아부지 깨당 벗고 기서서 쓰겄소? 펏뜩 와서 옷 입으시쑈."

하고 꾀는가 하면,

"쩌그저 솔나무에 올라가서 솔방울 열 개만 따 갖고 오니라."

"너는 깨 벗은 깐난 애기닌께 애기덜같이 기어 봐라. 오짐도 누고 울어도 보고 궁글어 보고 애기 짖거리럴 혀봐. 잘허면 옷얼 걍 줄 틴께로."

녀석들이 시킨 대로 시늉을 하고 얻은 것이라곤 봉완이가 가시나무 속으로 던져 넣은 신발 두 짝 뿐이었다. 가시나무 속으로 기어들어가서 신발 두 짝을 찾아온 기판이는 그것으로 얼른 앞을 가렸는데, 녀석들은 '또가리로 뭣을 개린 꼴이구나' 하며 재미있어 죽겠다고 야단들이었다.

등성이를 넘어서자 들 건너에 갓쟁이 영감네 모퉁이가 나타났다. 갓쟁이 영감네 집이 보이자 기판이는 지금껏 지탱해 오던 힘이 빠지고 몸이 부들부들 떨리기 시작했다. 오한이 나고 머리가 빙빙 돌았다. 그는 밭두렁에 쓰러져 신음 소리를 냈다.

겨우 눈을 떠서 바라보니 모든 것이 흐릿한 가운데 녀석들은 큰길 근처에 서 있었고, 정자 비슷한 사람이 녀석들에게 뛰어가는 것이 보였다.

'정자가?'

기판이는 깜짝 놀라 밭둑에 납작 엎드렸다.

'정자가 나를 보았을까?'

그의 가슴은 쿵쿵 뛰었고, 부끄러워 심장이 죄어드는 것 같았다.

'아닐 것이다. 내가 잘못 봤을 것이다.'

그는 세차게 머리를 저었다. 마음이 조금 가라앉자 그는 고개를 들어 길목을 다시 확인해 보고 싶었다. 그 사람이 정자라면, 만일 정자라면, 멀리서나마 그 모습을 한 번 엿보고 싶었다. 그러나 아무것도 걸치지 못한 그의 몸은 상처투성이였고, 사지가 오그라들며 몸이 땅속으로 무너져 내리는 것 같았다. 그의 입에서는 억눌린 울음이 터져 나왔다. 그러나 그는 울음소리가 새어나가지 못하게 이를 악물었다.

정자 비슷한 사람은 정자였다. 정자는 학교에서 돌아온 뒤 갓쟁이 영감네에 놀러가서 갓과 채와 참빗 같은 것을 만드는 것을 구경하다 집으로 돌아가는 길에 모든 일을 보았던 것이다. 정자는 녀석들에게서 옷을 빼앗아 샛길 가운데 놔두고 집으로 돌아갔다.

　얼마 후 기판이가 정신을 차리고 고개를 들어 보니 길에는 아무도 없었고 샛길에 옷 무더기만 놓여 있었다.

12. 부서진 자전거

세월이 흘러 기판이는 읍내 고등학교에 입학을 했다. 그동안 마을에는 몇 가지 변화가 있었다. 그 중 한 가지는 질용이가 학교를 그만두고 서울로 올라가 버린 일이었다. 서울에 먼저 올라가 있는 형 질선이가 중학교 과정을 마치고 오라는 부탁과 함께 학비를 꼬박꼬박 보내 주었음에도 질용이는 중학교 이 학년도 끝마치지 못한 채 싫은 공부를 놔 버린 것이다. 그리고 그들 중에 공부를 제일 잘했던 현수가 광주 사범학교로 진학을 하고 읍내 고등학교에 들어간 사람은 두복이, 동명이, 봉완이, 기판이 네 명이었다. 이렇게 네 명이나 한 해에 고등학교에 진학한 일은 이 작은 마을에서 한 번도 없었고 이후에도 수년간 없었던 일이었다.

또, 그해 늦봄에 기판이의 누나 금순이가 노안면 죽림이란 동네로 시집을 갔다. 금순이는 나이 스물한 살로 혼기가 차긴 했으나 그토록 갑작스럽게 혼인이 이뤄진 것은 사람이 바보스러울 정도로 좋다는 소문이 널리 퍼졌는지 신랑 측 사람들이 두 달 동안을 매일 와서 졸라 대는 바람에 이쪽에서 더 이상 견뎌 낼 수 없게 되었던 것이다.

신랑은 천구백오십일 년 혹한의 겨울, 강원도 철의능선싸움에서 적에게 붙잡혀 사살당해 구덩이 속에 매장되었던 천삼 백명의 포로 가운데 미군 두 명과 함께 유일하게 살아 나온 국군용사였다. 그가 몸속에 총알 두 개를 박은 채 얼굴을 온통 붕대로 감고 목발에 의지하여 돌아오자, 그의 아내는 세 살 난 아들을 놔두고 도망가 버렸다. 금순이는 물 한 그릇을 떠 놓는 간단한 예를 갖춘 후 죽림으로 시집을 갔다. 이런 사정으로 기판이는 이 험난한 세상에 오직 하나뿐인 피난처요 의지할 기둥을 잃고 만 것이다.

어느 날 별생원네 집에 갔던 안골댁은 그곳에서 육촌 시아제인 우섭 씨를 만났다. 우섭 씨는 선밭골 시제에 참례하기 위해 모인 친척들과 사랑에 있다가 안골댁을 발견하고 반가운 얼굴로 뛰어나왔다.

"아이고, 안골 아짐, 오랜만이구만요. 근디 금순이를 시집

보냈다먼서요? 왜 그리 소문도 없이 시집을 보내 부렀다요?"

"행팬이 그러크름 되아 부렀구만이라우."

안골댁이 시름없이 대답했다.

"모다 지 인연이겄지라우."

"참, 글고, 기판이가 지끔 중학교 이 학년인가요, 삼 학년인 가요?"

우섭 씨가 말을 돌렸다.

"우리 판철이가 올해 고등핵교에 들어갔구만이라우."

안골댁이 고개를 들고 대답했다.

"벌써 그렇고 되았단 말인가요? 우리 공고로 들오라고 헐까 혔는디, 지가 한발 늦어 부렀구만이라우."

"공고라먼 아자씨네 핵교 말씀인가요?"

우섭 씨는 광주 공업고등학교에 교감으로 있는 사람이 었다.

"그렇지라우. 우리 핵교로 말씀드리먼 인자버틈 젊은이덜 이 일반 고등이나 농업핵교보다 공고로 많이 와야 헙니다. 앞 으로 세상은 기술 가진 사람덜을 알아주는 시대가 되아가니께 요. 공고를 나오먼 공과대학으로 진학하는디도 유리하고라 우."

우섭 씨의 연설이 아니더라도 안골댁은 자식들을 큰 도시로 보내는 사람들을 부러워하고 있었다. 별생원네 손자들도 밤나 무정 삼거리 안마을 원식 씨네 자녀들도 광주 학교에 다니고 있었고, 공부 잘하는 현수도 광주로 가고, 읍내에서도 광주 통학생들이 수십 명이나 된다는 것을 안골댁도 알고 있었다. 가까이 온 기회를 결코 놓치는 법이 없는 안골댁이 우섭 씨를 그냥 보낼 리 없었다.

"아자씨, 우리 판철이를 일 년 꿇쳐서 내년에 아자씨네 핵교에 보내먼 안 될께라우?"

"아짐 생각이 정 그러시다먼, 그러고 기판이도 좋다고 헌다먼 일 년을 꿇칠 것도 없이 이 학기 초에 편입 시험을 보고 들오는 질이 있지라우. 전학 가는 학생도 있고 그만두는 학생도 있기 마련이니께요."

"그래라우? 그러코롬만 혀 주신다먼 은혜는 잊지 않겠구만이라우. 꼭 잠 부탁 드리겠서라우."

"예, 알겠습니다. 지가 그 안에 연락 드리께라우."

이렇게 되어 기판이는 이 학기부터 광주 공업고등학교의 편입생이 되었다. 어머니가 지어 주는 새벽밥을 먹고 기차역까지 자전거를 타고 가서 역 구내에 자전거를 맡기고 통학차를 탔다. 나는 것 같은 새 자전거는 기차역까지 십 분도 채 안 걸렸으므로 오전 여섯 시 오십오 분 통학차를 한 번도 놓친 적이 없었다. 기판이가 광주에 있는 학교를 다니게 되자 그날 석양이 질 무렵 안골댁은 사다리를 놓고 헛간 지붕 위로 올라가서 길 갓동네, 턱굴, 진구렁 세 동네를 향해 큰 소리로 외쳤다.

"동네 사람덜, 내 말 잔 들어 보소. 우리 판철이가 내일버텀 광주 공업고등핵교럴 댕기게 되았습네."

기판이가 광주 통학생이 된 지 몇 개월이 후딱 지나 겨울 방학이 되었다. 그날은 며칠째 눈이 계속 내려 쌓인 아침나절이었다. 기판이가 책상 앞에 앉아 공부를 하고 있을 때 봉완이가 찾아와서 읍내로 꿩 잡는 약을 사러 가자고 꾀었다.

그 무렵 농가에서는 농작물을 해치는 동물들의 퇴치를 위해 싸이나라고 불리는 청산가리의 일종인 하얀 가루약을 흔히 쓰고 있었다. 겨울철이 되어 한가할 때면 젊은 층에서 콩에다 바늘구멍을 내고 싸이나 가루를 흘려 넣어 촛농으로 메운 다음 눈을 치운 언덕배기에 놓아 먹이를 찾는 꿩들을 유인하여 잡는 일이 심심찮게 행해지고 있었다.

봉완이도 이런 방법으로 꿩을 잡자는 것이었다. 책상에 앉아 있기가 지루해지던 기판이는 잘되었다 싶어 얼른 겉옷을 걸치고 밖으로 나왔다. 헛간에서 자전거를 끌어내어 봉완이를 뒤에 태우고 읍내로 출발했다.

눈길이라 자전거를 타고 가기보다 끌고 가다시피 하며 읍내에서 싸이나를 구해 가지고 돌아오는 길이었다. 진구렁 방죽을 지나 마을로 접어들 때에 그들 앞에 두복이가 나타났다. 두복이는 고등학교에 들어가서부터 도장에 드나들며 권투를 배워 읍내 주오패들과 자주 싸움이 붙는 바람에 두 번째 정학을 받고 학교를 쉬고 있는 참이었다.

두복이는 팔을 벌려 이들의 앞을 막으며 말했다.

"햐, 자정게가 뻔쩍뻔쩍허구마, 잉. 내가 한 번 타 봐도 되겠냐?"

기판이와 봉완이가 자전거에서 내리자 두복이가 핸들을 잡고 올라타며 소리쳤다.

"느그덜 내 뒤럴 뽀짝 따라붙그라, 잉."

양쪽에서 자전거 꽁무니를 밀며 따라가던 녀석들은 진구렁 모퉁이를 돌아 내리막길을 쏜살같이 달리는 자전거를 더는 쫓지 못하고 말았다. 두 녀석이 시린 발을 동동 구르며 마을 앞을 한 시간쯤 서성이고 있을 때 두복이의 모습이 모퉁이 길 위에 나타났다. 두복이는 다리를 절뚝거리며 자전거를 짐짝처럼 뒤에 끌고 와서 기판이 앞에 팽개치고 으르렁거렸다.

"따라 오란께는 여그서 뭣덜 허고 있냐, 엉? 재수 없게 내 다리만 다쳐 뿌렸단 말여, 이 새끼덜아."

기판이는 발밑에 팽개쳐진 자전거를 내려다보았다. 자전거는 가로대가 부러져 두 동강이 나고 바퀴가 따로따로 돌아가며 보기에 처참할 정도로 망가져 있었다. 기판이의 얼굴에서 핏기가 싹 가셨다. 그는 조금도 미안해하는 기색이 없이 다리를 끌며 집으로 들어가는 두복이의 뒷덜미를 잡아챘다. 두 녀석은 한 덩이가 되어 눈 속을 뒹굴었다.

봉완이가 누구의 편도 들지 못하고 안절부절하고 있을 때, 마침 지나가던 석환 씨가 달려들어 싸움을 뜯어말렸다. 턱굴에 사는 석환 씨는 진구렁으로 넘어가는 샛길이 눈으로 막히는 바람에 등성이를 넘어 큰길로 가던 길이었다. 석환 씨는 마을에서 어른이나 아이들이나 함부로 대하지 못하는 몇몇 대접받는 점잖은 축에 드는 사람이었다.

석환 씨는 두 녀석을 어렵게 떼어 놓고 엄히 나무랐다.

"욘 녀석덜 봐라. 어린아그덜도 아니고, 다 큰 녀석덜이 눈 속에서 궁금시로 이 뭔 짓거리덜이냐, 엉?"

길가에 버려진 박살난 자전거며, 두 녀석의 거친 싸움으로 미루어 보통 일이 아니라고 생각한 석환 씨는 녀석들에게 다그쳐 물었다.

"말 잔 혀 봐라. 대체 뭔 일덜로 이러느냐?"

그러나 두복이는 아무 일도 아니라고 버티고 기판이 역시 입을 굳게 다물고 있었다. 젊은 층의 높은 방어벽을 허물고 들어가 그들의 진정한 환대를 받을 수 있는 어른이 몇이나 될까? 석환 씨는 하는 수 없다는 듯 한마디 주의를 주고는 돌아섰다.

"불평이 있으먼 말로덜 혀라. 한 동네 삼시로 좋게덜 지내야제."

석환 씨가 마을 모퉁이로 사라지자 두복이가 기판이의 멱살을 잡고 눈이 무릎까지 푹푹 빠지는 샛길로 올라갔다.

"구만덜 혀. 구만덜 혀 두라고."

봉완이가 말리며 그들 뒤를 쫓아갔다. 길이 뚫린 큰길에는 드문드문 사람들이 지나다니고 있었지만 턱굴로 넘어가는 산길인 샛길은 며칠째 인적이 끊겨 있었다.

두복이는 샛길 중턱쯤 올라가서 기판이의 멱살을 놓았다. 자전거가 부서졌기로 기판이 녀석이 감히 자기에게 표범처럼 덤벼들 줄은 생각지도 못한 일이었다. 녀석이 광주로 학교를 다닌 뒤로 눈꼴사납게 구는 꼴을 그동안 잘 참아온 보람이 이제 나타나기에 이른 것이다. 자전거를 망가뜨린 것도 고의성이 전혀 없는 일만은 아니었다. 그는 정식으로 배운 권투 실력을 보일 기회가 온 것을 속으로 기뻐하며 주먹을 을러메었다.

"동네 사람덜 들어 보라고? 그리어, 그리어. 광주로 학교를 댕긴께 눈에 뵈는 것이 없다 이거제, 잉? 좋아. 인자 눈에 뭣이 뵈는가 알게 혀 주마."

참나무 몽둥이처럼 단단한 두복이에게 대나무처럼 껑충하고 흐느적이는 기판이는 누가 봐도 상대가 되지 못했다.

　"구만덜 혀 두란께, 지발로."

　말리는 봉완이의 말이 떨어지자마자 두복이가 기세 좋게 주먹을 휘둘렀다. 단방에 넘어져 버린 기판이의 입과 코에서 피가 터져 흘러내렸다. 코피 묻은 손을 내려다보고 있던 기판이가 벌떡 일어나더니 벼락같이 덤벼들어 두 팔로 두복이의 허리를 휘감았다. 두복이가 손으로 두들기고 밀쳐 내고 떼어 내려 해도 등 뒤에서 거머리처럼 죽자 사자 달라붙어 허리를 죄고 있는 기판이를 떨쳐 낼 수가 없었다.

　"이 새끼야, 손 놔. 손 안 놀래, 이 개새끼."

　두복이는 비명을 질렀다. 예상치 못한 상황에 봉완이가 어리벙벙해 있는데 두구가 그 자리에 나타났다. 두복이의 동생 두구는 초등학교를 마치고 부산 수산시장에서 장사를 하는 외삼촌에게 가 있다가 얼마 전에 집으로 돌아와 있었던 것이다. 두구는 형이 수세에 몰려 있는 것을 보고 집으로 가서 빈 소주병 한 개를 갖고 왔다. 그리고 소주병으로 기판이의 머리를 힘껏 내리쳤다. 소주병 깨지는 소리와 함께 뒤로 뚝 나가떨어진 기판이는 두 손으로 머리를 움켜쥐고 새우처럼 몸을 꼬부린 채 바닥에 버르적거렸다. 한참 동안 몸부림을 치던 기판이가 비틀거리며 일어나더니 짐승처럼 울부짖으며 두복이에게 덤벼들었다. 얼굴은 머리에서 흘러내린 피로 얼룩져 있었고 눈빛이 변하여 딴사람 같았다. 두복이와 기판이는 붙잡고 뒹굴었다. 이들은 근방의 눈밭을 온통 뭉개며 이 끝에서 저 끝까지, 저 끝에서 이 끝까지 뒹굴고 또 뒹굴었다. 기판이의 눈에서는 빛이 번뜩였으며 알아들을 수 없는 말로 계속 울부짖고 있었다. 시간이 지날수록 두복이의 기운이 떨어져 가는 대신 기판이는 힘이 펄펄 솟는 것 같았다. 싸움을 지켜보던 두구는 어느 틈에 도망치고 없었다. 두복이가 숨을 헐떡이며 기판이에게 사정했다.

"기판아, 이것이 뭔 짓거리냐? 우리 이러덜 말고, 말로 혀자. 말로."

기판이는 두복이의 등을 깔고 앉아 그의 머리통을 잡고 몇 번이고 눈 속에 처박으며 소리쳤다.

"으흐흐, 오늘이 니 지삿날이다. 알겄냐, 이 새끼야? 오늘이 니 지삿날이란 말이여."

기판이의 목소리는 전혀 그의 소리 같지 않았고 음산하고 섬뜩하기까지 했다. 옆에서 지키고 있던 봉완이가 두복이의 귀에 입을 대고 말했다.

"저놈이 완전히 미쳐 부렀다야. 저놈 발광기를 달랠라먼 암만혀도 니가 잘못했다고 빌어야 쓰겄다. 잘못혔다고 한마디만 혀 부러라."

두복이가 마지못해 중얼거렸다.

"내가 잘못혔다. 용서혀라."

그 말을 들은 기판이가 격분하여 부르짖었다.

"네 이놈, 빌라먼 물팍 꿇고 빌어."

봉완이가 다시 두복이를 얼렀다.

"두복아, 어쩌겄냐. 눈 질끈 감고 저 자식 허라는 대로 시늉만 잔 혀 부러라."

뭉기적거리고 있는 두복이를 향해 기판이가 무시무시한 소리로 고함을 쳤다.

"이 새끼야, 안 죽을라먼 당장 물팍 꿇어, 엉?"

두복이가 무릎을 꿇고 두 손을 빌며 말했다.

"내가 쥑일 놈이다. 내가 쥑일 놈인께 용서혀라."

말이 떨어지자 기판이가 갑자기 펄펄 뛰어올랐다.

"으아아, 으아, 내가 이겼다. 내가 두복이를 이개 부렀다."

그는 미친 듯이 날뛰며 목이 터지도록 부르짖었다.

"이 자석덜아, 내가 이겼다. 인자 내가 대장이다. 나헌티 덤불 놈 있으먼 나와 봐라. 이 자석덜아."

두복이는 그 틈을 타서 달아나 버리고 봉완이만 남아 기판이를 달랬다.

"기판아, 오늘 니가 두복이를 이기고 승리헌 날이다. 참 잘혔다. 장허다. 인자 마음을 차분히 가라앉히고 정신을 차리그라."

봉완이는 정신이 들도록 기판이의 입에 눈을 먹여 주고, 눈을 뭉쳐 피 묻은 얼굴과 손을 닦아 준 뒤에 그를 집으로 데려갔다. 기판이의 집을 나온 봉완이는 호주머니에서 꿩 잡는 약을 꺼내 힘껏 멀리 던져 버렸다. 눈발이 날리기 시작하는 하늘에 장끼 한 마리가 울며 산으로 날아가고 있었다.

기판이는 두복이와 눈밭에서 싸운 뒤로 전혀 딴사람처럼 변해 버렸다. 부드럽던 눈에 날이 서고 말이 많아지고 한곳에 가만히 있질 못하고 하루에도 몇 차례씩 눈에 묻힌 동네를 돌곤 했다.

어느 날 아침 그가 봉완이네 집에 들러 보니 거기에 동명이가 와 있었다. 기판이는 방 안으로 호기 있게 들어서며 큰 소리로 떠들었다.

"여어, 동명이 너도 와 있었구나. 그러잖어도 내가 느그 집얼 한번 가 볼라고 허던 참인디 마침 잘되았다."

동명이는 몰라보게 변한 기판이의 모습에 놀라서 멍하니 쳐다보고만 있었다. 기판이는 방바닥에 주저앉으며 계속 떠벌려 댔다.

"두복이 그 새끼, 대단헌 줄 알었드니 암껏도 아니드란 말이다. 마치 헛깨비드랑께. 그런 새끼를 대장으로 떠받들던 우덜도 참 한심헌 놈들이제. 그 새끼럴 내가 눈구덩에 꼰아 박어 뿐야그 들었냐? 그 새끼가 내 앞에 물팍을 꿇고 지발 살려만 도라고 싹싹 안 빌었냐? 니가 그 꼴얼 봤어야 허는디. 야야, 봉완아, 동명이헌티 그 야그 안 해 줬냐?"

"다 해 줬제. 첨버터 끝까장 다 해 줬단 말이여."

봉완이가 기판이의 기색을 살피며 말했다.

"첨버터 끝까장 다 해 줬다고? 그려, 잘혔다."

기분이 좋아진 기판이가 계속 떠들어댔다.

"세상 사람덜은 약허고 바보같이 굽실굽실허먼 깔보고, 볿아 불락 헌단 말이다. 힘 있고 강해 뵈고 씨게 나가는 사람 앞에서는 설설 기고 함불로 허덜 못허는 법이여야. 동명이 너도 그것을 알아 둬야 될 것이다."

기판이가 제 말만 하고 나가 버리자, 봉완이가 동명이를 보며 말했다.

"저 자식, 엄청 똑똑해져 부렀지야, 잉?"

동명이가 고개를 가로저었다.

"똑똑해졌다고? 아니여, 엄청 바보가 되아 부렀다야."

기판이는 한길가의 질용이네 집으로 들어갔다. 사립문 밖과 마당의 눈이 항상 깨끗이 치워져 있는 질용이네 집은 질용이가 집에 없어도 아무 때나 허물없이 드나들 수 있는 가까운 이웃 이었다. 기판이가 제 집처럼 방 안으로 들어서자 구들목에 웅크리고 누워 있던 질용이의 누나 질순이가 부시럭부시럭 일어나며 '기판이 오냐?' 하고 말했다. 질순이의 인사는 자신이 듣기에도 예전의 '기판이 오냐?'는 인사말과 너무 달랐다.

방 안에는 질순이 말고도 해가 가고 달이 가도 좀체로 키가 클 줄 모르는 질용이의 쌍둥이 동생들인 막내와 끝네가 아랫목을 파고 누워 있었다. 그들은 감기로 콜록거리며 낡은 이불때기 하나를 서로 자기 쪽으로 끌어당기느라 싸우고 있었다.

"누님, 인자 나를 기판이라고 허들 말고 판철이라고 불러 주쇼. 세상을 판치고 살 놈인께 판철이라고 불러야 안 되겠소?"

기판이가 문 앞에 털썩 주저앉으며 입을 나불대기 시작했다.

"그런디 질용이 새끼는 서울서 잘허고 있다요?"

"소식을 못 들은께, 무소식이 희소식이라고 잘 있겠제, 뭐."

질순이가 대답했다.

"질용이 새끼, 서울서도 방구쟁이란 말을 듣는가 몰르겠소,

잉? 아 그 새끼 시도 때도 없이 잘만 나와 쌓튼 방구가 왜 여자덜 앞에서는 그리도 안 나왔넌지 허든 지랄도 덕석 깔어 주먼 안 허드라고 딱 그짝 이드라고라우."

기판이는 질순이가 알지 못하는 소리를 씨부려 댔다.

"질용이 새끼, 인자 기술자가 되었으꺼니라우?"

"기술자가 일이 년에 쉽게 된다냐? 작게 잡어도 십 년은 배워사제. 양복 기술이란 것이 차분혀야 헐 거인디, 원체 덜렁거리는 사람이라 잘 될라는지 몰르겄다."

"내 말이 바로 그 말 아닌감요. 이 집 사내놈덜은 왜 그렇고 배짱덜이 없는지 몰르겄서라우. 질선이 성도 똑같어라우. 남자로 태어났으면 포부럴 크게 갖고 세상을 한번 쥐고 흔들 만헌 인물이 되아야제, 몇 십 년 죽자고 배와서 개우 양복쟁이나 해묵어서야 쓰겄소? 내가 질용이를 한번 만나 봐야 허겄는디, 이번 설에 집에 내래오겄지라우?"

질순이가 고개를 돌리고 심드렁히 대답했다.

"자리를 잡어야 집에 오겄다고 했으니께, 아즉 내래올 행팬이 못될 것이다."

"그러먼 질선이 성헌티서 온 편지 있제라우? 편지에 주소가 있을 틴께 내가 서울 올라가서 한번 만나 보고 와야 겄소."

질순이는 기판이와 앉아 얘기를 하는 일이 점점 거북스럽게 여겨졌다.

"편지가 한 븐 오긴 왔는디, 지끔 워디 처백했는지 몰겄구
만."

"주소가 있어야 헐틴께 잘 찾어보쏘."

기판이는 편지를 찾아볼 데가 있을까 하고 방 안을 둘러보
았다. 윗목 구석에 낡은 고리 한 개가 놓여 있고, 벽에 걸린 옷
가지도 별로 없는 썰렁한 방이었다. 옆에 깜깜한 작은 골방이
하나 딸려 있긴 했으나 거처하는 방이라곤 이 방 하나뿐이었
다. 예전에 왔다는 편지를 간수해 둘 만한 곳도 없었다.

그때 질순네 어머니가 김이 나는 물그릇을 들고 부엌에서
들어왔다. 이 물은 돼지 쓸개보를 말렸다가 끓인 물로 감기가
놀라서 도망가게 하려는 질순네 어머니의 비방약이었다.

"이 가이나덜, 언능 일어나 약 묵그라."

어머니의 쇳소리에 막내와 끝네는 질색을 하며 이불때기 속
으로 얼굴을 숨겼다. 그들은 이미 사흘째나 이 쓰디쓰고 냄새
나는 약을 억지로 마시고 있었지만 이제 더는 참아 낼 수 없었
다. 어머니는 이불을 뺏고 억센 주먹으로 두 아이를 닥치는 대
로 두들겨 팼다. 아이들은 죽어도 싫다고 버티었다. 그때 기판
이가 약 그릇을 들어 훌훌 마셔 버렸다.

"아이코 써라, 아이코 써라. 이렇고 쓰니께 아그덜이 안 묵

을락 허는구만. 막내야, 끝네야, 느그 약 내가 대신 묵어 줬다, 잉. 다음에도 내가 와서 묵어 줄 틴께 꺽정 말어라."

기판이가 방을 나가 버리자 질순네 어머니는 어리둥절한 얼굴로 질순이에게 물었다.

"저 자석이 기판이 맞냐?"

"인자버텀은 기판이라고 말고 판철이라고 불러 주라든디라우."

"시상에 시상에, 살다 본게 밸 요상시런 일을 다 보겄구나. 하랫밤 새에 사람이 저렇고 딴 사람이 돼 불까? 홍두째 양반은 기판이 앞에 코 싸 쥐고 내빼게 생겼다."

수년 전에 있었던 산 밑에 홍두째 양반 사건은 지금까지도 사람들의 웃음거리가 되고 있었다. 익살꾼인 그는 어느 날 마마자국이 송송 난 수복이를 유난스럽게 놀려 댔는데 그날 밤부터 며칠을 죽도록 앓고 나온 그의 얼굴은 온통 빠진 구석 하나 없는 수복이보다 더한 빡빡 곰보가 되어 있었던 것이다.

길에서 눈싸움을 하고 놀던 서너 명의 조무래기들이 '야, 이 새끼덜아.' 하고 소리치며 다가오는 사람이 누군지 알아보고 새파랗게 질려서 소나기를 만난 개미떼처럼 흩어져 버렸다. '내가 무서운 모양이구만.' 기판이는 기분이 좋아져서 어깨를 펴고 인상을 쓰고 소리를 벅벅 질러 대며 개 한 마리 얼씬거리지 않는 마을 길을 돌고 돌았다.

설을 앞둔 대목 장날이었다. 길에는 콩이나 팥, 깨, 찹쌀 같은 곡물 두어 되씩을 머리에 이기도 하고 달걀 꾸러미나 닭 한두 마리를 새끼로 묶어 손에 든 장꾼들이 떼를 지어 장으로 몰려가고 있었다. 그 사이로 대나무로 만든 닭장을 짐 자전거 꽁무니에 실은 닭장수가 지나갔다.

그때 기판이가 나타나서 닭장수를 불러 세웠다. 닭장수가 자전거에서 내리며 물었다.

"왜 그러시오? 내놓 물건이라도 있소?"

그 사람은 짧게 깎은 머리가 희끗거리는 반백의 사내였다.

"달구 새끼 한 마리 봅시다."

기판이의 말에 미심쩍어 하며 닭장수가 닭장에서 닭 한마리를 꺼냈다. 그가 잡히는 대로 꺼낸 닭은 털이 부스스하고 기운이 없어 보이는 누런 암탉이었다.

기판이의 기색을 살피던 닭장수는 닭장 문을 열고 안을 기웃거리더니 윤기 나는 진갈색 털의 수탉 한 마리를 다시 꺼내놓았다. 닭 두 마리를 양손에 들고 있던 기판이가 갑자기 얼굴빛을 바꾸며 중얼거렸다.

"요놈의 달구 새끼덜만 보먼 속이 뒤집어진단 말이여."

다음 순간 그는 닭들을 길가 야산으로 홀홀 날려 버렸다. 닭들은 꼬꼬댁거리며 잔 솔나무 아래로 재빠르게 도망쳐 들어가고 있었다.

"아니 내 닭을, 내 닭을……."

깜짝 놀라 어쩔 줄 모르던 닭장수가 닭을 잡으려고 허둥지둥 산으로 뛰어갔다. 그러나 닭을 잡지 못하고 돌아와서 재미있다는 듯 구경하고 서 있는 기판이의 멱살을 움켜잡았다.

"네 이놈, 내 닭 값을 물어내라."

기판이가 히죽거리며 대답했다.

"나, 당신 닭 안 갖고 있어. 내가 왜 닭 값을 물어내?"

"뭣이라고 이놈? 니가 내 닭을 산으로 안 날래 뿐졌냐?"

"닭덜이 지발로 도망갔제, 내가 닭보다 도망가라고 혔어?"

"인자 본께 요놈이 순 미친놈이구만, 잉. 좋아. 이놈, 경찰서로 가자."

"뭣 땜시 내가 경찰서에 가?"

두 사람이 실랑이를 하고 있을 때, 구경꾼들을 헤치고 기판이 아버지가 나타났다. 누가 재빠르게 연락을 해 준 모양이었다. 기판이 아버지는 닭장수에게 아들이 한 일을 사과하고 장사를 마치고 돌아오는 길에 들러 주면 잃어버린 닭을 찾아다 놓든지, 닭 값을 물어 주겠다고 말했다. 닭장수는 미친 자식을 둔 아버지가 불쌍해서 더 이상 말을 않고 돌아섰다. 그러나 그는 자전거 페달을 밟으며 투덜대기를 마지않았다.

"에잇, 재수 없게 초장버터 미친놈이 불거져 갖고 훼방을 놓는구만. 오늘 재수년 폴새 물 건너가 뿌렸서. 소금 장시 지내가 뿌졌단께로."

그날이 턱굴 사는 병채 씨의 생일이라서 몇 친구들이 점심에 초대되었는데, 이웃의 석환 씨와 진구렁의 삼만 씨, 길갓동네 귀섭 씨들이었다. 이들은 자신들이야 말로 마을을 이끌어가는 인물들이라고 자처하고 있는 사람들이었다. 점심 후 귀섭 씨와 석환 씨는 장기를 두고 다른 이들은 훈수를 하며 시간을 보내고 있었다.

"장이야, 장. 장 받어라."

장기판이 울리도록 소리를 지르던 귀섭 씨가 장을 받을 생각도 않고 멍청히 앉아 있는 석환 씨를 보고 이상히 여기며 물었다.

"자네, 아까버터 정신이 딴 디에 가 있는디, 대처 왜 그러는가? 집에 뭔 일이라도 있는가?"

석환 씨가 무겁게 입을 열었다.

"집이 아니고 동네일이시. 한 젊은 놈이 잘못되아 가고 있는디, 납살이나 든 우덜이 손 놓고 구경만 한대서야 되까?"

아침나절에 기판이가 닭장수와 실랑이를 벌인 일은 벌써 온 동네가 다 알고 있는 사실이었다. 석환 씨는 기판이와 두복이가 눈구덩이에서 뒹굴며 싸우던 광경을 목격했었고 그날을 기점으로 기판이의 인생이 바뀌어 버린 것을 누구보다도 잘 알고 있는 사람이었다. 잘못되어 가고 있는 동네 젊은 놈이 기판이를 두고 하는 말임을 짐작한 병채 씨가 말했다.

"두복이허고 잔등에서 쌈질이 났을 때 두구 놈이 소주병으로 기판이 머리를 쳐서 뇌를 다쳐 저 모양이 되았담서? 두구 놈이 쥑일 놈이여. 한 되짜리 소주병으로 머리를 쳤으니 그 머리가 온전허겄어?"

"쥑일 놈은 바로 날세. 그날 두 녀석이 붙어 싸우는 것을 내가 봤어. 그리고 게양 지내가 불고 말았단 마시. 그때 내가 두 녀석을 뜯어 말래서 잘 달래 놓았드라먼 일이 이렇고 커지든 않했을 틴디 말이여."

"으음, 그랬던가? 자네가 그 일로 맘 고상을 많이 졊는구만. 허나 못나고 부족한 것이 우리 인간인디, 어찌 앞일을 다 알고 처신을 허겄는가? 나라도 자네가칠로 게양 지내갔을 것이네. 그 일로 너머 자책허지 마시소."

삼만 씨의 위로의 말에도 석환 씨는 침통하기만 했다.

"아니여, 예삿일이 아니라고 알먼서도 도망쳤어. 나는 비겁자란 말이여."

"차 뜬 뒤에 손 들어 봐야 뭔 소양이겠는가?"

길갓 동네 별생원의 맏아들인 귀섭 씨가 입을 열었다.

"비겁자니 뭐니 그런 씰데없는 생각덜을 말고, 건설적으로 연구잔 혀 보세. 지끔이라도 기판이를 만나 야그를 혀 보는 것이 안 좋겠는가? 그레서 문제가 뭣인가를 알아내 갖고 일을 바로잡을 방법이 있겠는가를 찾어보세."

성질 급한 귀섭 씨는 벌써 일어서고 있었다. 석환 씨도 따라 일어섰다. 병채 씨는 집에 남기로 했으며 삼만 씨는 여러 명이 한꺼번에 몰려가는 것이 좀 그렇다 싶어 조금 후에 뒤따라 가기로 했다.

"기십니까요?"

두 사람이 기판이네 사립문을 밀치고 들어서자 문에 붙은 쪽 유리로 밖을 내다보던 안골댁이 방문을 열고 나오며 좀 놀란 목소리로 물었다.

"귀헌 양반덜이 우리 집얼 다 오시고, 워쩐 일이시란가요?"

한 마을에 살아도 귀섭 씨나 석환 씨들이 기판이네 집을 찾은 일은 지금껏 없었던 일이었다.

"기판이를 잠 보러 왔는디, 기판이 집에 있는가요?"

"아자씨덜이 우리 판철이를 보러 오셨다고라우? 판철이가 집에 있긴 헙니다마는 뭔 일이신가요? 그나저나 날이 찬께 방으로 잔 들오시제라우."

두 사람이 방으로 들어가자 화로 옆에 웅크리고 앉아 있던 기판이가 쳐다보지도 않은 채 '뭣 땜시 그러시요?' 하고 퉁명스럽게 내뱉었다. 귀섭 씨와 석환 씨는 기판이의 태도에 적이 놀랐으나 내색을 않고 그의 옆에 자리 잡고 앉아 말을 꺼냈다.

"기판아."

입을 열긴 했으나 귀섭 씨는 더 할 말이 준비되어 있지 않았다. 그는 총을 갖지 않고 전쟁터에 나온 병사처럼 당황하여 어쩔 줄을 몰랐다. 귀섭 씨는 자신이 너무 성급하고 무모했으며 상대를 너무 얕잡아 보고 있었다는 것을 깨달았다. 안골양반이라도 있었으면 분위기가 한결 부드러울 터인데 그는 산으로 닭을 찾으러 가서 아직 돌아오지 않고 있었다.

귀섭 씨는 궁색스럽게 말을 이어갔다.

"기판아, 사람이 한 시상을 살아가다 보면 애럽고 힘든 고비가 많은 법이다. 허나 이 고비에서 넘어져 불먼 안 된다. 젊은 시절에는 혈기도 있고 패기도 있어야겠제마는 잘못허다 일생을 망치는 수가 있으니 조심허두룩 혀야 헐 것이다."

귀섭 씨의 말끝에 기판이가 볼멘소리로 부르짖었다.

"나헌테 기판이, 기판이 허들 마씨오. 내 이름은 판철이여라우. 세상을 판치고 살 놈이란 말이요."

귀섭 씨가 입을 다물자, 석환 씨가 기판이의 손을 더듬어 잡으며 떨리는 소리로 더듬거렸다.

"우덜은 그동안 니가 애럽게 지내고 있을 찌게 도움이 못 되어 준 일을 사과헐라고 여그 온 것이나. 혹시라도 니 맘속에 답답허고 고민되는 그런 일이 있으면 우리 겉은 사람에게라도 잔 상의를 혀 줄 수 없겄냐? 우덜은 진심으로 니 힘이 되어 주고 잡단다."

한동안의 침묵이 흐른 뒤 귀섭 씨가 다시 조심스럽게 입을 떼었다.

"아칙나잘에 질에서 불미시런 일이 있었다는디 동네 앞얼 지내 댕기는 사람덜헌티 시비를 걸그나 그러들 말그라, 잉?"

귀섭 씨의 말이 떨어지기도 전에 기판이가 벌떡 일어나더니 눈을 번뜩거리며 소리를 버럭 질렀다.

"당신덜 말이여, 다 큰 놈헌티 이래라 저래라 헐라고 여그 왔어? 내 일은 내가 알어서 허면 될 것 가지고 말이여. 지금까장 당신네덜이 잘헌 일이 뭣이여? 내택 없이 인사나 받고 대접이나 받을락 허고, 젊은 놈덜헌티 이래라 저래라 명령이나 헌 것 배끼 더 있어? 내 참 더러워서……."

기판이가 문을 박차고 휑하니 나가 버리자, 안골댁이 새초

롬한 표정으로 돌아앉으며 구시렁거렸다.

"듣고 본께 우리 아들 말도 틀린 말이 아니구만, 그랴. 우리 아들언 한나배끼 없넌 독자여. 당신네 열 자석허고도 안 바꿀 귀헌 자석이라고. 넘의 귀헌 자석을 자그 자석 나무래대끼 허먼 안 되는 법이제. 이 동네 사람덜은 넘의 잘된 꼴은 못 본단께. 내 자석이 잔 야물먼 안 되는가? 평생 병신걸이 당허고만 살어야 맘들이 편허겄제? 참말로 얄궂구만, 잉."

"이만 실례허것습니다."

얼굴이 노오래 가지고 방을 나온 두 사람은 기판이네 사립문 밖에서 멈춰 섰다.

"문제는 기판이 모친이로구만. 엄니가 저렇고 나오는디 어찌혀 볼 도리가 있겄는가? 구만 들어가 보시게."

석환 씨는 머리를 흔들며 턱굴로 향했고, 귀섭 씨는 참담한 마음으로 길을 내려갔다. 그는 기판이와 안골댁이 자기를 그토록 냉대할 줄은 꿈에도 몰랐다. 별생원네로 불리는 귀섭 씨네는 그동안 정부의 토지개혁 조치로 인해 농지의 대부분이 소작인들에게 넘어가고 자영답 이십여 두락만 남은 작은 농가로 떨어졌고, 한편 기판이네는 영안촌에 있던 아홉 마지기 논을 목 좋은 곳으로 옮겨다 놓은 데다 그간 안골양반이 부지런히 사모은 경작지가 또 그만큼 되는 터라 이제 아쉬운 것 없이 살아

가는 중농 수준이 된 것이다. 그리고 자신의 집 농사일만도 벅차서 별생원네 머슴 일을 그만둔지도 벌써 사오 년 전의 일이었다.

설날 아침, 차례를 마친 기관이네 식구들은 영안촌 큰집에 세배를 가기 위해 서두르고 있었다. 부모님보다 먼저 집을 나온 기관이는 별생원네 집 앞을 지나며 집 대문께를 힐끗 쳐다보았다. 그 집 앞에 항상 서 있던 소달구지가 고장이 난 채 대문 옆 돼지우리간 벽에 기대 세워져 있었다. 그는 '흥, 인자 저 집도 별 볼 일 없게 되았구만. 소달구지만 봐도 알 수 있어.' 하고 중얼거린 뒤에 며칠 전 자기를 찾아왔던 귀섭 씨를 떠올리며 콧방귀를 뀌었다. '지끔도 사람들 앞에 자기 말발이 서는 줄 아는 모양이제? 자기 처지도 몰르는 답답헌 사람 같으니!'

그는 쌩하니 불어오는 바람결에 옷깃을 여미고 아직 얼어붙어 빙판인 곳을 피해 가며 조심스럽게 걸음을 옮겼다. 밤나무정 삼거리와 송촌 마재 마을을 지나 읍의 북쪽에 인접한 노안면 경계로 들어섰다. 그간 대명절이면 부모님을 따라 세배를 다녔던 훤한 길이었지만, 그날따라 그 길은 전과는 전혀 달라 보였다. 멀어 보였던 마을들이 코앞에 다가와 있었고, 길도 좁왔다. 그는 길가의 나무 꼭대기를 넘을 만큼 키가 커져 있었고, 그의 키가 커지면 커질수록 세상은 그만큼 작아져 있었던 것이다. 이렇게 큰 그를 보고 큰집 형들이 얼마나 놀라 우러러볼까. 그는 발걸음을 빨리했다.

그는 우쭐해져서 한껏 으스대며 걸었다. 누가 자기를 봐 주는 사람이 없나 눈을 크게 뜨고 사방을 두리번거렸다. 그때 맞은편에서 칼빈 소총을 맨 순경 한 사람이 걸어오고 있었다. 그는 가슴을 펴고 턱을 치켜들고 팔을 휘저으며 순경 옆을 스칠 듯이 지나쳤다. 그러나 순경은 그를 무심히 지나쳐 버렸다. 그는 자기를 알아보지 못하는 순경이 괘씸하여 뒤로 돌아서서 째려보다가 순경을 불러 세웠다.

"여보씨오, 말 잔 물읍시다."

순경이 돌아보자,

"이 질이 영안촌 가는 질 맞소?"

하고 말을 걸었다.

"안살리 영안촌 말이요? 질로 쭈욱 가다 보면 오른짝으로 들어가는 샛질이 나올 것이요."

묻는 말에 대답을 하고 순경은 곧 돌아섰다. 그는 쫓아가서 순경을 소리쳐 불렀다.

"여보씨오, 더 물어볼 말이 있는디, 워째서 도망만 가는 거여? 사람을 우습게 보는구만, 잉?"

순경이 돌아서서 기판이의 위아래를 훑어보더니,

"내가 잔 바쁜 일이 있었어서라우, 나중에 보입시다."

하고 공손히 말한 뒤 도망치듯이 자리를 피했다. 순경은 기판이를 상대할 사람이 이니라고 생각한 것이다. 그가 다시 쫓아가서 순경 모자를 쳐, 땅바닥에 떨어뜨리며 소리쳤다.

"사람 괄시허지 마. 나는 이래 뵈도 밤남정이뿐 아니라 읍내에서도 알아주는 놈이란 말이여."

순경이 모자를 주워 머리에 쓰며 불쾌한 빛으로 말했다.

"너 이놈, 학생 같은디, 학생 맞제? 어느 학교 댕기냐? 학생징 내놔 봐."

대답 없이 잠자코 있던 기판이가 느닷없이 순경에게 덤벼들어 메고 있는 총을 잡아챘다. 깜짝 놀란 순경이 뺏기지 않으려고 총 자루를 꽉 붙잡았다. 두 사람이 총을 맞잡고 뺏으려거니 빼앗기지 않으려거니 실랑이를 하고 있을 때 자전거를 타고 지나가던 사람이 보고 쫓아와 기판이를 뜯어말렸다.

"젊은이, 이 총 놓게. 이러면 못써."

그 통에 순경은 총자루를 뺏어 메고 으름장을 놓으며 달아났다.

"이 새끼야, 너 죽었어. 내가 카만둘 중 아냐? 어림없다, 이 새끼. 체포해다가 영창에 처넣고 말 틴께로."

순경이 가 버리자 기판이는 자전거를 탄 사람을 붙잡고 투덜거렸다.

"저 버르장머리 없는 순경 놈얼 혼 잔 내 줄라는디, 당신, 왜 공연시리 나타나각고 훼방을 놓는 거여, 엉?"

그 사람은 못들은 척하며 재빨리 자전거를 타고 떠나 버렸다. 기판이는 그 사람의 모습을 눈으로 쫓다가 다시 걸음을 옮겼다.

한 모퉁이를 돌자 작은 마을이 나타나고 길갓집에서 널뛰는 소리가 들려왔다. 울타리 위로 넘어다보니 집 마당에 설 옷을 입은 처녀들 몇 명이 널을 뛰며 놀고 있었다. 그는 걸음을 멈추고 처녀들이 노는 모습을 한참 동안 바라보았다. 예전의 그는 수줍음을 많이 타고 지나치게 숫기가 없어 여자 애들에게도 놀림감이 되고 따돌림을 당하는 사람이었으나, 이제 그는 그런 사람이 아니었다. 그러나 그가 사립문을 밀치고 자기도 모르게 집 안으로 몇 발 들어선 것은 천진스럽고 즐거워 보이는 처녀들의 모습에 저도 모르게 마음이 끌려서였을 뿐, 나쁜 마음을 품었던 것은 아니었다. 집 마당에 낯선 사람이 들어오는 것을 본 처녀들은 놀기를 멈추고 경계심을 나타냈다.

"누구시요? 누구럴 찾어오셨다요?"

모처럼 부드러워졌던 기판이의 얼굴이 일그러지고 입에서 심술궂은 말이 터져 나왔다.

"느그덜 오늘 나랑 놀자."

그가 우악스럽게 다가들자 처녀들은 깜짝 놀라 뒷걸음을 치다가 '엄매야' 하고 소리치며 우르르 방으로 도망쳐 들어갔다.

"내가 사람 잡어 묵는 귀신이라도 되냐? 왜 숨는겨? 나랑 놀면 재미있을 틴디 말이여."

그는 신발을 신은 채 마루 위로 올라가 방 문고리를 잡아당겼다. 안에서 처녀들이 문고리를 걸어 문은 열리지 않았다. 그는 손에 힘을 주어 문고리를 계속 잡아챘다. 그렇게 하면 헐렁한 문고리가 저절로 벗겨지는 수가 있었다. 그러나 처녀들이 문고리가 벗겨지지 않도록 꽉 붙잡고 있었기 때문에 문은 쉽게 열리지 않았다.

"이 가시내덜아, 문 안 열래? 문을 뿌서 불기 전에 빨리 열엇."

그가 처녀들에게 겁을 주고 있을 때 문 밖에서 지나가는 사람들의 발소리가 가까워지고 있었다. 사람들이 눈치를 채고 들이닥치면 좋은 일이 없게 뻔한 일이었다. 시끄럽게 되기 전에 물러가는 것이 상책이었다. 댓돌 위에 아무렇게나 벗어던진 처녀들의 신발이 눈에 띄었다. 낡은 신발과 새 검정 고무신과 색동 신발도 있었다. 그는 신발들을 몽땅 주워 들고 밖으로 나왔다. 신발들을 어디다 버릴까 두리번거리며 걷다가 논 가운데 있는 웅덩이 하나를 발견하고 얼음을 깬 뒤 그 속에 모두 빠뜨리고 말았다. 그는 손을 털고 홀가분한 기분으로 걷기 시작했다. 이제 영안촌까지는 얼마 남지 않았다. 큰집에 닿으면 형들에게 자랑할 일이 한두 가지 더 생겨 마음이 뿌듯해졌다. 그는 휘파람을 불며 기분 좋게 걸음을 재촉했다. 그때 뒤쪽에서 사람들의 고함과 함께 뛰어오는 발소리가 어수선히 들려왔다. 뒤돌아보니 너댓 명의 청년들이 손에 몽둥이를 들고 쫓아오고 있었다. 그는 방금 지나쳐 온 작은 마을 사람들이 자기를 잡으려고 쫓아오고 있다는 것을 알아챘다. 그는 곧 도망치기 시작했다. 그가 있는 힘을 다해 뛴다 해도 쫓는 사람들 역시 젊고 힘이 넘치는 젊은이들이라 결국은 잡힐 수밖에 없는 처지였다. 숨기에 마땅한 곳을 찾는 일이 급했다. 마침 길이 구부러져 다리가 있었고 다리 아래에 냇물이 흐르고 있었다. 쫓는 사람들이 구부러진 길에 도착해 보니 방금 눈앞에서 도망치던 녀석이 보이지 않았다. 사방을 둘러보아도 놈의 종적은 찾을 수가 없었다.

"이상허다. 그놈이 워디로 가 부렀을까? 다리 욱에서 도망가는 것을 분명히 봤는디 말이여."

"지까튼 놈이 내빼면 워디로 내빼겄서? 뛰어 봤자 비룩이제. 다리 밑이로 내래가 보드라고."

그들은 다리 아래로 몰려 내려갔다. 냇물은 얼어 있고 물가에는 마른 풀들이 얼크러져 발밑에서 서걱거릴 뿐 사람의 흔적은 찾을 길이 없었다. 냇가를 따라 그 근방을 주의 깊게 살펴봐도 사람이라고는 눈에 띄지 않았다.

"사람 참 환장허겄구만. 금방 눈앞에서 내빼든 놈이 하늘로 솟았다냐, 땅속으로 꺼져 부렀다냐? 귀신이 곡 헐 노릇이네, 잉."

청년들은 모여서서 의논을 했다. 놈이 도망가 버렸을까? 그럴 리가 없다. 멀리는 못가고 분명히 이 근방 어딘가에 있다. 뭘 뒤집어쓰거나 논둑이나 언덕배기 같은 곳에 찰싹 엎드려 우리 눈을 속이고 있을 것이다. 이 근처를 다시 샅샅이 뒤져 보기로 하자. 청년들은 움푹 패인 곳이나 풀덤불들을 헤쳐 보고 몽둥이로 쿡쿡 쑤셔 보며 근처의 들판과 냇가 주위를 빠짐없이 살펴보았다. 그러한 정밀수색에도 도망간 자를 찾아내지 못해 지친 그들은 '에잇, 재수 없게 정월 초하래버텀 이것이 뭔 짓덜이여.' 하고 투덜대다 슬슬 돌아가 버렸다.

동네 청년들이 돌아가 버리자 다리 밑의 잡풀들이 움직이더니 물속에서 흠뻑 젖은 기판이가 올라왔다. 기판이는 다리 밑으로 도망 와서 물풀 사이에 낀 살얼음에 구멍을 내며 물속으로 뛰어들었고 눈과 코만을 남기고 물속에 숨어서 그를 가려주고 있는 풀덤불 사이로 청년들을 살피고 있었다. 청년들은 그가 물속에 있는 줄은 꿈에도 모르고 엉뚱한 곳만 찾아 헤매다 돌아가고 만 것이다. 물속에 있을 때는 긴장하여 추운 줄을 몰랐으나 물 밖으로 나오자마자 젖은 옷에서는 물이 줄줄 흘러내리고 몸이 벌벌 떨리기 시작했다. 그는 어딘가로 가서 젖은 옷을 말려 입고 집으로 되돌아가야겠다고 생각했다. 그리고 사람 눈을 피할 곳을 찾아 논길을 따라 이리저리 걸었다.

얼마쯤 가다가 우묵 패인 논이 나타나자, 볕이 들며 논둑이 바람막이가 되는 곳에 자리를 잡았다. 그는 옷을 모두 벗어서 물기를 꽉 짜 입고 논둑 밑에 웅크리고 앉아 옷이 마르기를 기다렸다. 그러나 옷은 마르기는커녕 점점 얼어붙어 체온을 마구 뺏어 갈 뿐이었다. 그는 겉옷을 벗어 양지에 널어놓기도 하고 다시 입고 논둑을 철 지난 메뚜기처럼 뛰어 보았으나 속옷이건 겉옷이건 영 마를 기미조차 없었다. 불을 일으켜 보려고 잔가지들과 풀덤불을 모으고 돌 두 개를 주워 부싯돌마냥 쳐 보았지만 그것도 마음대로 되지 않았다. 악다귀같이 달라붙는 추위를 잠시나마 잊어 보려고 논둑에 누워 잠을 청했으나 땅에서 올라오는 찬 기운이 오히려 그를 덥쳐 들었다. 그러는 사이 해가 점점 기울어 기온이 더 내려가고 논둑도 더 이상 바람막이가 되어 주지 못했다. 그는 쪼그리고 있던 곳에서 기어 나왔다. 주위에 땅거미가 내리기 시작할 무렵 건너편 산비탈에 불빛이 하나 반짝 켜졌다. 불빛은 그에게 다가오라는 듯 깜빡거렸다. 그는 빛을 바라보고 후들거리는 다리로 재빨리 걸어갔다. 무엇에 걸려 넘어지기도 하고 부딪히기도 하며 빛을 향해 정신없이 나아갔다. 불빛은 산 밑의 외딴 오두막에서 흘러나오고 있었다. 울타리도 없고 방 한 칸에 부엌 비슷한 것이 붙어 있는 볼품없는 흙집이었다. 그는 무턱대고 불빛이 비치고 있는 방문을 열어젖혔다. 방 안에는 사람이 한 명 있었다. 여자인 것 같았다. 그는 사람 좀 살려 달라고 말하려 했다. 방에 들어가지 않아도 좋으니 아궁이의 불씨라도 쬐게 해 달라고 사정하려 했다. 그러나 그는 얼굴도 입도 꽁꽁 얼어붙어 말이 나오지 않았다. 방에 있던 여자는 기판이의 몰골에 질겁을 하여 바닥에 뉘어 놓은 아기를 안고 뒷문으로 뛰쳐나갔다. 여자가 나가 버리자 기판이는 다른 생각을 할 겨를도 없이 방으로 뛰어 들어갔다. 방 안의 온기만으로도 살 것 같았다. 저녁 무렵이라 불을 많이 지펴 뜨끈뜨끈한 구들목에 그는 발을 뻗고 누웠다. 발과 등이 따뜻해지고 얼었던 몸이 녹기 시작하는 것을 느끼며 그는 세상에 더 바랄 것이 없을 것 같은 충만감으로 눈이 스르르 감겨왔다.

얼마나 시간이 흘렀을까. 방문이 활짝 열리고 바깥 찬 기운이 휘몰아쳐 들어오며 덮고 있던 이불이 확 젖혀지는 바람에 그는 눈을 떴다. 방 안에는 장작개비와 몽둥이를 든 장정들 칠팔 명이 둘러서서 그를 내려다보고 있었고 그들의 얘기 소리도 우렁우렁 들려왔다.

"이 자식 아까 그놈 아니여? 아칙나절에 똑다리 근방에서 도망쳐 분 바로 그놈 말이여."

"맞어. 바로 그놈이 분명혀."

"그런디 그동안 위디로 내뺐다가 인자 나타났으까? 여자덜이나 노리고 댕기는 이런 미친놈이 동네 근방에 얼쩡거리면 안 되는디, 단단히 혼쭐을 내 줘야 되겠구만."

"이놈은 도망가는디 귀신 같은 놈이닌께 얼렁 끄집어내서 새내키로 꽝꽝 묶어 부러야 써."

기판이는 몽롱한 정신으로 그들의 말을 꿈결처럼 듣고 있었다. 그는 이 상황이 현실이라고는 믿어지지 않았다. 남자들은 그를 끌어내어 새끼줄로 꽝꽝 묶어서 마을로 데려갔다. 마을 앞에 모인 구경꾼들 중에서 누군가 말했다.

"저놈이 오늘 아칙에 복룡 앞에서 김 순경 총을 뺏을락 허고 있드란께. 내가 오다 보고 편역을 들었기 망정이제 김 순경 오늘 큰 변 날 뻔 혔단께로."

"뭣이라고? 김 순경 총을 뺏어서 쏴 죽일락 혔어? 이런 위험헌 놈을 살려 두면 안 되겄구만. 미친 기가 쏙 빠지두룩 패 줘야 허겄구만 그려."

기판이는 오백근이란 사내의 집으로 끌려가서 곳간 기둥에 꼼짝 못하도록 묶였다. 오백근이란 남자는 기골이 장대하여 오백근을 짊어지고 상산 매봉까지 올라갔다 올 수 있다고 늘 힘자랑을 하는 바람에 붙여진 별명으로 인근에서 힘으로는 그를 당할 자가 없는 사람이었다. 오백근과 청년들은 새끼줄을 세 겹으로 꼬아 만든 채찍을 들고 교대로 그를 힘껏 내려치기 시작했다. 그는 채찍이 사정없이 몸을 휘감을 때마다 몸부림을 치며 창자가 끊어질 듯 비명을 질렀다. 그러나 비명은 신음 소리로 바뀌고 신음 소리마저 이윽고 잠잠해져 버렸다. 그들은 기판이가 기절해 버리자 때리기를 중단하고 그를 그대로 놔둔 채 창고 문을 잠그고 밖으로 몰려나갔다.

기판이는 벌거벗긴 채 어딘가에 버려져 있었다. 정말이지 몸에 실오라기 하나 걸치지 않은 채였다. 사방이 툭 터진 들판 같은 곳이었고 높고 시리도록 푸른 하늘이 올려다보였다. 그는 몸을 움직일 수도 없었고 손가락 하나 까딱할 힘도 없었다. 왜 이런 곳에 이런 모습으로 홀로 버려져 있는지를 생각해 보려 했으나 머릿속이 텅 빈 듯 몽롱할 뿐이었다. 그런데 그때 몸의 여기저기가 쿡쿡 쑤시고 찢기는 듯한 통증이 몰려왔다. 그는 소스라칠 듯이 놀랐다. 온몸을 새까만 개미떼들이 덮고 있었기 때문이다. 개미들은 보통 개미들이 아니었다. 어른 손가락 크기에 머리가 둘 달린 괴물 개미들이었는데, 무쇠 같은 단단한 턱으로 몸을 물어뜯고 창으로 찔러 대고 있었다. 그뿐만 아니라 위에 있는 숫자보다 훨씬 많은 개미떼들이 그의 몸 아래에서 그를 떠메고 옮겨 가는 탓에 그의 몸은 점점 그들의 소굴로 움직여 가고 있었다. 그가 아무리 발버둥을 치며 구원을 요청해도 그를 도우러 오는 사람은 아무도 없었다. 그때 하늘에서 폭풍 같은 바람이 일며 한 떼의 독수리들이 몰려왔다. 독수리들의 머리는 셋이었고 부리는 칼날 같았으며 눈에서는 불을 뿜었고 펼친 날개는 하늘을 덮어 세상이 깜깜해졌다. 개미떼들은 기관이를 놓고 독수리와 대항하기 위해 대열을 정비했다. 두 무리 사이에는 치열한 싸움이 벌어졌다. 개미들이 수없이 널부러졌고 개미떼에게 뒤덮인 독수리가 바닥에 떨어졌다. 기관이는 때를 놓치지 않고 그 자리에서 도망쳤다. 있는 힘을 다해 팔다리를 허우적이고 배를 밀며 땅을 박박 기었다. 자갈밭을 넘고 잡풀과 가시나무와 엉겅퀴가 무성한 비탈을 지나쳐서 풀숲 사이로 들어섰다. 이제는 개미떼나 독수리들이 쫓아오지 못하겠지 하며 한숨을 돌리려는 순간 그가 짚고 있는 땅이 푹석 무너지며 깊이를 알 수 없는 구덩이로 떨어져 내렸다. 그때 그는 손으로 무언가를 부여잡았다. 나무뿌리나 풀뿌리 같은 것들이었다. 그가 곧 끊어져 버릴 것 같은 풀뿌리를 잡고 버둥거리고 있을 때, 어디선가 그의 이름을 부르는 소리가 들렸다.

"기판아아, 기판아아."

금순이 누나의 목소리였다. 그는 목소리만으로도 누나가 얼마나 다급하고 애절하게 그를 찾고 있는지를 알 수 있었다.

"기판아아, 기판아아."

누나의 목소리가 점점 가까워지고 있었다.

"누님, 살려 줘."

그는 풀뿌리를 잡고 필사적으로 아우성을 쳤다.

"기판아, 기판아."

목소리가 머리 위에서 들려오는가 싶더니 구덩이 위에 누나의 얼굴이 나타났다.

"누님, 누님."

그는 부르짖었다. 누나가 엎드리더니 구덩이 속으로 손을 내밀었다.

"기판아, 내 손을 잡어."

버르적거리며 누나의 손을 잡으려는 순간 풀뿌리가 끊겨 그는 깊이를 알 수 없는 구덩이 속으로 한없이 떨어져 내렸다.

그는 소스라치게 놀라 눈을 번쩍 떴다. 주위가 조용하고 햇빛이 밝게 비치고 있었다. 아마도 죽어서 저승에 와 있거니 여겨졌다. 한참 뒤 눈을 다시 떠 보니 주위가 어딘지 낯이 익었다. 그가 사방의 벽과 방문들, 그리고 횃대에 걸린 옷을 둘러보고 있을 때, 문이 열리고 누군가 안으로 들어왔다. 그 사람은 기판이가 눈을 뜬 것을 보고 말을 걸었다.

"정신이 잔 드냐?"

그 사람은 작은아버지 평섭 씨였다. 그곳은 큰집이었던 것이다.

"일어나서 이 약 잔 마셔 볼래? 매 맞고 얼든 디는 이 약이 최고란다."

이 약이란 매 맞고 골병든 사람들이 백발백중 효과를 본다고 알려져 민간에서 널리 쓰이는 인분 삭은 물인 것이다. 작은아버지는 기판이를 일으켜서 약물을 마시게 했다.

"어쩌냐, 역겹지는 않지야? 약이 될라면 냄새도 없고 오히려 속에서 청험시로 입에서 막 단내가 난단다."

작은아버지가 말했다. 밤늦게까지 아들을 기다리던 기판이의 부모님은 아들이 집에 돌아갔는지도 모른다며 지난밤에 집으로 가고, 큰아버지와 작은아버지는 밤을 새며 인근 마을을 수소문하고 다니던 중 새벽 무렵에야 오정리 오백근네 창고에서 기판이를 찾아 등에 업고 큰집으로 돌아왔다는 것이었다.

13. 상산 중턱의 보살네 집

기판이는 밥을 먹지 않고, 잠도 자지 않고, 안방 옆에 딸린 허드레 물건들을 쌓아 둔 작고 컴컴한 골방에서 밖으로 나오려 하지 않았다. 아버지 안골양반이 끼니에 밥그릇을 들고 들어가면 그는 두 팔로 감싼 머리를 물건들 틈새에 처넣고 부들부들 떨고 있거나, 벌거벗은 몸뚱이를 꼬집고 주먹으로 치며 '이놈의 개미 새끼덜, 죽여, 죽여' 하며 몸부림을 치고 있었다. 아버지는 아무 말도 하지 않고, 손도 안 댄 밥그릇을 들고 골방을 나왔다. 기판이는 유독 어머니가 골방에 들어오거나, 자기 옆에 가까이 오는 것을 허용하지 않았다. 어머니가 보이기만 하면 옷을 아랫도리까지 훌렁 벗고 초친 새우처럼 펄쩍펄쩍 날뛰었다. 낮에는 빛을 피하고 사람을 두려워하여 밖으로 나오기를 꺼리다가, 해가 지고 어둠이 찾아들면 어느 틈에 밖으로 슬그머니 빠져나갔다. 안골양반은 밤이면 잠을 안 자고 골방 앞에 앉아 아들을 지켰다. 밤이 이슥하여 졸음을 못 이기고 꾸벅꾸벅 졸던 아버지는 아들이 나가는 기척을 채고 재빨리 일어나 앞을 막았다. 가시처럼 마른 몸에 힘이 어디서 나오는지 아들은 아버지를 밀치고 밖으로 내달렸다. 걸음 또한 얼마나 빠른지 뒤따라 나간 아버지는 눈 깜짝할 사이에 아들을 놓치고 밤새 찾아 헤매다 날이 회부옇게 밝아 올 무렵에야 아들을 찾아 간신히 집으로 데려왔다.

어느 날 새벽녘까지 지키던 아버지가 그만 깜박 잠이 들어 버렸던 모양이다. 날이 훤히 밝았는데 '집이 아들 죽었네' 하고 외치는 동네 사람들 소리에 쫓아 나가 보니, 홀랑 벗은 몸으로 논도랑에 개구리처럼 엎드려 있었다. 춘삼월이라 해도 아직 밤이면 물이 어는 차가운 날씨였다. 아버지는 아들을 도랑에서 끌어내어 둘러메고 집으로 왔다. 아들은 얼음덩이처럼 차고 허깨비처럼 가벼웠다.

어느 날 별생원네 며느리 답동댁이 부지런히 바느질을 하고 있는데, 안골댁이 찾아왔다.

"동승, 오늘 점심 뒤에 나랑 상산에 잔 안 가 줄란가? 상산보살이 오리실에 우리 판철이같이 아픈 사람을 고차 줬다고 허네."

금성산 중턱에서 밤이면 불빛이 비치기 시작한 것은 이 년
쯤 전부터였으며, 그 집에 진도에서 올라온 점쟁이가 살고 있
다는 것과 그가 기막히게 잘 맞추고 영험하다는 소문이 마을에
돌기 시작했던 것이다. 실제로 서른이 되도록 아기가 없어 고
생하던 산 밑에 마을 영구 아내가 산공을 들인 뒤에 곧 임신이
되어 산월이 가까워 오고 있었고, 또 밤나무정 삼거리 영암댁
네 딸그만이의 일은 근방에서 큰 화제가 되었던 사건이었다.
딸그만이는 영암양반이라 불리는 김대자 씨의 여덟 번째 딸로
열한 살이 된 여자 아이였다. 그런데 한 일 년 전부터 두 코에
서 거무죽죽한 피가 노상 흘러내렸다. 좋다는 것들도 해 보고,
약도 써 보았지만 조금도 나아지지 않았다. 상산 보살에게 물
으러 갔다 온 마누라가 선산 동쪽 묘를 파 보아야 한다는 말을
비치자 김대자 씨는 집안 망해 먹을 여편네를 내쫓겠다고 온
동네가 들썩거릴 정도로 난동을 부렸다. 그러나 몇 달 후 묘를
파 보니 도토리나무 뿌리가 뻗어 들어가 유골을 감고 코 속을
가득 메우고 있었다. 조부의 묘를 이장하고 나서 딸그만이는
머리도 가뿐해지고 코에서도 더 이상 피가 나오지 않게 되었
다.

"그러고 말고라우. 바느질은 내일 해도 되니께요."

답동댁은 바느질감을 개켜 놓고 그동안 소원했던 감정을 누르며 흔쾌히 대답했다.

그날 오후 두 여자는 아직 바람 끝이 채찍 같은 사월 초순의 날씨임에도 땀을 뻘뻘 흘리며 산 중턱에 있는 오두막을 찾아 들었다. 두 사람이 들어서자 보살은 혼자서 밥을 먹고 있다가 어디서 오신 분들이냐고 물었다. 생각과 달리 보살은 실팍한 몸에 둥글넓적한 얼굴로 부잣집 마님 같은 인상을 풍기고 있었다.

"하도 잘 보신다는 소문을 듣고 요 아래 밤남정이에서 올라 왔구만이라우."

답동댁이 대답했다.

"점심이 늦으셨구만요. 우덜은 막 들고 올라오는 질인디요."

"산에 나무허러 간다고 나간 식구들이 안 오기난세 먼첨 들고 있는 참인디, 점심을 자시고 오셨다니 쬐깐 지둘러 주실라 요?"

"다 드시고 나서 찬찬히 봐 주시씨요."

밥을 먹다가 자꾸 안골댁을 쳐다보던 보살은 갑자기 상을 물리더니 부엌으로 나가 세수를 한 뒤 물을 한 대접 떠가지고 들어왔다.

"누구럴 보실라요? 생일 생시를 말혀 보시씨요."

"지 아들놈을 잔 봐 주시쑈. 올해에 열야닯 살이고 날은 섣달 스무이렛 날 시는 새북 첫닭이 울 때여라우."

안골댁이 바싹 다가앉으며 입을 열었다.

"열야닯이먼 경진 생에 섣달 스무이렛 날 축시라……. 허어 이 사람 마음 좋고 천심 좋고 심덕 좋고 오장육부 반반허고 옥골 남자로 생겼다마는 어무니 태중에 다시 들어간 쩍이니 이 일을 어이헐꼬, 어이헐꼬, 캄캄허고 답답허고 막막허구나. 숨도 못 쉬는 이 고통을 어이헐끄나. 아이고 아이고, 이렇고 가정에 큰 우환을 찌고 있는 것은 조상님네 중에 저승으로 못 가고 시상을 떠도는 원혼이 있기 따문이지요. 키골 장대허고 이매칠성 훤칠허고 아랫볼 뽈아지고 뒷고개 뻬인 듯 등가죽 벌어지고 헌헌 장부다마는 한 다리를 못 쓰니 남자 구실을 허겄느냐 그렇고 이분이 험허게 돌아가셨어, 이렇드람 객사 죽음을 허셨다 이말이제……."

"우리 씨아부니 말씀이구만이라우."

안골댁이 말했다.

"우리 집 양반 애렀을 띠게 기차에서 떨어져 돌아가셨단 말을 들었어라우. 그러고 중간에 병으로 한짝 다리를 못 쓰셨단 말도 들었구만이라우."

"이 양반을 씻개 디래야겄구만. 그러고 씨어무님도 좋게 가시든 못혔어. 두 분을 모세다 잘 씻개 디래야 되겄어."

"씻기다니, 그것이 뭔 말씀인가요?"

답동댁이 물었다.

"여그 분덜은 씻기는 것을 질 몰르드란께라우. 이렇코롬 날을 받어 씻기는 것은 원혼을 모세다가 신칼에 올래서 쑥물, 행물, 몱은 물 시 가지 물로 씻개서 고를 풀어 갖고 질 닦어서 다리 염불로 극락 시상에 보내 디리는 것이지라우."

"씻김을 혀디리먼 우리 아들도 오리실 남자같이 성케 되겄는가요?"

안골댁이 물었다.

"댁네 아들언 백약이 무효허고 침도 허사고 병원을 들락거래 봐도 낫들 않고 씻개 디리는 도리 배끼 없어라우. 씻개 디리고 나먼 크게 소험을 볼 것입너이다."

"그러먼 씻개 디래야제라우. 보살님이 허자는 대로 헐 틴께 우리 아들 낫게만 혀 주시씨요."

"그러시먼 워디 날얼 받어 봅시다. 초아흐레, 보름, 열야드레, 스무하레, 날이 스무하레 배끼 안 나오네."

"스무하레라고라우?"

"가차운 날이 나와야 좋을 꺼신디, 이날 베끼 안 나와. 헐 수 없제. 날은 스무하레로 알고 기시고 얇은 창지 열다섯 장, 질베 한 필 그리고 행허고 쑥, 누룩 한 뎅이, 씻김 받을 분덜 옷 한 불 썩얼 마련허두룩 허시씨오."

"상은 어떻큼 차릴께라우?"

"노무새허고 실과 반찬덜, 지사 지내디끼 차래야지요. 댁에 서 지사 안 지내시지라우?"

"우리가 지손이라 큰집에 가서 모새라우."

"지사 지낼 때 마냥 장만허시먼 됩너이다. 그러면 우리넌 해 안에 가서 준비럴 혀 갖고 지역밥 묵고 시작허겄습너이다."

냉큼 일어나지 않고 뭉기적거리던 답동댁이 넌지시 물었다.

"보살님은 고향을 떠나서 왜 이런 산중으로 들어오셨는가 요?"

보살이 웃으며 말했다.

"오시는 분덜마다 꼭 그 말을 묻습더이다요. 사람 발이 뭣땜 시 달렸을께라우? 섬사람이 나와 살기도 허고 여그 사람이 서 울 가서 살기도 허라고 달린 것이 아니겄습니까요?"

"그 말씀이 맞구만요."

"지 친정 함마니가 나주에서 시집 오셨어라우."

보살이 웃음기를 거두며 말했다.

"산중에서 사셨든가 산 야그럴 그렇고 재미있게 혀 주셨구만요. 지가 열 살 때 돌아가셨는디, 신을 받은 뒤에 밤이면 꿈에 함마니가 나트나 이 산 욱에서 나보고 자꼬 오라고 손짓을 혀싸시오. 이 금성산으로 말허먼 신의 산으로 큰 산이여라우. 광주 무등산보다 크단 말이요. 산이 크다고 큰 산이라 허는 것은 아니지라우. 신의 질은 다르니께라우. 반두백산 나온 신은 개성 송악산으로 혀서 남쪽으로 내래 오시다가 이 산을 지내 갖고 진도 금골산으로 가신단 말이요."

"그러시먼 보살님 진 외가는 어느 동네시단가요?"

남의 집안 내력에 관심이 많은 답동댁이 물었다.

"그 분 댁호가 금성떡이였는디 동네 이름이 아니라 산 이름이드란께요. 동네를 못 찾았지라우. 지는 여그 분덜이 모다 진 외가 분덜이거니 허고 삽너이다."

안골댁과 답동댁이 집을 나오다가 지게에 나뭇짐을 가득 지고 들어오는 두 남자와 마주쳤다. 그 중 나이든 이는 키가 작고 바싹 마른 체격인데 비해 젊은 남자는 키가 크고 몸이 건장했다. 답동댁이 젊은 남자를 돌아보며 말했다.

"보살님은 참말로 듬직한 아들을 두셨구마요?"

"태팽이, 이 아는 내 자식이 아니고 우리 큰시누님네 아들이여라우. 그런께 생질이지요. 불쌍허게 애래서 부모님을 잃고 나헌테 와서 컸는디, 우리 자석덜보담도 더 효자란께요. 이 산

중까장 누가 나럴 따라 올라 헐 것이요?"

사월 스무하루 오후 늦게 보살 일행이 의상과 징, 장고들을
갖추고 도착했다. 그들은 방으로 인도되어 먼저 창호지 열다섯
장을 가지고 종이 일을 시작했다. 태평이는 종이 여덟 장으로
지전 서른두 장을 만들어 여덟 장씩 네 묶음으로 묶고 이를 두
묶음씩 이어 양 손에 갈라 쥘 수 있게 했다. 보살은 손대잡이를
접고 명두전과 넋전을 꾸며 놓았다. 보살의 남편은 죽은 사람
의 영혼을 상징하는 갓을 쓴 남자와 낭자머리를 한 여자 모양
을 오리고 가장자리를 둘러 장식하였다. 마당에는 멍석이 깔리
고 차일이 올라가고 병풍이 둘러지고 제상이 차려지고 있었다.
영안촌 큰아버지와 오류리의 작은아버지가 도착하고, 동네 구
경꾼들이 좁은 마당에 서로 비켜설 틈도 없이 빽빽이 모여들었
다. 보살은 기판이가 나와서 굿을 방해하지 못하도록 홑이불
같은 것으로 씌워서 잘 묶고 옆에 지키는 사람을 두라고 일렀
다. 얼굴을 씌우고 골방에 갇힌 기판이를 안골양반이 지키기로
했다.

저녁밥을 먹고 나서 보살은 흰 치마저고리를 입고 성주상
앞에 혼자 앉아 가만가만 징을 두드리며 집안의 조상님과 신들
에게 굿하는 연유를 아뢰는 방안굿을 올렸다.

성주는 본관이요, 지신은 객관이요, 조왕은 아관인디, 주인 모를 공사가 있사오리까? 올라라 마흔 닷새 날이 굴러 열이레 중궁대왕 자말 받든 성주님을 모시옵고 초하레 하계조왕 열이레 진계조왕 스무하레 팔만사천 검덕궁 시리 장장 배판허신 지더 조왕님 웃친 선영 모시옵고 이 정성 나선 말은 다른 말씀이 아니오라, 천금싸고 만금싸고 값중코 중한 별씨가문 남자손, 올 나이 열야닯 경진생 섣달 스무 이렛날 태난 남자손, 우연히 몸으로 진신걸어 허들가지 드들가지 너 활매 너 질성 육천매답 사더삭신 숨든가심 버우복구 산전같은 고통근심, 웃친 선영님네 어찌 모르실리 있으리까. 해동조선 전라남도 나주군 밤남정이 별씨녁 가중인디 김씨구녀 정중안에 사월 스무하레 좋은날 더우잡어 두대받이 챌얼 치고 야락잔치 나설적의 저승고에 맺히시고 산신고에 맺히시어 가실극락 못가시고 집 안으로 감돌아서 자손에 근심을 여는 선영님네 씻기시어 생왕극락 모시올제 웃친 선영님네 항아 동심하야 고이 흠양 허시옵고 시로 걷고 때로 걷어 천수산에 왕겨볶고 신우산에 구름걷듯 개명축시 고이걷어 단밥단잠 질월시켜 몸이가바 짓이가바 추천에 연자같고 날배에 수리같이 활발허고 개안혀서 수명 장수시켜 주옵소사.

방안굿을 마친 다음 위에 장삼을 걸치고 머리에 흰 고깔을 쓴 보살이 마당으로 나와 지전을 걸고 넋 그릇은 상 앞에 놔두고 쌀 그릇에 신대를 꼽고 사람 모양으로 오린 넋을 병풍 중앙에 붙였다. 문 밖에 제상을 차리게 하고 질베를 문밖까지 길게 늘이고 신칼과 넋 그릇을 가지고 집안 사람 중에 평섭씨를 데리고 나가 씻김 받을 영혼들을 집으로 모셔왔다. 마당굿의 시작을 알리는 뜻으로 쌀 그릇에서 쌀을 집어 상 위에 세 번 뿌린 다음 보살이 지전을 든 손을 가슴에 모으고 점잖고 무겁고 엄숙하게 무가를 부르기 시작하자 보살의 남편과 태평이는 징과 장고로 반주를 하였다. 먼저 죽은 이의 넋을 불러 앉히고 이들을 즐겁게 하고 감동시키기 위해 추어올리는 춤을 추었다. 다음은 두신으로 알려진 손님마마를 모시고 또 굿청에 찾아든 손님신들을 모시는 순서가 이어졌다.

손님굿이 끝나고 나서 집안의 곡물 의류 수명 화복을 주관하는 제석님을 모시는 제석굿으로 넘어갔다. 보살은 지전을 들고 서서 무가를 부르고 악사들은 반주를 하며 제석님이 내려오는 내력을 소개했다.

왕아 제석이로구나 제석……. 제석님네 아바이는 천왕제석 살으시고 제석님네 어마이는 일월제석 살으시고 제석님네 아들

애기 포도국사 살으시고 제석넘네 딸애기는 인물 좋아 시녀거든, 바느질 글귀 열어 나래 거뒤, 총 거뒤, 명 거뒤 오시드라, 큰 북은 두리둥둥, 바라는 철철, 목탁은 또드락 탁 인두법두 열한 징쇠 일곱 맞춰 치는 소리 원근 산천이 깨울린다. 한산사 야밤권세 이보다 더헐손가…….

기나긴 제석굿을 마치고 조상신과 손님신들의 상에 첨잔을 하여 보내 드릴 때에 씻김 받을 분들의 상에는 남아 계셔야 하기 때문에 첨잔을 하지 않았다.

씻김의 과정으로 돗자리를 펴서 그 위에 씻김 받을 분들의 옷을 펼쳐 놓았는데, 남자 옷은 왼손이 위로 가게 하고, 여자 옷은 오른손을 위로 가게 하였다. 병풍에 붙여 놓았던 넋을 떼어 옷의 가슴 부위에 놓고 옷 밑에는 질베에 여러 매듭을 지어 고를 만들어 이분들이 이승에 살 제 맺힌 한들을 푸는 고풀이를 먼저 한다. 고를 푼 다음 넋을 씻는 씻김으로 들어갈 때에 옷을 펼쳐놓은 돗자리를 둥그렇게 말아 일곱 매듭으로 묶어 볏짚 위에 세우고, 위에 넋 그릇을 얹고 그 위에 머리를 상징하는 누룩한 덩이를 올려놓고 솥뚜껑을 덮어 미리 준비해 놓은 쑥물과 향물과 맑은 물을 비에 묻혀 차례로 씻겨 내린다.

어화 세상 사람들아 살었다고 자세말고 죽었다고 설워마소, 나도 엊그제 살어서는 백년이나 사잤드니 원명이 뿐이든가 사생에 때가있어 아차 한 븐 가게 되니 다시오기 어려웁네……. 인생이 생길때는 팔십정년 탔건마는 허무허다 이버인생 한 븐 가면 못오느니, 서산에 지는해는 상지에 매어놓고 동경에 뜨는 달은 호상강의 등불이세, 어와 세상 사람들아 이버 한말 들어 보소 뉘 덕에 나왔으며 뉘 덕으로 생겼든가, 아버님전 뼈를빌고 어머님전 살을빌고 칠성님께 명을빌고 제석님전 복을빌어 인간세상 탄생허여 한두 살에 철을 몰라 부모은공 모를세, 이삼십이 지버가면 인간칠십 그대로세, 아적나잘 성튼 몸이 저녁나잘 병이드니 실날같은 요내 몸에 태산 같은 병이들어 인삼 녹용 약을 쓴들 약 효험 받을소며 판수 불러 경 읽은들 경덕이나 입을손가, 친구벗님 많다혀도 저승질 가는디는 어느친구 머신가며 일가친척 많다 헌들 어느일가 머신가리……. 불쌍허신 금일망자 백골 난망 넋이되어 혼이 슬피 울음울며 비도조차 설리울때 씻기시니 씻기시니 오늘날 씻기시니 해갈천도 시캐 생왕극락 가옵시네, 쑥물로 씻기시먼 악사 지옥을 면허시고 도탄 지옥도 면허시고 생왕극락 가옵시니 쑥물로 씻깁시다. 명사십리 해당화야 니 꽃진다 설워마라 니 꽃은 졌다가도 명년 삼월 봄이 되먼 싹도 나고 잎도 피어 니 꽃 다시 되건마는 불쌍허신 망자씨는 한 븐

아차 가게 되면 가는 질은 있건마는 오만기약 전혀 없네, 쑥물로 씻겠으니 행물로 씻깁시다. 행물로 씻기시면 하탄 지옥을 면허시고 태산 지옥도 면허시고 평등 지옥도 면허시니 행물로 씻깁시다. 행물로 씻겠으니 몱은 물로 씻깁시다. 몱은 물로 씻기시면 십대 지옥을 면허시고 천근도 여의시고 중복도 가시옵고 왕생극락 하옵시니 몱은 물로 씻깁시다. 몱은 물로 씻기실 때 상탕에는 머리감고 중탕에는 몸을 씻고 하탕에는 열 손발 고이고이 씻기시니 진옷 벗어 버던지고 모른 옷 갈아입고 생왕극락 옥경연화당 수구품 밑으로 일실성불 되옵시고 몰몰 되아 가옵시네.

실무어라 배무어라 인정없는 망자들은 그 고개를 못넘으고 불쌍허신 별씨망자 실무산 고개 넘을적의 게어이 서러워서 옥 같은 두미간에 구슬같은 눈물짓네. 시상 사람들아 저승질이 질이든가 시왕문이 문이든가 저승질이 질 같으면 오고 가고 가고 오고 시왕문이 문이더먼 열고 닫고 내못헐까. 저 건너 보령 안에 잎도 없고 끝도 없는 팽경지 나무 무어버어 월천강에 다루 놓아 건느시고 백운선 타고 청강 욱에로 후둥실 떠나는디······. 천근이야 천근이야 불쌍허신 망자씨는 십대 지옥도 면허시고 천근을 여우시고 생왕극락 가옵실대 무신 성심 허셨으며 무신 공덕을 허시였소. 공덕 성심이 지극허먼 십대 지옥을 면허시고 생왕극락 가옵니다 부화부순 화목하야 봉이 유순 허시었소 좋은 터에 집을 지어 행인 유수 허시었소 짚은 물에 다루 놓아 월천공덕 허시였소 배고픈 이 밥을 주어 구사공덕 허시었소 목마른 이 물을 주어 급수공덕 허시었소 병든 사람 약사주어 화령공덕 허시었소 헐벗은 이 옷을 주어 극락공덕 허시었소 부처님전 공양드려 염불공덕 허시였소 공덕성심 극진하야 십대지옥을 면허시고 생왕극락 가옵실더 소원대로 가옵소사……. 가시다가 원통커든 청천유월 유두시에 서황모 예비전에 회포말씀 드리시오. 춘일은 원약허고 하월은 동약허니 청잎녹엽 만발헌디 정처 찾어 쉬어가오. 한굽이 가시다가 다마 봉접 분분헌디 청조새가 게 섰거든 생왕질을 묻고가고 또 한고부 가시다가 백로 홍강 녹수일랑 원앙한쌍 게 섰거든 새왕질을 묻고 가오. 또 한 고부 가시다가 상좌앞에 백발노인 장기바둑 앞에 놓고 백점 흑점 뒤듯 허니 삼신선이 분명허매 경지 찾어 쉬어가오. 또 한고부 가시다가 백운심처 일심귀라 중 한분이 게섰거든 멀고 먼 생왕길을 인도하야 가옵시고 또 한고부 가시다가 봉래산 구름속에 청애동자 돌아앉어 옥 퉁수를 슬피 불먼 경치 찾어 쉬어가오. 또 한고부 가시다가 층암 절벽 노송하에 약초캐는 동자헌티 원통코 통분커든 불사약을 얻어자시고 인도환생 다시하오. 불쌍허신 망자씨는 십종 장엄을 여우시고 생왕 극락 가옵소사.

그 무렵 집안 사람들의 요구로 보살은 그들에게 신대를 잡게 하고 신 말을 내려주시도록 청을 드렸다.

불쌍허신 망자씨 저승을 못 가시고 월궁에 메이고 출궁에 메이고 팔만 지옥에 메었다가 쑥물 헹물 몱은 물에 씻개 버아 진옷 벗어다가 와상욱에 걸어 놓고 어둔 질은 팁 질은 넓어지고 성불 되아 가시라고 지성 발괄 비시는디 흔적없이 가시시고 표적없이 가시리까 별씨 가문안에 김씨 정중에 씻김 받어 오신 선영님네 영금있는 말소리 듣고자 신대를 모셨습네다 시두손님 잔임 손님 영금 영타는 신대 각씨님을 모셨으니 항아 동심하야 별씨 문중 신 어깨 단 어깨 찬물 찍들어 자취있고 흔적있게 훨훨 버리소사.

신이 쉽게 내리지 않자 대잡이는 집안사람들로부터 마을 사람들에게 옮겨 갔다. 진구렁의 백생원, 턱굴의 철주씨, 종덕이 아버지에 이어 질용이 아버지에게, 남자들이 차례로 잡아 봤지만 시간만 가고 신이 좀체 내리지 않고 있을 때에 여자들 쪽이 시끄러워지더니 일출이 어머니가 앞으로 밀려 나왔다. 남자들이 안 되니 여자들이 나서 보겠다는 것이었다. 여자들에게 억지로 떠밀려나온 일출이 어머니가 신대 앞에 앉혀졌다. 그녀가 대를 잡은 지 얼마 안 되어 대가 가늘게 떨리기 시작하더니 점점 세차게 흔들렸다. 그녀는 쌀 그릇의 쌀을 한 움큼 집어 상 위에 던지고 울음을 터뜨리며 입을 열었다.

"원통허고 절통허구나."

그 소리는 처음 들어 보는 남자의 목소리였다. 그 소리를 들은 장섭 씨와 평섭 씨가 '아부님이 오셨다.' 하며 대 앞에 엎드리고 안골댁도 두 사람을 따라 엎드렸다.

"내가 살아 생전 고통 근심 많이 혔다."

대잡이가 말을 계속 했다.

"내가 머나먼 날 출행 나가 서울 가고, 부산 가고, 대전도 가고, 팔도를 헤맸어도 도둑을 못 찾고 내 몸은 뿌서지고 억울허다 시상살이 뉘게다가 원망허고 뉘게다가 원정헐끄나……."

자식들이 아버지를 붙잡고 울며 애원했다.

"아부지, 이 못난 자식덜얼 용서혀 주시씨오. 아부지가 저승에도 못 가시고 원혼이 되아 이승을 떠돌고 기시는 중 몰랐구만요. 인자라도 씻김 받고 시상 원한 홀홀 털고 생왕극락 가시씨오. 가실 적에 당신 귀헌 손자 자석 기판이의 병을 여워 살래 주고 가시씨오."

"아부님, 지가 아부님 생전 상면도 못헌 매누리제마는 값중코 중헌 당신 손자 자석 판철이럴 몰르실리 있으리까. 그 자석에 사대삭신 내우복구 산전 같은 고통 근심을 모르실리 있으리까. 씻김 받어 생왕극락 모시올제 고이 흠양 허시옵고 시로 걸고 때로 걸어 쥐었다고 놓은 듯이 바람 불다 잔듯이 시원허고 개안허게 병을 걸어 주시씨오."

"느그 공들인 것 내 몰르겄냐. 오직 헌 내 손자야 인간 고통 많이 혔다. 넘 몰르게 근심 많고 넘 몰르게 잡탈 묵고 니 속에는 차고 있고 피가 모르는 시간이 되었으니 내 손지럴 살래 보자. 잠시 잠 여그 와서 니가 나를 보였느냐 내가 너를 보였느냐 뵈지 않는 몸이 발명하야 주억주억 말허겄냐."

대잡이가 일어서더니 걸음을 옮겨 놓았다. 오른발을 길게 끌고 왼발을 급히 떼며 오른쪽으로 푹 꼬꾸라질 듯이 기우뚱거리는 아버지의 생시 걸음걸이 그대로였다. 그리고

이 히야 헤 헤헤 헤이야,

허이 허이히 허허 허허로 구나.

아무래야 어허허로 니가 버로 고온나.

하고 노래를 불렀는데, 이 노래 역시 아버지가 술에 취해 밤 늦게 돌아오며 흥얼거리던 장섭 씨의 어릴적 기억 속에 떠오르는

노래였다.

대잡이가 말했다.

"목이 모르구나."

일출이 어머니가 술을 한 모금도 못하는 것을 알고 있는 여자들이 부엌으로 가서 물을 한 대접 떠왔다.

"나보고 물을 마시라는 것이냐?"

대잡이는 호통을 치며 상 위의 술잔을 들어 단숨에 마셔 버렸다. 사람들이 술을 더 권하자 그는 주는 대로 다 받아 마시고는,

"상에 담배가 없구나."

하고 말했다. 사람들이 담배를 종이에 말아서 권하자 그는 손가락 사이에 끼우고 피우며,

"오랜만에 피웠더니 맛있다."

하는 것이었다. 재떨이를 찾는 그에게 빈 그릇 하나를 내주자 그는 그릇을 밀어 놓으며,

"깡통 재떨이를 가져와."

하더니 깡통 재떨이가 없다고 하자,

"이 집 장꽝 뒤에 가 봐."

하였다. 사람들이 집 뒤로 돌아가 보니 과연 장독대 옆에 녹슨 깡통 하나가 뒹굴고 있었다. 그는 깡통 재떨이에 재를 털고 가래침을 뱉고 나서 술을 청해 계속 마셨다. 그는,

"술을 많이 마셨드니 오짐이 매랍구나."

하며 일어서서 허리춤을 아래로 내리는 것이었다. 여자들이 달려들어,

"저짝으로 가서 안거서 싸쇼."

하며 데리고 나갔지만 그는 여자들을 뿌리치고 헛간 앞에 서서 남자처럼 소변을 보았다. 소변이 치마를 적시고 땅으로 흘러내렸다.

"인자 가 봐야 허겄다."

그가 말했다.

"궂은 옷 미목 털목 벗어 마상 걸고 모른 옷 갈어입고 구름도 쉬어 가는 일곱 구부구부 넘어넘어……."

대잡이가 정신을 잃고 쓰러졌다. 안골댁은 쓰러진 대잡이를 잡고 흔들며 울부짖었다.

"아부님, 게양 가시먼 워쩔 것이요. 이 정성 봐서라도 게양은 못 가시오. 게양은 못 가세라우. 개안허고 속 씨언헌 표적 하나 주시고 가세야제라우."

일출이 어머니는 방으로 옮겨져 찬물을 먹이고 온몸을 한참 주무른 뒤에 깨어났다. 술을 서되 넘게 마셨건만 그녀에게는 술기가 전혀 없었고, 사람들이 망자의 일을 어찌 알고 말을 했느냐고 물으니 자기는 정신이 없었던 것은 아니고 주위의 말은

다 알아들을 수 있었으나 머리가 몽롱한 가운데 말이나 행동이 자기의 마음대로 되지 않았다고 했다.

보살은 망자의 상에 잔을 올리고 첨잔을 하며 축원하였다.

씻김 받어 오신 선영님네 천근을 여우시고 중복도 가시옵고 진 옷 벗어 모른 옷 입고 생왕극락 가옵실 때 천금 쌓고 만금 쌓은 소년 관주 머주의게 앞에 가린 희살 막고 뒤에 따른 객기 밀막어서 명은 무쇠 닷줄 진진 명에 무량머복을 점지시캐 주옵시고, 이 자손 장성허먼 나라에 충성허고, 부모에 효도허고, 집안에 화목허고, 일가친척 우애허고, 친구 벗님 유신혀서 벼슬 국으로 질월시캐 만 인간이 송덕허고 장명 머덕을 입해 주옵시사.

길 닦음, 다리 염불, 질베 거두기, 종천맥이, 사자 여우기 가 이어진 뒤 그날 굿은 순조롭게 끝났다. 저녁밥을 먹고 시작한 굿이 다음날 새벽 네 시까지 계속되었으나 구경나온 동네 사람들 중 절반 가량이 그때까지 남아 있었고 기관이도 조용히 있어 주었다.

날이 밝자 보살이 떠날 준비를 하며 말했다.

"아들언 많이 좋아 지꺼입니다. 헌디 어무이허고 아들 새에 쩐 막살을 풀어 줘야 헐 틴디 한 일이 년 공들이는 동안 아들얼 딴 디에 보내먼 안 되겠습니까? 한집에 있으면 결코 살기를 못 풀고 본병이 다시 도질 턴디 큰집이나 작은집에 가 있게 허먼 안 될께라우?"

"아들놈이 큰집이나 작은집에 가 봤자 매칠 못 있다 게양 오고 말 턴디요."

"아들이 마음 편허게 지낼 만헌 디가 없겄습니까?"

"외가에도 어른덜이 다 돌아가시고 보낼 디가 없는디……, 염치없는 말씀이제마는 보살님이 공을 들애 주시는 짐에 지 아들놈도 잔 살패 주시먼 안 될께라우?"

"지가요?……, 우리 태팽이도 있으니께 둘이 잘 지내면 집을 잊어 뿔고 지낼 수도 있긴 허겄습니다마는……."

"지 아들놈이 낫기만 허먼 옻밭굴 아홉 마지기 전답을 보살님께 디리겠습니다. 즈이 재산의 반입너이다."

"……, 즈이덜도 묵고 살라니께 일헌 값은 받고 댕깁니다마는 넘의 재물을 택없이 넘볼 맘은 없습니다. 그런 짓을 허먼 신이 노허시지라우. 저엉 보내실 디가 없으시다니 지가 데꼬 있어 보겄구만이라우. 보내실라먼 되도록 빨리 내일 모래쩜 아부님이 데리꼬 오시두룩 허십시오. 어무이께서는 아들이 아무리 보고 잡어도 그동안은 아들이 없거니 허는 맘으로 꾹꾹 참고 기세야 헙니다요."

이리하여 기판이의 산 생활이 시작되었다. 태평이를 따라 비탈 밭에 나가 일을 하고 산으로 나무를 하러 가고 산짐승의 발자국을 쫓아 산등성이를 달렸다. 언제부턴가 댕댕이 넝쿨을 거둬다 무언가를 만들기 시작했는데, 처음에는 몹시 서툴렀으나 점점 기술이 늘어 쓸 만한 채반이나 바구니들의 모습이 되어갔다. 기판이는 이 일을 좋아하여 며칠이고 그 일에 매달려 지내곤 했다. 그러는 동안 그는 밥도 먹고, 잠도 자고, 얼굴에 혈색이 돌아오며, 점차 사람 꼴이 되어 갔다.

구월 어느 날 보살이 장성으로 일을 나가게 되었다. 강에 빠져 죽은 남자의 혼을 건지는 일감이 들어온 것이다. 기판이가 산으로 온 뒤로 보살은 일을 나갈 때면 기판이를 태평이에게 맡기고 장고 치는 사람으로 계만 씨를 쓰고 있었다. 계만 씨는 골짜기 아래에 있는 대덕사란 작은 절에서 허드렛일을 봐 주고 있는 사람이었다. 그런데 전날 석양 무렵 계만 씨로부터 보살을 따라 갈 수 없게 되었다는 전갈이 왔다. 보살네는 기판이를 그날과 그 다음날 이틀 동안 점동이 아버지에게 맡기기로 의견을 모았다. 점동이네는 보살네 집에서 등성이 하나를 넘은 비탈에서 약초 재배를 업으로 살아가는 하나뿐인 이웃이었다. 다음 날 오전 중에 오기로 한 사람이 점심때가 다 되도록 나타나지 않자 보살은 태평이를 보내 무슨 일이 생겼는지 알아보게 했다. 집에 있던 그의 아내는 남편이 밭을 둘러보고 바로 보살네로 가기로 했으니 곧 도착할 것이라고 말했다. 한 시간쯤 더 기다리던 보살네는 이제 더는 지체하고 있을 수 없었다. 읍에 나가 버스로 광주에 가서 장성 가는 차를 바꿔 타고 약속 장소에 해 지기 전에 도착해야 했기 때문이었다.

그때 갑자기 태평이가 새끼줄을 가져오더니 기판이를 집 앞의 닥나무에 꽁꽁 묶기 시작했다. 그들은 점동이 아버지가 곧 오리라 믿었고 기판이도 충분히 이해해 주리라 믿었던 것이다 그리고 또 그러했다.

"너머나 꽝꽝 묶지는 말그라이."

보살이 말했다.

"그럴라먼 게양 놔두제 뭣 허러 묶는다요?"

태평이가 뇌까리며 한창 때의 힘으로 나무 뒤에 꽁꽁 매듭을 지었다.

"기판아, 내가 너를 못 믿어서가 아니라 우덜이 맘 편히 댕 개 올라고 이러는 것이니께 그리 알고 불편혀도 점동이 아부지가 올 때까장만 참고 있그라, 잉?"

이렇게 달래고 보살네는 읍으로 떠났다. 그러나 곧 오리라 믿었던 점동이 아버지는 그날이 저물고 다음 날 아침이 밝아와도 오지 않았다. 전날 밭에 나간 점동이 아버지는 자기의 소중한 삼밭을 후비고 다니는 멧돼지 놈을 발견했던 것이다. 그 놈은 덩치가 크고 매우 심술궂은 놈으로 고구마 밭, 수수밭, 감자밭 할 것 없이 뒤집어엎고 다니는 바로 그 녀석이었다 열이 오를 대로 오른 그는 멧돼지를 덫이 있는 쪽으로 몰아 잡을 생각으로 몽둥이를 들고 소리를 지르며 쫓았다. 그는 밭 주위에 몇 개의 덫을 설치해 놓았던 것이다. 그러나 너무 성급하고 무모하게 굴었던지 놈이 갑자기 돌아서더니 어금니를 부르르 떨며 그를 향해 돌진해 왔다. 뒷걸음쳐 허둥지둥 도망치던 그는 비탈 아래로 굴러 떨어졌다. 옆으로 뻗은 소나무 가지에 잠시 걸렸다가 또다시 가파른 낭떠러지로 떨어져 내렸다. 그가 정신을 차려 온통 부서진 몸을 끌고 피투성이가 되어 집으로 돌아올 때는 땅거미가 질 무렵이었다. 이 사건으로 인해 점동이 아버지와 그의 아내는 보살과의 약속을 까맣게 잊고 말았던 것이다.

　다음 날은 일요일이었다. 그날 오전, 공교롭게도 동명이와 봉완이가 기판이를 보러 산으로 올라왔다. 그들은 하룻밤 내내 자기를 묶어 놓은 줄과 실랑이를 하다가 죽은 듯이 축 늘어져 있는 기판이를 보았다. 전후 사정을 알지 못하는 그들은 분기탱천하여 부르짖었다.

"이런 나쁜 인간덜 같으니, 사람을 워째 이래 놀 수 있단 말이여, 잉?"

"이놈덜 속심이 뻔혀. 생사람을 잡어 놓고 기판이네 재산을 통째로 넘보자는 수작 아니겄서?"

"이놈덜얼 카만 놔둬서는 안 되아. 본때를 벼 줘야 혀."

줄이 풀리자, 나무 밑에 쓰러진 기판이를 놔둔 채, 녀석들은 집 안으로 들어가서 성난 황소처럼 닥치는 대로 세간들을 때려 부쉈다. 도둑도 근접을 꺼린다는 신당을 뒤엎고, 신당 아래 오지단지에 묻어 둔 돈을 몽땅 꺼내 챙긴 뒤, 단지마저 박살내 버렸다. 그리고 나서 그들은 기판이를 부축하고 산길을 가로질러 읍내로 향했다. 그들은 그 돈으로 화흥루에 가서 중국요리를 시켜 먹고, 장터에 들어온 서커스를 구경하고, 새로 생긴 제과점에 들어가 찹쌀떡과 고급 과자들을 실컷 사 먹었다. 날이 저물기 시작하자 녀석들은 꿈에서 깬 듯 정신이 번쩍 들었다. 그제서야 그날 자신들이 저질러버린 일이 무엇인가를 깨달은 것이었다. 녀석들은 당황했다.

"인자 워쩌면 쓰것냐, 잉?"

봉완이가 어쩔 줄을 몰라 물었다.

"그런께, 느그들 알도 못하고 워째서 그런 일을 저질러뿌렀냐?"

기판이가 불만스러운 얼굴로 말했다.

"인자 깨진 밥그럭인디 워쩔 것이냐."

동명이가 무겁게 입을 열었다.

"기판아, 여그 남은 돈을 다 줄 틴께, 갖고 광주로 가그라. 광주 가면 학교 친구덜도 있을 것 아니냐? 그러고 이 일이 잠잠혀질 때까장은 내래오지 말그라. 니가 내래오면 우덜이 다 잽혀서 감옥에 가게 될 틴께로. 알것지야?"

두 녀석은 쓰고 남은 돈을 모두 기판이의 주머니에 넣어 준 뒤 광주로 올라가는 마지막 버스에 태워 보내고 집으로 돌아갔다.

종점인 광주 버스 정류장에 내린 기판이는 등 뒤에서 정류장 문이 닫히는 소리를 들으며 길가에 망연히 서 있었다. 그는 갈 곳이 없었다. 두 누나와 방을 얻어 자취를 하는 현수를 찾아가면 하루 이틀쯤 못 묵으랴 싶었지만, 이 큰 도시에서 어떻게 현수의 집을 찾는단 말인가?

큰길 양편에 주욱 늘어서 있는 상점들은 불이 켜져 있었고, 그 불빛이 비쳐 나와 환한 거리에는 사람들이 바쁜 듯이 오가고 있었다. 그는 자기도 모르게 걸음을 옮겨 놓았다. 중심가를 벗어나자 상점도 드문드문해지고 따라서 길도 어두워졌다. 어둑어둑한 길을 따라 발길 가는 데로 걷던 그는 한 곳에 이르러 갑자기 걸음을 멈추었다. 몹시 낯이 익은 곳이었다. 그가 다녔던 공업고등학교 정문 앞이었던 것이다.

그는 다가가서 문기둥을 만져 보고 쇠문도 밀어 보았다. 등하교시 언제나 활짝 열려 있던 문이 굳게 닫힌 채 그 앞에서 그를 거부하고 있었다. 그는 문에서 떨어졌다. 그리고 학교 담 밑으로 뻗은 컴컴한 길을 쓸쓸히 걸었다. 담이 돌아가는 지점에 철길이 놓여 있었고 철길을 건너자 그 너머에 도시 변두리의 판자촌 마을이 들어서 있었다. 조그만 창문으로 희미한 불빛이 새어나오는 다닥다닥 붙은 낮은 집들 사이를 걸어가다 마당에 불이 환히 켜진 집 앞을 지나가게 되었다. 집에서는 많은 사람들이 모여 웃고 떠드는 소리가 흘러나왔는데, 시끌벅적한 그 소리는 그의 가슴으로 돌멩이가 되어 쿵쿵 떨어져 내리는 것 같았다. 그는 마을 끝까지 갔다가 다시 그 집 앞으로 되돌아왔다. 그 집은 울타리가 낮아서 키 큰 그가 발뒤축을 들면 안이 훤히 내다보였다. 그날 그 집에는 큰 행사가 있었던 것 같았다. 그 시간쯤이면 모든 행사가 끝나갈 무렵이었으나 처마 끝에 달아놓은 전등으로 훤히 밝은 마당에는 아직 한 패의 윷판이 끝나지 않고 있었다. 그는 허술한 울타리를 사이에 두고 싸우는 것처럼 시끌벅적한 놀이판을 아득한 눈길로 바라보았다. 이윽고 윷판이 끝나자 사람들이 모두 흩어지고 마당이 텅 비워졌다. 따라서 구멍이 뚫린 것처럼 그의 가슴도 텅 비고 다리에 힘이 쫙 빠졌다. 그는 캄캄한 울타리 밑에 무너지듯 주저앉았다.

짐승들의 퍼런 눈들이 번뜩이고 울음소리가 귓전에서 울리던 전날 밤의 두려움은 아무것도 아니었다. 그때는 날이 새기만 고대하던 기다림이 있었고 보살네 가족들이 돌아오리라는 믿음이 있었다. 그러나 세상에 내몰린 그에게는 이제 아무것도 없었다. 그를 받아 주는 곳도 의지할 곳도 없었다. 그는 그를 버린 세상이 두려웠고 밤이 두려웠으며 낮이 돌아오는 것은 더욱 두려웠다.

그가 울타리 밑에 웅크리고 앉아 얼마쯤 시간이 흘렀을 때 갑자기 그에게 불빛이 비쳤다. 그는 눈을 찌푸리고 손으로 얼굴을 가렸다. 그의 앞에 웬 남자가 서 있었다. 그를 수상히 여긴 주민의 신고로 순경이 나온 것이다.

"너는 누구냐?"

"여그서 뭣 허고 있냐?"

묻는 말에 얼른 대답을 못하자 순경은 그를 파출소로 데려갔다. 책상 맞은편에 그를 앉히고 순경이 질문을 했다.

"이름은?"

"나이는?"

"주소는?"

"직업은?"

기판이는 대답을 하지 않았다. 대답을 하면 당장 집으로 돌려보내질 것을 알고 있었기 때문이다.

"너 벙어리냐?"

순경이 버럭 소리를 질렀다.

'벙어리? 그래. 벙어리 행세를 하자.'

그는 계속 입을 꾹 다물고 안 들리는 척 딴전을 부렸다.

파출소로 사람들이 잡혀 들어오고 있었다. 통금 위반자들, 술이 취해 싸우던 사람들, 길바닥에 누워 잠을 자던 사람들이었다. 파출소 안은 술 취한 사람들의 노랫소리, 시비를 거는 소리, 큰 소리로 취조를 하는 소리들로 떠들썩해졌다. 기판이만 붙잡고 있을 수 없던 담당 순경이 몸수색을 하고 그를 놔두었다. 다행히도 봉완이들에게 받은 돈은 몸 속 깊이 간수했기 때문에 들키지 않고 몸에 지닐 수 있었다. 기판이의 꼴을 보고 순경이 몸수색을 대강 끝내고만 때문이었다.

파출소 바닥에서 잠이 든 기판이는 누군가 그의 엉덩이를 차는 바람에 깜짝 놀라 깨어났다. 날이 훤히 밝아 있었고, 지난 밤에 잡혀왔던 사람들은 모두 나가고 없었다. 그를 데려왔던 순경도 보이지 않았다. 젊은 순경 한 명이 술 취한 사람이 토해 놓은 바닥의 오물을 치우다가 기판이가 일어나는 것을 보고 다가와서 그를 다시 발로 찼다.

"새끼야, 나가."

파출소를 나온 기판이는 다시 길을 따라 걸었다. 그러다가 무심히 한 골목으로 꺾어들었다. 몇 걸음 걸었을 때 앞에서 '도둑이야, 도둑, 도둑 잡어라' 하는 남자의 고함이 들렸다. 누군가 옆구리를 치고 달려갔다. 돌아보니 아홉열 살쯤 되는 남자아이가 사람들 사이를 요리조리 피해 달아나고 남자 한 명이 그 뒤를 쫓고 있었다. 골목을 나가려던 아이는 마주 오는 자전거에 부딪혀 넘어지는 바람에 남자에게 붙잡혔다. 남자는 아이를 주먹으로 때리고 발로 찼다. 아이는 넘어져 땅바닥에 뒹굴었다. 골목 안 사람들과 지나가던 사람들이 모여들었다.

"이노무 새끼가 진열대 유리를 독으로 쳐서 깨부렀단 말이요."

남자가 사람들을 둘러보며 흥분된 목소리로 외쳤다.

"이 새끼야, 내 유리럴 어쩔 티냐, 엉?"

"이놈이 골목을 얼쩡거릴 띠게버팀 내 뭔 일얼 낼 놈인 중 알었단께라우."

골목에 서 있던 여자 한 명이 물었다.

"진열대 유리를 뭣 땜시 뿌섰다요?"

"아, 돈을 훔칠라고 그랬겄제라우."

"조막만 헌 놈이 간도 크제, 이런 놈이 크면 뭣이 될란가 몰 겄소예."

"다시는 이 골목에 얼씬을 못허게 혼달림을 내놔야 헐 것이 요."

"못된 손모가지를 뿐질러 뿌러야 헌단께라우."

사람들의 사정없는 발길질에 아이는 죽어 가는 개구리처럼 쭉 뻗은 채 사지를 바들바들 떨었다. 그때 기판이가 자기도 모르게 사람들을 막고 나섰다.

"그만들 혀 두시씨오. 아즉 어린아그 아니요?"

남자가 소리쳤다.

"당신이 누군디 그만두라 마라 허는 거요? 이 새끼허고 뭣이라도 돼요?"

사람들의 험악한 기세에 그는 당황하여 어쩔 줄 몰랐다. 어쩌다 이런 일에 끼어들었는지 자신도 알 수 없었기 때문이었다. 그러나 이제 도망칠 수도 없었다. 기판이는 우물쭈물 대답했다.

"뭣이 되지는 않제마는, 잔 아는 아그요."

"그러면 잘 되았소. 내 유리 값을 물어내씨오."

기판이가 물었다.

"유리 값이 얼매요?"

남자가 기판이의 행색을 살피며 말했다.

"내 유리는 보통 유리가 아니고 진열대를 맨드는 상급 유리라 비싸요. 이백 원만 주씨요."

기판이가 돈을 꺼내 주자, 남자는 값을 더 부르지 못한 것을 후회하며 돌아갔다. 그가 돌아가자 모였던 사람들도 모두 흩어져 갔다. 기판이의 부축을 받으며 아이는 비틀비틀 일어났다. 그가 아이 옷의 흙을 털어 주고 얼굴의 피를 닦아 주려 하자 아이는 손을 홱 뿌리치고 발을 끌며 달아나 버렸다.

기판이는 다시 홀로 거리를 헤맸다.

지났던 길이 다시 나타나고 보았던 가게 간판이 다시 보였다. 이렇게 오전을 보내고 또 오후를 보냈다. 해가 기울 무렵 그의 발길은 시가지 가운데를 흐르고 있는 냇가로 나왔다. 그는 다리 난간에 몸을 기대고 흘러가는 물을 내려다보았다. 물은 서로 경쟁하듯이 흐르고 있었다. 앞섰던 물이 바위를 만나 돌아가는 동안 뒤에 오던 물이 앞서 달려갔다. 물은 까르르 웃기도 하고 재잘거리기도 하면서 쉬지 않고 흘러갔다. 다리 위쪽에서는 빨래하는 사람들의 방망이 소리가 요란했으며 더 위쪽에서는 채소를 씻고 있는 사람들도 있었다.

해가 넘어가자 빨래 소리도 그치고 냇가에는 흘러가는 물소리뿐이었다. 그는 물가로 내려가 빨랫돌 위에 앉아 발을 물속에 담갔다. 손도 씻고 발도 씻고 세수도 했다. 할 일이 없어지자 자갈돌을 주워 물속에 풍덩풍덩 던졌다. 주위는 점점 어두워져 오고 있었다. 어제는 운 좋게 파출소에서 밤을 지낼 수 있었지만 오늘은 어디로 가야 할까. 그는 밤이 오는 것이 무서웠다. 점심때 시장 안에서 국수 한 그릇을 사 먹었을 뿐인데 배는 조금도 고프지 않았다.

그때 누군가 그의 앞으로 다가왔다. 아침에 골목에서 만난 남자아이였다. 남자아이는 온종일 기판이의 뒤를 몰래 따라다녔던 것이다. 너덜거리는 남루한 옷에 매 맞은 얼굴이 퍼렇게 부풀어 오른 남자아이는 빼빼 마른 몸에 머리만 유난히 컸다. 아이는 또릿거리는 눈으로 그를 들여다보며 붙임성 있게 말을 걸었다.

"삼촌은 집이 없제? 우리 집이 가."

아이가 조그만 손을 그의 손아귀에 집어 넣으며 재촉했다.

"언능 일어나."

그는 아이가 그를 호랑이굴로 끌어간다 해도 일어나지 않을 수 없었을 것이다. 그는 아이에게 손을 잡혀 아이의 집으로 갔다. 아이의 집은 시내를 벗어난 가파른 산동네 맨 꼭대기에 있었으며 전기도 들어오지 않았다. 아이가 방으로 뛰어들어가 등

잔에 불을 켰다. 방에는 할머니 한 분이 앓아 누워 있었다.

할머니는 고개만 돌리고,

"옥남아, 인자 오냐?"

힘겹게 말 한마디를 했다. 그 아이의 이름은 옥남이였다. 옥남이는 할머니에게 다가가서 손을 잡고 울먹이며 물었다.

"할무니, 오늘도 많이 아펐어?"

그리고 할머니의 뺨에 볼을 비비며,

"배고프제? 언능 밥해 오께."

하고 말했다.

옥남이는 밖에 나가 바가지를 가져오더니 자루의 쌀을 털어 넣었다. 자루를 탈탈 털었지만 바가지의 쌀은 얼마 되지 않았다. 쌀을 씻어 냄비에 앉히고, 낡아 빠진 풍로에 불을 피워 밥을 지었다. 그리고 그릇에 차지 않은 밥 두 그릇과 간장 종지 하나를 들고 방으로 들어왔다.

"삼촌, 밥 먹어."

아이는 밥 한 그릇을 그에게 내밀고 다른 그릇의 밥에 물을 말아 할머니의 마른 입술에 떠 넣었다. 옥남이는 할머니가 남긴 밥을 먹었다. 할머니가 몇 숟갈 먹지 못하고 남긴 밥은 온종일 굶은 아이의 고픈 배를 채워 주지 못한 것 같았다. 밥을 먹고 난 아이는 고단했는지 자리에 쓰러져 곧 잠이 들었다. 몸도 마음도 지칠 대로 지친 기판이도 아이 옆에 쓰러졌다. 그날도 한뎃잠을 자지 않게 되어 참 다행이었다. 그는 안도의 숨을 내쉬며 편안한 잠 속으로 떨어져 온몸의 피로를 풀고 싶었다. 그러나 잠이 쉽게 오지 않았다. 할머니의 괴로운 숨소리 때문이었다. 그는 잠들지 못하고 뒤척거리다 일어나 앉았다. 그리고 조심스럽게 물었다.

"많이 편찮으신가요?"

그의 말을 알아들었는지 할머니의 가냘픈 대답이 들려왔다.

"내가 잠을 못 자게 혀 드려서 미안시럽소, 젊은 양반."

"지가 도와 드릴 일은 없겠습니까?"

"말씀이라도 고맙소."

할머니는 숨을 몰아쉬며 띄엄띄엄 말을 이었다.

"후우…… 내가 몸을 다친 지가 한 달쯤 되었소. 학동 고갯질얼 고물얼 실코 올라가다가…… 앞에서 차가 오는 바람에…… 차를 피할라다 궁글어…… 니아까는 뿌서지고…… 나는 허리, 폴, 다리가 성헌 디 없이 다쳤단 말이요. 으음."

"옥남이 엄니랑 아부지는 안 기신가요?"

"옥남이 애비는…… 착헌 사람이었는디 넘의 죄를…… 쓰고 감옥에 갔다 온 뒤로…… 사람이 변해 갖고 술로…… 날을 보내고 마누래를 패고…… 마누래는 도망가 불고, 옥남이 애비도 죽고, 후우…… 옥남이 니 살 적부터 고물 장사럴…… 혀서 키우고 있는디…… 인자 나는 살 만큼…… 살았은께 죽어도 한이…… 없제마는 저 어린 것얼 혼자…… 놔두고 어찌 눈을 감을까…… 몰르겄소."

기판이가 말했다.

"그렇코 약헌 맘을 묵지 마시고, 언능 몸얼 회복허세야지라우."

이튿날 아침 기판이는 주머니의 돈을 꺼내, 쌀을 팔아 오고 할머니의 약도 사 왔다. 시간이 지나자, 약의 효과가 나타나는지, 밤새 잠을 못 자고 괴로워하던 할머니가 잠이 들어 고른 숨소리를 낼 때면, 기판이의 마음도 한없이 평온해졌다. 그러나 기판이의 주머니는 점점 비어갔다.

어느 날 아침 그는 옥남이에게 말했다.

"나 시내에 잠 나갔다 올라니께 너는 집에 있그라. 삼촌이 늦드라도 끼니때가 되면 밥해 묵고, 할무니 약도 꼭 챙개 디래야 헌다, 잉?"

그리고 할머니에게 나갔다 오겠다는 말을 하고 집을 나왔다. 그는 어디 가서 돈을 벌까 궁리를 하며 거리를 헤매다 한 시장 안으로 들어갔다. 좁은 출입구를 지나니 채소전, 어물전, 과일 가게들이 넓게 자리를 차지하고 있었고, 그릇집, 신발집,

이불집, 옷집들이 그 주위를 둘러싸고 있었다. 가게들은 그날 팔 물건들이 들어와 정리와 진열이 거의 끝나가는 시간이었다. 아침 시장은 준비를 갖춘 선수들이 시합장에 나온 것처럼 겉으로는 평온해 보였으나, 보이지 않는 활시위처럼 팽팽한 긴장감을 느낄 수 있었다. 그는 쫓기듯이 뒷문으로 빠져나왔다.

시장 뒷길은 식당 골목이었다. 국밥집, 탕집, 술집들이 주욱 늘어서 있고, 문 밖에 내놓은 가마솥에서 고기 익는 냄새가 풍겼다. 그는 이 골목이라면 심부름하는 사람을 쓰지 않을까 싶었고, 주인을 만나 물어봐야겠다는 생각이 들었다. 어느 집으로 들어가 볼까? 그는 골목을 걸어가며 한 집 한 집을 물색해 보았다. 곰탕집 옆의 보신탕집이 눈에 들어왔다. 밖에 있는 솥을 보러 뚱뚱한 여자 주인이 땀을 뻘뻘 흘리며 혼자서 바쁘게 들락거리고 있었기 때문이다. 그러나 그는 보신탕집 앞에 이르러 발이 땅에 붙어버린 듯 떨어지지 않았다. 얼마쯤 가다가 다시 되돌아왔지만 그때 역시 발길을 떼지 못하기는 마찬가지였다. 이러다가 골목 사람들이 눈치를 채고 의심을 하게 되면 큰일이었다. 포기하고 그냥 가 버릴까? 그럴 수는 없었다. 그는 눈을 질끈 감고 식당 안으로 뛰어들어갔다. 그를 보고 손님이 아니라고 판단한 주인 여자가 물었다.

"뭔 사람이요?"

"아, 아……."

이래서는 안 되는데, 그는 턱이 떨리고 입이 얼어붙어 말이 나오지 않았다.

"뭔 사람이냔께라우?"

주인 여자가 눈꼬리를 치끼고 언성을 높였다.

"아, 아, 암것도 아니여라우."

그는 식당을 뛰쳐나왔다. 그리고 한참을 달리다 멈춰 섰다.

'말이라도 꺼내 볼걸'

그는 후회가 되고 자신에게 화도 났다.

골목길은 ㄱ자로 꺾어지더니 다시 ㄴ자로 구부러졌다. 그리고 그 골목은 방앗간 골목이었다. 솜 타는 집과 떡방앗간과 고추방앗간들이 서너 집 간격으로 서 있었는데, 안에서 기계 돌아가는 소리와 함께 사람들의 말소리가 시끌벅적하게 들려왔다. 방아를 찧으러 온 사람들로 붐비는 모양이었다. 그 중에서도 고추방앗간이 가장 붐비는 것 같았다. 안으로 들어가 볼까? 고추방앗간 앞에 머뭇거리며 서 있던 그는 누가 갑자기 뒤에서 잡아당기는 것 같이 뒤로 펄쩍 물러섰다. 아무래도 그는 그런 일을 할 수 없는 사람이라는 생각이 든 것이다. 그렇다. 그는 누가 앞에서 끌어당긴다 해도 결코 안으로 들어가지 못할 그런 사람인 것이다. 고개를 숙이고 힘없이 발길을 돌리는데 그를 기다리고 있을 옥남이와 할머니의 모습이 떠올랐다. 빈손으로 돌아갈 수는 없었다. 길가에 한참 서 있던 그는 발길을 되돌려 고추방앗간 앞으로 갔다. 그리고 문 옆에 몸을 붙이고 안을 살폈다. 방앗간 안은 꽤 넓었으며 높은 천정에서 밸브들이 빙빙 돌아가고 있었다. 방 가운데는 초벌갈이 두벌갈이 고추기계들이 들들들 돌아가고 고운 가루로 나오는 세벌갈이 콩당방아가 콩당콩당 돌아가고 있었다. 안쪽에는 참기름 틀이 있고, 그 옆의 가마솥에서 깨 볶는 고소한 냄새가 코를 찔렀다. 머리에 수건을 쓴 남자 주인이 기계를 세워 놓고 벗겨진 밸브를 바로 잡았고, 칠팔 명의 여자들이 마루에 앉아 차례를 기다리며 이야기를 나누고 있었다. 가마솥의 불이 밖으로 나오는 것을 본 기판이가 이때다 하고 안으로 뛰어들어가 불붙은 장작을 아궁이 안으로 밀어넣었다. 기계가 다시 돌자 주인은 다 빻아진 고춧가루를 종이 봉지에 담아 손님에게 건네고 참기름 틀 옆으로 왔다. 그리고 깨가 다 볶아졌다고 판단한 듯 아궁이의 불을 내놓고 뜨거운 깨를 자동 주걱으로 밀어내어 채에 쳐서 베자루에 담아 기름 짜는 틀 속에 집어 넣었다. 잠시 후 골을 타고 흘러 나온 기름이 한 군데로 모아져서 기름병 속으로 떨어졌다.

기판이가 주인의 옷소매를 슬며시 잡아당겼다.

"뭣이여?"

눈썹이 짙고 한쪽 눈이 삐뚜름한 주인이 험상한 얼굴을 들었다.

"저어, 시, 심바람허는 사, 사람 한나 안 쓰실란가요?"

기판이는 숨을 몰아쉬며 어렵게 중얼거렸다.

"심바람허는 사람얼 쓰라고? 요 새끼가 쌩 미친놈이구만. 썩 꺼져 뿌러."

주인이 때릴 듯이 우악스런 팔을 휘둘렀다.

그는 어떻게 밖으로 뛰어나왔는지 알 수 없었다. 그의 얼굴은 모닥불을 끼얹은 듯 화끈거렸고, 쥐구멍이라도 있으면 숨고 싶었다. 조금 뒤 그는 냇가로 나와 있었다. 냇가에는 큰 드럼통을 걸어 놓고 염색을 해 주는 사람들이 있었다. 색이 바랜 옷이나, 무명천을 물들이는 일도 있었으나, 그들이 하는 주된 일은 미군 부대에서 나온 군복이나 외투, 담요 등을 검정 물을 들여 탈바꿈시키는 일이었다. 기판이는 물을 들여 줄에 걸어 말리는 옷에서 검은 물이 아닌 빨간색 물이 뚝뚝 떨어지는 것을 신기하게 여기며 얼마 동안 바라보고 서 있었다.

오후가 되어 그는 남광주역 광장을 지나고 있었다. 그때 기차에서 사람들이 내렸는데 리어카나 지게를 진 짐꾼들이 사람들의 짐을 받아 싣고 역에서 나왔다. 그에게는 리어카도 지게도 없었지만 웬만한 짐이라면 손에 들 수도 있고, 등에 질 수도 있었다. 얼른 개찰구 앞으로 뛰어갔다. 사람들이 거의 빠져나오고 이제 마지막 사람들이 나오는 중이었다. 아이를 업고 걸리고 오는 젊은 여자와, 큰 보퉁이를 힘들게 이고 오는 할머니였다. 그가 할머니의 짐을 받아 들려는 순간 누군가 그의 뒷덜미를 잡았다.

"이 개새끼가 워디서 새치기를 헐라고?"

그는 지게를 진 한 짐꾼에게 잡혀 바닥에 내동댕이쳐졌다. 짐꾼은 할머니와 흥정을 하더니 지게에 짐을 싣고 역사를 빠져나갔다.

남광제재소는 기차역에서 가까웠다. 그가 제재소 안으로 끌리듯 들어온 것은 마당에서 여러 명의 인부들이 재목을 나르고 있는 광경을 보았기 때문이었다. 그는 눈에 띄지 않는 담장 아래 버려진 판자더미 위에 주저앉았다. 마당가에는 톱밥, 대팻밥 찌꺼기, 나뭇 조각들, 치우지 않은 쓰레기들이 널려 있었고, 창고에서 들려오는 전기톱 돌아가는 소리와 인부들의 고함소리로 제재소 안은 떠들썩했다. 목재를 실은 두 대의 트럭이 나란히 들어오고 인부들이 앞 트럭의 나무를 나르고 있을 때 일은 터졌다. 뒤에 들어온 트럭의 옆 받침판이 떨어진 것이다. 받침판을 지탱해 주는 걸쇠 고리가 낡아 끊어져 버렸기 때문이었다. 트럭 위의 통나무들이 무너져 내리고, 그 아래를 네 사람의 인부가 지나가고 있었다. 받침판이 떨어지는 것을 맨 처음 알아차린 사람은 기판이였다. 그는 소리치며 뛰어가서 인부들을 밀쳐 내었지만 자신은 미처 빠져나오지 못하고 통나무 밑에 깔렸다. 병원으로 실려 간 그는 머릿속의 혈종과 부러진 갈비뼈, 대퇴부 골절상의 수술을 받고 두 달 만에 퇴원을 했다.

그가 목발을 짚고 옥남이네 집으로 가 보니 그 집에는 다른 사람들이 들어와 살고 있었다. 고약한 거지 일가였는데 그들은 기판이를 보더니 이제 자기들 집이라고 우기며 욕을 퍼붓고 밖으로 내몰았다. 산 아래쪽으로 오십 미터쯤 떨어져 있는 이웃 집에 가서 물어보니 그간 할머니는 세상을 떠나고 옥남이는 어디로 갔는지 알지 못한다고 했다.

14. 빛 속의 기판이

옥남이는 어디로 갔을까? 고아원에라도 갔을까? 거지가 되어 세상을 떠돌아다니고 있을까? 어디로 가면 옥남이를 찾을 수 있을까? 그는 무거운 마음으로 산동네를 내려왔다. 그는 이쪽저쪽 사방으로 뻗은 길 앞에 막연히 서 있었다. 어디를 걸어 다녔는지 문득 발길이 머문 곳은 제재소 앞이었다. 그러나 그는 제재소에 볼일이 없었다. 그를 반겨 줄 사람도 있을 리 없었다. 발길을 돌리는데 누군가 그의 등을 치는 사람이 있었다. 화를 면한 인부의 아들이라며 병원으로 한 번 찾아왔던 젊은 남자였다.

"한 번 더 가 볼라고 혔드니 벌써 퇴원을 했는가?"

젊은 남자가 말했다. 그리고 그를 식당으로 데려가 국밥 한 그릇을 사 주며 이것저것 물어보았다. 이름과 나이, 주소, 가족 상황 같은 것들이었다. 스물일곱여덟 살쯤 되어 보이는 젊은 남자는 반듯한 이마에 우뚝한 코를 갖고 귀공자 같은 얼굴로 남을 해코지할 사람 같지는 않았다.

기판이의 이야기를 다 듣고 난 뒤 젊은 남자가 말했다.

"나는 자네 같은 의리 있고 용기 있는 젊은이를 좋아한다네. 당장 오늘 밤 잠잘 디도 없는 모양인디, 나를 따라가지 않을란가?"

기판이가 그러겠다고 하자 남자는 그를 데리고 이십 분쯤 걸어가서 허름한 이층집의 어두컴컴한 지하로 내려갔다. 나무로 된 문을 밀자 천정에 전등이 하나 희미하게 켜져 있는 창고 같은 방이 나타났다. 판자 바닥에 너덜거리는 이불들이 깔려 있고 한쪽 구석에는 취사도구들이 널려 있었다.

문이 열리는 소리에 이불 한켠이 들춰지고, 기판이 또래의 젊은이가 뛰어 일어났다. 그는 차렷 자세를 취하더니 남자에게 머리가 무릎에 닿도록 고개를 숙여 인사했다.

"성님, 오셨습니껴?"

"웅, 그리여. 그런디 회연이 너 워디 아프냐?"

"아닙니다."

"워디 아픈 디 없어?"

"아픈 디 없습니다."

"알았다. 근디 다른 아그덜은 워디 갔냐?"

"도장에 갔다가 목욕탕에 갔습니다. 곧 올 것입니다."

"반장 오머는 내가 왔다 갔다고 혀라. 그리고 야가 기관인 디 여그 있게 될 틴께 잘 부탁헌다고 전혀라, 잉."

"알겠습니다."

"그러먼 나 간다."

"성님, 안녕히 가입시다요."

남자의 등 뒤에 머리를 깊숙이 숙여 인사를 하고 나서 희연 이가 기관이를 보고 물었다.

"너, 영선이 성님허고 잘 아는 사이냐?"

"방금 간 사람 말인가요?"

기관이가 물었다.

"그리어, 그 성님허고 잘 아는 사이냐고?"

"잘 몰르는디요."

"잘 몰른다고? 그러먼 그 성님이 칠성파 부두목이란 것도 몰른단 말이냐?"

"칠성파라니, 칠성파가 뭔디라우?"

"허, 이 새끼 참말로 암것도 몰르는구만, 잉. 광주 바닥을 주 름잡는 조직 이름도 몰른단 말이냐?"

"조직이요? 깡패 말인가요?"

"그리어, 깡패 맞어. 너 그러먼 여그 뭣 허러 왔냐? 칠성파에 들려고 온 것 아니냐?"

"영선이 성님 그 사람이 나보고 오늘 밤 당장 잠잘 디도 없겄다고 가자고 혀서 왔어라우."

"집이 워딘디?"

"나주여라우."

"나도 나준디, 나주 워디냐?"

"북문 밖에 있는 밤남정이란 동네여라우."

"나는 읍내 향고리여야. 여그서 고향 사람을 만나서 반갑다. 근디 너 여그 있을라먼 깡치반장헌테 잘 뵈어야 헐 것이다. 깡치반장은 자기 고향에서 사람을 죽이고 도망쳐 온 사람이여. 잽해서 감옥살이 허다가 영선이 성님이 끄집어내줘서 나오게 된 사람이란 말이다. 영선이 성님 눈에 들기 보담도 깡치반장헌티 잘 뵈기가 더 애럽다고 덜 헌단다. 여그는 모다 야닯 사람이 있는디 니가 들오먼 아홉 명이 되겄다. 근디 너 맺 살 묵었냐?"

"열야닯 살이여라우."

"나는 열아홉 살이다. 여그서 니 동갑짜리로 광준이 놈이 있고, 사철이는 열일곱 살, 태영이는 열여섯 살이다. 그리고 다른 사람덜은 다 니 연상인께, 그런 중만 알고 있그라."

"나허고 동갑짜리 이름이 누구라고 혔제라우?"

"이 새끼가 미련시럽기는. 너허고 동갑짜리년 광준이란께. 사철이는 열일곱 살이고, 태영이는 열여섯 살이여. 인자 알겄냐?"

희연이가 다시 말을 이었다.

"글고 태영이 새끼 말이다. 그 새끼는 검사 아들이란다. 시내 장동 부자 동네에 큰 집이 있는디, 집을 죽어라고 안 들어가. 영선이 성님이 그렇게 집에 가서 학교도 댕기고, 공부혀서 훌륭헌 사람이 되라고 타일러도 암 소양 없어. 알고 보면 그 아 그럴 나무랠 수만도 없다, 잉."

그때 층계를 내려오는 소란스런 발소리에 희연이의 말이 끊어졌다. 거칠게 문이 열리고 떼거리들이 몰려들어왔다. 무리들을 이끌고 앞서 들어온 사람은 눈빛이 날카롭고 키가 작은 사람이었다. 기관이는 그가 깡치반장이라는 것을 첫눈에 알아보았다.

"이 자석은 누구냐?"

반장이 기관이를 턱으로 가리키며 묻는 말에 희연이가 영선이 형님이 데려온 사람이라고 말을 했다.

"성님이 댕개 가셨다고?"

"예, 댕개 가셨습니다."

희연이가 깡치의 귀에 대고 무슨 말인가를 소곤거렸다. 아마도 기판이에 대한 설명을 덧붙이는 모양이었다. 반장이 고개를 끄덕이더니 기판이 앞으로 다가왔다. 그의 키는 기판이의 어깨 높이밖에 안 되었다. 그가 기판이를 올려다보며 물었다.

"니 이름이 기판이냐?"

"예."

"니가 오늘 밤에 잘 디도 없어서 성님을 따라왔냐?"

"예."

"이 자식 씰데 없이 키만 크네, 잉. 고개 숙애."

기판이가 고개를 숙이자 그는

"더 숙앳."

하고 소리쳤다.

기판이가 고개를 푹 숙이자 그는 기판이의 눈에서 불이 번쩍 나도록 뺨을 후려쳤다. 기판이는 난데없는 일격에 몸을 비틀거리다 겨우 중심을 잡았다.

"너 이자식 그렇고 부실혀서 엇따가 써묵겄냐? 똑바로 섯."

기판이가 바로 서자 그는 기판이의 다른 쪽 뺨까지 마저 때리고 나서 말했다.

"느그덜 우리 패에 새로 들어온 기판이 지석이다. 시로 인사허고 잘 지내그라."

그의 말이 끝나자, 목이 짧고 한쪽 팔이 뒤틀려 있는 복춘이, 친형제라는 사기와 사철이, 진성이, 광준이, 태영이가 다가와 차례로 손을 내밀며 인사를 했다.

이튿날 아침, 복춘이가 반장에게 낮은 소리로 무슨 말인가를 하자 깡치가 녀석들을 둘러보며 말했다.

"오늘 낚시질 가면 좋겠다고덜 혔냐?"

녀석들이 낚시질하기에 좋은 날씨라고 대답하자, 깡치가 픽 웃더니 한마디를 던졌다.

"좋두룩 허자."

녀석들은 좋아하며 구석에서 낚싯대와 들통들을 찾아내더니 가까운 버스 승강장으로 향했다. 그날은 금방이라도 눈이나 비가 쏟아질 듯 몹시 흐린 날이었다. 이런 날이 낚시질하기에 좋은 날인지 기판이는 알 수 없었다.

버스는 점심때를 훌쩍 지나서야 왔는데, 차를 타려는 사람들이 계속 모여들어 승강장은 대만원을 이루었다. 그들은 다음 정류장에 서기 전에 차에서 내려야 했으므로 맨 나중에 올라 문 옆의 층계에 겨우 비집고 올라섰다. 차는 시내를 벗어나서 얼마쯤 달리다가 산길로 들어섰다. 산은 높았고 구불거리는 오르막은 끝없이 계속되었다. 버스는 딱정벌레처럼 산길에 눌어

붙어 가쁜 숨을 몰아쉬고 무거운 몸체를 기우뚱거렸다. 이윽고 꼭대기에 이르러 산 아래 마을과 들이 장난감 집들처럼 조그맣게 내려다보였다. 그들은 산을 다 내려오기 전 산자락 아래에서 차를 내려 계곡을 따라 골짜기 안으로 깊숙이 들어갔다. 그곳에 우묵한 늪지가 하나 있었다. 사람의 발길이 닿지 않은 늪이었다. 멋대로 우거진 덤불 속에 가려진 늪은 어둡고 무거운 남빛이었다. 늪을 앞에 두고 기판이는 얼마나 무섭던지 숨이 딱 멎는 것 같았다. 물을 보고 이렇게 놀라기는 처음이었다. 사방이 높은 산으로 둘러싸이고 날씨마저 우중충하니 물빛이 더욱 어두운지 몰랐다. 그런데 떼거리 중에 그곳에 도착한 사람은 앞장서서 인도해 온 복춘이와 기판이 둘 뿐이었다.

"다른 사람들은 왜 안 온다요?"

기판이가 물었다.

"다른 놈덜은 화순읍에 가서 낚싯바늘도 사고, 낚싯밥도 구해서 올 모양인께 지달라 보자."

복춘이가 대답했다.

두 녀석은 물가에 얼크러져 있는 덤불을 헤치고 자리를 잡았다.

"내가 좋은 것 하나 비여 주끄나?"

복춘이는 웃옷 단추 두 개를 풀고 왼쪽 팔 속에 손을 넣어 무언가를 꺼내더니 검은 천으로 된 덮개를 벗겼다. 그 속에서 팔 길이만큼 긴 칼이 나왔다.

"이것 칼 아니요?"

기관이가 놀라 물었다.

"내 왼짝 폴이다."

"이 칼이 왼짝 폴이라고라우?"

"말도 못 알어듣냐, 이 새끼야? 이러트먼 폴 대신이다 이 말이여."

복춘이는 고향에서 비에 무너진 논둑을 고치다 싸움이 붙어 삽을 맞고 왼팔을 삐어 버렸다. 그 뒤에 그는 대장간에 가서 칼을 맞춰 몸에 지니게 되었는데, 칼을 갖게 된 뒤로 고향 땅이 좁게 여겨져 대처로 뛰어나오게 된 것이다. 복춘이의 칼은 식칼과 같은 검고 투박하고 무거운 무쇠 재질이었으나, 끝이 뾰족하고 날도 날카롭게 서 있었다.

"주먹패가 될라면 이만한 것쯤은 지니고 있어야 허겄제, 잉?"

복춘이의 말에 기관이는 더욱 놀랐다.

"다른 아그덜도 다 이런 칼얼 갖고 있다요?"

"아녀야."

복춘이는 고개를 저었다.

"그 어리버리헌 것덜이 이런 물건을 워디서 나서 갖고 있겄 냐. 질바닥에서 줏은 독자갈얼 무기라고 주마니에 담고 댕긴단 다."

"깡치반장도 독자갈얼 갖고 댕긴다요?"

"깡치반장은 아니여. 그 사람언 요만헌 단도럴 갖고 있다, 잉."

복춘이는 한 뼘 크기만큼 손가락을 펴 보였다. 조금 뒤에 복 춘이가 다시 입을 열었다.

"기판아, 너 낚시질혀 봤냐?"

"아니라우."

"나는 애랬을 때버텀 낚시질얼 많이 혀 봤어야. 할아부지를 따라 댕김서 배와 갖고 내중에는 혼자 댕겼넌디 괴기럴 참 많 이도 잡어 봤다. 붕어, 이 폴뚝만 헌 잉어, 메기, 장어. 밤낚시럴 가먼 아칙에 구덕을 지고 오들 못헐 지경이었단게. 우리 고향 에는 동천 저수지란 삼만 평이 넘는 큰 방죽이 있그던."

"복춘이성 고향이 워딘디라우?"

"우리 고향은 화순 한천면이다."

"깡치반장도 고향이 여그 아닌 갑든디라우?"

"그 사람언 함평 손불 사람이여. 우리 패덜은 모다 촌놈덜 뿐이란께로. 진성이만 광주놈이긴 헌디 시내가 아니라 밴두리극락강 옆에 살고, 사기허고 사철이는 전라북도 고창이 집이고, 광준이는 해남 놈, 태영이는 신안 암태도 숭악헌 섬 놈이란 말이다."

"태영이 아부지가 검사라지라우?"

"그렇단다."

"근디 왜 집에 안 들어갈라고 헌다요?"

"아부지 복알을 채울라는 짓거리제. 아부지가 태영이 엄니헌테 못헐 짓을 혔단 말이여. 일 자 무식인 엄니럴 속애 갖고 이혼장에 도장을 받었단께. 그리고 본인언 젊은 신식 여자헌티 새 장개를 가서 호사시럽게 살고 있고 엄니는 촌구석에서 할무니, 할아부지럴 모시고 농사를 짐시로 식모같이 사는디 니가 태영이라먼 그런 아부지럴 좋다고 허겄냐?"

복춘이가 말을 그치고 갑자기 불끈 일어났다.

"이것덜이 지금까장 뭣들 허고 있다냐? 내가 가서 깆고 올 틴께 너는 여그 꽉 안거 있그라, 잉."

복춘이가 가 버린 뒤 곧 날이 어두워지고 비까지 추적추적 내리기 시작했다. 겨울비가 여름옷이나 다름없는 얇은 옷 속으로 스며들어 덜덜 떨려 추웠지만 그보다 무서워서 견딜 수 없었다. 빗방울이 떨어져 악의에 찬 눈초리처럼 번득거리는 검은 물속에서 무시무시한 괴물이 금방이라도 머리를 내밀 것 같았고 음산한 숲은 빈틈없이 그를 조이고 밀려들며 쏴아쏴아 소리를 냈다. 떼거리들이 왜 오지 않을까? 밤낚시를 하려는 걸까? 그는 자리를 뜰 수 없었다.

그때 등 뒤에서 얼핏 웃음소리가 들렸다. 놀라서 돌아보니 칠흑 같은 어둠 속에 도깨비불들이 왔다 갔다 하고 흰 옷을 너울거리는 귀신들이 춤을 추며 한 발 한 발 다가오고 있었다. 그는 자기도 모르게 외마디 소리를 질렀다.

"으아아악."

"이히히히히히히."

귀신들이 무서운 소리를 지르며 그에게 덤벼들어 끈으로 목을 묶고 조르기 시작했다.

"키야악."

그는 죽을 힘을 다해 귀신들을 떨쳐 내려고 정신없이 뛰었다.

밤새 산속을 헤매던 그가 기진맥진하여 깡치패의 숙소를 찾아들었을 때는 다음 날 석양이 질 무렵이었다.

희연이가 그의 귀에 작은 소리로 속삭였다.

"놀랬냐? 다른 놈들헌테 비하면 너는 암껏도 아니여야. 나는 물속에 빠져 갖고 죽을 뻔했다."

며칠 후, 아침나절 무리들은 권투 도장으로 아침 운동을 가지 않고 떼를 지어 시내로 향했다. 그들이 아침마다 권투 도장에 나가 운동을 할 수 있었던 것은 영선이 형 친구인 최 관장이 손님이 없는 오전 시간을 이들에게 내주고 있었기 때문이었다.

그날따라 앞장 선 깡치반장 옆에 태영이가 우쭐거리며 바짝 붙어가고 다른 녀석들 또한 생일 초대라도 받은 것처럼 희희낙락하여 낄낄거리며 몰려갔다. 기판이만은 이들이 시내 고급 주택가의 한 집 앞에 이를 때까지 영문도 모르고 따라갔다. 그 집은 옛 한옥을 본뜬 높으막한 솟을대문에 철문이 달려 있고 빙 둘러있는 돌담장 위로 뾰쪽뾰쪽한 못이 촘촘히 박혀 있어 보는 사람에게 위압감을 주었다. 이곳은 이런 집들이 많은 동네였다.

주위를 둘러보던 반장이 팔을 들어 신호하자 모두 흩어져서 옆 골목으로, 이웃집 대문 안쪽으로, 전신주 뒤로 몸을 숨기고 솟을대문께를 살피기 시작했다. 사람 하나 다니지 않아 길도, 동네도 조용하기만 했다. 기판이는 그때 길 건너 집 대문 앞에 한 거지 아이가 웅크리고 앉아 있는 것을 보고 깜짝 놀랐다. 그 아이는 옥남이처럼 작은 아이였다. 혹시 옥남이가 아닐까? 기판이는 뛰어가서 거지 아이의 머리를 들고 얼굴을 들여다보았다. 아이는 옥남이가 아니었다. 그저 힘없는 눈을 들어 무표정하게 기판이를 올려다보았을 뿐이었다. 조금 후 그 집에서 한 사람이 나왔는데, 거지 아이는 언제 갔는지 그 자리를 떠나고 없었다.

숫을대문집 앞에 지프차 한 대가 와서 멎더니 운전기사가 내려 안으로 들어갔다. 기사는 곧 젊은 여주인을 정중히 모시고 나와 차에 태우고 출발했다. 차가 모퉁이를 돌아 사라지자 모두 숨어 있던 곳에서 나와 태영이를 담 위로 올려보내 집 대문을 열게 했다. 여기는 태영이네 집이었다. 잘 꾸며진 정원 안에 한양식을 절충해 지은 널찍한 안채가 있었다. 이들이 몰려들어오는 것을 보고 자지러지게 짖어 대던 개는 사철이가 던진 돌팔매를 맞고 깨갱거리며 개집으로 숨어 버렸다. 소란스러운 소리에 현관문을 열고 나오던 부엌 여자는 붙잡혀서 팔과 다리를 묶여 부엌방에 갇혔다. 그들은 아무 방해도 받지 않고 응접 탁자와 의자가 놓이고 바닥에 폭신한 융단이 깔린 응접실을 거쳐 안방으로 진입했다. 번쩍거리는 이불장과 옷장, 화장대, 레이스 커튼이 드리워진 침대, 진기한 장식품으로 가득 찬 선반, 발 딛기고 황송스러울 정도로 번들거리는 장판, 마치 궁전에라도 들어온 것처럼 크고 호화로운 방이었다.

"기판아, 이리 와 봐. 내가 노래 한 곡 틀어 주께."

진성이가 기판이를 부르더니 구석으로 가서 전축에 판을 걸었다. 즉시 쿵쾅거리는 반주와 함께 몸이 저절로 들썩거릴 정도로 신바람이 나는 음악이 흘러나왔다.

"잘 봐라. 이 노래는 남자가 여자럴 보듬고 이러코롬 양춤을 추는 곡이란다."

진성이가 옆에 있는 사철이를 붙들고 우스꽝스럽게 춤을 추기 시작했다. 그것을 보고 다른 녀석들도 옆에 있는 놈을 붙잡고 방을 빙빙 돌았다.

"기판아, 너 옷이 얇어 추울 틴디 불 잠 쬐그라."

회연이가 기판이를 전기난로 옆으로 데려가서 불을 켰다. 난로는 금방 뻘겋게 달아올라 방 안을 훈훈하게 덥혀 주었다. 광준이가 침대 다리에 붙어 있는 콩알만 한 스위치를 가리키며 설명을 했다.

"너 이것 조심혀라, 잉. 잘못 건들먼 오 분도 안 돼서 순사덜이 몰래 와 갖고 우덜얼 죄다 잡어가 불 틴께로."

기판이가 눈이 휘둥그레져서 두리번거리는 동안 무리들은 히죽거리며 의미 있는 눈짓을 교환했다. 눈치를 보니 녀석들의 태영이네 집 습격 사건은 이번이 처음은 아닌 것 같았다. 떼거리들은 화장대 밑바닥과 이불장의 이중 서랍을 부수고 꽤 많은 뭉칫돈을 찾아냈다. 이 돈이면 그동안 밀린 목욕탕과 식당의 외상값을 갚고도 얼마 동안 궁색하지 않게 지낼 수 있었다. 태영이가 옷장을 뒤지더니 새 외투 하나를 꺼내 기판이에게 주며 말했다.

"기판이 성, 추운디 이 옷 입어."

이 옷은 태영이 아버지가 파리에서 돌아온 사람에게 받은 선물로 기장이 발목까지 내려오는 데다 깃을 세우고 허리를 묶게 되어 있었고 안에는 붙였다 뗄 수 있는 호피 가죽이 대어진 검은 외투였다. 그때 사기가 달려와서 외투를 잡아당겼다.

"태영아, 이 옷 내가 입으면 워쩌겠냐? 내 말은 내 옷허고 바꾸면 좋겠다 이말이다."

사기는 벌써 입고 있는 윗도리를 벗어던졌다.

"성은 키가 작아서 이 옷 못 입어. 이 옷은 기판이 성배끼 입을 사람이 없어."

태영이가 말하고 옷을 빼앗아 기판이에게 돌려주었다.

떼거리들은 주방으로 몰려갔다. 그리고 주방에 붙어 있는 찬광 안에서 식료품들을 모조리 끄집어냈다. 보통 사람들은 구경조차 못하는 남방 과일들, 외국에서 온 과일들이 수북이 쌓여 있었고 말린 고기, 육포, 생선, 짝으로 쟁여져 있는 고기 덩이들, 고급 술이 담긴 술병들이 쏟아져 나왔다.

희연이가 과실 한 개를 기판이에게 집어 주며 말했다.

"냄새 잔 맡어 봐라."

과실은 놀랄 만큼 가벼웠고 우둘투둘한 황금빛 껍질이 기름을 바른 듯 윤기가 났으며 꼬투리에는 방금 나무에서 따온 것처럼 초록빛 잎이 달려 있었다. 그리고 새콤한 향기가 가슴 가득 스며들어 입 안에 침이 가득 고였다.

"이것은 일본에서 들여온 미강이란 과실이란다. 냄새 한 번 죽애 주제?"

녀석들은 호주머니의 돌들을 던져 버리고 주머니마다 터질 정도로 미강을 쑤셔 넣었다. 그들에게는 싸움보다 먹는 것이 우선이고, 돌은 언제든지 길바닥에서 주울 수 있었지만 이런 기회는 쉽게 오는 것이 아니기 때문이었다. 떼거리들은 전기냄비에 고기를 볶아 술과 고기를 배가 터지도록 정신없이 퍼먹고 나서 방과 부엌을 난장판으로 놔두고 묶인 여자를 내버려 둔 채 태영이네 집을 나왔다.

숙소로 돌아온 깡치는 녀석들을 나란히 세우고 몸수색을 했다. 입도 벌려 보고 귓속까지 후벼 보았다. 이들의 몸에서 아무것도 찾아내지 못한 깡치는 갑자기 광준이의 뒤로 가더니 목뒤를 주먹으로 후려쳤다. 광준이가 바닥에 엎어지며 입에서 뭔가를 토해 냈다. 그것이 마루 위에 또르르 굴렀는데 반짝반짝 빛나는 보석 반지였다.

광준이가 얼굴을 바닥에 묻은 채로 소리쳤다.

"나넌 도둑질 안 혔어. 거울 밑에서 줏었단 말이여."

깡치가 광준이의 목을 누르며 말했다.

"이 거지 같은 새끼야, 우덜이 좀도둑팬지 아냐?"

"그른께 나넌 아니여. 나넌 도둑놈 아니란 말이여."

"이 썩을놈의 새끼야. 우덜언 영선이 성을 위해, 칠성파의 명예를 위해 사는 놈덜이란 말이다. 내 손에 죽어 봐야 니 죄럴 알겄냐, 이 새끼야?"

"울 엄니헌테 갖다 줄라고 줏었단 말이여. 한 번만 봐줘, 용서혀 줘."

광준이가 울부짖었다.

"용서? 나는 용서가 뭔 말인지 몰르는 놈이다."

깡치는 품에서 칼을 꺼내 광준이의 귀 끝을 일 센치나 잘라 버렸다.

"앞으로 느그덜, 조직얼 배신허는 놈은 이 칼이 용서를 않을 것이다. 알것제?"

광준이는 엎드린 채 피를 흘리며 '엄니, 엄니' 하고 울다 지쳤는지 조용해졌다.

기판이가 발목까지 내려오는 검은 외투를 입고 마을에 나타났던 날은 희연이 아버지가 돌아가셨다는 연락을 받은 날 오후였다. 그날 영선이 형은 깡치와 기판이를 데리고 조문을 왔다가 돌아가는 길에 기판이를 보고 말했다.

"여까장 왔다가 게양 가먼 서운허덜 않겄냐? 집에 들렀다가 천천히 올라오너라."

형은 기판이의 손에 돌아올 차비를 쥐어 주고 깡치와 함께 곧 떠나려고 빵빵거리는 버스에 올랐다.

기판이는 진구렁 마을 앞에서 점순이 할아버지 한 사람과 마주쳤을 뿐, 다른 사람은 아무도 만나지 못하고 집으로 들어갔다. 집에는 아무도 없었고 방문과 부엌문이 안으로 꼭꼭 잠겨 있었다. 이상하게 생각한 기판이는 영문을 알아보려고 회관 뒤 종덕이네 집으로 갔다. 마루 밑에 할머니의 신발이 놓여 있는 것을 확인하고 방으로 들어간 기판이가 인사를 드리자, 할머니는 눈을 한참 꿈적거리더니 물었다.

"너 기판이 아니냐? 그간 워디 가 있었드냐?"

"광주에 있었어라우."

기판이가 대답했다.

"광주? 광주에 가 있었구만, 잉."

할머니는 더 물어보고 싶은 말이 있는 듯이 입을 오물거렸다.

기판이가 물었다.

"집에 문이 닫혀 있는디, 우리 엄니 아부지는 워디 가셨다요?"

"오늘 아적 나잘에 노안면 큰집에 가신닥 허드라. 큰집에 대사럴 친다는 것 같등만."

"큰집에 대사럴 친다고라우?"

"그리여. 큰조카가 군대에 가게 되어서 그 안에 장개를 보낸다드라고."

큰집 기주 형에게 영장이 나온 모양이었다. 전쟁 중에 아들을 군대 보내기 전에 장가를 들이던 풍습이 전쟁이 끝난 뒤에도 계속 남아 있었다.

"부모님을 뵐라먼 큰집으로 가 봐야 허겄다."

"아니라우, 게양 올라가 볼랍니다."

"부모님도 안 뵈고 광주로 게양 올라갈란다고?"

"예, 게양 올라가야 것구만요."

"일이 바쁜 모양이로구나."

"아, 예예."

꿈적거리며 기판이의 위아래를 훑어보던 할머니의 눈길이 기판이의 검은 외투에 머물렀다.

"좋은 옷얼 입은 것 본께 좋은 디 취직얼 헌 모냥이구만, 그렇제야?"

"아니여라우."

"아니기는 뭣얼, 돈도 많이 버는 갑구만."

"아니란께라우."

"젊은 사람덜이 모다덜 잘 되어야겠제야, 잉?"

"……, 지는 인자 나가 볼랍니다."

"그리여, 부모님이 서운해 허실 틴께 시간 내서 또 뵈러 오 니라, 잉."

"예, 그렇고 허것습니다."

그가 밖으로 나오니 종덕이 아버지가 일을 마치고 돌아와서 마구간에 말을 매고 있었다. 그리고 그는 알지 못했지만 질용 이 어머니가 자기 집 울타리 너머로 긴 외투를 입은 그가 종덕 이 집에 들어갔다가 나올 때까지 꼼짝 않고 지켜보고 있었고 상태 아버지가 마당에 있는 감나무에 올라가서 서리 감을 따다 손을 놓고 그를 계속 내려다보고 있었다. 그는 큰길에 나와 샘 에서 물을 길러 오는 수복이 어머니와 밤나무정 삼거리 정 의 원에게 약을 사러 갔다 오는 턱굴 사람 재동 씨를 만났다.

그는 집으로 돌아와 툇마루에 털썩 주저앉았다. 방으로 들 어가려면 집을 한 바퀴 돌며 뒤에 들어갈 요량으로 허술히 막 아 놓은 뒷문을 찾아낼 수도 있었고 방문을 들어 올려 헐렁한 돌쩌귀를 빼는 방법도 있었으나 그는 어쩐지 그러고 싶지 않았 다. 그는 마루에 멍하니 앉아 있다가 땅거미가 지자 집을 나와 광주로 돌아왔다.

그가 돌아간 뒤 마을에서는 기판이와 기판이가 입고 온 치렁거리는 긴 외투가 화제에 올랐다. 이튿날 집에 돌아온 안골댁과 안골양반은 마을 사람들에게 아들이 광주에 가서 출세하여 아무라도 입을 수 없는 좋은 외투를 입고 왔다 갔다는 얘기를 들었다.

깡치반장이 영선이 형에게서 딱지 스물여섯 장을 받아 왔다. 주인의 영수증이 붙은 외상값 종이를 이들은 딱지라고 불렀다. 딱지는 식당이나 대폿집, 양복점, 시장의 가게들 같은 데서 받아 온 것들이었고 곗돈, 빚돈, 보증 선 돈도 있었는데 액수가 많지 않아 칠성파에서 밀어내 놓은 것들이었다. 깡치패들은 이 돈을 받아 주인과 오십 프로씩 나눠 용돈으로 쓰고 있었다. 이들이 직장이나 가게, 가정집으로 몰려가서 장소를 점거해 버리면 아무리 배짱 좋은 빚쟁이라도 더는 버티지 못했다.

그들이 대인동의 전파사와 계림시장 골목의 술집, 호남극장 뒤 가정집에서 개가를 올리고 나오던 어스름한 저녁 무렵 신천지파의 추종자들이 손에 손에 각목을 들고 골목 입구를 막고 있었다. 칠성파와 신천지파는 서로 적대관계에 있는지라 그들의 추종자들조차 만나기만 하면 싸움이 붙었다. 그들의 대장 삐뚤이가 입을 틀며 외쳤다. 그는 말할 때 입을 옆으로 비트는 버릇이 있었다.

"칠성파 똥개 새끼덜아, 잘 만났다. 여그가 뉘 땅인 중 알고 끼대 들어왔냐?"

"신천지파 거마리 새끼덜이, 여그가 느그덜 땅이라고 질바닥에다 말뚝이라도 박어 놨냐?"

깡치가 소리쳤다.

"똥통에 빠져 뒤질 새끼덜이 터진 입이라고 말대답은 잘 헌다, 이 새끼덜이."

"삐뚤어지다 뒤질 새끼덜이 어따 대고 삐뚤어진 나발통으로 씨부렁 거리냐, 이 썩을놈애 새끼덜아?"

"이 추잡시런 새끼덜아, 가서 칠성파 똥구녁에서 똥이나 핥어묵어라, 이 새끼덜아."

"거마리 같은 새끼덜아, 느그덜이나 가서 신천지파 피를 뽈아묵다 배 터져 뒤져 뿌러라. 이 머저리 새끼덜아."

"말 다혔냐 이 새끼덜, 덤버라."

"새끼덜아 뎨져봐라."

삐뚤이와 부하들이 각목을 휘두르며 뛰어나오고 깡치의 뒤를 따라 복춘이가 긴 칼을 내저으며 달려 나갔다.

"어쭈애, 폴 병신이 육갑 떠네."

삐뚤이네 패에서 들려오는 비웃는 소리에 복춘이가 벌겋게 열이 올라 칼을 종횡무진 내두르며 부르짖었다.

"이 새끼덜, 오늘 모다 내 손에 죽어 봐라."

각목이 춤을 추고 돌이 비오듯 나는 가운데 두 패는 치열한 접전을 벌였다. 그러나 깡치패는 스무 명이나 되는 삐뚤이패를 당해내지 못해 결국 포위되고 말았다. 좁은 골목이라 빠져나갈 틈도 없었던 것이다. 그들에게 떼죽음을 당하느냐, 비굴하게 무릎을 꿇느냐 두 길 밖에 없었다. 그때 깡치의 목소리가 들렸다.

"이놈덜아, 한 발짝만 움직이면 삐뚤이 목숨은 없다."

깡치는 자기보다 두 배나 큰 삐뚤이를 울타리 사이에 밀어 넣고 한 손으로 목을 조이고 또 한 손으로는 칼을 목에 들이대고 있었다. 그 칼끝은 위협을 넘어 당장 목줄을 끊어 놓을 듯이 부르르 떨리고 있었다. 삐뚤이패들이 놀라 멈춰 섰다.

깡치가 외쳤다.

"이놈아, 저 새끼들헌티 당장 각목얼 내래놓고 물러나라고 혀라."

삐뚤이의 손 신호를 따라 녀석들이 마지못해 각목을 내던지고 뒤로 한 발씩 물러났다.

깡치가 다시 소리쳤다.

"저 새끼덜헌티 골목 밖으로 꺼지라고 말혀라."

삐뚤이가 다시 물러서라고 손짓하자 녀석들은 한 놈 두 놈

미적거리며 골목을 빠져나갔다. 마지막 놈까지 골목을 나가는 것을 보고 깡치는 삐뚤이를 풀어 주었다. 삐뚤이까지 부하들을 따라가 버린 후 녀석들은 깡치를 둘러싸고 전리품인 각목을 흔들어대며 만세를 불렀다.

"깡치반장 만세!"

"칠성파 만세!"

"영선이 성 만세!"

숙소에 돌아와서도 흥분이 가시지 않은 녀석들 앞에서 깡치가 우쭐대며 말했다.

"나넌 다른 놈덜허고는 달르다, 잉. 내 손바닥을 잔 봐라."

그는 두 손을 쫙 펴서 녀석들 앞에 내밀었다. 그의 왼쪽 손바닥은 다림질해 놓은 옷처럼 손금하나 없이 반반했다.

"느그덜, 나 같은 사람얼 본 적이 있냐?"

"본 적이 없어라우."

얼떨결에 나온 기판이의 대답에 깡치가 얼굴을 찡그렸다.

"본 적 없어라우가 뭣이냐?"

"본 적이 없습니다."

기판이가 다시 외쳤다.

"그리어, 본 적이 없을 것이다. 나넌 다른 놈덜허고 달르다. 한 븐 헌다먼 허는 놈이여. 칼얼 뺐다가 칼집에 도로 넣는 놈이 아니라 이 말이다, 알것제?"

"옛, 알겠습니다."

졸개들의 힘 있는 대답 소리에 깡치는 기분이 좋아서 말을 계속했다.

"느그덜 말이다, 내가 갈쳐 줄 것이 있는디, 사람을 칼로 찔르먼 피가 워쩌코롬 나오넌지 아냐?"

"피가 줄줄 나오겄지라우."

녀석들의 대답에 깡치가 고개를 저었다.

"피가 줄줄 흘러나올 것 같지야? 틀랬어. 물총을 쏠 때 물이 솟아 나오디끼 그렇코롬 피가 피웅 허고 핑개져 나온다, 잉. 찔르먼 찔르는 대로 여그저그서 피가 그렇코 솟는단 말이다. 참 신기허다, 잉. 아까 삐뚤이를 찔렀드람 니덜도 구경헐 수 있었을 틴디, 그놈덜이 쉽게 물러서는 통에 좋은 구경 놓쳤다, 느그덜."

그날 저녁 녀석들은 그날의 승리를 영선이 형에게 알리고자 권투 도장으로 몰려갔다. 늦은 저녁이면 형이 운동을 하기 위해 도장에 나오는 것을 알고 있었기 때문이다. 그들을 본 최 관장이 형을 만나려면 흙다방으로 가 보라고 말했다. 흙다방은 도장에서 몇 집 건너에 있었다. 그들이 다방에 들어서자 형이 일어나더니 그들을 끌고 밖으로 나왔다. 그리고 할 말이 있으면 나중에 하자며 그들을 길에 세워 놓은 채 돌아서서 가 버렸다. 침통한 얼굴에 어깨를 축 늘어뜨리고 기운 없이 걸어가는 형의 뒷모습은 지금까지 보아 온 활기찬 형이 아니었다. 대체 형에게 무슨 일이 있는 것일까?

그때 기관이는 껌 파는 조그만 아이가 그들의 앞을 지나 흙 다방으로 들어가는 것을 보았다. 그는 깜짝 놀라 그 아이를 따라 다방으로 들어갔다. 안에 손님이 많지 않아 몇 테이블을 금방 돌아 나오는 아이를 그는 문 앞에서 붙들었다. 다 떨어진 옷에 귀마개가 달린 낡은 방한모, 더러운 목도리를 두르고 있는 아이는 옥남이 또래쯤 되었으나 옥남이는 아니었다.

그는 아이를 붙잡고 물었다.

"너 혹시 옥남이란 아그럴 아냐?"

아이가 고개를 저었다.

"너 옥남이란 아그럴 만나거던 나헌티 연락혀 줄 수 있겄냐? 아니다. 이 다방으로 알래 주면 고맙겄다. 쩌어그 카운타 마담 아짐헌티 말혀 놓그라. 부탁헌다, 잉."

고개를 끄덕이는 아이를 보내고 그는 카운터 앞으로 갔다. 마담은 앞에 머뭇거리고 서 있는 기관이를 보고 물었다.

"총각, 나헌티 뭔 헐 말이 있어?"

눈을 깜빡거리며 그를 쳐다보며 건네는 마담의 친절한 말에 용기를 얻은 기판이가 입을 열었다.

"저어 부탁이 한나 있는디요."

"무슨 부탁?"

마담이 물었다.

"아까 그 끔 포는 아그가 뭔 소식을 갖고 오먼 나헌티 알래 주시겄지라우?"

"뭔 소식인디?"

"옥남이란 아그 소식을 알래 주기로 혔어라우."

"옥남이? 동생을 잃어부렀어?"

"동생은 아니고 꼭 찾아야 헐 아그여라우."

"그리어, 알었어."

마담이 고개를 끄덕였다.

다음 날 녀석들이 권투 도장에 가서 알아낸 것은 영선이 형이 좋아하는 흙다방의 송 마담이 학운태권도장 백 관장이란 자와 곧 결혼하게 된다는 사실이었다. 녀석들은 제 일처럼 풀이 푹 죽었다.

"백 관장 그 새끼가 대체 워떤 새끼여?"

복춘이가 볼 부은 소리를 지르자 떼거리들도 뒤따라 외쳐 댔다.

"워뜬 개뺙다구 같은 새끼여, 그 새끼가?"

"워뜬 썩을 새끼가 영선이 성 애인을 뺏어가?"

깡치가 주먹으로 바닥을 꽝 소리 나게 치고 나서 이를 갈며 부르짖었다.

"당장 태권도장으로 가자."

떼거리들은 숙소를 나와 시청 앞에 있는 태권도장으로 몰려갔다. 출입문에 달린 유리를 통해서 안을 들여다보니 백 관장이란 자는 대머리에다 매부리코에 삐빼 마르고 키만 볼품없이 큰 남자였다. 송 마담이 이런 남자를 좋아할 리 없었다. 무엇인가 잘못되었다고 여겨졌다. 이런 말도 안 되는 일을 두고 볼 수만은 없었다. 성질 급한 깡치가 유리문을 발로 차고 들어가 백 관장 앞에 버티고 섰다.

"당신이 백 관장이요?"

"그렇소마는 뭔 일이요?"

백 관장이 의심스러운 얼굴로 물었다.

"당신헌티 헐 말이 있소."

"뭔 말이요?"

그때 깡치가 느닷없이 백 관장의 배를 발로 차고 비틀거리는 그의 무릎을 꺾어 바닥에 눕혔다. 놀란 수강생들이 옆으로 몰려들었다. 깡치가 그를 깔고 앉아 얼굴에 칼을 들이대고 으르렁댔다.

"송 마담을 포기혀. 그리 못허먼 내 손에 죽을 줄 알어."

다음 순간 떼거리들은 무엇이 어떻게 돌아간 것인지 알아차릴 수 없었다. 깡치의 손에서 칼이 떨어지고, 깡치는 백 관장의 손에 장난감처럼 높이 들렸다가 바닥에 동댕이쳐졌다. 납작 뻗은 깡치는 얼른 일어나지 못했다. 백 관장이 조용한 목소리로 녀석들에게 말했다.

"아그덜아, 이놈을 데꼬 나가그라."

그날은 온종일 눈이 내렸다. 깡치패들은 손님이 일찍 끊어져 열 시쯤 문을 닫고 집으로 돌아가는 송 마담을 납치해다 숙소 마당 안쪽에 있는 폐지 창고에 가둬 놓고 영선이 형에게 연락을 했다. 영문도 모르고 온 형은 창고에 들어갔다가 오 분도 못 되어 나와서 깡치에게 말했다.

"왜 공연헌 짓을 허고 그러냐? 마담을 집까장 잘 모셔다 드리그라."

"성님!"

깡치가 불만스러운 듯 옷소매를 잡았으나, 형은 팔을 뿌리치고 총총히 돌아가 버렸다. 형이 마담을 집까지 잘 모셔다 드리라고 했지만 깡치는 그럴 마음이 없는 것 같았다. 그는 입을 꾹 다물고 창고 문에 자물쇠를 채우더니 열쇠를 자기 주머니에 넣었다. 그리고 사기와 광준이, 기판이 세 명을 지명하여 문을 지키라고 이른 다음 나머지 녀석들을 데리고 진성이네 집으로 떠났다. 그날이 진성이 여동생의 혼인날이라 신랑 다루기 행사에 빠질 수 없었던 것이다. 사기는 잔칫집에도 못 가고 남아서 고생하는 사람이 왜 하필 자기냐고 불퉁거리다가 밖에 나가 소주를 됫병으로 두 개나 사 들고 왔다. 그리고 기판이를 뺀 두 놈들은 병을 거꾸로 들고 물마시듯 술을 들이켰다. 소주라도 마시지 않으면 견딜 수 없을 정도로 바깥 날씨는 혹독하게 추웠다.

"나 칙간에 잔 갔다 올 틴께로 너그덜은 꼼짝 말고 여그 있그라, 잉?"

이렇게 말을 하고 사라진 사기는 좀체 돌아오지 않았다. 윗도리를 벗어 머리까지 푹 뒤집어쓴 광준이는 눈바닥에 쓰러져 코를 골기 시작했다. 그때 문을 똑똑 두드리는 소리와 함께 '총각, 총각' 하고 부르는 가느다란 목소리가 들렸다. 창고에 갇힌 송 마담의 목소리였다. 기판이가 깜짝 놀라 물었다.

"나 말인가요?"

"쉬잇, 저 총각이 깰까 싶은께 조용히……."

송 마담이 말했다.

"지끔 내가 뵈는가요?"

기판이가 목소리를 낮추어 물었다.

"응, 븨여. 여그 구녁이 있어. 내가 판자에서 굉이를 빼낸 자리여."

"구녁이 워디 있어요?"

"문 아래짝에, 여그여, 여그."

과연 문 아래 무릎 높이쯤에 엄지손가락 하나가 들락거릴 정도의 굉이 자국이 있었다.

"손구락을 넣어 볼티여?"

기판이가 손가락을 넣자 마담의 손이 꽉 감싸 잡았다. 따뜻하고 부드러운 손이었다.

"많이 춥제? 이름이 뭣이여?"

"기판이여라우."

"기판이, 그때 동생이라고 혔든가? 옥 누구라고 잃어분 아그 찾었어?"

마담은 다방에서의 일을 얘기하고 있었다.

"옥남이요? 아즉 못 찾었어라우."

"내가 여그서 나가면 그 아그럴 찾두룩 힘써 주께."

"고마운 말씀이구만요."

"말만이 아니라 참말로 찾게 혀 줄티여."

"고마워라우, 아짐."

"기판이는 누님이 있어?"

396

"누님이 한 명 있어라우."

"누님도 기판이 마냥 좋은 사람일 것이여."

"우리 누님, 참 좋은 사람이여라우."

"틀림없어. 기판이럴 보면 누님이 워뜬 사람인가 알 수 있어."

마담이 다시 말했다.

"깡치년 워디 갔어?"

"진성이네 집 혼인 잔치에 갔어라우. 통금이 해제되면 올 꺼구만요. 그 안에 올란지도 몰라라우."

마담이 깊은 한숨을 쉬며 말했다.

"깡치가 오면 나를 죽일 꺼여."

기판이는 대답을 못했다. 깡치는 능히 그럴 수 있는 사람이었다. 말을 듣지 않으면 그는 마담을 죽일 것이다. 놓아 주는 일은 결코 없을 것이다. 물총에서 물이 뿜어나오듯 피가 솟구치는 것을 보기 위해 여기저기를 마구 찔러볼 것이다. 그가 이대로 손 놓고 있다가 마담이 죽게 되면 마음 좋고 예쁜 마담을 자기 자신이 죽인 것이나 다름없을 것이라는 생각이 들었다.

"기판이, 나 좀 살래 주소. 자네 누님이라 생각허고 나 좀 살래 줘."

마담이 눈물로 애원했다.

"기판이, 문 잔 열어 줘, 지발. 깡치가 오먼 나는 죽어."

기판이가 말했다.

"나는 열쇠가 없는디라우."

굉이 구멍으로 열쇠 두 개가 나왔다.

"다방 열쇠허고, 방 열쉰디 한 번 열어 봐."

두 열쇠가 다 맞지 않았다.

"안 맞는디라우."

눈을 뒤집어쓰고 있는 광준이가 몸을 움직였다. 곧 잠이 깰 는지 몰랐다. 기판이는 마음이 급해졌다. 문을 부수더라도 마 담을 구해 주고 싶었다.

"열쇠가 없을 때 쓰는 핀인디, 이 핀으로 한 번만 더 혀 줘."

구멍으로 나온 머리핀을 받아 열쇠구멍에 끼우고, 있는 힘 을 다해 이리저리 돌리는 순간 딸그락 소리가 나며 기적과도 같이 자물쇠가 열렸다. 문이 열리자 마담이 뛰어나와 쏜살같이 마당을 가로질렀다. 기판이도 그 뒤를 따랐다. 문 밖으로 나온 두 사람은 모퉁이 몇 개를 돌아 숨을 헐떡이며 멈춰 섰다. 기판 이가 말했다.

"누님, 지가 집까장 모셔다 드릴께라우."

"나는 혼자 갈 수 있어. 깡치가 쫓아오기 전에 어서 도망 쳐."

"이 밤중에 혼자 워쩌코롬 가실라고요?"

"내 꺽정 말고 어서 도망가, 어서. 지발 몸조심 혀. 이 은혜는 죽어도 잊지 않으께."

마담은 기관이의 손을 잡아 주고 어둠 속으로 재빨리 자취를 감췄다. 기관이도 돌아섰다. 그리고 그길로 버스 정류장으로 달렸다. 몇 달 전 밤에 혼자서 차를 내렸던 정류장이었다. 정류장 문은 닫혀 있었고, 날이 샌 뒤에도 차는 얼른 나오지 않았다. 눈으로 길이 막힌 때문이었다. 오후가 되어서야 첫차가 나왔는데 그때까지 골목에 숨어 있던 기관이는 차에 뛰어올라 구석진 뒷자리로 가서 웅크리고 앉았다.

읍에서 차를 내린 그는 집으로 가기 위해 북문 거리를 벗어났다. 두루미를 지났을 때 뒤에서 깡치떼들이 쫓아오는 것을 알아차렸다. 기관이와 깡치떼들 간의 쫓고 쫓기는 눈 속의 추격전은 비석 거리 앞에서 막을 내렸다.

새벽이 되어 기관이가 눈을 뜨고 방 안을 천천히 둘러보았다. 그리고 다시 눈을 감았다. 영원히 감은 것이다.

그 시간 누나 금순이는 꿈을 꾸었다. 기관이가 나타나서 '누님, 잘 있어.' 하며 이별을 고하는 꿈이었다. 기관이는 어른같이 의젓한 얼굴에 새하얀 옷을 입고 있었는데, 얼굴과 옷에서

반짝반짝 광채가 나고 있었다. 금순이가 놀라 '너 워디 가냐?'
하고 묻자 기관이는 손을 들어 하늘을 가리켰다.

금순이가

"안 된다, 가지마. 가면 안 되아."
하고 붙잡자 기관이가 웃으며,

"그리어, 누님. 알었어. 내가 누님을 놔두고 워디를 가겄어?
잠깐 갔다가 곧 돌아오께. 인자버텀은 누님허고 함께 살 티어."
하고 말했다. 금순이는 그 꿈이 어찌나 생생했던지 아침상에 밥
한 그릇을 더 차려 놓고 자꾸 밖을 내다보았다. 남편이 물었다.

"누가 오는가?"

"꿈에 기관이가 올란다고 혀서라우."

그녀의 대답에,

"꿈에 본 사람 상까장 채려 놔? 사람도 참……."
하고 화로를 끼고 웅크리고 있던 남편이 쓴웃음을 지었다. 그
는 아직도 뼈에서 빼내지 못한 총알 때문에 날씨가 차면 더욱
고통이 심해져서 난롯가를 떠나지 못했다.

삶은 고구마에 무김치 한 사발뿐인 점심상에도 수저 한 벌
이 더 올랐다. 남편이 말했다.

"이 눈 속에 기관이가 워쩌코롬 오겄는가?"

"암만 혀도 꿈이 이상시러워서라우."

그녀는 꿈 얘기를 했다. 꿈 얘기를 들은 남편이 놀라며 다급하게 소리쳤다.

"기판이헌티 뭔 일이 있는 갑네. 상은 이대로 놔두고 언능 맘님정이로 가 보소, 언능."

새어머니를 끔찍이 따르는 열 살 된 아들이 따라가겠다는 것을 억지로 떼어 놓은 뒤 신발을 새끼줄로 묶고 남편의 헌 군복 윗도리를 뒤집어쓰고 그녀는 집을 나섰다.

그녀가 눈을 헤치며 친정 동네에 도착했을 때는 막대를 얽어 만든 판 위에 홑이불을 씌우고 가마니에 싸 얹은 초라한 기판이의 관이 마을을 떠나고 있었다. 마을 사람들은 그녀를 보고 몹시 놀랐다. 무릎이 넘는 눈 속에 나서는 사람이 없어 연락도 못 했는데 어찌 알고 왔는지, 핏줄의 윤기가 참말로 무섭다며 혀를 내둘렀다.

딸을 발견한 아버지가 따라오지 말라고 손짓하며 관을 든 사람들을 뒤따라갔다. 관은 눈 덮인 논을 가로질러 산으로 향했다.

뒤늦게야 소식을 들은 동명이와 봉완이가 헐레벌떡 뛰어왔다. 사람들을 쫓아가려던 녀석들은 길 옆에 서 있는 금순이 앞을 지나게 되었다. 서둘러 그 자리를 피하려 했으나, 붙잡힌 듯이 발걸음이 떨어지지 않았다. 눈물을 뚝뚝 흘리며 서 있는 그녀 앞을 벗어날 수가 없었던 것이다. 그들이 어물거리고 있는 동안 자신들이 저질렀던 일들이 머릿속에 주마등처럼 떠올랐다. 그간 기관이에게 얼마나 못된 짓을 저질러 왔던가. 그리고 결국 그를 죽음으로 몰아가 버리지 않았는가. 그녀가 달려들어 무슨 짓을 한다 해도 변명할 길이 없었다. 그들은 몽둥이를 맞은 듯이 비틀거리다 눈 속에 무릎을 꿇었다.

"누님, 용서혀 주시씨오. 잘못혔어라우 누님. 우덜이 쥑일 놈들이여라우. 지발 쥑애 주시씨요."

녀석들은 울부짖으며 그녀의 발밑에 몸을 던졌다. 뒹굴고 온통 눈을 헤집으며 몸부림을 쳤다.

그들의 머리 위에 손이 가볍게 얹혀졌다.

"아그덜아, 일어나그라."

그녀는 두 녀석을 일으켜 세우고 등을 부드럽게 토닥거렸다.

"기판이는 안 죽었단다. 잠깐 갔다가 도로 와서 나랑 함께 살기로 혔단다. 느그덜도 우리 집에 놀러 오니라, 잉."

그녀의 입술에 믿음에 찬 미소가 떠올랐다. 그리고 눈가에 맺힌 눈물이 아침 햇살을 받은 이슬처럼 반짝거렸다. 녀석들은 처음 보는 사람처럼 금순이를 쳐다보았다.

갑자기 사방이 환해지며 사람들이 올라간 산 쪽이 밝아져

왔다. 녀석들이 놀라 고개를 들어보니 하늘 한 쪽 구름 틈새가 열리고 계단 같은 황금빛 길이 내려와 산 위에 걸쳐졌다. 눈이 부셔서 쳐다볼 수 없을 정도로 번쩍거리는 길이었다. 어디서 왔는지 많은 사람들이 그 길을 따라 하늘로 천천히 올라가고 있었다. 고요하고 엄숙하고 장엄한 광경이었다. 이윽고 그 길을 내려오는 사람들이 보이기 시작했다.

'기판이가 돌아오고 있구나. 그를 보내지 않는 사람에게 그가 다시 돌아오고 있구나.'

녀석들의 가슴 속에 알 수 없는 감동이 벅차올랐다.

"가 보자."

얼어붙었던 녀석들이 크게 소리치며 번쩍거리는 길을 향해 뛰어갔다.

기판이 아버지는 그 뒤 얼마 살지 못하고 세상을 떠나고 정신이 흐려진 어머니는 딸이 모셔 갔다. 감나무 집은 다른 사람이 들어오기까지 얼마 동안 비어 있었다.

밤나무정 그리고 이웃 마을 사람들

읍을 빠져나온 길은 북문 거리를 지나, 두루미를 지나, 용개
울 앞을 지나 대안 앞에 이릅니다. 구멍 난 자루에서 알곡 떨어
지듯 길가에 집들이 끊어졌다 이어졌다 하며 마을을 이루지도
못한 채 드문드문 흩어져 있습니다.

대안 앞 첫 들머리에서 먹굴로 올라가는 샛길이 나옵니다. 학
교에서 돌아오는 길에 우리 마을 아이들은 거기 사는 친구를 따
라 먹굴로 갔습니다. 멀리서 보기와는 달리 마을에는 집이 너댓
채 뿐이었습니다. 먹굴에는 먹감나무가 많았습니다. 늦가을이
면 빨갛게 익은 감들이 지붕 위에 등불을 매단 것 같았습니다.

먹굴까지 이어진 넓은 샛길이 마을 앞에서 끊어지고 마을 뒤
에 희미한 세 갈래 길이 나 있었습니다. 우리는 집으로 가기 위해
그중 한 길로 들어섰습니다. 그 길은 산이나 들 쪽이 아닌 우리
마을 방향인 밭 가운데로 난 길이었기 때문입니다. 밭이 끝나고

멋대로 뒤엉킨 풀숲 길이 나왔습니다. 갑자기 연주회장으로 들어간 듯 풀벌레들의 합창이 요란했습니다. 우리가 다가가면 낮아지던 음악 소리가 몇 걸음 가지 않아 다시 크게 울려왔습니다. 풀벌레들이 사방으로 어지럽게 날아다니고 우리 얼굴에도 옷에도 튀어 올랐습니다. 벌레들 세상이었습니다. 세상과 벽을 쌓은 세상이었습니다. 그러나 풀덤불 밑에 우리를 인도해 주는 작은 길이 있었습니다. 우리는 색깔도 선명한 처음 보는 꽃을 꺾기도 하고 잘 익어 곧 떨어질 것 같은 열매를 따기도 하며 집을 찾아왔습니다. 그러나 때로는 먹굴에서 큰길로 다시 나오기도 했습니다. 소나무 언덕을 지나 백 미터쯤 앞에 갓쟁이 영감네 집이 있습니다. 갓과 채를 만드는 장인 할아버지를 사람들은 갓쟁이 영감이라 불렀습니다. 길은 갓쟁이 영감네 외딴집을 지나 구부러집니다.

여기서부터 다음 모퉁이까지는 인가가 없고 소나무 숲이 둘러 있어 으슥한 곳입니다. 날이 저물거나 비 오는 날이면 어른도 혼자 다니기를 꺼리는 곳이었지요. 여기서 도깨비나 귀신을 만났다는 사람이 한둘이 아니었습니다. 또한 모퉁이를 돌아가면 진구렁 방죽이 앞으로 다가옵니다. 방죽 옆으로 샛길이 있는데 이 길은 먹굴로 통해 있어 우리들이 풀숲을 헤치고 나왔던 바로 그 길입니다. 산모퉁이를 돌아 오던 우리는 갑자기 앞에 나타난 방죽을 보고 얼마나 놀랐는지 모릅니다. 방죽은 길에서 보기보다 크고 푸르고 멋졌습니다. 길을 사이에 두고 방죽 아래는 낮은 들이 있고 들 끝에 과수원 집이 한 채 있습니다. 검은 양철 지붕, 긴 탱자 울타리, 네모난 철 대문 앞을 지나는 한줄기 샛길, 반원형 산등성이에 팔을 들고 줄지어 서 있는 과목들을 배경으로 한 경관은 한 폭의 이국 풍경화였습니다.

진구렁 마을은 길가와 방죽 가에 점점이 흩어져 있습니다. 과수원이 마을을 둘러싸고 있었지요. 과수원을 하는 사람들은 일 년 중에 하루도 쉬는 날이 없습니다. 수확이 끝나면 바로 가지치기로 들어가야 합니다. 큰 일만 세어 봐도 이렇습니다. 가지치기가 끝나면 덕 묶기, 퇴비 넣기, 약 치기, 속벌레 잡아 주기, 솎아주기, 봉지 씌우기, 수확, 선별 저장, 퇴비 장만, 봉지 만들기를 해야 합니다. 봉지 만들기는 겨우내 하는 일인데 작다는 과수원도 사오만 장을 만들어야 한다니 참 엄청납니다. 한 나무에 백개 이상의 배가 열린다는 계산인 거지요. 이 사람들은 일하고 싶으면 과수원을 하라고 말합니다. 진구렁 사람들 중에 유명한 사람이 있습니다. 그는 허물어 버린 일본 사람 집터 옆에 사는 백생원으로 육십이 넘은 노인이었습니다. 어느 날 마을 일을 맡아 광주에 갔다 와야 하는 그가 밭에서 일을 하고 있었지요. 사람들이 광주에 안 갔느냐고 물으니 벌써 갔다 왔다는 것이었어요. 광주까지의 육십 리 길을 그는 아침에 출발하여 걸어갔다가 일을 보고 걸어 돌아와서 밭일까지 하고 있었던 것이지요. 사람들이 그의 발에는 바퀴가 달렸다고 말했습니다. 진구렁 마을 길은 비만 오면 어찌나 진창인지 한 발을 땅에 내려 놓기도 전에 또 한 발을 재빨리 빼 내야 했으므로 펄쩍펄쩍 뛰는 길이라 불렸습니다.

일본 사람의 집터 뒤로 넘어가는 길이 턱굴로 가는 샛길입니다. 턱굴 역시 과수 지대이지요. 언덕과 골짜기에 과수원이 널려 있습니다. 이곳 사람들도 진구렁 사람 못지않은 일꾼들입니다.

여기서는 샛길이 사방으로 뻗어 있습니다. 몇 걸음마다 길이 갈리고 또 갈립니다. 길은 미로처럼 얽혀 있습니다. 구릉지대이기 때문인가 봅니다. 마치 좁은 입구를 지나 복잡한 개미굴로 들어온 것 같습니다. 큰길로 나가는 길도 많고 들로 뻗은 길도 여럿입니다. 이곳 사람들이 나가기 위해 만들어 놓은 길인지 타지 사람들이 들어오기 위해 만든 길인지 알 수 없습니다. 이곳은 과수원이 모여 있는 데다 외져서 타지 서리꾼들의 표적이 되고 있었거든요. 우리 마을 서리꾼들은 한 마을을 털지 않습니다. 멀리 산 밑으로, 밤나무정 삼거리 너머로, 저수지 아래 연화촌으로 몰려갑니다.

진구렁 고개를 넘으면 밤나무정 마을입니다. 이 길은 약간의 경사가 있지요. 짐을 실은 수레들은 작은 경사에도 속도가 붙습니다. 마부가 채찍을 들지 않아도 말은 저절로 달리고 수레가 덜컹거리며 따라갑니다. 눈이 오면 이 길은 아이들의 눈썰매장이 되기도 합니다. 이곳 또한 길가와 안쪽에 몇 채의 집이 있을 뿐 마을다운 마을은 아닙니다. 마을 안에는 턱굴로 넘어가는 길이 몇 개 있고 들을 지나 올라가는 길도 많습니다. 이리 구부러지고 저리 구부러진 논길을 발만 내려다보고 걷다가 문득 멈춰 서서 저쪽으로 건너가려면 어째야 할까 망설이게 하는 그런 길 말입니다. 산 밑의 마을로 가려면 마을 끝에서 둑을 따라 올라가는 것이 제일 좋습니다. 그 둑은 산 밑에서 내려오는 물을 밤나무정 저수지로 보내는 수로의 둑이지요. 장마가 들면 수로가 넘쳐 근방이 물바다가 된 적도 있습니다. 산 밑의 마을로 올라가다 보면 먹굴의 풀숲 길을 지나 산속을 통과하여 매운재 골짜기를 건너

온 길과 만나게 됩니다.

이곳 사람들은 손님이 오는 것을 좋아합니다. 우리 친척인 영문이도 나를 좋아하고 무슨 말이건 잘 들어줍니다. 그러다가 내가 놀리느라 할아버지라고 부르면 질색을 하지요. 그는 나보다 한 살 아래인데 할아버지 뻘이 되었거든요. 이곳 청년들은 싸돌아다니기를 좋아했습니다. 지형이 말굽 형이라 역마살이 끼어 청년들을 마을에 잡아둘 수 없다는 것이었습니다. 마을에서 상산으로 올라가는 길이 있었는데 산꼭대기까지 올라갔다 온 사람들 말이 거기서는 목포 앞바다가 훤히 보이고 멀리 송정리, 광주까지 다 보이더라는 것입니다. 마을 앞에는 항상 물이 졸졸 흘러가는 계곡이 있었지요. 그 물은 맑고 얼음처럼 차가웠습니다. 물속에는 새우, 피리, 다슬기 같은 것들이 살고 있었고 가재도 많았습니다. 돌을 들추면 사방으로 허둥지둥 달아나는 가재를 잡아 고무신에 담아 가지고 돌아왔습니다.

저수지 끝에 밤나무정 삼거리가 있습니다. 밤나무정 삼거리는 근방의 상권을 꽉 쥐고 있는 곳입니다. 고깃집이 두 군데나 되고 이발소, 주막, 방앗간, 약방, 구멍가게를 하는 담뱃집도 있었습니다. 방아를 찧으려고 연락을 하면 방앗간에서 보리밥을 먹여 힘이 좋은 붉은 황소를 보내 가마니를 실어 갔습니다. 방앗간 주인은 손님의 눈치를 보았고 벼 임자는 쌀을 손바닥에 놓고 들여다보며 쌀을 너무 깎지 않도록 주의를 주었습니다. 쌀겨와 팔부미로 찧어진 쌀가마니를 황소가 다시 집으로 실어다 주었습니다. 아이들은 저수지에서 수영을 배웠습니다. 아무리 열심히 수영 연습을 해도 너비가 사백 미터가 넘는 저수지를 가로지를 선수가 없었습니다. 저수지에는 물고기가 많아 물가에 사철 낚시꾼들이 진을 쳤습니다. 비 온 뒤에 낚시꾼들은 수로 입구에 몰려 물을 거슬려 올라가려는 물고기들을 대발로 몇 개씩 잡았습니다. 낚시꾼들 중에 이발소 집 아들 성수를 당할 사람은 없었습니다. 그는 대발을 다루는 손이 어찌나 빨랐던지 그의 눈에 띄었다면 아무리 날아다닌다는 날치라도 도망칠 수 없었지요. 조개가 엄청 많아 여자 애들도 낮은 물에 들어가서 잡아 가지고 나왔습니다. 명절이면 저수지 아래 대보 둑에서 아이들의 운동회와 노래자랑이 열렸습니다. 외지에 나가 있다 명절이라고 양복을 차려입고 돌아 온 사람들이 상품을 주었습니다. 때로는 둑에서 연화촌 녀석들과 마주쳐 패싸움이 난 적도 있었지요.

밤나무정 사람들은 논농사, 밭농사를 업으로 어머니 가슴인

양 땅에 코를 박고 사는 사람들이었습니다. 어느 날 종대 씨를 만나러 논에 갔다가 허탕을 치고 온 사람이 있었지요. 벼 포기 밑에서 북북 기고 있는 그가 눈에 보이지 않았던 것이지요. 그는 아침 이슬녘에 논에 나가 엎드리면 정오 사이렌이 울리는 소리에 허리를 펴는 사람이었거든요. 가을이면 우리 집 마당에서도 탈곡기 돌아가는 소리가 몇 날 며칠을 울렸습니다. 몇 명의 놉이 와서 아버지와 탈곡을 했지요. 방문, 광문, 부엌문을 모두 닫아 걸어도 틈새로 벼 알이 날아들고 먼지가 들어와 수북수북 쌓였습니다. 우리 집에서는 닭과 돼지를 주로 키웠습니다. 새끼를 낳으면 돼지 막에 돼지가 열댓 마리씩 와글거렸지요. 아버지는 새끼들을 팔고 서너 마리만 남겨 성돈으로 키웠습니다. 쌀겨와 섞은 감자, 고구마 그리고 썩은 호박들을 먹여 키운 돼지들은 입이 쑥 튀어나오고 귀가 너풀거리고 털이 반지르르 윤기가 돌며 육중한 몸을 가느다란 네 다리로 버티고 서서 꾸액꾸액 먹따는 소리를 질러댔습니다. 백 킬로가 훌쩍 넘어가고 백칠팔십 킬로까지 나가는 돼지는 밤나무정 삼거리 고깃집으로 팔려갔습니다. 두 고깃집은 서로 사 가려고 신경전을 벌였지요.

어느 날 남동생 원이 녀석이 노르스름한 새 알 하나를 들고 돌아다니며 장닭 알이라고 까불거렸습니다. 장닭을 쫓았더니 꽁무니에서 이걸 떨어뜨리며 내뺐다는 것입니다. 샘이 난 우리도 장닭을 쫓았습니다. 급해진 장닭이 헛간 지붕을 넘고 길을 건너 종득이네 지붕 위로 날아갔습니다. 삼십 미터가 넘는 거리였습니다. 그때의 닭들은 날아다녔습니다.

밤나무정 사람들은 좀 다른 데가 있는 사람들이었습니다. 이 이야기의 주인공 기판이가 죽어 묻히던 날 나는 그걸 알았습니다. 기판이의 관이 산을 넘어가 버린 뒤에 그의 어머니가 집에서 흩어진 모습으로 비틀거리며 나와 길가에 서 있는 딸을 보고 물었습니다.

"금순아, 너 기판이 못 봤냐?"

그녀는 제정신이 아니었습니다.

"참, 내 정신 잔 봐. 기판이 광주 핵교에 갔제? 곧 올 시간이 되는구만. 아이고 내 새끼 을매나 배가 고플꼬."

너무도 착해서 바보 같다는 말을 듣는 딸이 대답했습니다.

"엄니, 기판이 밥혀 주게 언능 집으로 들어가세."

딸은 어머니 어깨를 감싸며 집으로 돌려 세웠습니다. 그녀들의 뒷모습은 몹시 지치고 슬퍼 보였습니다. 길가에 둘러서 있던 사람들이 하나 둘 모녀의 뒤를 따랐습니다. 긴 행렬을 이루며 따라갔습니다. 악몽의 하룻밤 하루낮을 밖에서 덜덜 떨며 이 힘든 가족을 부축해 주던 이들은 끝까지 이 사람들을 버리지 못했습니다.

어릴 적에 나는 내가 살던 마을이 세상에서 가장 작은 마을이라고 생각했습니다. 이 세상 어느 한 귀퉁이에 있는지 없는지 아무도 모를 그런 마을이라고 생각했습니다. 그러다가 세월이 흐르고 마을은 내 마음 속에서 점점 커져갔습니다. 마침내 세상을 가득 채울 만큼 커졌습니다. 그리고 이곳은 내 고향일 뿐만 아니라 우리 모두의 고향이란 걸 깨닫게 되었습니다. 결코 작지 않았던 마을, 작지 않았던 사람들의 삶이 웅장하게 다가왔습니다. 이들은 우리에게 생명을 불어 넣고 강한 힘과 지혜를 주고 영원한 빛을 비춰 주고 있을 것입니다.

진정한 사랑을 담아 이 책이 세상에 나오도록 힘써 주신 분들께 감사를 드립니다.

2009년 늦가을 즈음에
강정님

강 정 님

1937년 전남 나주에서 태어났으며, 1989년 〈아동문예〉에 동화 「달아난 누렁소」가 당선되어 작가로 활동하기 시작했다. 63세라는 늦은 나이에 펴낸 첫 동화집 「이쁘 언니」로 제20회 한국아동문예상을 받으며 오랜 세월의 연륜과 향기가 느껴지면서도 삶에 대한 통찰이 뛰어난 작품이라는 평을 들었다. 「이쁘 언니」의 후속작인 「밤나무정의 기판이」는 1950년대 밤나무정이라는 마을을 배경으로 기판이라는 한 인물의 성장 과정을 통해 우리의 문화, 정서, 그 속에서 살아가는 사람들의 이야기를 담아 내고자 작가가 5년 동안 공들여 집필한 작품이다. 묘사가 뛰어나 글을 읽으면 마치 영화를 보는 것 같고, 깊이 있는 통찰력은 세상을 보는 시야를 넓혀 준다. 지은 책으로 「이쁘 언니」, 「송이」, 「날아라 태극기」 등이 있다.

푸른도서관은 10대에서 20대까지 눈부신 성장을 거듭하는 푸른 세대를 위한
본격 문학 시리즈입니다.

*〈푸른도서관〉 시리즈는 계속 나옵니다!